THEA DORN
Die Brut

Buch

Tessa Simon hat es geschafft: Sie ist ganz oben. Die Quoten ihrer Fernsehsendung »Auf der Couch« steigen stetig, sie wohnt in einem Luxusloft mit Blick über die Stadt, und den Mann fürs Leben hat sie auch gefunden: Sebastian Waldenfels, einen erfolgreichen Schauspieler. Der hässliche Verdacht, Sebastian könne doch noch ein Verhältnis mit seiner Exfreundin haben, gerät in den Hintergrund, als Tessa plötzlich schwanger wird. Sebastian ist von der Aussicht, Vater zu werden, restlos begeistert. Weniger begeistert ist Attila, Tessas Produzent, steht doch der Aufstieg von »Auf der Couch« aus dem Regionalprogramm zu Kanal Eins unmittelbar bevor. Die Schwangerschaft wird aber nicht zum befürchteten Karriereknick, im Gegenteil – sie macht Tessa populär und erfolgreich wie nie zuvor. Als der kleine Victor endlich das Licht der Welt erblickt, ist sie so sehr damit beschäftigt, ihr neues Glück zu verwalten, dass sie nicht merkt, wie sie unaufhaltsam der Katastrophe ihres Lebens entgegensteuert ...

Autorin

Thea Dorn, geboren 1970 in der Nähe von Frankfurt a. M., studierte Philosophie und Theaterwissenschaft in Frankfurt, Wien und an der Freien Universität Berlin, wo sie später Dozentin für Philosophie war. Schon mit 24 veröffentlichte sie ihren ersten Roman, »Berliner Aufklärung«, für den sie den »Marlowe« erhielt. Es folgten ein weiterer Roman, »Ringkampf«, und »Marleni«, ein Theaterstück über Marlene Dietrich und Leni Riefenstahl, das 2000 am Deutschen Schauspielhaus in Hamburg uraufgeführt wurde. Mit ihrem dritten Roman »Die Hirnkönigin«, ausgezeichnet mit dem »Deutschen Krimipreis«, sorgte sie erneut für Furore. Für die ARD-Reihe »Tatort« schrieb Thea Dorn ein Drehbuch, der Film wurde 2003 unter dem Titel »Der schwarze Troll« gezeigt. Ihre erste Fernsehsendung »Schümer und Dorn« lief von Anfang 2003 bis Sommer 2004 auf dem SWR, seither moderiert sie auf demselben Sender den Büchertalk »Literatur im Foyer«. Thea Dorn lebt als freie Autorin in Berlin. Mehr Informationen über die Autorin und ihr Werk unter *www.theadorn.de*.

Von Thea Dorn außerdem als Goldmann Taschenbuch lieferbar:

Berliner Aufklärung. Roman (45315)
Die Hirnkönigin. Roman (44853)
Ringkampf. Roman (45402)
Ultima Ratio (45415)

Thea Dorn
Die Brut

Roman

GOLDMANN

FSC
Mix
Produktgruppe aus vorbildlich
bewirtschafteten Wäldern und
anderen kontrollierten Herkünften

Zert.-Nr. SGS-COC-1940
www.fsc.org
© 1996 Forest Stewardship Council

Verlagsgruppe Random House FSC-DEU-0100
Das FSC-zertifizierte Papier *München Super* für Taschenbücher aus
dem Goldmann-Verlag liefert Mochenwangen Papier

3. Auflage
Taschenbuchausgabe Dezember 2005
Copyright © der Originalausgabe 2004
by Wilhelm Goldmann Verlag, München,
in der Verlagsgruppe Random House GmbH
Umschlaggestaltung: Design Team München
Umschlagfoto: Corbis/Gendreau
BH · Herstellung: MW
Druck und Einband:
GGP Media GmbH, Pößneck
Printed in Germany
ISBN 978-3-442-46079-3

www.goldmann-verlag.de

Teil 1

1

Der Bildschirm blieb schwarz. Sie war nur fünf Minuten auf die Dachterrasse gegangen, um eine Zigarette zu rauchen. Als sie in ihr Arbeitszimmer zurückkam, war der Laptop abgestürzt. Ganz gleich, welche Tasten sie drückte, der Bildschirm blieb schwarz. Sie griff nach dem Branchenverzeichnis, um die Panik zu bekämpfen, die ihren Magen zusammenzog.

Computerspiele. Computerschulen. Computerreparaturen. Siehe Datenverarbeitungsanlagenreparaturen und -wartung.

Sie blätterte.

Dachdeckereien. Dachziegel. Datenverarbeitung, Programmierung.

Da. *Datenverarbeitungsanlagenreparaturen und -wartung.*

Computernotdienst. 24-Stunden-Hotline.

Sie entschied sich für die Anzeige mit dem roten Stern. Nach dem zehnten oder elften Klingeln meldete sich eine müde Stimme.

»Computernotdienst Schäfer.«

»Hier ist Tessa Simon.« Sie wartete. Am anderen Ende der Leitung gab es keine Reaktion. »Mein Laptop ist abgestürzt.« Ihr Magen krampfte sich weiter zusammen. Warum reagierte der Mann nicht? *Ach, Sie sind's, Frau Simon. Was kann ich für Sie tun?* Das sollte er sagen.

»Welches Fabrikat?«, fragte der Mann und klang noch müder.

»Macintosh.«

»Macintosh sind wir nicht mehr zuständig.«

»Halt. Hören Sie.« Tessa spürte, dass der Mann das Gespräch beenden wollte. »Ich habe morgen eine wichtige Sendung. Ich *brauche* meinen Laptop.«

»Der Techniker kommt um sieben.«

Tessa schaute auf die Uhr. Es war kurz nach Mitternacht.

»Ich brauche jemanden, der sich *jetzt* um meinen Laptop kümmert. Morgen früh ist es zu spät.«

»Tut mir Leid. Kann ich nichts machen.«

»In Ihrer Anzeige steht *24-Stunden-Hotline*!«

»Bin ich nicht ans Telefon gegangen?«

»Bitte! Ich kann meine Sendung morgen nicht moderieren, wenn ich heute Nacht nicht an das Material herankomme, das mir meine Redaktion noch mailen wollte.«

»Ich sag Ihnen aber gleich, das kostet erst mal hundertfünfzig Euro für die Anfahrt. Plus fünfzig Euro Nachtzuschlag. Und wie gesagt: Macintosh sind wir nicht mehr zuständig.«

Tessa legte auf, obwohl das kleine Mädchen in ihr weiter *bitte, bitte* rufen wollte. Mit dreiunddreißig war sie zu alt, um dem kleinen Mädchen den Hörer zu überlassen. Sie betrachtete ihre schlanken, leicht gebräunten Knie, die sie durch die Glasplatte des Schreibtischs hindurch sehen konnte. Sie moderierte *Auf der Couch*, eine der angesagtesten Talkshows, die es im deutschen Fernsehen gab. Zwar nur auf einem Regionalsender, aber dies hier war das Sendegebiet. Der Nagellack an ihrem rechten großen Zeh blätterte. Obwohl sie erst vorgestern bei der Pediküre gewesen war. Sie musste mit der Kosmetikerin reden.

Tessa versuchte einen weiteren Neustart. Der Bildschirm flackerte kurz, dann wurde er wieder schwarz. Der Laptop begann sonderbare Geräusche zu machen. *Selbstverdauung*, dachte Tessa. *Mein Computer frisst sich selbst.*

Sie fuhr zusammen, als das Telefon klingelte. *Unbekannte Nummer*, sagte das Display. Es musste der Computernotdienst sein. *Frau Simon, das ist mir schrecklich unangenehm, ich hatte Ihren Namen nicht richtig verstanden, und deshalb, also, na ja ... Selbstverständlich schicke ich gleich unseren besten Techniker vorbei. Ich verspreche Ihnen: In einer Stunde ist Ihr Laptop wieder flott.*

Der Anrufbeantworter sprang an. Hastig griff Tessa nach dem schnurlosen Telefon.

»Ja?«

»Kommst du gerade vom Joggen?« Die Stimme am anderen Ende der Leitung gluckste.

»Ach, du bist's.«

»Klingt das enttäuscht?«

»Mein verdammter Laptop ist abgestürzt.«

»Hast du ihn nicht richtig festgehalten?« Die Stimme gluckste wieder.

»Sebastian. Es ist nicht lustig.« Tessa legte den rechten Fuß auf ihr linkes Knie und begann an dem Nagellack herumzupulen. »Ich habe morgen die Behrens in der Sendung. Die wollten mir noch das große Interview schicken, das im *Magazin* erscheint.«

»Hast du schon versucht, den Laptop mit dieser Taste, wo man eine Büroklammer reinstecken muss, neu zu starten?«

»Ich habe die Reset-Taste ungefähr hundert Mal gedrückt.«

»Gibt es nicht so Rund-um-die-Uhr-Notdienste?«

»Da arbeiten bloß Idioten.«

Es entstand eine Pause.

»Wartest du nur auf eine Mail oder brauchst du auch Sachen, die auf deinem Computer gespeichert sind?«, fragte Sebastian schließlich.

»Das ist doch egal. Hin ist hin.«

»Wenn es nur um das Interview geht, kannst du denen in der Redaktion sagen, sie sollen es an meine Adresse schicken.«

»Und? Dann liest du es mir am Telefon vor?«

»Mein Laptop steht in meinem Zimmer.«

»Was?« Tessa ließ ihren rechten Fuß auf den Boden zurückplumpsen. Der große Zeh war fast geschält.

»Ich hatte keine Lust, ihn diesmal mitzuschleppen.«

Sie stieß einen Seufzer aus. »*You saved my night.*«

»Immer.«

Tessas Gesichtszüge entspannten sich. Kein Lachen der Welt kroch ihr tiefer unter die Haut als das von Sebastian. »Weißt du schon, ob du es morgen schaffst?«

»Ich denke, dass ich den letzten Flieger noch erwische.«

»Prima. Ich mach dann nach der Sendung auch nicht so lang.«

»Wer's glaubt.«

»Ich vermiss dich so.«

»Ich dich auch.«

Sie wollte gerade auflegen, das Ohr noch warm, das Lächeln auf den Lippen, als ihr einfiel: »Halt. Wenn ich an die Mail ran will, brauche ich dein Password.«

»Oh ja«, sagte Sebastian. »Tasso.«

»Tasso? *I hate you.*«

»Wenn ich zurück bin, mach ich Tessa draus.«

»Versprochen?«

»Versprochen.«

»Schlaf schön.«

»Du auch. Ciao.«

»Ciao.«

Tessa hatte noch immer ein Lächeln auf den Lippen, als sie die Treppe ins untere Stockwerk hinunterging. Vor zwei Monaten erst war sie mit Sebastian in das Dreihundert-Quadratmeter-Loft eingezogen. *Ich liebe diese Wohnung*, dachte Tessa, als sie durch den dunklen Wohnbereich ging, an dem schlichten hellgrauen Filzsofa vorbei, das so breit und tief war, dass man zu zweit darauf liegen konnte. Schon als Studentin hatte sie vor diesem Sofa gestanden. *Ein Klassiker*, hatte die Verkäuferin damals gesagt und hinterhältig gelächelt, als habe sie längst erkannt, dass in Tessas Budget nicht einmal die linke Armlehne dieses Sofas vorgesehen war.

Sebastians Arbeitszimmer lag schräg unter dem von Tessa. Er hatte ihr das hellere, größere Zimmer mit dem Zugang zur Dachterrasse kampflos überlassen, nicht nur, weil er sie liebte, sondern weil er streng genommen gar kein Arbeitszimmer brauchte. Sebastian Waldenfels war Schauspieler. Ein berühmter. Bis vor kurzem hatte er nur auf der Bühne gestanden. Jetzt drehte er seinen zweiten Kinofilm. *Herbstsommer*. Er spielte einen Schriftsteller, der begeistert in den Ersten Weltkrieg zieht und Jahre später desillusioniert zurückkehrt.

Sie musste lächeln, als sie das Licht anknipste und die vielen Ordner und Schachteln sah, die sich in den deckenhohen Regalen stapelten. Als sie Sebastian beim Einzug gefragt hatte, was da um Gottes willen drin sei, hatte er gelacht und *frag mich lieber nicht* gesagt.

Der Laptop stand tatsächlich auf dem Empire-Schreibtisch. Und obwohl er selbst ein antikes Modell war, sah er aus, als wolle er sich dafür entschuldigen, dieses geerbte Prachtstück zu entweihen. Tessa setzte sich und fuhr über die gepolsterten Armlehnen des Stuhls.

Von Sebastians Telefon aus – jeder von ihnen hatte seinen eigenen Anschluss – rief sie bei ihrer Produktionsfirma an. Sie erreichte Ben, den jüngsten der drei Redakteure, der so dankbar für seine Festanstellung war, dass er jede Nacht als Letzter aus dem Büro ging. Er versprach ihr, das Interview mit Gabriele Behrens an Sebastians Adresse zu schicken. Tessa sagte *ciao* und legte auf.

Neben dem Schreibtisch hing ein gerahmtes Foto. Es war

ihr noch nie aufgefallen. Sebastian auf der Bühne. Er trug eine tief geschlitzte Bluse mit bauschigen Ärmeln, um die Stirn herum einen Lorbeerkranz. Sein Blick war auf etwas außerhalb des Bildes gerichtet. Eine Mischung aus Triumph, Wut und Hohn. Warum ausgerechnet dieses Bild? Sie sollte öfter ins Theater gehen. Obwohl sie Germanistik im Nebenfach studiert hatte, kannte sie sich nicht gut aus. Früher, als die Liebe noch ein unsicheres Spiel gewesen war, hatte sie sich nächtelang hingesetzt und Wagner gehört, wenn der Mann, in den sie sich verliebt hatte, Wagnerianer war. Sie hatte die verschiedenen Hubräume von Formel-1-Wagen auswendig gelernt. Einmal hatte sie begonnen, ungarisch zu lernen. Sich alle sechs Monate in einen neuen Mann zu verlieben hatte unglaublichen Bildungswert. Die Liebe des Lebens gefunden zu haben, war einfach nur großartig.

Tessa hatte Sebastian vor einem knappen Jahr kennen gelernt. Er war Gast in ihrer Sendung gewesen. Meistens lagen Politiker auf der Couch, aber manchmal machten sie eine Ausnahme und luden Schauspieler, Sportler oder Sänger ein. Tessa hatte sich geschworen, nie mit einem Gast zu schlafen. *Host* und Herbergsmutter sind eins. Schläfst du mit einem, wollen alle anderen auch mit dir schlafen. In dem Moment, in dem Sebastian von der roten Couch aufgestanden war, hatte Tessa gewusst, dass sie mit diesem Mann schlafen würde. Als die Champagnervorräte in der Lobby des Senders aufgebraucht waren, hatten sie in der Stammbar nebenan weitergetrunken, schließlich waren sie endlos durch die Stadt gelaufen, um das, was nicht mehr aufzuhalten war, aufzuhalten. Im Morgengrauen waren sie am Ufer des Flusses gelandet, der hinter dem Sendegebäude entlangfließt. Das Gras war nass, die Männer auf den vorbeifahrenden Lastkähnen johlten. Als es endgültig hell wurde, trennten sie sich, ohne etwas zu sagen. Tessa war nach Hause gefahren, um ihren

Zweitausend-Mark-Anzug in den Müll zu werfen. Sebastian war nach Hause gefahren, um seiner Lebensgefährtin zu erklären, dass er sie verlassen würde.

Der Laptop erwachte summend. Im blaugrauen Rahmen bauten sich die Dokumente auf.

Neugier ist ein eigenwilliges Tier. Als Mädchen hatte Tessa manchmal mit dem Hund der Nachbarn Gassi gehen müssen. Und obwohl sie irgendwie verstand, dass er an jeder Ecke stehen bleiben und schnüffeln wollte, hatte sie ihn stets weitergezerrt. So ging es ihr jetzt mit der Neugier. Sie überflog die Namen der Dokumente, die Sebastian auf der Festplatte gespeichert hatte. Geschäftsbriefe. Rechnungen. Steuerkram. Alles langweilig. Keine Tagebücher. Keine *Gedanken*. Sebastian war nicht der Mann, der sein Inneres auf der Festplatte präsentierte. Zufrieden startete Tessa das altmodische E-Mail-Programm und loggte sich ein. *Tasso.* Wenn sie sich recht erinnerte, der Titel eines Theaterstücks.

Begleitet von einer kurzen elektronischen Fanfare landete Bens Mail im Posteingang. Zusammen mit drei weiteren Mails.

Die Neugier richtete ihre Ohren auf.

Abovetheline: »Anfrage«

KHerz: »unser termin nächste woche«

ColumbiaTriStar: »Ihre Flugdaten«

Post von der Agentur. Von einem Journalisten, der ein Portrait über Sebastian schreiben wollte. Von der Filmproduktionsfirma, für die Sebastian gerade drehte.

Die Neugier kreuzte die Pfoten und ließ sich unter dem Schreibtisch nieder.

Der Computer begann, das Interview mit Gabriele Behrens herunterzuladen. Gabriele Behrens war seit einem Monat Kanzlerkandidatin. Die erste Kanzlerkandidatin, die die Sozialdemokraten aufgestellt hatten. Die erste Kanzlerkandidatin überhaupt. Das Volk wusste noch nicht, ob es Gabriele Behrens lieben sollte. Und Gabriele Behrens schien noch nicht zu wissen, ob sie das Volk lieben sollte. Es würde eine gute Sendung werden morgen.

Nein, ich glaube nicht, dass die bisherige Regierung begriffen hat, was Familienpolitik im 21. Jahrhundert bedeutet, las Tessa. Wir befinden uns in einer Zeit des Umbruchs. Wir müssen den Blick nach vorn richten. Aber trotzdem und gerade deshalb muss uns bewusst bleiben, welches die traditionellen Werte sind, von denen wir herkommen, und die das Fundament auch eines jeden neuen Modells bleiben müssen.

Ihr Blick wanderte zu dem Foto zurück. Es war unheimlich, wie sehr Sebastian auf der Bühne schwitzte. Im Bett tat er das nicht.

Tessa druckte das Interview aus, um es in ihr Arbeitszimmer mitzunehmen, und löschte die Mail, die Ben ihr geschickt hatte. Sie war bereits aufgestanden, da fiel ihr ein, dass dieses Programm, mit dem sie früher selbst gearbeitet hatte, die Mails nicht wirklich vernichtete, sondern zunächst bloß zwischenlagerte. Auch wenn sie zum ersten Mal in ihrem Leben mit einem Mann Bett und Tisch teilte, bedeutete dies nicht, die Trennung der Laptops aufzugeben. Sie öffnete den Ordner *Gelöschte Mails*. Und entdeckte außer der Nachricht von Ben eine zweite.

»*Warnung.*« *Absender: CDembruch.*

Die Neugier war mit einem Satz auf den Beinen und kläffte. *CDembruch.* Carola Dembruch. Sebastians Ex. Tessa starrte auf den Bildschirm. Die Neugier zerrte, aber Tessa hielt sie fest an der Leine. *Warnung.* Was sollte das schon für eine Warnung sein? Sicher eine von diesen lächerlichen Viruswarnungen, die unterbeschäftigte Computerfreaks in die Welt setzten, weil sie Pickel hatten und keinen hochkriegten. Carola hatte Sebastians Mail-Adresse sicher immer noch in ihrem

Adressbuch gespeichert und eine Viruswarnung an alle weitergeleitet. So musste es sein.

Tessa atmete aus und rieb sich die Augen. Es hatte nichts zu bedeuten. Deshalb hatte Sebastian die Nachricht auch einfach bei den *Gelöschten Mails* herumliegen lassen.

Sie stand auf und begann, im Zimmer umherzugehen. Im Regal vor ihr war eine Schachtel, auf der *Platonow* stand. Daneben *Nathan*. Daneben *Stuttgart 1976/77*. Ihre Hände zuckten. Es war lächerlich.

Geh zum Schreibtisch zurück, mach den verdammten Laptop aus, nimm das Interview und arbeite.

Sebastian höhnte noch immer unter dem Lorbeerkranz hervor. Er hätte ihr doch nicht angeboten, seinen Laptop zu benutzen, wenn dort eine verfängliche Mail von Carola herumliegen würde.

Die Neugier jaulte.

Sebastian hatte Carola wegen ihr verlassen. Endgültig. Es gab keinen Grund, ihm zu misstrauen. Carola hatte verloren, ein Jahr lang jedes Selbsterniedrigungsregister gezogen und trotzdem verloren. Sebastian war mit ihr, Tesssa, in diese Wohnung gezogen. Ein Mann, der sich den Rückzug offenhalten wollte, zog nicht mit seiner neuen Liebe in eine solche Wohnung.

Die Neugier presste sich winselnd auf den Boden.

Dieser Lorbeerkranz ist doch nur lächerlich, dachte Tessa. Und öffnete die Mail.

Mein Lieber,
man tut nichts ungestraft auf dieser Welt. Gestern Morgen fing bei mir das altbekannte Jucken an, und mein Arzt bestätigte, dass ich eine Candida habe. Da sich meine erotische Versorgung in den letzten Monaten auf das Gnadenbrot beläuft, das Du mir zuteil werden lässt, kann ich es nur von Dir

haben. Bei wem Du Dir wiederum die Candida eingefangen hast, ist mir allerdings ein Rätsel, denn dass Dein Astralweib die Brutstätte einer ordinären Pilzkrankheit ist, kann ja unmöglich sein.

Kuss Carola

Der Bildschirm begann vor Tessas Augen zu verschwimmen. Die Buchstaben wurden unscharf, die Zeilen zerflossen, wurden immer länger, immer breiter, bis sie als zähe schwarze Masse über den Bildschirm liefen.

Candidus. Candida. Candidum. Glänzend weiß. Setzen. Eins. Lustig, wie die Sprache hässliche Dinge mit schönen Wörtern überzog. *Candidamykose.* Das klang nach Jahrmarkt und roten Äpfeln am Stiel.

Tessa war siebzehn gewesen. Und er Drummer in der einzigen Rockband, die es an ihrem Kleinstadtgymnasium gab. Sie hatten es nach einem Open-Air-Konzert am Ufer des Baggersees getrieben. Zwei Tage später hatte es zu brennen begonnen. *Vulvovaginitis candidomycetica*, sagte das medizinische Wörterbuch, und es klang nicht mehr ganz so nach Jahrmarkt. *Starke entzündliche Rötung und typischerweise (jedoch nicht immer) rasenartige grauweißliche Beläge im Bereich von Vulva und Vaginalwand einschließlich Portio, bei deren Entfernung Blutungen auftreten können.* Es hatte geblutet, als Tessa mit Fingernägeln in sich herumkratzte. Als sie Feli, ihrer jüngeren Schwester, davon erzählte, lachte diese. *Welcome to the Club, Schwesterchen, ist doch schön, wenn die Geschlechtskrankheiten in der Familie bleiben.* Tessa hängte sämtliche Kamillenteebeutel, die sie in der Küche finden konnte, in die Badewanne und schloss sich die ganze Nacht zum Sitzbad ein. *Das bringt doch nix*, rief Feli durch die Tür, *nimm lieber den Rest von meinem Pilz-Ex.* Am nächsten Morgen erklärte Tessa, dass sie den Frauenarzt wechseln würde. *Aber du warst doch immer so froh, dass du mit Feli zusammen zu Doktor Prätsch gehen konntest*, sagte die Stiefmutter. Feli lachte und ließ den Frühstücksjoghurt aus ihrem Mund in die Müslischale zurücktropfen. Es war der letzte Morgen gewesen, an dem Tessa einen Joghurt gegessen hatte.

Sebastian. Was soll das?

Tessa starrte auf den Bildschirm, auf dem jetzt wieder Buchstaben und Wörter und Sätze waren. Sie las die Mail noch einmal. Die Nachricht weigerte sich, in ihrem Hirn anzukommen. Steckte in irgendeiner Sinnesbahn fest wie ein Gerinnsel. Tessa hatte Angst aufzustehen. Es würde so sein wie mit dem körperlichen Schmerz. Du schneidest dir mit dem Küchenmesser beinahe den Finger ab, und du spürst den Schmerz erst, nachdem du ins Bad gerannt bist, das Medizinschränkchen geöffnet und einen Verband gesucht hast. Dann erst wird dir schlecht.

Hatten sie es in der alten Wohnung getrieben, in der Carola immer noch wohnte? Hatten sie vorher getrunken? Wann war Sebastian das letzte Mal spät nach Hause gekommen? Ständig. Hatten die beiden überhaupt jemals aufgehört, miteinander zu vögeln? Wie oft ist *Gnadenbrot*?

Carolas Mail war vom letzten Freitag. Am Sonntag war Sebastian zu seinen Dreharbeiten geflogen. Samstag waren sie so lange bei dem Empfang in der Filmakademie gewesen, dass sie sofort ins Bett gefallen und eingeschlafen waren. Freitag war es bei einem Essen mit Attila de Winter, ihrem Produzenten, spät geworden. Sebastian war nicht mehr wach gewesen. Donnerstag hatte sie Sendung gehabt. Die Sendung war gut gewesen, sie war glücklich nach Hause gekommen, und da hatte sie zum letzten Mal mit Sebastian geschlafen. Einen Tag, bevor Carola ihre Mail geschrieben hatte. Tessa zog ihre Joggingshorts herunter.

Gnadenbrot. Brutstätte.

Sie spürte nichts. Sie holte die Schreibtischlampe heran, um besser sehen zu können. Nichts. Keine Entzündung, kein *rasenartiger grauweißlicher Belag.* Carola log. Sie müsste es doch längst haben.

Welche Inkubationszeit hatte eine Candida? Vier Tage? Fünf Tage? Tessas Hirn arbeitete, als säße sie in einer mündlichen Prüfung, und dies war die Frage, auf die sie in den nächsten zehn Sekunden eine Antwort finden musste. Das Brennen hatte bei Carola letzten Donnerstag begonnen. Also musste sie es sich Samstag oder Sonntag geholt haben. Den ganzen Sonntag war Sebastian mit ihr, Tessa, zusammengewesen, aber Samstagabend hatte er Vorstellung gehabt. Sie war zu Hause gewesen, hatte Fernsehen geguckt, war auf dem grauen Filzsofa eingeschlafen, und er hatte sie hoch ins Bett getragen. Er war spät nach Hause gekommen. Aber sie kam auch spät nach Hause, wenn sie Sendung hatte. Es war *normal.*

Die beiden trieben es im Theater. In der Garderobe. Sebastian hatte fast immer seine Garderobe für sich. Auf dem schäbigen flaschengrünen Cordsamtsofa, das in der Ecke stand, mussten sie es treiben. Sebastian war kein Freund von Sex im Stehen. Oder behauptete er das nur, wenn er mit ihr zusammen war? Tessas Hände wühlten auf dem Schreibtisch herum, rissen Schubladen auf. Sie musste einen Spielplan finden. In welchem verdammten Stück hatte Sebastian letzten Samstag gespielt? *Der Kirschgarten? Was ihr wollt?* Die hatte sie gesehen. Da spielte Carola nicht mit.

Sie hätte mehr mit ihm darüber reden müssen. Seit Wochen hatte sie über das Thema Carola kein Wort mehr verloren. Damals hatte er ihr gesagt, dass sie nur noch in einem Stück miteinander auf der Bühne stünden, und das sei im Grunde abgespielt.

Endlich fand sie den Spielplan. Mit zitternden Fingern

schüttelte sie das rot-weiß gestreifte Leporello auf. Samstag, 15. September. *Torquato Tasso*. Ihr Herz schlug schneller. *Tasso*. Das Password. *Bitte, lass Carola nicht –*

Das Leporello zerriss, als Tessa es wendete, um nach der Besetzung zu schauen. *Torquato Tasso*. Von Johann Wolfgang von Goethe. Mit: Denkler, Rudow, Schustermann, Sibbling, Waldenfels. Keine Dembruch. Tessa schloss die Augen und ballte die Faust. *Carola spielte nicht mehr mit*. Die Verlassene hatte sich das alles nur zusammenphantasiert. Das Gnadenbrot. Die Candida. Nichts als ein hilfloser Versuch, Sebastian die Lust am neuen Sex zu verderben. Beinahe tat sie ihr Leid. Das verzweifelte Erdweibchen, dessen ganzes Leben um den leuchtenden Gatten gekreist war. Das aus der Umlaufbahn geflogen war, seitdem der Gatte es verlassen hatte.

Tessa stützte sich auf die Armlehnen und streckte sich.

Sind Sie sicher, dass Sie die markierten Nachrichten dauerhaft löschen möchten?

Sie löschte nur die Nachricht, die Ben an sie geschickt hatte, schaltete den Laptop aus, zog ihre Hose hoch und verließ das Zimmer, um auf der Dachterrasse eine Zigarette zu rauchen.

Mensch, Tessa, siehst du heute gut aus. So hatte Wiebke, ihre Lieblingsmaskenbildnerin, sie begrüßt, als sie um kurz nach acht ins Studio gekommen war. Wiebke machte keine falschen Komplimente. *Ganz schön geschafft, was?* Das hatte Tessa oft gehört.

Sie betrachtete ihr Gesicht im Spiegel.

Wiebke hatte recht. Sie *sah* gut aus. Unangreifbar.

Die große Uhr über ihrer Garderobentür sprang auf zehn vor zehn. Tessa nahm einen Schluck Kombucha, ein Getränk, das sie eigentlich hasste und das sie nur vor ihren Sendungen trank. Zum wiederholten Mal kontrollierte sie, ob die hellgelben Karteikarten, auf denen ihre Fragen standen, in der richtigen Reihenfolge waren. Noch nie hatte sie die Reihenfolge in einer Sendung eingehalten. Es war ihr Talent, zu spüren, wo das Gespräch hindriftete. Und nie merklich einzugreifen. *Unterirdische Steuerung* hatte es Attila de Winter, ihr Produzent, einmal genannt. *Tessa, du bist die Meisterin der unterirdischen Steuerung. Du kannst es.*

Das Publikum applaudierte, als Tessa das Studio betrat. Achtzig Menschen, alle glücklich, dass sie eine Karte für *Auf der Couch* ergattert hatten. Manche hatten bis zu vier Monate darauf gewartet.

»Danke. Danke.«

Tessa verbeugte sich und machte eine Handbewegung, als stünde sie in einem Kornfeld und strich über die reifen Ähren.

»Danke. Sehr freundlich. Sehr freundlich. – Aber nachher, wenn wir auf Sendung sind, will ich das doppelt so laut haben«, sagte sie, als die letzten Klatscher verstummt waren. »Mindestens. Der Applaus, den ich eben gehört habe, kommt auf dem Bildschirm als mittelschwere Depression rüber.«

Das Publikum lachte. Nicht, weil es diesen Scherz nicht erwartet hätte. Jeder kannte heutzutage jemanden, der schon einmal Gast oder wenigstens Publikum in einer Talkshow gewesen war. Jeder wusste, welche Art Scherze die *Hosts* machten, um ihr Publikum anzuwärmen. Das Publikum lachte, weil es das alles vom Hörensagen kannte. Es hätte sich betrogen gefühlt, hätte Tessa einen unerwarteten Scherz gemacht. Das Publikum wollte dasselbe haben, was alle vor ihm bekommen hatten. So serviert, als sei es das erste Mal.

»Wenn Sie gleich die Titelmusik hören, sind Sie bitte still. Und wenn ich Sie dann zur Sendung begrüße, klatschen Sie, als ob Sie mich den ganzen Abend noch nicht gesehen hätten. Wenn mein Gast durch diese Tür kommt«, Tessa zeigte mit der Hand, in der sie die Karteikarten hielt, nach links, »brauchen Sie nicht mehr zu spielen. Denn unseren Gast haben Sie ja tatsächlich noch nicht gesehen. So. Jetzt klappen Sie bitte die Tische zurück und stellen Ihre Rückenlehnen senkrecht. Ich wünsche uns allen eine schöne Sendung.«

Unter mehr Lachen und mehr Applaus nahm Tessa auf ihrem gepolsterten Stuhl Platz. Die Digitaluhr neben dem Monitor zeigte – *00. 00. 53.*

Achtung. Noch eine Minute, sagte die Regie.

Das Getuschel im Publikum wurde leiser. Tessa schlug das rechte über das linke Bein, Wiebke kam noch einmal mit der Puderquaste herbeigeeilt, schob ihr eine Haarsträhne hinters linke Ohr.

»Alles in Ordnung?«

»Du siehst perfekt aus. Viel Spaß.«

Noch dreißig Sekunden.

Tessa lächelte ein letztes Mal ins Publikum. Die Scheinwerfer waren so eingestellt, dass sie von ihrem Platz aus keine Gesichter erkennen konnte. Mindestens zehn Menschen würden morgen ihren Arbeitskollegen und Freunden erzählen, dass sie sicher waren, Tessa Simon habe die ganze Sendung über speziell sie angelächelt.

Und Achtung.

Aus den Studiolautsprechern erklang die Titelmelodie. Die Digitaluhr sprang auf *00. 00. 07.* Auf dem Monitor sah Tessa ihr Gesicht von rechts, von links, frontal, sah sich einen belebten Platz überqueren, einmal verschwörerisch in die Kamera lächeln und im Studiogebäude verschwinden.

Sie stand auf. Ihr Herz klopfte unter dem dunkelgrauen Anzug mit den asymmetrischen Nadelstreifen ein wenig schneller als sonst. Guter Joggingpuls. Hundertzehn. Hundertzwanzig. Höchstens hundertdreißig. Die rote Lampe auf Kamera 2 begann zu leuchten.

»Guten Abend. Herzlich Willkommen bei *Auf der Couch*.« *Dam. Dam. Dam.* Die drei Wörter gaben den Rhythmus vor, den die Sendung haben würde. Das Publikum begann zu klatschen. Eifrig. Es wollte seine Sache gut machen.

»Vielen Dank. Sehr freundlich. Vielen Dank.« Tessa verbeugte sich in drei Richtungen. »Vielen Dank.«

Der Applaus wurde leiser. Stille. Sehr große Stille.

»Auf unseren heutigen Gast freue ich mich ganz besonders«, sagte Tessa und klang so aufrichtig, dass sie sich von ihrer eigenen Begeisterung anstecken ließ. »Es ist eine Frau, die etwas geschafft hat, was in diesem Land noch keine Frau geschafft hat.« Pause. »Und es ist eine Frau, die etwas schaffen will, was in diesem Land erst recht noch keine Frau geschafft hat. Begrüßen Sie Gabriele Behrens, die erste deutsche Kanzlerkandidatin.«

Applaus. Die Politikerin kam im beigen Hosenanzug herein und nickte ins Publikum. Tessa ging zwei Schritte auf sie zu. Ihre interne Wette hatte sie gewonnen. Sie war sicher gewesen, dass Gabriele Behrens nicht in einem ihrer üblichen Kostüme mit wadenlangem Rock, sondern im Hosenanzug erscheinen würde. Nur wenige Frauen trauten sich, zu *Auf der Couch* im Rock zu kommen. »Schön, dass Sie da sind. Herzlich willkommen.«

Tessa schüttelte der Politikerin die Hand und wartete einige Sekunden, bis sie den ihr zustehenden Applaus bekommen hatte, dann zeigte sie in Richtung der Sitzgruppe. »Frau Behrens, darf ich Sie bitten, auf unserer gemütlichen Couch Platz zu nehmen. Bitte.«

Es war der Moment, den Tessa liebte. Zu sehen, wie der Gast sich der Couch annäherte. Ob er sich erst setzte, ob er einen Witz übers Schuhe-Ausziehen machte. Gabriele Behrens setzte sich in die Mitte und klopfte mit ihren kräftigen Händen zweimal auf das Polster, als wollte sie es vor dem Kauf prüfen.

»Oh, das ist gefährlich«, sagte sie, nachdem sie sich ausgestreckt hatte. »Hoffentlich schlafe ich nicht ein.«

Tessa setzte sich auf ihren Stuhl am Kopfende der Couch, schlug das rechte Bein über das linke Bein und zog ihre Nadelstreifen glatt.

»Keine Angst. Ich halte Sie schon wach.«

Lachen. Stille.

»Frau Behrens. Wie fühlen Sie sich heute?«

»Danke. Sehr gut.«

Tessa wartete. Sie war weder ausgebildete Psychoanalytikerin, noch hatte sie jemals selbst auf einer Couch gelegen. Eine nicht mehr praktizierende Freundin von Attila hatte ihr die Spielregeln des modernen Exorzismus beigebracht.

»Ich hatte einen langen Gremientag«, sagte die Politikerin.

Tessa verzog innerlich den Mund. Schlecht vorbereitet. Jede ihrer Sendungen begann mit: *Wie fühlen Sie sich heute?* Auf diese Frage hätte Gabriele Behrens eine bessere Antwort parat haben müssen. (*Ach, ist tatsächlich immer noch heute?* hatte der Außenminister neulich geantwortet.)

»Haben Sie das Gefühl, dass Sie Ihren Tag hätten anders gestalten sollen?«

»Überhaupt nicht. Gremiensitzungen sind das Herz der Politik.«

Tessa spürte, dass Gabriele Behrens sich aufrichten und den Blickkontakt zum Publikum suchen wollte. Vor über einem Jahr hatte Attila das Format erfunden. *Du musst die Politiker verunsichern. Zieh ihnen den Boden weg. Kein Mensch will mehr hören, was die reden, wenn man sie reden lässt*, hatte er bei dem Abendessen gesagt, bei dem *Auf der Couch* geboren worden war.

»Das ist den meisten Menschen ja gar nicht klar«, redete Gabriele Behrens weiter. »Dass die eigentliche Politik in den Gremien und in den Ausschüssen gemacht wird. Die Menschen sehen im Fernsehen immer nur die Bilder von Bundestagssitzungen und kritisieren dann, dass die Reihen dort so leer sind. Aber das müssen sie auch sein, weil die eigentliche Arbeit in den Gremien gemacht wird.«

Tessa hatte sich nur einmal zum Scherz auf die Studiocouch gelegt. Man sah Scheinwerfer und Lastenzüge und Beleuchterbrücken, darüber die hohe Decke, die sich im Schwarz verlor. Es war kein wirklich beruhigender Anblick.

»Sie betonen so sehr die Wichtigkeit der Gremienarbeit. Haben Sie Angst, dass die Leute, jetzt wo Sie Kanzlerkandidatin sind, den Verdacht haben, Sie würden die Basisarbeit vernachlässigen?«

»Ganz und gar nicht. Ich bin und war schon immer jemand, der gesagt hat: Ein Baum kann nur von den Wurzeln her wachsen.«

»Das ist ein schöner Satz. Wo würden Sie Ihre ganz persönlichen Wurzeln sehen, Frau Behrens?«

Die Politikerin bewegte den Kopf ein wenig nach links. Tessa wusste, dass sie sie von ihrer Position aus nicht sehen konnte. Die Kamera, die an einem Kran über der Couch befestigt war, zeichnete jede Bewegung auf.

»Ich komme vom Land. Ich bekenne mich dazu, und auch heute ist es für mich immer noch wichtig, ein paar Wochen im Jahr auf dem Land zu verbringen. Vergangenen Sommer haben wir einen kleinen Bauernhof gekauft. Ich fürchte, ich werde jetzt nicht mehr viel Zeit dafür haben, aber trotzdem brauche ich so einen Ort, der mich mit meiner Herkunft verbindet.«

Tessa entdeckte am Scheitel der Politikerin, die ihre braunen Haare schulterlang trug, einiges Grau. Sie schätzte, dass

Gabriele Behrens alle sechs Wochen zum Färben ging. Alle sechs Wochen war zu wenig. Sie selbst wusste, wie lästig es war, alle vier Wochen eine Stunde unter Folien und Wärmestrahlern zu sitzen. Aber alle sechs Wochen war zu wenig.

»... erst als ich meinen Mann kennen gelernt habe. Das war ganz wichtig für mich.«

Tessa zuckte zusammen, wie ein Autofahrer, der sich beim Sekundenschlaf ertappt. »Sie sprechen oft von Ihrem Mann«, sagte sie schnell. Sie war sicher, dass niemand etwas gemerkt hatte. »Können Sie sagen, was Ihr Mann für Ihr Leben bedeutet?«

»Alles. Er ist derjenige, der mir die Kraft gibt, die ich in meinem Beruf brauche.«

»Ihr Mann ist Professor für Geschichte. Als Sie zur Kanzlerkandidatin nominiert worden sind, hat er spontan angeboten, vorzeitig in den Ruhestand zu gehen, um ganz für Sie da zu sein. Fühlen Sie sich deshalb schuldig?«

»Wieso sollte ich mich schuldig fühlen?«

»Haben Sie nicht das Gefühl, dass Ihr Mann Ihnen mehr gibt, als Sie bereit wären, ihm zu geben?«

Tessa sah, wie Gabriele Behrens versuchte, sich auf der Couch ein wenig mehr aufzurichten. Gespannt wartete sie auf die Alarmleuchte, die immer dann losging, wenn ein Gast sich während des Gesprächs aufsetzte.

»Mein Mann und ich sind nun seit fast zwanzig Jahren verheiratet. Und wissen Sie, in einer so langen Zeit gibt es immer Phasen, in denen mal der eine mehr gibt, und dann ist es wieder umgekehrt. Ich habe meinen Mann sehr unterstützt, damals, als wir uns kennen gelernt haben. Ich war da ja schon fertige Juristin, und er hat noch an seiner Habilitation geschrieben. Er weiß das und hat es nicht vergessen.«

»Ich spüre einen großen Ärger bei Ihnen, wenn Sie darüber reden.«

»Ich bin nicht ärgerlich. Ich wundere mich nur ein wenig –« An dieser Stelle ging der Alarm los.

»Frau Behrens, ich muss Sie leider bitten, sich wieder hinzulegen.«

»Das ist doch albern.«

Im Publikum kam leichte Unruhe auf. Live bei der Sendung dabei zu sein, war Glück. Live dabei zu sein, wie eine Sendung aus dem Ruder lief, war großes Glück.

»Frau Behrens, Sie kennen die Spielregeln.«

Lachend ließ sich die Politikerin zurücksinken. »Wo waren wir stehen geblieben?«

»Ich habe Sie gefragt, ob Sie ärgerlich –«

»Ja, richtig. Nein, ich wundere mich, dass ausgerechnet Sie als Frau mir vorwerfen wollen, dass ich zu egoistisch handle, wenn mein Mann nun zwei Jahre vor der geplanten Zeit in den Ruhestand geht. Von uns Frauen wird doch seit Jahrhunderten erwartet, dass wir den Männern den Rücken freihalten.«

»Das ist jetzt interessant. Ist Ihnen aufgefallen, dass *Sie* eben das Wort egoistisch verwendet haben. Fühlen Sie sich schuldig, weil Sie sich als Frau einen Egoismus erlauben, der üblicherweise Männern vorbehalten ist?«

»Ich glaube nicht, dass es hier um Schuld geht. Ich glaube, dass wir politisch dafür kämpfen müssen, dass Frauen beides, Karriere und Familie, unter einen Hut bekommen, und das wird auch eins der Hauptziele sein, für die ich mich im Wahlkampf ganz persönlich einsetzen werde.«

»Aber ich habe Sie nicht danach gefragt, wofür Sie sich im Wahlkampf einsetzen werden, sondern ich habe Sie nach Ihren *Gefühlen* gefragt.«

»Ich glaube, dass Frauen einen großen Nachholbedarf haben, was das Verfolgen ihrer eigenen Ziele im Leben angeht. Aber ich wehre mich strikt dagegen, dass dies von der Gesellschaft dann gleich als Karrierismus oder Rücksichtslosigkeit ausgelegt wird. Ich denke, man muss *beides* sein können: Eine Frau, die ihren Weg geht, und eine Frau, die für ihren Partner da ist.«

Eine klassische P-Frau, dachte Tessa. *Proper. Patent. Politisch korrekt.* »Können Sie sich erinnern, wann Sie Ihrem Mann das letzte Mal das Gnadenbrot gemacht haben?«

Gabriele Behrens lachte. »Sie meinen: das *Abend*brot?«

»Ja. Natürlich.« Tessas Herz raste los, als wolle es durch ein Tor, das sich bereits schloss, noch ins Freie gelangen. Im Publikum gab es einige Lacher.

»Wie auch immer«, sagte sie, und ihr Lächeln klappte herunter wie ein Visier. »Wann haben Sie Ihren Mann das letzte Mal bekocht?«

Tessa zog die Garderobentür hinter sich zu und blieb in der Mitte des Raumes stehen. Das Kombucha in dem Weinglas hatte sich zersetzt. Auf dem Tisch lag der Ablaufplan, der jetzt nur noch Altpapier war. Tessa zündete sich eine Zigarette an und nahm das Handy aus ihrer Handtasche.

»Attila? Ich will ein Band von der Sendung ... Nein, ich mache mich nicht verrückt ... Ich will das Band heute Nacht noch haben ... Dann bezahl halt jemanden, der's kopiert ... Ich mache keinen Terror.« Wütend warf Tessa ihr Handy aufs Sofa.

Dort, wo sie eben in die schwarze Kalbsledertasche hineingefasst hatte, entdeckte sie eine beige Make-up-Spur. Tessa versuchte, den Fleck wegzuwischen. Ein zweiter kam hinzu. Sie klemmte die Zigarette zwischen ihre Lippen, zog ein Tuch aus der Box mit den feuchten Abschminktüchern und begann sich die Hände abzuwischen. Sie hasste diese Körperschminke, die angeblich wasserlöslich war. Sie hasste diese Tücher, die eigentlich für Babyärsche erfunden worden waren. Gabriele Behrens machte es sicher nichts aus, sich mit diesen Tüchern auch das Gesicht abzuschminken. Gleich nach der Sendung war sie in der Maske verschwunden, um nach wenigen Minuten abgeschminkt und glänzend im Foyer aufzutauchen. *Proper. Patent. Politisch korrekt.* Einen halben Prosecco hatte sie noch mit Tessa und der Redaktion im Stehen getrunken, hatte die Sendung *äußerst originell* gefunden. Dann war sie in ihrem nachtblauen Dienstwagen davongefahren.

»Fuck«, sagte Tessa und warf das verschmierte Tuch in den Papierkorb. Es klopfte an der Tür.

»Ja?«

Ben, der Jungredakteur, der jeden Abend als Letzter ging, steckte den Kopf zur Tür herein. »Ach, du bist allein. Ich dachte, ich hätte dich mit jemandem reden gehört.«

»Scheiße, nein. Ich hab bloß telefoniert.« Tessa zog ein neues Tuch aus der Box.

»Entschuldigung.«

Normalerweise erwiderte sie Bens Lächeln pawlowsch.

»Ich glaub, die Behrens hat sich verhört«, sagte er. »Ich habe ziemlich deutlich Abendbrot verstanden.«

Tessa hörte auf, ihre Hände zu schrubben, und schaute Ben an. »Hat dich Attila hergeschickt, damit du mir das sagst?«

»Unsinn. Ich wollte dich nur fragen, ob du noch mit ins *Krösus* kommst. Ich hab um Mitternacht Geburtstag.«

»Ich bin müde.« Tessa widmete sich wieder ihren Händen.

»Ach komm. Bitte.« Ben machte einen Schritt ins Zimmer hinein und bohrte seine Hände in die Hosentaschen.

»Ich bin total geschafft.«

»Ein Glas«, sagte er und streckte einen Daumen in die Höhe. »Ein Glas. Ich werd nur einmal dreißig.«

Im Spiegel sah Tessa, wie er sie unter seinem verwuschelten Braunschopf anschaute. Seine Augen waren sehr dunkel. »Ich kann nicht«, sagte sie und betrachtete ihre gereinigten Hände.

Er war zurück. Tessa spürte es, kaum dass sich die Türen des Fahrstuhls, der sie direkt ins Loft brachte, hinter ihr geschlossen hatten. Nur aus dem Küchenbereich drang schwaches Licht. Keine Geräusche. Er war oben auf der Galerie. Und schlief. Neben dem Fahrstuhl standen die braunen Budapester, die er sich im Sommer hatte machen lassen.

Sie fühlte sich nüchtern, als hätte sie den ganzen Abend Apfelsaftschorle getrunken. Ben hatte sie schließlich doch noch überredet, mit ins *Krösus* zu gehen. Es war gut gewesen. Das *Krösus* war immer gut, besonders seitdem es in der Sperrzone rund um die amerikanische Botschaft lag, und jeder, der dorthin wollte, die Straßensperre mit den Ausweis- und Sicherheitskontrollen passieren musste. Letzte Woche waren eine Menge Leute im *Krösus* gewesen, die Tessa dort noch nie gesehen hatte. Der Barmann hatte ihr erklärt, dass es in drei Zeitungen Solidaritätsaufrufe mit der umzingelten Lounge gegeben hatte. Heute waren sie unter sich geblieben. Nur Leute aus der Redaktion und vom Sender. Sie hatten die Tische zur Seite gerückt und getanzt.

Gouchie, Gouchie, ya ya dada!

Es war gut gewesen. Die Bässe in der Wirbelsäule zu spüren. Das Stampfen. Das alles klein machte und zusammenstauchte, wie in einer Autopresse. Sie hätte Bens Vorschlag, noch in einen Club zu ziehen, annehmen sollen.

Im Halbdunkel hängte Tessa ihren Mantel an die Garderobe und ging zu dem Regal, in dem ihre CDs standen. In ihrer alten Wohnung hatte sie das oft gemacht. Bis zum Morgen mit sich selbst getanzt, wenn sie nach einer Sendung allein nach Hause gekommen war. Sie zog eine CD aus dem Regal, ohne das Cover zu erkennen. Es war egal. In ihrem Regal gab es nur CDs, zu denen man tanzen konnte.

Von der Galerie, die jetzt unmittelbar über ihr war, hörte sie ein Geräusch. Tessa hielt inne. Schnarchen. Sebastian schnarchte nur, kurz nachdem er eingeschlafen war. Er hatte auf sie gewartet. Fast. Die Uhr am DVD-Recorder zeigte 02:27. Tessa schob die CD ins Regal zurück.

Das Gästebad war im unteren Stockwerk. Tessa schnupperte an der Zahnbürste, die in dem weißen Keramikbecher neben dem Waschbecken stand. Sebastian hatte der Putzfrau aufgetragen, immer eine frische Zahnbürste in den Becher zu stellen. Für Freunde, die sich spontan entschlossen, über Nacht zu bleiben. Seitdem sie in dem Loft wohnten, hatte noch nie jemand bei ihnen übernachtet. Tessa betrachtete sich im Spiegel. Das Make-up war nur wenig verschmiert. Ein bisschen Puder. Ein bisschen Lippenstift, und alles war wieder in Ordnung. Sie konnte Ben anrufen und ihn fragen, wo er war. Sie hatte schon lange keine Nacht mehr durchgemacht. Wenn Ben in einen Club gegangen war, würde er sein Handy nicht hören. Oder er hatte es ganz ausgemacht. Morgen würde er sehen, dass sie versucht hatte, ihn letzte Nacht zu erreichen. Er würde sie anrufen. Sie würde morgen nicht mit ihm darüber reden wollen. Tessa stellte die Zahnbürste in den weißen Keramikbecher zurück und schlich in Strümpfen die Holzstufen zum oberen Stockwerk hinauf.

Sebastian hatte aufgehört zu schnarchen. Das Licht, das durch die großen, vorhanglosen Scheiben aufs Bett fiel, war hell genug, um seine Konturen zu erkennen. Sein Oberkörper lag nackt da, sein rechter Arm quer über ihrem Kissen. Es war noch nicht oft geschehen, dass er schon schlief, wenn sie nach Hause kam. Bevor sie mit ihm zusammengezogen war, war es nie geschehen, dass ein Mann in ihrem Bett lag und schlief, wenn sie nach Hause kam. Letzten Sonntag hatte sie ihn am Fahrstuhl verabschiedet. Sie hatten sich geküsst, er hatte *tschüss* gesagt und sie *ciao*. Ihre Liebe hatte sich wie etwas angefühlt, über das man nicht nachdenken musste.

Ohne ein Geräusch zu machen, ging Tessa ins Bad. Abschminken. Zähneputzen. Flossen. Lotion. Augencreme. Feuchtigkeitscreme. Keine Nacht erlaubte sie sich, von dieser Routine abzuweichen, ganz gleich wie müde oder betrunken sie war. Als sie auf die Galerie zurückkam, schien das Mondlicht noch immer durch die Fenster herein. Das Licht zeichnete Schatten auf Sebastians Gesicht. Die Ringe unter seinen Augen waren tiefer geworden, seitdem sie ihn kannte. Seine Lippen waren voll und ein wenig aufgesprungen. Sie beugte sich hinunter, um ihn zu küssen. Er zuckte im Schlaf.

Vorsichtig stieg sie ins Bett und ließ den Kopf neben ihr Kissen sinken, auf dem noch immer sein Arm lag. *Ba. Damm. Ba. Damm.* Machte sein Puls in der Matratze. Wenigstens wollte sie glauben, dass es sein Puls war. Die alte Ameisenstraße fiel ihr wieder ein. Bis zu ihrem dreizehnten Lebensjahr hatte sie geglaubt, Kinder entstünden, indem das Sperma über die Matratze wandert und sich den Weg zwischen die Beine der Frau sucht. Natürlich hatte sie gelesen, was in den Biologiebüchern stand. Und hatte nicht prinzipiell abstoßend gefunden, was dort als *Beischlaf* beschrieben wurde. Sie hatte sich nur nicht vorstellen können, dass diese intime Art des Kindermachens für alle Menschen galt. Für die Schönen – ja. Aber dass die hässliche Kassiererin in dem Supermarkt, in den ihre Mutter sie immer geschickt hatte, dass diese Kassiererin, die so furchtbar klein war und eine quäkende Stimme hatte, zu ihren beiden Söhnen gekommen sein sollte, indem ein Mann *mit ihr* geschlafen hatte, das hatte Tessa sich beim besten Willen nicht vorstellen können.

Sie drehte sich auf die Seite und griff nach Sebastians

Glied, das leblos zwischen seinen Schenkeln lag. Es war warm und weich, das haarige Dreieck verströmte einen Duft nach Waldboden und Duschgel. Sie begann vorsichtig zu reiben.

Wo die Candida-Pilze beim Mann wuchsen? Rings um das Glied herum, wie die schmutzig gelben Schwämme, die sie als Kind bei den Waldspaziergängen von morschen Baumstämmen getreten hatte? Das Mondlicht war schwach, dennoch konnte Tessa erkennen, dass es an Sebastians Glied weder Schwämme noch einen *rasenartigen grauweißlichen Belag* gab. Mit dem Drummer, bei dem sie sich damals die Candida geholt hatte, hatte sie nach der Nacht am Baggersee nie wieder gesprochen. Der Gynäkologe, der ihren Pilz dann schließlich behandelt hatte, hatte nur gesagt, der Junge müsse auch behandelt werden. Ohne zu sagen, was das genau hieß. Ob Sebastian eine Salbe nahm? Tabletten? Tinktur? Versteckten sich die Pilze innen im Glied, wie es auch im Wald manche Pilze gab, die sich lieber in hohlen Baumstämmen verbargen? Kamen sie erst heraus, um ihre tückischen Sporen zu verbreiten, wenn der Wirt sich entlud?

Sebastian stöhnte im Schlaf.

Er war der Moment, den Tessa am meisten liebte. Wenn sein Glied erwachte, während er selbst noch schlief. Sie rieb etwas fester.

Bei wem du dir die Candida eingefangen hast, ist mir allerdings ein Rätsel. Dass Dein Astralweib die Brutstätte einer ordinären Pilzkrankheit ist, kann ja nicht sein.

Carola log. Sie selbst war die Brutstätte. Hatte sich die Candida in irgendeinem Reagenzglas besorgt, um Sebastian zu infizieren. Hatte ihn zu sich gelockt, betrunken gemacht, auf die Couch gezerrt, mit keinem anderen Plan, als ihm eine Candida zu verpassen. Der Mann, dessen Glied sie in ihrer Hand hielt, vögelte nicht quer durchs Revier.

»Tessa? Da bist du ja endlich.« Sebastians Stimme war rau vor Schlaf. Er drehte sich um und zog Tessa an sich. »Ich habe so lange auf dich gewartet.«
Tessa ließ ihn los.
Schläfst du noch mit Carola?
»Tut mir Leid«, sagte sie. »Ben hatte Geburtstag.«
»Mmh ...«
Sebastian umarmte sie noch fester. Sie drehte ihm ihren Rücken zu, so dass sie jetzt hinter sich greifen musste, um ihn weiterzureiben. Der Mond schien unverändert. Knie in Knie lagen sie da. Den Ausdruck *Löffelchen*, um diese Stellung zu bezeichnen, hatte Tessa immer abscheulich gefunden. Sie war glücklich, dass Sebastian ihn noch nie benutzt hatte. Wenn man ihr denn einen Namen geben musste, hätte sie die Stellung *Sessellift* getauft. Das warme, sichere Gefühl, einen Berg hinaufgetragen zu werden. Höher und immer höher ...

Sie hielt sein Glied jetzt fest mit der Faust umschlossen. Erregung presste Sebastians Bauch kräftiger an ihren Rücken. Sein linker Arm schob sich an ihrem Arm vorbei und suchte den Weg zwischen ihre Beine. Mit einem Finger tauchte er in sie ein und stöhnte.

Keine Spur mehr von Schlaf in seiner Stimme. Keine Spur von Schlaf in dem, was seine Finger zwischen ihren Beinen taten. Er kannte sie. So gut wie kein Zweiter. Es konnte nicht sein, dass er sie betrog. Tessa stellte den rechten Schenkel auf, um seinen Finger mit seinem Glied zu verdrängen. Sebastian stöhnte lauter, zusammen fielen sie in einen Rhythmus, der Hintern und Schaft heftig aneinander schlagen ließ. Zwei Schlangen, die im Wüstensand ihre Balz austanzten. Der Tanz wurde schneller. Er konnte nicht mehr weit vom Höhepunkt entfernt sein.

Komm ... Nur noch ein kleines Stück ... Gleich ...
»Was ist?« Tessa blieb liegen. Schwer atmend. Sebastian

hatte sich zurückgezogen aus ihr. »Was ist?« Ihre Stimme klang zu grell in dem mondbeschienenen Raum.

»Hast du nicht deine gefährlichen Tage? Ich zieh mir was über.« Er wisperte. Sein Mund zärtlich in ihrem Nacken. Sie hörte, wie eine seiner Hände von ihr weg in Richtung Nachttischschublade glitt.

Etwas in ihrer Kehle begann zu brennen.

Er hasste Kondome. Wieso dachte er ausgerechnet heute Nacht daran?

»Ich bin okay«, stieß sie hervor.

»Sicher?«

»Sicher.«

Er kehrte in sie zurück. Und sie ließ sich mitnehmen nach oben, obwohl sie zum ersten Mal das Gefühl hatte, der Sessellift könne abstürzen.

*T*essa lag in der Badewanne, als das Telefon klingelte. Sie hatte es extra auf den Stuhl daneben gelegt, weil sie damit rechnete, dass Attila ihr die Quoten von gestern Abend durchgab. Der erste Anruf freitagmorgens kam immer von Attila.

Als sie die grüne Taste drückte, war es Feli.

»Tessa, bitte, bitte, du musst mir einen Riesengefallen tun.«

Tessa liebte ihre Schwester, wie man eine Schwester liebte, die man vom ersten Tag an gehasst hat. Vier Jahre nach ihr geboren, an einem Tag, an dem in ganz Deutschland die Sonne schien, war ihre Schwester von vornherein zur Kür bestimmt gewesen. Großeltern hatten das brabbelnde Kleinkind in ihre Herzen geschlossen, zu denen Tessa den passenden Schlüssel nicht fand, obwohl sie bei jedem der anfallenden Geburtstage Blockflöte spielte. Tessa malte eine Woche lang nach Zahlen, bis aus den sieben verschiedenen Brauntönen endlich ein Pferd geworden war. Ihre Mutter lobte das Bild und stellte es auf den Kühlschrank. Feli schmierte ihr Zimmer mit Penatencreme ein, soweit die Babyhände reichten. Ihre Mutter lachte, bis sie Tränen in den Augen hatte. Auch der frühe Tod der Mutter hatte die Schwestern einander nicht näher gebracht. Tessa saß in ihrem Zimmer und kaute sich aus Hass gegen die Neue, die Kosmetikerin, die Nägel blutig, während Feli den Schoß der Neuen im Sturm erklomm und sich jeden Abend die winzigen Nägel mit einer anderen Bonbonfarbe lackieren ließ. Tessa hatte ihr Abitur mit 1,7 gemacht. In der Abizeitung war sie nur einmal erwähnt worden, als drittgenannte bei der Frage: *Wer, glaubt ihr, macht später mal die größte Karriere?* Feli hatte ihr Abitur mit 3,9 überstanden. Und war zur beliebtesten Schülerin des Jahrgangs gewählt worden.

»Tessa, bitte! Kannst du Curt nehmen?«

Wie oft hatte sie diesen Satz gehört, seitdem ihre Schwester vor einem guten halben Jahr Mutter geworden war?

»Ich habe keine Zeit.«

»Bitte, bitte, bitte. Ich muss zu einem Vorsingen. Die suchen eine Leadsängerin für eine neue Band.«

»Ruf Robert an.«

Robert war Curts Vater. Und der Bassist in Felis ehemaliger Band. Obwohl er Feli für das *Fickbarste* hielt, was ihm je begegnet war – so hatte er sich Tessa gegenüber nach einem Konzert ausgedrückt –, hatte er keine Lust darauf gehabt, zusammen mit dem Fickbarsten ein Kind in die Welt zu setzen. Also war Feli alleine Mutter geworden, Robert hatte sich bei einem Gig etwas anderes Fickbares gesucht, und einen Monat nach Curts Geburt hatten die *Sad Animals* ihre offizielle Trennung bekannt gegeben.

»Tessa, ich muss zu diesem Vorsingen.«

Während Tessa mit zwölf langsam von der Blockflöte aufs Klavier umgestiegen war, hatte Feli begonnen, Gitarrenunterricht zu nehmen, um Sängerin in einer coolen Band zu werden. Mit fünfundzwanzig hatte sie ihren Traum mehr oder weniger erreicht. Die *Sad Animals* hatten zwar nie die Charts gestürmt, aber in der Szene hatten sie am Schluss als coole Band gegolten.

»Ich muss in den Sender.«

»Ach. Die Sendung gestern war übrigens lustig.«

»Du hast geguckt?«

»Na klar doch.«

Tessa betrachtete ihren nackten großen Zehennagel. Sie musste sich das Band besorgen. *Aber ihre Schwester hatte nichts gesagt. Ihre Schwester hätte es ihr triumphierend unter die Nase geschmiert, wenn sie sich gestern in der Sendung versprochen hätte. Auf ihre Schwester war Verlass.*

»Und der Versprecher war echt lustig«, sagte Feli.

Moses war in einem Weidenkörbchen an irgendein Ufer gespült worden, und barmherzige Leute hatten ihn bei sich aufgenommen. Tessa konnte sich nicht mehr erinnern, was diese barmherzigen Leute für einen Beruf ausübten. Wahrscheinlich waren sie Schreiner oder Schafhirten oder gingen sonst einer besinnlichen Tätigkeit nach. Sicher waren sie keine Fernsehmoderatorinnen, die mit ihrem Produzenten die Quoten des Vorabends besprechen mussten (300 000 Zuschauer, regionaler Marktanteil von 9,7 Prozent, keine Sensation, aber gut). Tessa hatte Attila schließlich aus der Leitung geworfen, weil ein anderer Anrufer allzu hartnäckig anklopfte. Es war zum zweiten Mal Feli gewesen. Die ihr mitteilte, dass sie Curt soeben vor Tessas Haustür abgestellt hatte und jetzt im Taxi zu ihrem Vorsingen saß.

Tessa öffnete eins der Fenster, die zum Hof gingen. Da stand es. Eins dieser Plastikweidenkörbchen, in denen moderne Eltern ihre Kinder aussetzten. Tessa beugte sich weiter hinaus und lauschte. Nichts. Sie sah nur die gemusterte Decke, die sich in dem Körbchen bauschte. Wahrscheinlich schlief Curt. Bei den seltenen Gelegenheiten, bei denen Tessa ihn gesehen hatte, hatte er fast immer geschlafen.

Tessa schloss das Fenster, ging in ihr Arbeitszimmer und klappte den Laptop auf. Sie musste hart bleiben. Wenn sie jetzt nachgab, würde sich dieselbe Geschichte in spätestens drei Tagen wiederholen. Als der Laptop keinerlei Lebenszeichen von sich gab, fiel ihr wieder ein, dass er vorletzte Nacht abgestürzt war. Sie musste den Laden anrufen. Sofort. Sie konnte nicht das ganze Wochenende ohne Laptop sein.

Ob Feli wenigstens daran gedacht hatte, den Kleinen vorher noch zu füttern? Tessa hatte keine Ahnung, was ein Kind in diesem Alter zu essen bekam. Noch Milch? Ob Feli Curt an die Brust legte? Bei dem Gedanken, ihre Schwester könnte nährende Mutter Natur spielen, musste Tessa lachen.

Der Mann im Computergeschäft erkannte ihre Stimme sofort. Er entschuldigte sich in jeder Hinsicht – *mein Gott, ich hoffe, Sie hatten keine allzu großen Umstände, aber Ihre Sendung gestern war ganz toll* – und versprach, Tessa heute noch einen Ersatzcomputer vorbeibringen zu lassen. Zufrieden beendete sie das Gespräch.

Ihr Arbeitszimmer ging zu den stillgelegten Gütergleisen hinaus. Wenn Curt im Hof zu weinen begonnen hatte, würde sie es hier unmöglich hören. Also ging sie ins untere Stockwerk und öffnete das Fenster. Der blaue Plastikkorb stand noch immer da. Sie lauschte und hörte nichts. Es regte sich auch nichts. Was, wenn Curt schon gar nicht mehr im Korb lag? Unsinn. Er konnte noch nicht krabbeln. Und niemand würde das Kind ohne den Korb mitnehmen. War sie schuld, wenn Curt verschwand? Kein Gericht in diesem Land würde sie schuldig sprechen können. Ihre Schwester hatte sie erpresst.

Mit dem Fahrstuhl fuhr Tessa ins Erdgeschoss. Sie wusste nicht, ob sie erleichtert war oder wütend, als sie Curt im Körbchen liegen sah. Dass er sie anlächelte, machte sie in jedem Fall wütend. Lag da und lächelte sie an. So als ob sie irgendetwas mit ihm zu tun hätte. Gut, sie war seine Tante. Ein Gedanke, der ihr in diesem Augenblick zum ersten Mal kam. Ich Tante. Du Neffe. Was für eine Absurdität. Ihr Neffe war derselbe gottverdammte Sonnenschein wie seine Mutter. Es war klar, auch er glaubte, sich seinen Weg durch die Welt lächeln zu können. Tessa schaute sich um. In dem ehemaligen Fabrikhof war niemand zu sehen. Das Kind lag unter einer Decke, es regnete nicht, das Kind lächelte. Ebenso gut konnte es bleiben, wo es war.

Der Fahrstuhl war bereits am zweiten Stock vorbeigefahren, als Tessa der Gedanke kam, dass es genug Boulevardzeitungen gab, die Feli die Geschichte von der kaltherzigen Schwestertante abkaufen würden.

»Na, so was«, rief Sebastian, als er am frühen Nachmittag von seinem Termin beim Chiropraktiker zurückkam. Tessa sprang auf und eilte die Stufen zur unteren Etage hinab. Die Frage, ob er wirklich vom Chiropraktiker kam, wehrte sie ab wie einen Moskito, um den man sich gerade nicht kümmern kann, weil man einem Säbelzahntiger gegenübersteht.

»Sorry, ich kann nichts dafür«, sagte sie, noch auf der Treppe, »meine verdammte Schwester hat ihn einfach vor die Tür gestellt.«

Einmal, ganz zu Beginn ihrer Beziehung, als sie geglaubt hatte, schwanger zu sein, hatte sie mit Sebastian über Kinder gesprochen. In der Nachwuchs-Frage hatte er sich ebenso unenthusiastisch gegeben wie sie.

Jetzt beugte er sich jedoch mit einem Lächeln über das Körbchen. »Einfach ausgesetzt von der Mama«, sagte er und kitzelte Curt am Bauch. »Aus dir wird später mal ein Held, was?« Der Kleine schlug begeistert in die Rasselkette, die im Henkel des Körbchens gespannt war.

Bevor Tessa es richtig begriff, hatte Sebastian Curt an seine Schulter gehoben und schunkelte ihn sanft. Seine Nase näherte sich dem Hinterteil des Säuglings. Er verzog das Gesicht.

»Ich glaube, wir sollten seine Windeln wechseln.«

»Wir?« Tessa war immer noch nicht sicher, ob sie begriff, was sie sah. Sie war die beiden letzten Stunden hilflos um das Körbchen geschlichen, hatte sich fast nicht getraut, ihren Neffen von der Decke zu befreien, und nun stand Sebastian mit dem Kleinen da, als habe er im vorherigen Leben das Mutterkreuz getragen.

»Aber wir haben doch gar keine Windeln«, war alles, was ihr einfiel.

»Da im Korb ist eine«, sagte Sebastian und ging mit Curt die Treppe zum großen Bad hinauf.

Tessa blinzelte. Die Sonne schien wie ein psychedelischer Pfannkuchen. Woher um alles in der Welt wusste Sebastian, wie man einen Säugling wickelte? *Mein Beruf ist mir so wichtig*, hatte er damals gesagt, *da ist beim besten Willen kein Platz für Kinder.* Hatte er gelogen? Gab es irgendwo da draußen einen kleinen Waldenfels, von dem sie nichts ahnte?

Sie schloss die Augen. Die Sonne hörte nicht auf, sie auszulachen.

Wenn es im *Sunshine-State* einmal gewitterte, dann richtig. Feli sah aus, als ob man sich an jedem ihrer Million Korkenzieherlöckchen einen Stromschlag holen könnte.

»Das sind doch alles Wichser«, tobte sie. »Warum schreiben die in ihre verdammte Anzeige nicht rein, dass sie keine Sängerin suchen, sondern eine verdammte Springmaus?«

»Und warum setzt du den Kleinen bei mir ab, nachdem ich ausdrücklich *nein* gesagt habe?«, tobte Tessa zurück.

»Mein Gott, dir bricht kein Zacken aus der Krone, wenn du mir auch mal einen Gefallen tust.« Jetzt erst schien Feli Sebastian zu bemerken. Und Curt, den dieser auf dem Arm hielt.

»Hi«, sagte sie. Tessa fand, dass es eher nach *fick dich* geklungen hatte.

»Hallo«, antwortete Sebastian freundlich. Feli und er waren sich noch nicht oft begegnet. »Das muss hart sein, sich in diesem Musikbusiness zu behaupten.«

Feli stieß einen unartikulierten Laut aus. Curt patschte dem Mann, der ihn die letzte Stunde so liebevoll gehütet hatte, gegen die Nase.

»Das ist ja so ein süßes Kind«, sagte Sebastian unverändert freundlich. »Ich habe ihn vorhin sauber gemacht und gewickelt, ich hoffe, das war in Ordnung.«

»Ist schon okay. Zu Hause mach ich das dann richtig. – Das Bad war oben?«, wandte Feli sich abrupt an Tessa.

»Du kannst auch das Gästeklo hier unten benutzen«, sagte Tessa und zeigte auf die Tür, die zum hinteren Flur führte.

Feli schnappte sich ihr Kunstledertäschchen mit der applizierten Pistole und verschwand ohne weiteren Kommentar.

»Sorry, dass du an deinem einzigen freien Tag diesen ganzen Stress mitmachen musst«, sagte Tessa, als sie mit Sebastian allein war. Sie ging zu ihm und gab ihm einen Kuss. Sie fand, dass Curt immer noch den süßlich-fauligen Geruch verrottender Äpfel verströmte.

»Das ist doch kein Problem. Jeder hat mal einen schlechten Tag.«

»Aber nicht jeder führt sich so auf.«

Von nebenan ertönte ein lautes Klirren, als ob Glas zerbrochen wäre.

»Jetzt reicht's.« Tessa marschierte in die Richtung, aus der das Geräusch gekommen war, bevor Sebastian versuchen konnte, sie aufzuhalten.

»Alles in Ordnung?«, rief sie, als sie die Tür zum Gästebad erreicht hatte.

»Alles cool«, hörte sie die Stimme ihrer Schwester.

»Soll ich den Staubsauger holen?«

»Nee, ist alles okay.«

Einem Impuls folgend – Familieninstinkt? – drückte Tessa die Klinke. Sie wusste, dass die Tür nicht verriegelt sein konnte. Der Schlüssel klemmte, seitdem sie eingezogen waren, und weder Sebastian noch sie hatten bislang die Zeit gefunden, sich um die Behebung dieses Mangels zu kümmern. Ihre Schwester kniete vor dem geschlossenen Klodeckel, unter dem Waschbecken glitzerten die Scherben eines Handspiegels.

»Hey!« Feli fuhr herum, dass ihre blonden Löckchen flogen. Ein zusammengerollter Geldschein steckte in ihrem linken Nasenloch. Es verstrich ein langer Augenblick, in dem keine der beiden Schwestern etwas sagte.

»Ich dachte, du hast seit der Schwangerschaft aufgehört«, beendete Tessa schließlich das Schweigen.

»Hab ich ja auch.«

»Das sehe ich.«

»Mann. Nur heute.«

»Woher hast du überhaupt noch die Kohle für das Zeug?«

»Auch wenn du es nicht wahrhaben willst, Schwesterchen: Ich hab mal richtig Geld verdient.«

»Ich könnte dich beim Jugendamt anzeigen.«

»So spießig wärst nicht einmal du.« Feli grinste. »Warum gehst du nicht einfach wieder zu deinem Knacker raus und unterhältst dich weiter übers *Musikbusiness*.«

Sie drehte Tessa den Rücken zu, Sekunden später erklang

das Geräusch, das das kleine Mädchen früher gemacht hatte, wenn ihm die Nase lief.

»Ich hätte nicht geglaubt, dass du so verantwortungslos bist.«

Feli lachte, tupfte mit dem befeuchteten Finger die letzten Krümel vom Klodeckel und leckte sie ab.

»So 'ne halbe Linie alle paar Wochen – das ist weniger schädlich als die ganze Scheiße, die du täglich inhalierst.«

Sie stand auf, strich den Fünfzig-Euro-Schein glatt und steckte ihn zusammen mit der Kreditkarte ins Portemonnaie zurück. Wie in einer Reklame für ultracooles Haarstyling fuhr sie sich durch die Locken und lächelte ihr Spiegelbild an.

»Bitte, das Klo ist frei«, sagte Feli, »und das mit dem Spiegel tut mir echt Leid, ich kauf dir einen neuen.«

Tessa blieb im Bad stehen. Sie konnte sich nicht bewegen. Zu ihrem Ärger merkte sie, wie sich ihr Hals hinten zusammenzog und Tränen in ihre Augen drückten. Am liebsten wäre sie nach draußen gestürmt und hätte ihre Schwester geschlagen. An den Haaren gepackt, ihr Gesicht in den nächstbesten Spiegel geknallt und *schau dich an* gebrüllt. Mit der Spitze ihrer Flip-Flops schob Tessa vorsichtig die Scherben am Boden zusammen.

Als sie fünf Minuten später in den Wohnbereich zurückkam, war ihre Schwester nicht, wie sie gehofft hatte, samt Curt verschwunden. Sondern saß auf einem der cremeweißen Ledersofas, Sebastian gegenüber. Ihre weiße Bluse mit den Flatterärmeln war aufgeknöpft, die linke Brust hing heraus. Und an der linken Brust hing Curt.

»Hör sofort auf damit«, sagte Tessa und wunderte sich, wie ruhig sie klang.

Sebastian und Feli starrten sie beide an, Sebastian mit einem Blick, als habe sie soeben angekündigt, ihrem Neffen die Mutter rauben zu wollen.

»Tessa, du kannst doch nicht –«, setzte er an, aber Feli war schneller.

»Lass nur, meine Schwester war schon immer verklemmt, wenn's um Titten ging«, sagte sie und streichelte ihrem Sohn über den Kopf.

Sebastian lag noch im Bett. Sie ließ ihn schlafen, schlüpfte in Sport-BH, Kapuzenjacke und Jogginghose, nahm die Autoschlüssel aus ihrer Handtasche und fuhr mit dem Fahrstuhl in die Tiefgarage.

Außer ihrem schwarzen Cabrio stand dort nur der Jeep der Anwältin aus dem dritten Stock. Sebastian besaß weder Führerschein noch Wagen. Die Anwältin war Single. Und die restlichen Apartments in dem Gebäude standen leer. Die Jahre waren vorbei, in denen Luxuslofts verkauft waren, bevor die Fabrikmaschinen aus dem Gebäude geräumt werden konnten. Aus den jungen Millionären waren zu Beginn des dritten Jahrtausends junge Bankrotteure geworden. Die wenigen, die es selbst noch nicht erwischt hatte, blieben in ihren sanierten Altbau-Wohnungen hocken, die sie vor einigen Jahren mit dem ersten Geld gekauft hatten, und hofften, die wirtschaftliche Eiszeit dort überwintern zu können. Tessa wusste, dass sie Glück hatte. Der Friseur, zu dem sie jeden Donnerstag vor der Sendung ging, hatte ihr erst neulich erzählt, dass sie eine der letzten Kundinnen war, die noch jede Woche kamen.

Sie drückte die Fernbedienung. In der Garage war es so still, dass sie aus zehn Metern Entfernung hören konnte, wie sich die Schlösser in ihrem Mercedes entriegelten. Wäre das elektrische Rollgitter nicht gewesen, das die Außenwelt Außenwelt sein ließ, die Garage hätte im Stadtführer für Vergewaltiger drei Sterne verdient.

Tessa fuhr durch die sonntagmorgenleeren Straßen und genoss das Gefühl, allein zu sein. Es war kühl, aber der Himmel sehr blau, also öffnete sie das Verdeck und drehte die Stereoanlage auf.

Gouchie, Gouchie, ya ya dada!

Die vier Tage waren noch nicht ganz herum. Aber aus irgendeinem Grund, der mit dem blauen Himmel, der kühlen Morgenluft oder der Sonntagsstille zu tun haben mochte, war sie sicher, dass sie keine Candida mehr bekommen würde. Während sie im Handschuhfach nach einer Sonnenbrille kramte, erschien ihr der Gedanke, sie könnte sich mit einer Krankheit infizieren, die Carola ihr an den Hals wünschte, nur noch lächerlich.

Tessa parkte den Wagen in der Straße, die südlich am Park entlangführte, schlug sich durch die drei Haselbüsche, durch die sie sich immer schlug – seit einigen Wochen bildete sie sich ein, die Spuren davon zu sehen –, und trabte los. Der vordere Teil des Parks war so zivilisiert, wie es sich für einen großen Park im Zentrum einer großen Stadt gehörte. Es gab Ententeiche und Blumenbeete und Liegewiesen und Getränkebuden. In ein paar Stunden würden die Familien herkommen, um Ball zu spielen, ein letztes Mal in der Sonne zu liegen und hinter ihren Kindern herzubrüllen. Noch war der Park verlassen. Auf dem Weg am anderen Ende der Liegewiese sah Tessa einen zweiten Jogger traben. Sie kam nur morgens in den Park. Früher war sie manchmal auch nachmittags oder abends hier gelaufen. Bis die Geschichte mit der dicken Frau und den dicken Töchtern passierte. Ein vielleicht zehnjähriges, fettes Mädchen war hinter ihr hergerannt. *Frau Simon,* hatte es gerufen, *meine Mutter will ein Foto machen!* Und Tessa war stehen geblieben und hatte nicht gewusst, ob sie die Sonnenbrille abnehmen sollte oder nicht. Und dann kam auch schon die Mutter herangeschnauft. *Das ist aber ein*

Glück, dass meine Jutta Sie noch erwischt hat. Das hab ich mir schon gedacht, dass Sie eine Sportliche sind. Tessa lächelte, als die Frau sich neben sie stellte und die jüngere Tochter an ihre rechte Seite schob, lächelte, als sie die billige Küche roch, die unlüftbar in den weiten T-Shirts und Leggings hing, und lächelte, als ein Passant auf dem billigen Knipsapparat der Frau zwei Fotos schoss. Am Abend hatte Tessa ihrem damaligen Liebhaber von dem Zwischenfall erzählt, sie hatten beide die Gläser gehoben und über den Preis des Ruhmes gelacht. Dennoch war sie nie wieder nachmittags joggen gegangen.

Tessa lief an der Minigolfbahn vorbei, die um diese Uhrzeit noch geschlossen war, und spürte, wie die Adrenaline und Endorphine in ihrem Körper das Kommando übernahmen. Nach einigen hundert Metern wurden die Bäume dichter, die Wege matschiger. Sie hatte den düsteren Teil des Parks erreicht. Die Familien mit den Kindern kamen nur selten hierher. Nachts gehörte der Park den Schwulen und Strichern. Ein paar Sonnenstrahlen schoben sich durch das Blätterdach. Sie kam an dem Kreuz vorbei, das am Wegrand stand. Ein Jogger war letzten Winter hier erstochen worden. Einen Tag nach Weihnachten, sehr früh morgens. Monatelang hatten im Park Plakate der Polizei gehangen. *Wer hat etwas gesehen? Wer hat etwas gehört? Wer kann etwas sagen?* Der Frühling war gekommen, und die vergilbten Plakate hatten noch immer an den Baumstämmen gehangen. Im Sommer hatte sich jemand ihrer erbarmt und sie abgehängt.

Neben dem Kreuz brannte wie immer eine Kerze. Aus ihrer Mittelstufenzeit, in der Friedhofskerzen im roten Plastikbecher eine beliebte Partybeleuchtung gewesen waren, konnte sich Tessa erinnern, dass sie höchstens eine Nacht brannten. Wer hatte Zeit, alle zwölf Stunden in diesen Wald zu kommen und die Kerzen auszutauschen? Die Familie musste diesen Mann sehr geliebt haben. Neben der Kerze lag ein einziger Strauß Chrysanthemen. Das Blumenmeer, das es anfangs hier gegeben hatte, war verebbt. Längst war an einer anderen Stelle der Stadt ein anderes unschuldiges Leben ausgelöscht worden, das nach Blumengaben verlangte. Mit Sebastian zusammen hatte Tessa neulich im Fernsehen verfolgt, wie die Leiche des Schulkindes, das seit drei Wochen als vermisst gegolten hatte, aus einem Baggersee gezogen worden war. *Kondolenzparasiten,* hatte Sebastian gesagt, als er gesehen hatte, wie die Menschen zu dem Baggersee kamen, um Blumen abzulegen und zu weinen, als seien sie alle Eltern, Brüder, Geschwister des toten Kindes gewesen. Tessa hatte ihm widersprochen. In Zeiten, in denen ein Leben erst durch die Titelseiten der Magazine zu etwas Bedeutungsvollem wurde, verstand sie die allgemeine Sehnsucht, daran teilzuhaben, wenn ein banales Leben durch einen ungewöhnlichen Tod doch noch Bedeutung erhielt.

Wie groß wäre das Blumenmeer, und wie lange würde es sich halten, wenn ich in diesem Wald erstochen würde? Die Frage beschäftigte Tessa jedes Mal, wenn sie an dieser Stelle vorbeikam. In Interviews und Fragebögen hatte sie mehrfach gesagt, dass sie nur weiße Blumen mochte. Lilien. Calla. Notfalls Rosen. Sebastian würde dafür sorgen, dass an ihrem Kreuz nur weiße Blumen lagen.

Der Wald war jetzt sehr dicht, sodass fast kein Licht mehr durch die Blätter drang. Obwohl sie schwitzte, verspürte Tessa ein Frösteln. Sie hätte die wärmere Joggingjacke anziehen sollen.

Sebastian würde in seine alte Wohnung zurückkehren. Nie würde er im Loft wohnen bleiben, wenn sie starb. Es hatte auch gar keinen Sinn. Dass er allein in den dreihundert Quadratmetern weiterlebte.

Zwischen ihren Beinen begann es zu brennen. Einbildung.

Sie hatte sich heute Morgen gründlich mit dem Handspiegel untersucht und keine Rötung, keinen Belag entdeckt. Aber was bewies das? Wie hatte sie die Tatsache, keine Candida bekommen zu haben, beruhigen können? Keine Candida bewies nur: keine Candida. Gute Abwehrkräfte. Wenn Carola Sebastian eine Mail schrieb, in der stand, dass sie noch miteinander schliefen, schliefen sie noch miteinander. Alles lief darauf hinaus.

Ihr Puls raste, ihr Gesicht brannte, als Tessa im offenen Teil des Parks ankam. Sie zwang sich, ihre Schritte zu bremsen und die letzten hundert Meter zu ihrem Wagen zu gehen. Am Haupteingang schleppten die ersten Familien ihre Picknickkörbe über den Rasen.

Sebastian stand in der Küche und presste frischen Orangensaft, als Tessa verschwitzt und noch immer rot im Gesicht nach Hause kam.

»Ich dachte schon, du wärst entführt worden«, sagte er und kippte den Saft in eine Glaskaraffe.

»Würde dich das glücklich machen?«

»Ich würde den Kerl umbringen.« Sebastian hielt die frisch rasierte Wange in ihre Richtung.

»Ich bin total verschwitzt. Lass mich schnell unter die Dusche.«

Im Bad roch es noch Sebastians Aftershave. Das Wasser, das aus dem breiten Duschkopf kam, war heiß, das Duschgel erinnerte an Sommer und Strand. In der Küche hörte Tessa Sebastian pfeifen. Gleich würden sie auf der Dachterrasse frühstücken. Es würde Obstsalat geben. Und Lachs. Und frische Brötchen. Was war dabei, wenn Sebastian mit Carola schlief? Er war hier. Bei ihr. Es bedeutete nichts.

Tessa trocknete sich ab und zog ihren Kimono an. Barfuß ging sie die Treppe hinunter. Dort, wo die Sonne durch die

Scheiben fiel, waren die Schieferplatten, mit denen der ganze Küchenbereich ausgelegt war, warm. Tessa musste an die Zeit denken, in der sie mit dem Architekten über den Plänen gesessen hatten. *Können wir die Wand nicht auch noch rausnehmen? Und die Treppe zur Galerie muss unbedingt ein mattes Metallgeländer bekommen.* Bis nach Portugal waren sie geflogen, um die richtigen Kacheln fürs Bad zu finden. (Die billige Pension, in der nachts das Bett zusammengebrochen war.) Die endlosen Diskussionen, die sie über die Wasserhähne und die Form der Wanne geführt hatten. Das, was zwischen Sebastian und ihr entstanden war, war größer als Verliebtheit.

Die Küche war verwaist, also ging Tessa wieder nach oben. An der Schwelle zur Dachterrasse blieb sie stehen. Sebastian hatte den Tisch gedeckt. Aber es war nicht der leichte Alutisch, der gestern Abend noch dort gestanden hatte, sondern Teakholz. Die Stühle waren nicht mehr die transparenten blassgelben, deren Form entfernt ans Rokoko erinnerte, sondern ebenfalls aus Teakholz. Und die beiden Deckchairs, die neben dem neuen Tisch und den Stühlen standen, hatte Tessa auch noch nie gesehen.

»Was ist das?«, fragte sie.

Sebastian, der damit beschäftigt war, ein Leinenpolster an dem zweiten Deckchair festzubinden, blickte auf. »Das sind die Gartenmöbel, von denen ich dir erzählt habe. Die bei meinen Eltern im Tessin auf der Veranda gestanden haben.«

Tessa ging hinaus und ließ sich auf einen der vier Stühle fallen. Prüfend strich sie über die Armlehnen. »Und wo sind meine Stühle?«

»Ich hab sie in den Keller gebracht. Gefallen sie dir nicht?«

Tessa strich noch einmal über die Armlehnen. »Doch. Doch. Sie sind wunderschön. Vor allem so einen Deckchair wollte ich schon immer haben.«

Sie hatte den Alutisch und die Plexiglasstühle extra für die

Dachterrasse gekauft. Sebastian hatte sie nicht gemocht. Um die Lage zu entspannen, hatte sie behauptet, dass sie schon in ihrer alten Wohnung auf dem Balkon gestanden hätten. *Kein Problem. Wenn wir was Besseres finden, rangieren wir sie einfach aus.* Einer der Sätze, die man sagt. In den Momenten, in denen man alles sagt, weil die Liebe nichts zu tun hat mit dem, was man sagen kann.

»Die beiden müssen über vierzig Jahre alt sein«, erklärte Sebastian und klopfte anerkennend gegen das Holz. »Kein einziger Wurm drin.« Er streckte sich auf dem Deckchair, den er gerade gepolstert hatte, aus. »Ist das gut.«

Tessa sah ihn an. Glücklich und unschuldig wie ein Fünfjähriger, der seine Modelleisenbahn aus dem Keller geholt und quer durch die Wohnung verlegt hat. Sie schenkte zwei Tassen Kaffee ein, balancierte sie zu ihm und setzte sich.

»Es ist toll, dass die nach der langen Zeit noch so gut erhalten sind«, sagte sie.

»Nicht wahr? So was kriegt man heute nicht mehr.«

»Und gut, dass deine Eltern die jetzt geschickt haben. Wir haben bestimmt noch ein paar warme Tage.«

»Ich hoffe doch.« Sebastian blinzelte gegen die Sonne und trank einen Schluck von seinem Kaffee.

Meine Eltern haben mir die Möbel nicht geschickt. Sie standen die ganze Zeit bei Carola und mir auf dem Balkon. Ich war gestern Nacht bei Carola und habe sie geholt. Sag es. Los! Sag es!

Tessa zupfte an dem Faden, der aus ihrem Kimonoärmel heraushing.

Carola hat mich angerufen und mir gesagt, dass ich die Möbel abholen soll. Dass sie den Anblick nicht mehr erträgt. Zu viele Erinnerungen.

Der Faden hing noch fest. Sie musste eine Schere holen. Ohne Schere würde sie nur Schaden anrichten.

Ich hab gestern im Theater zufällig Carola getroffen. Und da hat sie die Möbel erwähnt, die noch im Keller stehen. Ist ja ein Jammer, wenn die da vergammeln.

»Wollen wir nicht frühstücken?« Sebastian richtete sich auf. »Ich bin furchtbar hungrig.«

»Ja.« Tessa strich ihren Ärmel glatt. »Ich auch.« Sie wollte aufstehen, als Sebastian nach ihrer Hand griff und sie zurückzog. An sich heran. Dort, wo sein Morgenmantel offen stand, spürte sie seine glatte Brust.

»Mmh.«

Er küsste ihren Scheitel, strich ihr die Haare aus dem Gesicht, nahm ihr Gesicht zwischen beide Hände und schaute sie an.

»Tessa.«

Sie schloss die Augen und wünschte, er möge seine Hände fester auf ihre Ohren legen. Auf ihren Lidern spürte sie seine Lippen, seine Zunge. Und dann sagte er: »Manchmal kann ich es immer noch nicht glauben, dass wir zusammen sind. Ich bin so glücklich mit dir.«

Sie küsste ihn, als hätten sie ihre Liebe soeben neu erfunden, er öffnete ihren Kimonogürtel, sie fuhr mit beiden Händen in seinen Morgenmantel hinein, und sie liebten sich auf dem Deckchair seiner Eltern, auf dem Deckchair, der in seiner alten Wohnung auf dem Balkon gestanden hatte, bis das Frühstück schlecht wurde und der Sonntag verging.

2

Die Quoten der letzten Sendungen waren sensationell«, sagte Attila, und seine türkisch-holländischen Augen leuchteten. »Gestern hatten wir fünfhundertfünfzigtausend Zuschauer, dreizehn Komma zwei Prozent Marktanteil.«

Einmal im Monat lud Attila Tessa zum Lunch ein. An diesem Freitag saßen sie in einem der teuren neuen Restaurants der Stadt, die sich von den teuren alten dadurch unterschieden, dass sie größere Fenster und eine schlechtere Akustik hatten.

Tessa schob ihren Teller mit den Seezungenresten und der einsamen Zuckerschote beiseite und beugte sich nach vorn, um besser zu hören.

Ihre Tischgespräche folgten einem strengen Plan. Sie begannen stets mit: *Danke, für mich nur Wasser. Mein Gott, Tessa, siehst du wieder gut aus.*

Zur Vorspeise sagte Attila dann Dinge wie: *Hast du schon gehört, was diese Idioten im Innenministerium beschlossen haben? Die Seezunge, die ich das letzte Mal hier hatte, war zum Kotzen. Nimm lieber das Lamm.*

Zum Hauptgang: *Den xy, den holen wir nicht mehr in die Sendung. Überhaupt kein Gespür für das Medium, der Mann. Wie ist dein's? Mein Lamm ist ent-setz-lich. Das nächste Mal lad ich dich zu McDonald's ein.*

Und dann kam es. Das Entscheidende. Eingeleitet mit der Quotenfrage. Ein paar Zahlen vor und hinter dem Komma, die alles bedeuteten. Lorbeerkranz. Löwenfutter. *Dreizehn*

Komma zwei Prozent. Das war gigantisch für eine Sendung auf einem Regionalsender. Das letzte Mal, als Attila Tessa in dieses teure neue Restaurant eingeladen hatte, war ihre Sendung von Mitternacht auf zweiundzwanzig Uhr vorverlegt worden. Und da hatte der Marktanteil zwischen acht und zehn Prozent gelegen. Tessa steckte sich eine Zigarette an.

»*Kanal Eins* will *Auf der Couch* übernehmen.«

»*Kanal Eins*?«

»*Kanal Eins*«, wiederholte Attila, und die drei Silben klangen plötzlich wie der Anfang eines Evangeliums. »Ab Januar.«

Es wurde sehr still um Tessa herum. Ein weiser Toningenieur hatte der Welt den Saft abgedreht. Die Münder an den anderen Tischen bewegten sich lautlos, die Frau mit den aufgespritzten Lippen, die schräg hinter Attila saß, lachte ein Lachen, das Tessa nicht mehr hörte, die Kellner mit den langen weißen Schürzen schwebten über den Marmorfußboden.

»Entschuldige mich.« Tessa tupfte sich mit der Serviette den Mund und stand auf.

Die Treppen, die zu den Toiletten hinunterführten, waren zu steil für zwölf Zentimeter hohe Absätze. Tessa hielt sich am Geländer fest. *Kanal Eins!* Raus aus dem Regionalprogramm. Ab Januar auf *Kanal Eins!* Eine Frau kam ihr entgegen, Tessa lächelte, heute gratis. Die Frau starrte durch sie hindurch. *Fahr zur Hölle, geliftete Leiche. Kanal Eins!* Ab Januar gab es keinen Menschen mehr, der nicht zurücklächelte, wenn Tessa Simon es tat. Im Vorraum der Toiletten hingen die Edelstahlwaschbecken in der Luft, darüber und darunter das Gewirr aus Rohren und Schläuchen.

»Links«, sagte Tessa zu einer jungen Frau, die ratlos dastand. Das »W« und das »M« waren so dezent in den Boden eingelassen, dass nur Eingeweihte wussten, durch welche Türen zu gehen war. Die junge Frau sagte *Danke*.

Tessa schloss sich in einer der Klokabinen ein, ließ sich auf den Deckel sinken, ballte die Faust und stieß stumme Schreie aus, bis sie keine Luft mehr bekam. Eine Angewohnheit aus frühen Triumphtagen. Der erste Platz im Hundertmeterlauf bei den Bundesjugendspielen. Die beste Klassenarbeit in Mathematik. Der Job beim Radio gleich im zweiten Semester. Die erste eigene Sendung. Das Fernsehen. Der Aufstieg.

Sie war oben. Ganz oben. Hatte den Weg über die Nordwand riskiert und war nicht abgestürzt. Was war aus den anderen Bergsteigerinnen geworden, mit denen sie gemeinsam aufgebrochen war? Die, die ihr Glück über die Südflanke gesucht hatten: noch immer in Basislager eins. (Connie, die erst ihr Studium abschließen wollte, bevor sie sich um einen Praktikumsplatz bemühte.) Die Westflänklerinnen: auf dem langen Weg zu Sherpas geworden. (Jasmin, die auch Moderatorin hatte werden wollen und jetzt in einer kleinen Redaktion saß. *Ach weißt du, ist eigentlich besser. So ein exponierter Job, das ist nichts für mich.*) Die wenigen, die es auch über die Nordflanke versucht hatten: alle abgestürzt. Ein falscher Tritt. Kein Glück gehabt.

Tessa zerrte das Handy aus der Tasche, sie musste Sebastian anrufen. Feli anrufen. Alle.

Als sie auf das Display sah, gab es kein Netz.

Zwölf Zentimeter hohe Absätze waren nicht hoch genug, als Tessa Simon den langen Weg quer durch das Restaurant zu ihrem Tisch zurückging.

Schmeißt eure Rehwürstchen weg! Scheißt auf euer Entencarpaccio! Hier kommt Tessa Simon, die ab Januar auf KANAL EINS moderiert! Tessa Simon, die vor gottverdammten dreiunddreißig Jahren als gottverdammte Theresia Simon in einer gottverdammten Kleinstadt begonnen hat und jetzt so weit oben ist, dass selbst ihre Fußsohlen für euch unerreichbar geworden sind!

»Ist alles in Ordnung?«, fragte Attila, als Tessa sich wieder gesetzt hatte.

»Es geht mir blendend.«

Attila, der Nichtraucher, hatte die Zigarette ausgedrückt, die Tessa vorhin im Aschenbecher zurückgelassen hatte. Sie steckte sich eine neue an. »Absolut blendend.«

Attila machte den Schmollmund, der daran schuld war, dass sie letztes Jahr um ein Haar mit ihm geschlafen hätte. »Ich dachte, du würdest das Angebot enthusiastischer aufnehmen.«

»Soll ich den Tisch umschmeißen?«, fragte Tessa und lachte.

»Du bist das Letzte. Ich frage mich, warum ich das alles für dich tue.«

»Dreizehn Komma zwei Prozent.« Tessa konnte nicht aufhören zu lachen. »Dreizehn Komma zwei Prozent.«

Zur Feier von Sebastians Drehende beschloss Tessa, ein dreigängiges Haute-Cuisine-Menü zu kochen. Seit Tagen tat sie Dinge, die sie noch nie oder schon lange nicht mehr getan hatte. Sie pfiff auf der Straße. Sie warf ihr T-Shirt ohne wirklichen Grund über die Brüstung der Schlafgalerie. Obwohl die warmen Spätsommertage vorbei waren, zog sie das kurze enge Kleid mit den großen Blumen an, das sie vor zwei Jahren in einem Anfall von *Trage-dieses-Kleid-und-das-Leben-wird-heiter*-Wahn gekauft und sofort in den Schrank gehängt hatte. Sie ging mittags in den besten Feinkostladen der Stadt und bestellte ein Lachs-Tramezzino, das sie auf einer Bank im Park aß. Zum ersten Mal verstand sie, was Leute meinten, wenn sie sagten: *Ich liebe mein Leben.* (Wobei sie natürlich neunundneunzig Prozent der Leute, die diesen Satz sagten, noch weniger verstand als zuvor.)

Tessa ging in ihre Lieblingsbuchhandlung und blätterte in den Kochbüchern, die am teuersten waren und die größten

Fotos hatten. Außer einem Salat oder einer Tiefkühlpizza hatte sie in der neuen Küche noch nie etwas zubereitet. Die Edelküche war Sebastians Spielzeug. Am ersten Wochenende, nachdem die Einrichtung geliefert worden war, hatte er acht Stunden am Gasherd gestanden. Über den ganzen Tag verteilt hatte es Hummeressenzen gegeben und Hasenpasteten und Spargelgratins und Lammbraten und drei verschiedene Crèmes brulées. Dann hatten die Dreharbeiten begonnen, und Sebastian hatte vergessen, dass es daheim eine perfekte Küche gab, die geritten werden wollte.

Aus dem Augenwinkel beobachtete Tessa eine junge Frau, die aussah, als ob sie sich noch nicht entschieden hätte, ob sie magersüchtig oder lieber bulimisch werden sollte. Heimlich wie ein Kapuzinermönch im Sexshop zog sie Backbücher aus dem Regal. Lächelnd dachte Tessa an die Zeit kurz nach ihrem fünfzehnten Geburtstag, als auch sie beschlossen hatte, magersüchtig zu werden. Feli war damals noch nicht in der Pubertät gewesen, und Tessa hatte den Anblick ihres runder werdenden Körpers neben dem knabenhaften ihrer Schwester täglich weniger ertragen. Glücklicherweise hatte Feli zu bluten begonnen, bevor Tessa sich das Essen endgültig abgewöhnt hatte.

Beim *Kaninchenrollbraten auf Artischockenrisotto in Barolojus* blieb Tessa hängen. Wenn sie sich nicht täuschte, hatte Sebastian einmal erwähnt, dass er Kaninchen liebte. Das Foto sah einladend aus, die Liste der Zutaten war eine ganze Seite lang, die Zubereitung klang so kompliziert wie ein mittlerer chirurgischer Eingriff. Es war die richtige Herausforderung für eine Frau, die sich unbesiegbar fühlte und in ihrem ganzen Leben noch nie etwas Komplizierteres als Spaghetti Carbonara gekocht hatte.

Der führende Metzger am Ort blickte skeptisch, als Tessa ihm erklärte, was sie vorhatte. Er bot ihr an, den Kaninchenrücken zu entbeinen, was sie selbstverständlich ablehnte. Sie kaufte ein Filetiermesser für den Fall, dass sie in der Küche keines fand.

Als Tessa schwer bepackt nach Hause kam, war es bereits Nachmittag. Sie verstaute die Einkäufe von der Gänsestopfleber bis zum Limonensorbet im Kühlschrank und ging auf die Dachterrasse, um eine Erholungszigarette zu rauchen. Obwohl sich der Herbst unmissverständlich ankündigte, standen die Teakholzmöbel noch immer dort. Tessa holte eine der hellen Leinenauflagen aus dem Schlafzimmerschrank und streckte sich auf dem Deckchair aus. Bisher war es ihr gelungen, eine Begegnung mit Sebastians Eltern zu verhindern. Sein Vater, Doktor Ulrich Waldenfels, war ein bekannter Professor für Germanistik gewesen. Obwohl er schon seit einigen Jahren pensioniert war, hielt er noch immer Vorträge und veröffentlichte lange Aufsätze, die er Sebastian stets in cremefarbenen DIN-A4-Umschlägen zuschickte, und für die sich Sebastian stets in einem langen Telefonat bedankte. (Wobei sich Tessa nicht erinnern konnte, jemals gesehen zu haben, dass Sebastian in einem der Aufsätze gelesen hätte.) Nathalie, Sebastians Mutter, stammte aus einer alten frankorussischen Familie, hatte das Geld in die Ehe mitgebracht und war, bevor sie geheiratet hatte, eine einigermaßen erfolgreiche Pianistin gewesen.

Nur einmal war es knapp geworden. Im letzten Juni, kurz bevor Sebastian und sie in das Loft gezogen waren, hatten seine Eltern sie beide in ihr Haus im Tessin eingeladen. Sebastian hatte Tessa so spät von der Einladung erzählt, dass sie Mühe gehabt hatte, sich noch einen unverschiebbaren anderen Termin für dieses Wochenende zu organisieren.

Ein einziges Mal hatte Tessa mit Nathalie Waldenfels telefoniert, als Sebastian sie gezwungen hatte, sich für das Glas hausgemachter (angeblich von ihr selbst und nicht von der

Köchin!) Erdbeermarmelade mit Marc de Champagne zu bedanken, das seine Mutter ihm an jenem Wochenende mitgegeben hatte.

In dem Kaninchenrezept hatte nichts davon gestanden, wie lange die Zubereitung dauerte. Um nicht in Stress zu kommen, schnippte Tessa ihren ausgedrückten Zigarettenstummel über die Terrassenbrüstung und ging in die Küche. Als sie am Bad vorbeikam, fiel ihr ein, dass sie seit einer Woche überfällig war. Sie holte eins von Sebastians Joghurtgläsern aus dem Altglas, setzte sich aufs Klo und pinkelte ein wenig hinein. Ihre Tage kamen so regelmäßig wie der öffentliche Nahverkehr in Rom, weshalb sie immer einen Vorrat an Schwangerschaftstests da hatte. Tessa nahm eine Schachtel aus dem Medizinschrank, wickelte den Teststab, der vage an ein Fieberthermometer erinnerte, aus der Schutzfolie und stellte ihn ins Glas.

Pfeifend ging sie in die Küche, öffnete die erste der Baroloflaschen, die sich in einigen Stunden auf drei wundersame Löffel Soße reduziert haben sollte, schenkte sich ein Glas ein und holte den Kaninchenrücken aus dem Kühlschrank.

Jetzt, wo er vor ihr lag, fand sie ihn mickrig. Sie hätte lieber ein ganzes Kaninchen machen sollen.

Im Gegensatz zu ihrer Schwester hatte Tessa nie Freude daran gehabt, Regenwürmer zu zerschneiden und Frösche aufzublasen. Nachdem sie einmal sich in den Finger und zweimal an der falschen Stelle in das Kaninchen hineingeschnitten hatte, wurde ihr klar, dass sie es trotz des neuen Filetiermessers wahrscheinlich nicht schaffen würde, die *Bauchlappen unverletzt auszulösen*, wie es das Rezept vorsah. Einen feigen Moment legte sie das Messer beiseite und blätterte in dem Kochbuch, ob es kein Rezept gab, das von zerkleinertem Kaninchenfleisch ausging. Sie fand einen *Kaninchensalat mit Limonensaft und Salbei*. Da es im ganzen Haus weder Limonensaft noch Salbei gab, griff Tessa erneut zum Messer.

Eine gute halbe Stunde später hielt sie die beiden Bauchlappen ihres Kaninchens in den Händen. Der eine war etwas zerfetzt, den anderen konnte man für beinahe unverletzt halten.

Als nächstes wollte das Rezept, dass sie die Knochen hackte. Tessa erinnerte sich an das Hackebeil, das Sebastian ihr beim Einräumen der Küche stolz gezeigt hatte. Er hatte es in Paris auf dem Flohmarkt gekauft. Und dann um ein Haar am Flughafen zurücklassen müssen, weil er es ins Handgepäck gesteckt hatte und das Sicherheitspersonal ihn kein Hackebeil – ganz gleich wie antiquarisch, ganz gleich wie verrostet – ins Flugzeug hatte mitnehmen lassen wollen. Irgendwie war es Sebastian gelungen, eine Stewardess zu bequatschen, die dann das Beil für ihn mit nach Deutschland genommen hatte.

Tessa legte die Wirbelsäule des Kaninchens (zumindest nahm sie an, dass es die Wirbelsäule war) mit den etwas zerfleddert daran hängenden Rippen auf ein großes Holzbrett und begann zu hacken. Es ging leichter, als sie erwartet hatte. Zack. Knack. Fast war sie enttäuscht. Das Muskel-, Fett- oder Was-auch-immer-Gewebe, das die Rippen zusammenhielt, ließ sich schwerer durchtrennen als die Knochen an sich.

Rechtzeitig fiel ihr das Schweinenetz im Kühlschrank ein, das gewässert werden wollte. Ein säuerlich-ranziger Geruch schlug ihr entgegen, als sie das längliche Päckchen entrollte, das der Metzger zum Kaninchen, der Poulardenbrust und der Gänsestopfleber gepackt hatte. Bis heute Mittag hatte Tessa noch nie etwas von der Existenz eines Schweinenetzes gehört. Es entpuppte sich als eine fast quadratmetergroße dünne Membran, die von gelblichen Fettadern durchzogen war. Wenn Tessa sie gegen die Fenster hielt, schimmerte die Sonne hindurch. *Da hat das Schwein sein Gekröse drin,* hatte der Metzger sie aufgeklärt. Tessa bekämpfte die leichte Übelkeit, die in ihr aufstieg, indem sie sich an das erinnerte, was sie neulich in einem Interview mit einem Edelkoch gelesen hatte: *Je raffinierter auf dem Teller, desto unappetitlicher vor der Zubereitung,* und ließ das Netz in eine große Schüssel mit kaltem Wasser sinken.

Obwohl sie ihr Hemd bereits ausgezogen hatte, war sie ins Schwitzen gekommen. Kurz nach fünf. Sebastians Flieger sollte um sieben landen.

Morgens, wenn sie aufwachte und die Schnürsenkel ihrer Laufschuhe band, fühlte sich ihr Glück wie etwas an, das grün und duftig und nicht besonders haltbar war. (Ein japanisches Schaumbad?)

Gegen Mittag, wenn ihr schon mehrere Leute gratuliert hatten, verwandelte sich ihr Glück in etwas Dickes, das auf breiten Füßen stand, schwer zu erschüttern war und nach allen Seiten strahlte. (Ein alter Kachelofen?)

Nachts, wenn sie ins Bett ging und mit Sebastian telefonierte, nahm ihr Glück die Konsistenz von flüssigem Lakritz an.

Begleitet von einem Glück, das sich einfach, dösig und weitläufig (eine abendliche Terrasse in der Toskana?) anfühlte, wusch Tessa jetzt Mangold, schnitt Karotten, Schalotten, Lauch und Sellerie, zerdrückte Knoblauch, häckselte Poulardenbrust und Gänseleber, zupfte an Rosmarin und Thymian, zählte weiße Pfeffer- und Pimentkörner ab, blanchierte, röstete und rührte. Als der Barolo-Portwein-Geflügel-Jus zu köcheln begann, erlaubte sie sich die erste Pinkelpause. Zu dem schlichten Glücksgefühl hatte sich Stolz gesellt.

Tessa hatte das Bad schon verlassen, da fiel ihr der weiße Zauberstab ein, der seit Stunden in dem Joghurtglas stand.

Sie kehrte um. Hinter dem kleinen Fenster, wo sich das Testfeld befand, war ein schmaler blauer Streifen zu sehen. Einem unsinnigen Reflex folgend schloss Tessa die Augen. Der Streifen war nie blau gewesen. Es musste ein Fehler sein. Der Streifen im Kontrollfeld, der anzeigte, dass der Test funktionierte, der war blau. Aber nicht der Streifen im Testfeld. Hunderte Male hatte sie den Test schon gemacht. Und nie war da ein blauer Streifen gewesen. Es konnte nicht sein. Als Tessa die Augen öffnete, war der blaue Streifen immer noch da. Sie warf den Test in den Müll, kippte den Urin ins Klo und versuchte, ein paar neue Tropfen ins Glas zu pressen. Es kam nichts. Sie hielt den Kopf unter den Wasserhahn, trank lauwarmes Wasser. Dabei fiel ihr ein, dass Rückstände im Joghurtglas am falschen Testergebnis schuld sein könnten. Sie rannte in die Küche und holte ein sauberes Wasserglas aus dem Schrank. Als sie wieder auf der Toilette saß, wollte immer noch nichts kommen. Sie kitzelte und zupfte zwischen ihren Beinen, bis es brannte. Endlich schoss ein kurzer Strahl hervor, von dem ihr das meiste über die Finger lief. Tessa riss einen neuen Schwangerschaftstest auf. Mit angezogenen Knien auf dem Klodeckel kauernd verfolgte sie, wie der Urin den gepressten Wattestab hochkroch und im weißen Plastikgehäuse verschwand. *Komm. Komm.* Es konnte nicht sein. Nach einigen Minuten verfärbte sich der Kontrollstreifen im ersten Fenster abermals blau. Der Teststreifen im zweiten Fenster blieb unsichtbar. *Gut. Nichts zu sehen. Gut. Ein chemisches Versagen. Kann passieren. Gut.* Der zweite Streifen verfärbte sich blau.

Tessa schloss wieder die Augen. Es konnte nicht sein. Es war unmöglich. Sie konnte nicht schwanger sein. Nicht jetzt. Nicht mit der Aussicht auf *Kanal Eins*. Sie würde später noch einen Test machen, und dann würde sich herausstellen, dass alles ein Irrtum war.

Tessa wusch sich die Hände und ging in die Küche zurück. Alles war gut. Einfach nur weitermachen. Sie trank einen Schluck von dem Barolo. Der Jus köchelte vor sich hin. Gleich würde sie die Kaninchenbauchlappen mit der Gänseleber-Poulardenbrust-Farce bestreichen, mit dem blanchierten Mangold belegen, ein wenig Kaninchenleber darüber verteilen, alles zusammenrollen und am Schluss ins Schweinenetz einschlagen. Alles war gut.

Das Schweinenetz schwamm noch immer in der Wasserschüssel. Tessa strich über eine der Blasen, die die Membran an der Wasseroberfläche geschlagen hatte. Es würde bestimmt Spaß machen, die Rouladen darin einzuwickeln. Und es stank auch gar nicht mehr so schlimm, wie sie anfangs befürchtet hatte. Sicher gab es in dem Kochbuch noch mehr Rezepte mit Schweinenetz. Es würde ihr Markenzeichen. Sebastian würde vollkommen beeindruckt sein. Jetzt musste sie es nur noch hinkriegen, das Ding aus dem Wasser zu heben. Fasste sie es in der Mitte an, würde es bestimmt zerreißen. Deshalb war es sehr praktisch, dass dieses Schweinenetz am Rand breite wulstige Fettränder hatte. Wie klug sie sein konnte, die Natur ...

Immer wieder entglitschte das Schweinenetz Tessas Händen.

Denk an die Fischer auf Capri. Die holen auch ihre Netze ein, in denen Fische und Krebse und Seetang hängen. Sei nicht so empfindlich. Das ist alles ganz natürlich. Das bisschen Geruch ...

Das Schweinenetz fiel ins Wasser zurück. Tessa schlug die Hand vor den Mund. Sie schaffte es gerade noch bis zur Spüle.

Als sich um Viertel vor acht die Fahrstuhltüren öffneten, wehte Essensduft durchs ganze Loft. Tessa hatte ein schwarzes Kleid angezogen, das elegant, aber nicht übertrieben war. An den Füßen hatte sie ihr zweithöchstes Paar Absätze. Sebastian ließ seine beiden Koffer noch im Fahrstuhl fallen.

»Tessa. Was ist denn hier los? Um Gottes Willen.«

Sie ging zu ihm und küsste ihn. »*Welcome back.*«

Sebastian küsste sie einige Sekunden zurück, dann reckte er den Hals. »Mmh ... Das duftet ja, als ob ... Hast du Witzigmann entführt?«

Tessa holte beide Koffer aus dem Fahrstuhl, bevor sich die Türen schlossen. Das Rouge, das sie auf die Wangen gepudert hatte, machte das Lächeln leichter.

»Du hast doch nicht etwa selbst ...?« Mit schnellen Schritten ging Sebastian an der kurzen Wand vorbei, die Küche und Essbereich vom Eingangsbereich trennte. Der Tisch war gedeckt. Der neunarmige Leuchter, den er von einer Großtante, Großmutter oder sonstigen weiblichen Großverwandten geerbt hatte, brannte. Hätte Tessa mehr Zeit gehabt, hätte sie in seinen Schränken noch eine alte Damasttischdecke gesucht.

Sie ging zum Tresen, wo sie alles für einen Martini vorbereitet hatte.

Sebastian griff sich in gespielter Verzweiflung an die Stirn. »Ich fasse es nicht. Bin ich im Wunderland? Welcher Teufel ist in dich gefahren?« Er küsste Tessas Nacken, während sie Oliven auf Zahnstocher steckte.

»Wie viele möchtest du? Eine, zwei, drei?«

»So, wie du es machst.«

Die Oliven waren prall und grün und glänzend. Sie spürte Sebastians Erektion an ihrem Hintern und hätte gern noch mehr Oliven genommen, aber mehr als drei gingen auf einen Zahnstocher nicht drauf. Tessa befreite sich aus Sebastians Umarmung und reichte ihm ein Glas.

»Prost.«

»Auf den Drehschluss.«

»Auf uns.«

Der Martini war kalt und ölig. Tessa trank einen großen Schluck und zog die erste Olive vom Zahnstocher. Das Fleisch war fest und saftig und säuerlich.

Sebastian stellte sein Glas ab und küsste sie auf den Mund, in dem noch immer das Olivenfleisch war. Es kam Tessa so vor, als ob es mit jeder Kaubewegung anschwoll.

»Jetzt sag mir endlich, was es zu feiern gibt.«

Tessa zwang sich zu schlucken. »Ich bin so froh, dass du wieder da bist«, sagte sie. »Ich habe dich vermisst.«

Der lauwarme Tomaten-Brot-Salat entlockte Sebastian ein ganzes Spektrum an Begeisterungslauten. *Phänomenal! Phantastisch! Großartig!* Wobei er das Wort auf der vorletzten Silbe betonte. *Großártig!* Tessa fragte sich, ob das zu den Dingen gehörte, die man als Schauspieler lernte. Sie schob sich eine halbe Kirschtomate in den Mund und den Teller zur Seite. Von dem Essiggeruch wurde ihr schummrig. Sie stand auf, um sich einen zweiten Martini zu machen.

»Willst du auch noch einen?«

»Nein, danke. Zu diesem großartigen Essen trinke ich lieber einen Wein.«

Tessa stellte die leere Barolo-Flasche, deren Inhalt in die Sauce gewandert war, auf den Boden und brachte eine neue an den Tisch. Während Sebastian mit dem Korkenzieher herumhantierte, meinte er: »Ich kann dir gar nicht sagen, wie froh ich bin, dass diese verdammten Dreharbeiten vorbei sind. Dieser Produzent ist so ein Arschloch. Stoppuhr-Faschist.«

Tessa kippte ihren zweiten Martini gleich in der Küche hinunter und kam an den Tisch zurück. Sie fühlte sich besser. »Möchtest du noch was? Ansonsten würde ich mich um den nächsten Gang kümmern.«

Sie griff nach der Schüssel.

»Halt.« Sebastian nahm noch einen Löffel von dem Salat. Er kaute mit geschlossenen Augen. »Das ist wirklich die schönste Überraschung, die du mir machen konntest. Ich hätte nicht geglaubt, dass du so phantastisch kochen kannst.«

Tessa ließ sich auf seinen Schoß ziehen. »Ich schau dann mal nach dem zweiten Gang.«

»Was gibt es denn?«

»Sei nicht so neugierig.«

Sebastian hielt sie mit einem Arm fest und zwickte sie leicht in die Hüften. »Jetzt rück endlich raus damit. Du hast dieses Festessen doch nicht einfach so gemacht.«

»Doch. Einfach nur so. Weil ich glücklich bin.«

Sie stand auf und ging zum Backofen. Die Roulade, die sie aus dem zerfetzten Kaninchenlappen gewickelt hatte, war aufgeplatzt. Die andere sah braun und knusprig aus.

»Ich Idiot.«

Sebastian kam mit den Weingläsern zum Backofen und hielt Tessa ein Glas hin.

»Auf dich.«

Ihr war noch nie aufgefallen, wie laut die Abzugshaube über dem Herd rauschte. Sebastian lächelte und stieß mit ihr an. »Auf deinen Wechsel zu *Kanal Eins*. Dass ich das nicht gleich kapiert habe.« Er zog ihre rechte Hand, in der sie bereits den Topflappen hielt, an seinen Mund und küsste sie. »Ich bin stolz auf dich.«

»Ach was, das ist doch keine große Geschichte.« Sie trank einen Schluck Barolo und gab Sebastian das Glas zurück. »Jetzt setz dich. Sonst verbrennt das Fleisch.«

Als sie den Backofen öffnete, roch sie das Ranzige. Verweste. Sie zuckte einen halben Meter von der offenen Tür zurück und begann, durch den Mund zu atmen.

»Soll ich dir helfen? Das duftet unglaublich«, sagte Sebastian vom Tisch.

»Bleib nur sitzen.«

Es war lächerlich. Sie bildete sich das bloß ein. Vom Schweinenetz konnte nichts mehr zu riechen sein. Rezeptgemäß war es im Ofen vollkommen verbrutzelt. Am linken Rand war vielleicht noch die Spur einer Fettader zu erkennen. Aber trotzdem. Sie schob die unverletzte Roulade vom Blech auf Sebastians Teller. Es gelang ihr immer noch nicht, durch die Nase zu atmen. Sie träufelte einen großen Löffel Barolojus über die Roulade, daneben setzte sie zwei Löffel Artischockenrisotto. Es sah aus wie auf dem Foto.

Sebastian lobte den Kaninchenbraten in Tönen, die er sonst für Goetherollen aufhob.

»Du solltest eine Kochsendung machen. Das ist so gut!«

Tessa schaute von Sebastian, der mit geschlossenen Augen genoss, auf den Teller vor ihr. Dort, wo das Fleisch aufgeplatzt war, quoll gelblich die Farce heraus, darunter war das dunkelgrüne Mangoldblatt zu sehen, dunkelrosa bis violett schauten die Streifen der Kaninchenleber hervor.

»Woher hast du gewußt, dass ich nichts mehr liebe als Kaninchen? Und dieses Artischockenrisotto dazu. Es ist einfach phantastisch.«

Erst jetzt merkte Sebastian, dass Tessa noch keinen Bissen angerührt hatte. Er unterbrach seine Lobrede. »Was ist?«

»Ich hab keinen Hunger. Irgendwie hab ich vorhin beim Kochen schon zu viel probiert.«

»Das kann nicht sein. Das ist das Beste, was ich seit langem gegessen habe.«

Tessa stand auf. Beinahe wäre sie gestolpert. Der Weg zum Gästeklo kam ihr weiter vor als sonst. Das Loft hatte sich in eine große Schiffschaukel verwandelt. Wohin war das Klo geflogen? Endlich. Die Tür. Das Klo. Tessa erbrach sich heftig.

Es konnte nicht sein. Niemand fing gleich zu kotzen an. Feli hatte ihr erzählt, dass sie die ersten zwei Monate gar nichts gespürt hatte. Es musste das Schweinenetz sein. Ein neuer Schwall kam aus ihr heraus.

Sie zuckte zusammen, als sie Sebastians Hand auf ihrem Rücken spürte. Er ging neben ihr in die Knie und streichelte ihren Hinterkopf.

»Tessa. Was ist denn?«

Blind fingerte sie nach dem Klopapier. Sebastian stand auf und holte ihr ein Taschentuch.

»Danke.« Sie schneuzte. Und schaffte es, ihn durch den Tränenschleier, der sich beim Würgen auf ihren Augen gebildet hatte, anzulächeln. »Ist schon okay. Wahrscheinlich sollte ich lieber doch nicht kochen.«

»Es kann nicht an deinem Essen liegen. Vielleicht hast du ein bisschen schnell getrunken?«

»In der Redaktion geht ein Magen-Darm-Virus um.«

Er schaute sie an. Es tat ihr weh, wie traurig, besorgt und schuldbewusst er aussah. Sie schloss die Augen. *Sag es ihm! Los! Sag es!*

Er senkte den Kopf und legte seine Stirn ganz leicht an ihre. »Es tut mir so Leid, dass ich an das mit deiner Sendung nicht früher gedacht habe. Kannst du mir verzeihen? Es war dumm von mir.«

Ihre Augen tränten immer noch vom Würgen.

»Willst du nicht doch noch versuchen, wenigstens einen kleinen Happen zu essen?«

Sie schüttelte den Kopf.

Er nahm ihre Hand und zog sie hoch. »Komm. Dann trag ich dich wenigstens ins Bett. Und mach dir einen schönen Kamillentee.«

Wasser ohne Kohlensäure. Wasser mit Kohlensäure. Orangensaft. Kombucha.

Tessa starrte die kleinen Getränkeflaschen, die in einer ordentlichen Zweierreihe auf einem Silbertablett standen, an, als seien sie Figuren in einem geheimnisvollen Brettspiel. Sie nahm eine Flasche Orangensaft. Als sie den Saft öffnete, wurde ihr klar, dass sie keinen Durst hatte. Seit einer Weile schon verspürte sie den Drang, eine Zigarette zu rauchen. Sie ging zu dem einzigen Fenster, das es in dem schmalen Raum gab. Es war nicht zu öffnen. Tessa ließ den leichten Seidenvorhang fallen und ging zu ihrem Platz zurück. Die Ledersofas, die im rechten Winkel zu zwei Seiten des Couchtischs standen, waren weiß und makellos. Über jedem hing eine Graphik, in der die Betrachterin einen weiblichen Akt erkennen konnte, aber nicht musste. Es bestand kein Zweifel: Die Praxis von Doktor Tatjana Goridis war die beste der Stadt.

Theresia, ich habe dir heute einen Termin bei Doktor Prätsch gemacht. Feli soll auch gleich mitkommen. Ihr seid langsam in dem Alter, wo man an so was denken muss.

Eine Weile war es Tessa gelungen, den ersten Besuch beim Gynäkologen hinauszuzögern. Jedes Mal, wenn ihre Stiefmutter sie beim Frühstück daran erinnerte, dass sie heute nach der Schule zu Doktor Prätsch mussten, legte Tessa die Hände auf den Unterleib, verzog schmerzvoll das Gesicht und schüttelte den Kopf. Beim dritten Mal beschwerte sich nicht nur Feli, die sich von ihrer älteren Schwester betrogen fühlte, auch ihre Stiefmutter bestand darauf, die blutige Binde zu sehen. In ihrer Not leerte Tessa im Badezimmer eine Flasche rotes Desinfektionsmittel in eine der extradicken Binden, die sie sonst nur nachts einlegte. Ihre Stiefmutter schalt sie eine Verschwenderin und Lügnerin. Feli nannte sie

Feigeline. Ein Wort, das sie damals oft benutzte, wenn sie Tessa ärgern wollte.

Im Wartezimmer von Doktor Prätsch saßen mindestens zehn Frauen. Mädchen, die noch jünger waren als Feli. Frauen, die älter waren als ihre Großmutter. Um sich nicht vorstellen zu müssen, was diese Frauen zwischen den Beinen hatten, vermied Tessa es, sie anzuschauen, und versenkte sich in den Anblick ihrer Schuhe. Braune Halbschuhe mit Lochmuster und schief getretenen Absätzen sah sie dort. Rosa Sandalen aus billigem Plastik, die dazugehörigen Zehennägel glitzrig lackiert. Als sie vom vielen Nach-Unten-Starren einen steifen Nacken bekam, fing sie an, die Plakate zu lesen, die überall mit Tesafilm an die Wände geklebt waren. MutterKind-Schwimmen. Krebsvorsorge. Schwangerschaftsgymnastik. Feli saß neben ihr, studierte die Titten- und Tampon-Tips in irgendeiner Teenie-Zeitschrift und stieß sie immer wieder kichernd in die Seite. Für sie war der erste Besuch beim Frauenarzt ein größerer Spaß gewesen als der letzte Ausflug in den Holidaypark.

Tessa goss sich nun doch den Orangensaft ein, nippte ein wenig und ließ ihn stehen. Ihr war schlecht. Sie fragte sich, ob sie auf dem Flur eine Zigarette rauchen konnte, und verwarf den Gedanken. In den drei Jahren, die sie zu Doktor Goridis ging, war ihr in der ganzen Praxis noch nie eine andere Patientin begegnet. Die Schwestern, die hier arbeiteten, lotsten ihre prominenten Patientinnen geschickter aneinander vorbei als jede Madame die Freier.

Theresia, ich bin froh, dass du dich jetzt schützt. Aber du weißt ja, wie ungesund die Pille ist. Und, das wollte ich dich sowieso schon seit längerem fragen: Du rauchst doch nicht etwa? Dir ist hoffentlich klar, dass du auf keinen Fall rauchen darfst, wenn du die Pille nimmst.

Warum hatte sie die Pille abgesetzt? Wegen des Schwachsinns, den ihr ihre Stiefmutter ins Hirn geimpft hatte? Doktor Goridis hatte ihr gesagt, dass sie ruhig noch ein paar Jährchen weiter rauchen und die Pille nehmen konnte.

Mehr als fünfzehn Jahre hatte sie den hormonellen Schutzschild aufrechterhalten, ganz gleich, ob sie ein Sexleben hatte oder nicht. In den letzten Monaten vor Sebastian, nachdem sie sich endgültig von Piet, dem glücklosen Filmemacher, getrennt hatte, der seit ihrem Aufstieg ins Fernsehen immer unerträglicher geworden war, hatte sie definitiv keines gehabt. Hier noch mal ein Zeitungsredakteur. Da ein Produktionsassistent. Es hatte alles keinen Spaß gemacht. Die meisten Männer, mit denen sie zu tun hatte, verbaten sich, weil sie mit ihnen zusammenarbeitete. Die wenigen anderen Männer, die sie bei irgendwelchen Partys, Empfängen oder Abendessen kennen gelernt hatte, hatten sich von selbst verboten. Eines Zyklusanfangs hatte sie beschlossen, es sein zu lassen. Seit Wochen fragten die kleinen Pillen, die sie jeden Morgen aus dem Streifen drückte, immer lauter: *Wofür eigentlich?* Vielleicht hatte sie auch darauf spekuliert, dass sich das Gesetz des Regenschirms erfüllen würde. (Hast du einen dabei, bleibt es trocken. Lässt du ihn zu Hause, regnet es.) Keine zwei Monate, nachdem sie die Pille abgesetzt hatte, hatte sie Sebastian kennen gelernt.

Tessa betrachtete die Zeitschriften, die ordentlich aufgefächert neben den Getränken lagen. Gewohnheitsmäßig griff sie nach dem Heft, das die buntesten Prominentengeschichten hatte, und schlug es hinten auf, dort, wo – wie bei einer wissenschaftlichen Arbeit – das Personenregister war. Sie ärgerte sich, als sie ihren Namen nicht fand. Wieso gab es keine Meldung über ihren Wechsel zu *Kanal Eins*. Ihr Aufstieg wäre definitiv einen Artikel wert gewesen. Sie musste mit Attila reden.

Trotz allem konnte Tessa ein Lächeln nicht unterdrücken.

Zu jedem Jahresende gab die Zeitschrift bekannt, welche zehn Namen die meistgenannten der letzten zwölf Monate waren. In diesem Jahr würde sie es höchstens auf zwei Einträge bringen. (Im Sommer hatte es eine kurze Notiz darüber gegeben, dass der Schauspieler Sebastian Waldenfels seine Partnerin verlassen hatte und mit der Fernsehmoderatorin Tessa Simon zusammengezogen war. Eigentlich hatte die Zeitschrift eine größere Story bringen wollen, aber Sebastian hatte mit dem Anwalt gedroht, und auch Tessa war es nicht gelungen, ihn umzustimmen.) Im nächsten Jahr sah die Welt anders aus. Wenn sie die Sendung auf *Kanal Eins* moderierte, würde sie ständig im Heft auftauchen. Erfahrungsgemäß reichten bereits neun oder zehn Nennungen, um es in die Jahresendliste zu schaffen. Sie würde zu allen wichtigen Partys, von denen im Heft berichtet wurde, eingeladen, und mit der Aussicht auf einen Top-Ten-Platz würde sie auch öfter hingehen.

GENERATION FRUCHTZWERG

Tessa spürte, wie sich ihr Rücken verkrampfte. Sie hatte wahllos eine Seite aufgeschlagen. Außer dem großlettrigen Titel füllte ein Foto das Doppelblatt. Links war eine junge Frau mit Sommersprossen und Doppelkinn zu sehen, die siegesgewiss lächelte. Der Mann neben ihr hob stolz einen Säugling in die Höhe. Der Himmel um die Familie herum war vergissmeinnichtblau.

Es gibt so viele Wege wie nie, Kinder, Karriere, Lifestyle und Freunde miteinander zu verbinden, las Tessa, und das Ziehen in ihrem Rücken wurde schlimmer. *Junge Eltern machen es vor. Lässig integrieren sie die Kleinen in ihr Leben und wollen vor allem eines: Spaß.*

Doktor Tatjana Goridis war eine Frau in den frühen Fünfzigern mit ovalem Gesicht und grauen Haaren, die sie stets zum Knoten hochgesteckt trug. Unter ihrem weißen Kittel schaute wie immer eine zurückhaltend gemusterte Bluse hervor.

»Wenn Sie mit dem Gesäß bitte noch ein wenig nach vorn kommen. Danke.«

Tessa versenkte sich in den Anblick einer weiteren abstrakten Frauenaktgraphik, während Doktor Goridis zwischen ihren Beinen abtauchte.

»Und entspannen.«

Selbstverständlich hatte sich Feli damals zuerst untersuchen lassen. Sie hatte gequietscht und gekichert, während Tessa auf einem der beiden Plastikwebstühle gesessen und den Apothekenkalender mit den drei gelben Entchen angestarrt hatte, der über Doktor Prätschs Schreibtisch hing. *Mann, ist das geil*, hatte Feli ihr ins Ohr geraunt, als sie fertig war.

Bitte, lass mich nicht schwanger sein, dachte Tessa jetzt. *Ich höre auch auf zu rauchen, damit ich bis ans Ende meiner fruchtbaren Tage die Pille nehmen kann. Ich lasse mich sterilisieren. Ich werde nie wieder mit einem Mann schlafen. Ich ...*

»Sieht alles gut aus.« Doktor Goridis tauchte zwischen Tessas Knien auf. »Dann mache ich mal den Ultraschall.«

Tessa sah ihr dabei zu, wie sie mit routiniertem Griff ein Kondom über den Ultraschallstab rollte. Sie musste an die Schachtel *Lubrex extra feucht* denken, die in einer Nachttischschublade vergeblich auf ihren Einsatz gewartet hatte.

Auf dem kleinen Bildschirm begann es zu flimmern. Doktor Goridis drehte ihn so, dass auch Tessa darauf schauen konnte. Schon bei früheren Ultraschalluntersuchungen war es ihr nicht gelungen, sich vorzustellen, dass das, worauf sie starrte, ihr eigener Unterleib war. Sie hätte eher geglaubt, dass sie durch ein Periskop in einen sehr abgelegenen Winkel der Tiefsee schaute. Angestrengt starrte sie auf das Flimmern.

»Das ist der linke Eierstock. Das ist der rechte Eierstock.« Doktor Goridis rührte mit dem Stab in ihr herum, das schwarze Gewölk bewegte sich. »Das ist Ihre Gebärmutter. Und das –«, die Ärztin hörte auf zu rühren. »Sehen Sie diesen kleinen weißen Punkt hier?«

Tessas Herz setzte einen Takt lang aus. *Ein Punkt. Ich sehe nichts. Selbst wenn. Was ist schon ein Punkt?*

Doktor Goridis drückte einen Schalter am Monitor, und das schwarze Gewölk fror ein.

»Ja, Frau Simon. Sie sind schwanger.«

*I*n der Fußgängerzone der Kreisstadt hatten sie gestanden. Jeden Samstag. Hinter ihrem Sperrholztisch, der mit Flugblättern und Heftchen beladen war. Vor den Stellwänden mit den Fotos von sehr kleinen Babys in Schwimmblasen, die anfangs noch gar nicht wie Babys, sondern eher wie Kaulquappen aussahen, bis sie Finger, Zehen und eine Nase bekamen. Das Baby auf dem letzten Foto sah sogar aus, als ob es am Daumen lutschen würde.

Mama, was ist Abtreibung, hatte Tessa ihre Mutter, die damals noch lebte, gefragt. Sie konnte sich nicht mehr erinnern, was ihre Mutter geantwortet hatte. Vielleicht gar nichts, vielleicht war sie zu sehr mit der Frage beschäftigt gewesen, wie sie das Geschwür, das in ihrer Brust wuchs, loswerden konnte. Ihre Mutter musste geantwortet haben, etwa: *Abtreibung heißt, dass eine Frau das Baby, das in ihrem Bauch wächst, wegmachen lassen will*, denn Tessa hatte als Nächstes gefragt: *Und warum will die Frau das Baby wegmachen lassen?*

– Vielleicht weil sie traurig ist. Oder kein Geld hat. Oder ihr Mann sie nicht mehr liebt.

– Und wo kommt das Baby hin, wenn die Frau es weggemacht hat? Kommt es in den Kindergarten?

– Ich weiß es nicht. Wahrscheinlich kommt es in den Himmel.

Mit ihrem fünfjährigen Verstand hatte Tessa zu ahnen begonnen, dass Abtreibung etwas Böses war, und dass die Menschen hinter dem Tisch dafür kämpften, dass dieses Böse nicht getan wurde. Trotzdem hörten die Männer und Frauen mit den beigen Pullundern, dicken Brillengläsern und schlechten Schuhen nicht auf, ihr Angst zu machen.

»Ich kann das Kind nicht bekommen.« Tessa war dankbar, dass der Ledersessel, auf dem sie saß, Armlehnen hatte.

Der Mann mit der halbmondförmigen Lesebrille, der ihr gegenübersaß, lächelte. »Warum glauben Sie das?«

Doktor Goridis hatte sie hierher geschickt. In einem Anfall von Panik hatte Tessa sich noch auf dem Untersuchungsstuhl auszumalen begonnen, wie es sein würde, in einem schäbigen Wartezimmer zu sitzen inmitten all der minderjährigen Mädchen, die von ihrem Vater geschwängert worden waren, der jungen polnischen Ehefrauen, die kein Wort deutsch sprachen und von ihren Männern finster an der Hand gehalten wurden, als Doktor Goridis sie beruhigte. Sie musste zu keiner öffentlichen Einrichtung. Es gab auch private Ärzte, bei denen sie die Pflichtberatung machen konnte. Nein. Sie selbst sei leider nicht berechtigt. Aber Doktor Harms sei ein freundlicher und absolut vertrauenswürdiger Kollege, den sie nur empfehlen konnte.

Tessa nahm die Hände von den Armlehnen. Ihre Handflächen schwitzten. Sicher waren ihre Hände nicht die ersten, die auf diesen Armlehnen geschwitzt hatten. »Ab Januar soll meine Sendung auf *Kanal Eins* laufen. Ich habe keine Zeit für ein Kind.«

»Leben Sie in einer festen Beziehung?«

»Ja.«

»Wäre es denkbar, dass Ihr Partner sich um das Kind kümmert?«

»Mein Partner ist Schauspieler. Er hat auch keine Zeit.« Tessa ärgerte sich, dass sie die alberne Vokabel nachgeplappert hatte. Sie zwang sich zu einem Lächeln. »Mir ist schon klar, dass Sie versuchen müssen, mich doch noch umzustimmen. Aber meine Entscheidung steht fest.«

Doktor Harms schüttelte nachsichtig den Kopf. »Ich frage Sie nicht, weil ich es muss. Ich frage Sie Ihretwegen.«

Tessa blinzelte einen Moment verwirrt. »Irgendwann später will ich ja vielleicht ein Kind bekommen. Aber nicht jetzt.«

Doktor Harms schaute auf die Karteikarte, die vor ihm lag. »Sie sind dieses Jahr dreiunddreißig geworden.«

»Ja.«

»Sie wissen, dass aus rein medizinischer Sicht mit fünfunddreißig das Alter der Risikoschwangerschaften beginnt.«

Tessas Hände sprangen zu den Lehnen zurück. »Ich bin keine Mutter. Schon als Kind habe ich es gehasst, mit Puppen zu spielen.« Sie hielt inne. Es brachte nichts, wenn sie sich aufregte. »Vielleicht würde ich das Kind ja bekommen wollen, wenn es eine Schildkröte würde. Kassiopeia habe ich immer mit Hingabe gefüttert«, sagte sie und versuchte es lustig klingen zu lassen.

»Haben Sie mit Ihrem Partner über die Entscheidung gesprochen?«

»Ja. Mein Freund ist absolut meiner Meinung.«

Sie sah ihm an, dass er ihr nicht glaubte.

»Sie wissen, dass ein erheblicher Prozentsatz Frauen nach dem Abbruch zu Depressionen neigt.«

»Ich habe einen Beruf, der mich glücklich macht. Ich lebe mit einem Mann zusammen, den ich liebe. Ich werde keine Depressionen bekommen.«

Doktor Harms rollte mit seinem Drehstuhl zurück, öffnete eine Schublade und zog ein behördlich aussehendes Blatt heraus.

»Gut. Wenn Sie sich in allen Punkten so sicher sind, dann werde ich Ihnen jetzt die Beratungsbescheinigung ausstellen. Der Ordnung halber möchte ich Sie darauf hinweisen, dass laut Gesetzgeber in Ihrem Fall, wo es keine dringende soziale Indikation gibt, der Abbruch nicht legal ist, nach dem heutigen Gespräch jedoch straffrei bleibt. Wird Doktor Goridis den Eingriff vornehmen?«

Tessa nickte.

»Dann hat Sie Ihnen ja sicher gesagt, dass zwischen diesem Gespräch und dem Eingriff mindestens drei Tage liegen müssen.«

Tessa nickte wieder. Es kam ihr so vor, als ob Doktor Harms' Brillengläser in den letzten zwanzig Sekunden deutlich dicker geworden wären.

Tessa verdoppelte ihre tägliche Joggingstrecke, aus ihrem Schrank suchte sie das älteste Paar Laufschuhe mit den am schlechtesten federnden Sohlen heraus. Wenn sie nicht joggte, rauchte sie, wenn sie nicht rauchte, lag sie in der zu heißen Badewanne. Am liebsten tat sie beides gleichzeitig.

Sebastian machte sich Sorgen. Er war viel zu Hause, die Proben zu seiner nächsten Produktion, *Macbeth*, würden erst im nächsten Jahr beginnen. Dennoch fing er jetzt bereits an, sich auf die Titelrolle, die er schon immer hatte spielen wollen, vorzubereiten. Wenn Tessa in der Wanne lag, hörte sie ihn unten in seinem Zimmer auf- und abgehen und Text lernen. Sie spürte, dass er sich nicht so konzentrieren konnte, wie er sich gern konzentriert hätte. Immer wieder unterbrach er seine Arbeit und fuhrwerkte in der Küche herum – wohl nur, um nicht alle halbe Stunde ins Bad zu gehen und nachzuschauen, ob Tessa schon wieder im zu heißen Wasser lag. Wenn er es doch tat, setzte er sich auf den Wannenrand und schob den linken Ärmel ein wenig hoch, um ihre Brüste zu streicheln. Sie sah, welche Mühe es ihn kostete, sich nichts anmerken zu lassen, wenn seine Hand ins Wasser tauchte. Das erste Mal war er zurückgezuckt und hatte Tessa gefragt, ob sie verrückt geworden sei. Sie hatte geantwortet, dass sie immer das Bedürfnis überkam, zu heiß zu baden, wenn der Winter vor der Tür stand. Er hatte die Augenbrauen hochgezogen und geschwiegen. Er sprach es nicht aus, aber Tessa wusste, dass er dem bevorstehenden Aufstieg zu *Kanal Eins* die Schuld an ihrem Zustand gab. Jedes Mal, wenn er ihr einen leichten Abschiedskuss auf die Stirn drückte und das Badezimmer verließ, beschloss sie, ihm die Wahrheit zu sagen.

Wenn sie nicht joggte, rauchte oder badete, zwang Tessa sich, an den Computer zu gehen. Ihr Händler hatte ihr mitgeteilt, dass sie es zwar noch geschafft hätten, die Daten von der Festplatte zu retten, dass ihrem alten Laptop aber ansonsten nicht mehr zu helfen sei. Der neue, den sie noch am selben Tag gekauft hatte, war orange und weiß und hatte keine Kanten. Er erinnerte sie an ein Spielzeug für Kinder im Vorschulalter.

Die Sendung am letzten Donnerstag war eine Katastrophe gewesen. Sie hatte den neuen Gesundheitsminister zu Gast gehabt, einen Mann, der lieber über sich selbst als über die so genannten Sachthemen redete, mithin der ideale Gast für *Auf der Couch* war. Sie hatte ihre Fragen vom Karteikärtchen abgelesen (*Fühlen Sie sich schuldig, wenn Sie länger als drei Tage krank sind? Vermissen Sie Ihre Mutter, wenn Sie mit Grippe im Bett liegen?*), hatte aufmerksam lauschend den Kopf geneigt und bereits in der Sekunde, in der der Politiker aufhörte zu reden, vergessen, was dieser geantwortet hatte.

Attila war höflich genug gewesen, Tessa lediglich zu sagen, dass es eine *schwierige Sendung* gewesen sei. Sie wusste selbst, dass es nächste Woche besser werden musste. Die Verträge mit *Kanal Eins* waren perfekt. Am zweiten Donnerstag im neuen Jahr sollte es losgehen. Sie musste beweisen, dass sie keine von den Tontauben war, die ein ehrgeiziger Produzent in die Luft schoss, damit die Öffentlichkeit was zum Abknallen hatte. Ihr Aufstieg würde andauern. Sie würde oben bleiben. So lange, bis ihr Blick sich an das neue Panorama gewöhnt und den nächsten Gipfel gefunden hatte.

Aber sie konnte sich nicht konzentrieren. Immer wieder zerflossen die Wörter und Sätze, die der eine oder andere Politiker gesagt haben mochte oder auch nicht, versank der Computer im Ruhezustand. Tessas Blick verschwamm, und plötzlich tauchten auf dem schwarzen Bildschirm die weißen Wolken und Wirbel auf, die sie auf dem Monitor bei Doktor Goridis gesehen hatte. Die Wolken und Wirbel verschoben sich, pulsierten, und plötzlich war da der kleine weiße Punkt, den die Ärztin ihr gezeigt hatte. *Sehen Sie?* Ja. Sie hatte den kleinen weißen Punkt gesehen. Aus den Broschüren, die die Männer und Frauen mit den dicken Brillengläsern verteilt hatten, wusste sie, dass der Punkt nun bald einen Schwanz und Kiemen bekommen würde. Und dann die Finger, die Nase, die Ohren, täglich mehr, das volle Programm. Aber so sehr Tessa auch in sich hineinlauschte, sie spürte nichts. In ihrem Unterleib fand eine Zellexplosion statt, seit vier Wochen teilte sich diese eine Eizelle, mit der alles begonnen hatte, inzwischen mussten es Millionen von Zellen sein, die sich in jeder Sekunde jede für sich wieder teilten, und Tessa spürte nichts. Freitagmorgen hatte sie im Gemüseladen darauf gewartet, an die Reihe zu kommen, und plötzlich war ihr Blick auf die dicken, fast schwarzen Brombeeren gefallen. Ohne etwas zu kaufen, war Tessa aus dem Geschäft gerannt.

Dünne Mädchen warfen Reifen und Bänder und Keulen und bemühten sich, ununterbrochen zu lächeln. Das Textband verriet ihr, dass es sich um die Europameisterschaften in Rhythmischer Sportgymnastik handelte. Den ganzen Abend lag sie schon vor dem Fernseher, sinnlos durch die Kanäle zappend. Sebastian war von einem Abendessen mit dem Regisseur, der im nächsten Jahr den *Macbeth* inszenieren würde, spät nach Hause gekommen und gleich ins Bett gegangen. Tessa hatte ihn gefragt, ob es ein schöner Abend gewesen sei, und hatte sich sofort dafür geschämt, weil es so falsch geklungen hatte, so beleidigt, so kleinlich, so unwürdig.

Doktor Goridis hatte ihr gesagt, sie müsse vor dem Eingriff morgen keine Angst haben. (Nachdem einmal ausgesprochen war, worum es ging, vermieden alle Seiten, das Wort *Abtreibung* zu verwenden.) Tessa hätte am liebsten die Tablette genommen, die die Französinnen schon lange und jetzt auch die Deutschen nehmen durften. Bei dieser Gelegenheit war ihr zum ersten Mal aufgefallen, wie sonderbar es war, dass es die *Deutsche* hieß und nicht die *Deutschin* – alle hatten sie im Deutschen eine eigene weibliche Form: die Polin, die Finnin, die Tschechin, die Schweizerin, die Kanadierin, die Armenierin und sogar die Monegassin, nur die Deutsche selber nicht. Aber Doktor Goridis hatte ihr zum Absaugen geraten. Im frühen Stadium der Schwangerschaft sei dies die schonendste Methode. Außer einem leichten Ziepen würde Tessa nichts spüren, und wenn alles gut ging, konnte sie die Praxis nach einer Stunde wieder verlassen.

Auf dem Bildschirm erschien jetzt ein sehr junges Mädchen mit einem langen bulgarischen Namen, von dem der Kommentator sagte, dass es bereits eine große frauliche Ausstrahlung habe. Das Mädchen lächelte in die Kamera, die Pailletten auf seinem Trikot glitzerten, der Ball flog in die Luft, das Mädchen verdrehte sich am Boden wie eine Geschenkschleife und fing den Ball mit dem rechten Fuß wieder auf.

Als Tessa ins Bett ging, atmete Sebastian bereits tief und regelmäßig. Sie strich ihm eine Strähne aus der Stirn und küsste ihn. Doktor Goridis hatte ihr empfohlen, nach dem Eingriff mindestens eine Woche lang auf Sex zu verzichten. Und mittlerweile war es bereits die fünfte Nacht, die Sebastian und sie nebeneinander lagen, ohne miteinander zu schlafen. Tessa wusste nicht, unter welchem Vorwand sie eine weitere Woche ohne Sex durchhalten sollte. Für die nächsten Tage hatte sie eine Lösung gefunden. Sie hatte Sebastian erzählt, dass sie morgen für zwei Tage in die Stadt fliegen müsse, in der *Kanal Eins* seinen Hauptsitz hatte. Tatsächlich hatte sie letzte Woche gleich nach dem Besuch bei Doktor Harms ein Zimmer im *Hilton* reserviert. Aus Versehen hatte sie den Zettel mit der Telefonnummer auf dem Couchtisch liegen lassen. Sebastian hatte ihn entdeckt und gefragt, was sie im *Hilton* wollte. Sie hatte ihm gesagt, eine alte Schulfreundin käme für ein paar Tage in die Stadt, für die habe sie im Hotel angerufen. Sebastian hatte sich mit dieser Erklärung – Tessa hatte keine alten Schulfreundinnen, und selbst wenn sie welche gehabt hätte, wären diese sicher nicht im *Hilton* abgestiegen – zufrieden gegeben. Sie war in ihr Zimmer gegangen und hatte geheult.

Das Mondlicht war hell genug, dass sie die Leberflecken auf Sebastians Rücken zählen konnte. Es waren sieben. Es war ihr noch nie aufgefallen. Und sie war auch nicht besonders firm in Sachen Sternbilder, trotzdem war sie sicher, dass die Leberflecken zwischen Sebastians Schulterblättern den Kleinen Bären bildeten. Eine tiefe Rührung überkam sie. Tausend Nächte wollte sie noch mit diesem Rücken auf der Dachterrasse verbringen. An tausend Orte fahren. Tausend Mal im Stau stehen. In tausend Restaurants zähe Pizza essen.

Bei tausend Hunderennen aufs falsche Windspiel setzen. Sie küsste ihn, bis sich ihr Magen zu einer kleinen harten Kugel zusammengeballt hatte. *Sag es! Los!*

Eins ... zwei ... drei ...

Bei achtundvierzig wusste sie, dass sie bis zum Morgengrauen zählen würde. Sie bohrte ihre Fingernägel in den Bauch und flüsterte: »Ich bin schwanger.«

Sebastian machte eine schwache Bewegung.

Sie schloss die Augen. »Ich bin schwanger«, flüsterte sie noch einmal.

Sebastian drehte den Kopf in ihre Richtung. »Hast du was gesagt?« Er wischte sich mit einer verschlafenen Hand über die Stirn. »Entschuldige. Ich hab schon –«

»Ist okay. Schlaf nur weiter.«

Sie tätschelte seinen Rücken, und nach einigen Augenblicken hörte sie, wie sein Atem schwerer wurde und in leises Schnarchen überging.

Es war ein Fehler gewesen. Was hatte sie sich dabei gedacht? Sie musste es allein durchstehen. Welch eine Idiotie zu glauben, Sebastian könnte ihr helfen. Es war ihre Entscheidung, sie musste sie allein fällen. Nein, das stimmte nicht, die Entscheidung hatte sie ja bereits gefällt, jetzt musste sie es nur noch durchstehen, und kein Mensch auf dieser Welt ...

»Was ist denn?« Sebastian fuhr in die Höhe. Er packte Tessa an den Handgelenken. Da erst merkte sie, dass sie mit beiden Fäusten auf ihn einschlug.

»Tessa – Tessa!«

Ihre Fäuste beruhigten sich, und er lockerte den Griff um ihre Handgelenke. Das Blut rauschte in ihren Ohren wie ein Gebirgsbach. Sebastian drehte sich zur Seite, um die Nachttischlampe anzuknipsen.

»Nicht«, sagte sie. Sie spürte, wie sich das Zeitfenster schloss, gleich würde Sebastian ihr in die Augen schauen und die Wahrheit aus ihr herausschütteln wollen, gleich würde sie an ihm vorbeischauen, bis sie es nie wieder über die Lippen brachte, und der Abgrund, der sich zwischen ihnen in den letzten Tagen aufgetan hatte, würde wachsen, und es war nur noch eine Frage der Zeit, bis sie beide in diesen Abgrund stürzten.

»Nicht«, sagte sie und legte ihre Hand auf seine, die bereits nach dem Lichtschalter gefasst hatte. »Ich bin schwanger.«

Tessa ließ sich aufs Kissen fallen und zählte die Sekunden, bis die Explosion kam, die alles auslöschte. Sie waren zwei Planeten in einem Kosmos, der sich in diesem Augenblick neu ordnete, ihre Bahnen hatten sich gekreuzt, ihre Bahnen waren parallel verlaufen, *vielen Dank, schön war's gewesen, wunderschön,* aber jetzt war es vorbei.

Kein Nikotin-Alkohol-Kater glich dem Kater nach einer durchheulten Nacht. Tessa fühlte sich leer und umgestülpt, als sie um kurz nach sieben auf den Wecker schaute. Sebastian neben ihr schlief noch. An seinem linken Mundwinkel klebte getrockneter Speichel. Zum ersten Mal dachte sie, dass er nicht jünger, sondern tatsächlich wie Ende vierzig aussah. Sie küsste die Innenseite seines Handgelenks, die weiß und verletzlich auf der Bettdecke lag.

Tessa schlich in die untere Etage und ging mit dem schnurlosen Telefon ins Gästebad. Sie rief in der Praxis von Doktor Goridis an und sagte, dass sie heute leider nicht kommen könne, sich wegen des neuen Termins aber so bald wie möglich melden würde. Die Schwester am anderen Ende der Leitung war sehr freundlich. »Aber selbstverständlich, Frau Simon. Das ist doch ganz normal.«

Als Tessa aus dem Bad kam, stand Sebastian in der Küche und kochte Kaffee.

»Guten Morgen.«

»Guten Morgen.«

Er hatte den Kimono an, den sie ihm letztes Jahr zu Weihnachten geschenkt hatte. Es war ein wunderschönes Stück aus schwarz-rot gemusterter Seide. Den Kimono hatte sie in dem Laden, in dem sie ihre Unterwäsche kaufte, lange, bevor sie sich in Sebastian verliebt hatte, entdeckt. Jedes Mal, wenn sie dort war, hatte sie einen Abstecher in die Herrenabteilung gemacht, nur um zu sehen, ob der Kimono noch da hing. Und jedes Mal, wenn sie die schwere Seide anfasste, hatte sie geschworen, ihn dem ersten Mann, den sie wirklich liebte, zu kaufen.

»Frierst du nicht?«, fragte Tessa. »Du hast ja gar nichts an den Füßen.«

Die Maschine aus glänzendem Edelstahl begann zu gurgeln. »Willst du nicht wieder ins Bett?«, fragte er. »Ich bring den Kaffee mit nach oben.«

Obwohl die Galerie ein hoher offener Raum war, roch es muffig. Tessa öffnete eins der Fenster und verkroch sich unter der Bettdecke. Ihr Kopfkissen war noch immer feucht.

»Möchtest du vielleicht lieber einen Orangensaft?« Sebastian kam mit zwei Tassen und der Thermoskanne die Treppe hoch.

»Danke. Kaffee ist prima.«

Sebastian setzte sich auf die Bettkante und schenkte eine Tasse ein.

»Ist Kaffee nicht ungesund in ... in ...«

»In was?« Tessas Stimme klang schärfer, als sie es gewollt hatte.

Er reichte ihr die Tasse, aus der sie sofort einen großen Schluck trank. Sie verbrannte sich die Zunge. Sie schaute Sebastian dabei zu, wie er mit einem Papiertaschentuch zuerst den Boden der Thermoskanne und dann den dunklen Ring abwischte, den die Thermoskanne auf dem Nachttisch hinterlassen hatte. Er ging ins Bad. Tessa hörte die Klospülung rauschen. Sebastian warf benutzte Papiertaschentücher immer ins Klo, nie in den Abfall.

»Gibt es irgendetwas, das du heute gern machen würdest?«, fragte er, als er zurückkam.

»Au ja. Prima«, sagte Tessa. »Lass uns in den Zirkus gehen. Oder doch lieber in den Zoo?«

Er trat ans Fenster. Sie fuhr mit dem rechten Zeigefinger den Rand der Tasse nach. »Es tut mir Leid. Ich hab das nicht so gemeint.« Ihre Finger konnten nicht aufhören. Das Porzellan machte keinen Ton, es war zu dick. »Ich will doch nur wissen, wie es weitergeht«, sagte sie leise.

Jetzt im Morgenlicht war sie noch sicherer, dass die Leberflecken auf Sebastians Rücken den Kleinen Bären bildeten.

»Du hast dich doch schon entschieden«, sagte er, seine Stimme klang rau.

»Das ist nicht wahr.«

»Du willst das Kind nicht haben.«

Sie schwieg.

»Wie weit bist du?«

»In der fünften Woche«, sagte sie.

»Dann ist es ja noch Zeit.«

Sie nickte.

»Seit wann weißt du es?«

»Seit drei Tagen.«

Die Lüge war so offensichtlich, dass er es für unwürdig erachtete, zu widersprechen. »Wen hast du vorhin angerufen?«

»Feli«, sagte sie. »Ich habe versucht, Feli zu erreichen.«

Eine Wespe flog durch das gekippte Fenster ins Zimmer.

»Warum hast du es mir erst letzte Nacht gesagt?«

»Ich habe dir doch gesagt, ich weiß es erst seit drei Tagen.«

»Tessa. Was willst du von mir hören?« Sebastian drehte sich um. Die Tasse klirrte, als er sie auf dem Untersetzer abstellte.

»Ich will mit dir darüber reden, wie es weitergeht.«

»Du hast dich doch längst entschieden.«

»Das ist nicht wahr.«

»Du willst das Kind nicht bekommen. Ich verstehe das. Dein Leben wird in der nächsten Zeit anstrengend genug. Auch ohne Kind.«

»Würdest du denn das Kind bekommen wollen?«

»Ich sage doch: Ich verstehe, dass du jetzt kein Kind brauchen kannst. Hast du schon einen Termin ausgemacht?«

Tessa ließ sich auf das feuchte Kissen zurücksinken und schloss die Augen. Zum ersten Mal seit Tagen sah sie nicht das Tiefseebild. Sie sah, wie sie abends allein in dem Dreihundert-Quadratmeter-Loft saß. Sie sah, wie sie allein durch Einrichtungshäuser zog, um die Möbellücken aufzufüllen, die Sebastians Auszug gerissen hatte.

»Es ist verrückt. Carola wollte unbedingt Kinder haben. Ich war immer dagegen.« Sebastian schaute wieder nach draußen. Die Wespe war zur nächsten Fensterscheibe geflogen.

»Warum?«

»Ich weiß es nicht. Vielleicht war sie die falsche Frau.«

Tessa sah, wie sich seine Schulterblätter hoben und senkten. »Ich glaube nicht, dass es an Carola lag«, sagte sie. »Dein Beruf war der Grund. Dein Beruf ist dir das Wichtigste. Wir haben von Anfang an darüber geredet, dass wir beide Menschen sind, denen der Beruf das Wichtigste ist.«

Zum zweiten Mal das winzige Auf und Ab der beiden Schulterblätter. In der Bewegung lagen mehr Trauer und Zweifel, als bei den meisten Menschen im Gesicht Platz hatten.

Sebastian drehte sich um, schaute sie an, und sie sah eine Wut, die sie bei ihm noch nie gesehen hatte. Er stürzte auf sie zu, sie riss die Arme hoch, schützend, dachte, er wolle sie schlagen. Aber er vergrub sein Gesicht in ihrem Schoß. Die ganze Nacht, während Tessa die Kissen getränkt hatte, hatte er still neben ihr gelegen, hatte ihren Rücken gestreichelt, hatte sie gehalten, ohne eine einzige Träne zu vergießen. Jetzt weinte er, wie sonst nur ein Dreijähriger weinen konnte.

»Bekomm das Kind. Tessa. Bitte. Bekomm das Kind. Ich will ein Kind mit dir haben.«

3

Im Verlauf der Evolution und mit der Entwicklung des aufrechten Gangs beim Menschen hat sich auch seine Beckenform verändert. Zwar ist das knöcherne Becken der Frau heute immer noch breiter als das des Mannes, doch hat sich der Raum, in dem sich das ungeborene Kind befindet, deutlich verkleinert. Hinzu kommt, dass sich das Gehirn eines ungeborenen Kindes sehr schnell entwickelt und sein Kopf in Relation zum Körper daher sehr groß ist. Diese beiden evolutionär bedingten Faktoren treffen bei der Geburt aufeinander: Es besteht ein ungünstiges Verhältnis zwischen Beckenbreite der Frau und Größe des Kopfs eines Ungeborenen. Dies führt dazu, dass die Geburt eines Menschen – im Vergleich zu anderen Spezies – eher langwierig und manchmal auch komplikationsreich ist.

Tessa stellte das Buch ins Regal zurück. Instinktiv fuhren ihre Hände dorthin, wo sie selbst unter dem dicken Parka die Beckenknochen spüren konnte. Sie fragte sich, wie Feli die Geburt überstanden hatte. Feli hatte mindestens so schmale Hüften wie sie, und Curt war ihr schon immer extrem großschädelig vorgekommen. Bislang hatte sie ihrer Schwester noch nicht erzählt, dass sie schwanger war. Der Gedanke, Feli die Schwangerschaft komplett zu verheimlichen und ihr irgendwann in sieben Monaten einfach das schreiende Kind an den Hörer zu halten, erheiterte sie.

Am 44. Tag bedecken die Augenlider den gesamten Augapfel. Zwischen dem 46. und 48. Tag bilden sich die ersten Knochen – immer am Oberarm. In der siebten und achten Lebenswoche des Embryos nimmt der Daumen Gestalt an, und es entstehen die blei-

benden Linien an den Handinnenflächen, den Fingerkuppen und den Fußsohlen. Am Ende des zweiten Monats sieht der Embryo bereits wie ein winziges Baby aus.

Wieder wanderte Tessas Hand zu ihrem Bauch. Sie hatte keine Schmerzen. Sie spürte gar nichts. Doktor Goridis hatte sie beruhigt. Es sei normal, dass sie im Unterleib außer einem gelegentlichen Ziehen noch nichts spürte. Sie würde das Kind erst spüren, wenn es anfing, sich zu bewegen. Und das konnte frühestens im Januar sein.

Wie in einem Daumenkino ließ Tessa die Entwicklung des Kindes vom weißen Punkt über die Kaulquappe hin zu etwas Menschartigem an sich vorüberziehen. Wie sollte sie das nennen, das in diesem Moment in ihr wuchs? Noch einmal blätterte sie zur neunten, zehnten Woche zurück. Ein Reptil vom Mond. Krumm, weiß, molluskig. Bei aller Liebe konnte sie kein *winziges Baby* ausmachen. Tessa schob auch dieses Buch ins Regal zurück.

Sie schaute sich um. Die Buchhandlung, die zu einer großen Kette gehörte, war noch immer kaum besucht. Sie selbst hatte diese Vorortfiliale vor einer Viertelstunde zum ersten Mal betreten. Eine Weile war sie vor der Ladenzeile auf- und abgegangen, hatte die welken Fischbrötchen im Schaufenster links und das Preisinferno im Schaufenster rechts betrachtet, bis sie entschieden hatte, die Sonnenbrille und die Baseballcap, die sie in der Tiefgarage des Einkaufscenters aufgesetzt hatte, wieder einzustecken. Sie hatte sich nicht geschminkt am Morgen, die Haare nicht gewaschen und den ältesten Parka angezogen, den sie in Sebastians Kleiderschrank gefunden hatte.

Dunkle Brille, Hut, vergiss den Kram. Das machst du nur, wenn du in jedem Fall erkannt werden willst. Einfach scheiße aussehen, das ist die beste Tarnung. Irgendein Filmsternchen hatte Tessa bei einem ihrer ersten TV-Empfänge diesen Rat gegeben.

Unbehelligt griff sie nach einem der Bücher, die auf dem Tisch am höchsten aufgestapelt waren. Offensichtlich ein Bestseller. Die Frau auf diesem Cover war noch runder, hatte noch latzigere Latzhosen an als die auf dem ersten und lächelte noch glücklicher.

»Wie fühlt sich das eigentlich an, schwanger zu sein?« So fragte neugierig eine Bekannte, ganz zu Anfang meiner ersten Schwangerschaft. Ja, wie fühlte es sich eigentlich an? Wir saßen in einem etwas verrauchten Kellerlokal. Ich spürte noch gar nicht viel, mir war noch nicht einmal besonders schlecht. Ich wusste nur in meinem Kopf, dass in meinem Bauch ein Kind wuchs. Da kam mir ganz spontan die Antwort: »Ich fühle mich nicht mehr als Sackgasse!«

Tessa ließ das Buch sinken. Sie konnte nicht sagen, was in diesem Moment stärker war, der Drang nach einer Zigarette oder die Übelkeit.

»Entschuldigung, kann ich Ihnen helfen?«

Sie fuhr herum. Die Buchhändlerin, die vor ihr stand, war einen Kopf kleiner als sie, hatte kurze Haare, ein leicht glänzendes, flaches Gesicht.

»Nein, nein, danke«, sagte Tessa schnell, »ich komme schon zurecht.«

So beiläufig wie möglich legte sie das Buch auf den Stapel zurück. Ein Regal weiter begann die Astrologie, vielleicht sollte sie dorthin umziehen.

»Sind Sie nicht Tessa Simon?«

Tessa schaute zu der Frau zurück, und deren Gesicht kam ihr nicht mehr ganz so flach vor. »Ja«, sagte sie.

»Ach, das ist ja toll. Ich bin ein Riesenfan von Ihrer Sendung.«

Tessa fasste nach ihrer Handtasche. Bestimmt fand sie noch eine Autogrammkarte.

Als wittere sie die Beute, kam die Buchhändlerin näher.

Und mit gesenkter Stimme fragte sie: »Sie sind doch nicht etwa schwanger?«

Tessas Finger hatten gerade etwas ertastet, das es in ihrer Tasche eigentlich nicht mehr geben sollte und sich verdammt nach einer Zigarettenschachtel anfühlte.

»Nein.« Sie schüttelte lachend den Kopf. »Meine Schwester. Die bekommt ein Kind.«

Erst, als sie wieder im Auto in der Tiefgarage saß, merkte Tessa, dass sie die Zigarettenschachtel zerquetscht hatte.

Es war nach zehn, und sie lagen beide noch im Bett. Ihr Leben hatte sich verändert in den letzten Wochen. Sebastian pfiff, er sprang über Türschwellen, sah jeden Tag jünger aus. Auch wenn er im Theater Vorstellung hatte, kam er so früh nach Hause wie nie. Er kochte aufwändig, ganz gleich, ob es Mittag oder Mitternacht war, Tessa hatte bereits drei Kilo zugenommen.

Abgesehen davon, dass ihre Brüste größer geworden waren – die Sport-BHs waren die einzigen, die ihr noch passten – und dass sie weiterhin jeden Tag kotzte, fühlte Tessa sich fit. Sebastian hatte sie dennoch überredet, mit dem Joggen aufzuhören. Nun ging sie drei Mal die Woche im größten der neuen Fünf-Sterne-Hotels schwimmen und ließ sich anschließend massieren. Elena, die deutsch-russische Hebamme, die Doktor Goridis empfohlen hatte, hatte ihr gesagt, dass regelmäßiges Ölen und Massieren das einzige Mittel gegen Schwangerschaftsstreifen sei. Die Reste der letzten Zigarettenschachtel hatte Tessa freiwillig in den Müll geworfen. Am Sonntag hatten Sebastian und sie beim Frühstück eine Tasse Kaffee und ein Glas Champagner getrunken und geschworen, dass dies für sie beide für lange Zeit das letzte Mal gewesen sei.

Sebastian wälzte sich zu Tessa herum und fuhr mit der

Hand unter das T-Shirt, das sie neuerdings zum Schlafen trug. Sie hatte Sebastians Liebe zu ihren Brüsten immer gemocht. Besonders in der Zeit, in der diese gewachsen waren und die Warzenhöfe sich bedrohlich verdunkelt hatten. Aber seit dem Morgen, an dem Sebastian an ihrer Brust gesaugt hatte und plötzlich mit diesem merkwürdigen Gesichtsausdruck und einem gelblich-weißen Tropfen an der Lippe wieder aufgetaucht war, ertrug sie es nicht, wenn er sich ihren Brüsten näherte.

»Musst du nicht längst im Theater sein?«

Sebastian schüttelte den Kopf. »Diese dumme Wiederaufnahmeprobe ist erst am Nachmittag.«

»Entschuldige. Mir ist schon wieder übel.«

Sie schwang ihre Beine zu schnell aus dem Bett, ihr wurde schwindlig. Sebastian stützte sie an den Schultern.

»Warte. Ich bin gleich wieder da.« Er sprang aus dem Bett, sie hörte ihn unten in der Küche hantieren, und wenige Minuten später kam er mit einer großen Tasse ans Bett zurück.

Tessa schnupperte. Ein scharfer Geruch stieg aus der Tasse auf. »Was ist das?«

»Ingwertee mit Honig. Das hilft gegen deine Übelkeit.«

Sie trank einen Schluck und verzog das Gesicht. Sebastian schaute sie an. Glücklich. Als ob er erwartete, dass sie als nächstes Bäuerchen machte. »Meine Mutter hat gesagt, Ingwer wäre das Einzige gewesen, was ihr damals geholfen hat.«

»Deine Mutter?« Tessa stellte die Tasse beiseite und richtete sich auf. »Du hast deiner Mutter erzählt, dass ich schwanger bin?«

»Selbstverständlich.«

Sie schaute so lange in die Novembersonne, bis vor ihren Augen kleine Lichtmuster herabzurieseln begannen.

»Tessa, sei nicht albern.«

»Ist schon okay.«

»Nein. Offensichtlich ist etwas nicht okay.« Sebastian kniete auf dem Bett und versuchte, ihr Gesichtsfeld zu erobern. »Sag mir jetzt nicht, dass du beleidigt bist, weil ich meinen Eltern erzählt habe, dass wir ein Kind bekommen.«

»Ich bin nicht beleidigt.«

Tessa setzte ihre Füße auf den Boden. Sie riskierte es aufzustehen.

»Was machst du?«

»Ich gehe laufen.«

Eine Weile schaute ihr Sebastian schweigend dabei zu, wie sie ihre Schränke durchwühlte. Sie konnte sich nicht erinnern, in welche Schublade sie die Winter-Jogging-Klamotten letztes Frühjahr gestopft hatte.

»Elena hat mir gesagt, dass ich ruhig laufen gehen soll, wenn mir danach ist.«

Endlich fand Tessa eine ihrer dickeren Hosen. Sie war zu sehr damit beschäftigt, das passende Oberteil zu suchen, als dass sie Sebastian davon hätte abhalten können, stumm ins Bad zu gehen.

*I*ch bin schwanger.«

Attila schaute Tessa so ausdruckslos an, dass sie kurz zweifelte, ob sie nicht aus Versehen »Bei Schumacher gibt es jetzt tolle Hemden im Sonderangebot« gesagt hatte.

Lange hatte sie für diesen Moment geübt. Zu Hause vor dem Kleiderschrankspiegel gestanden und alle Varianten des *Du-übrigens* ausprobiert. Kein Wort war über ihre Lippen gekommen, so wie es ihr damals, als ihre Stiefmutter sie noch in die Kirche geschleppt hatte, nicht gelungen war, einen einzigen geklauten Radiergummi zu beichten.

Tessa schaute in den großen Schminkspiegel und sah Attilas noch immer ausdrucksloses Gesicht. Eine Stunde zuvor hatte sie ihren Satz an Wiebke getestet, diese war ihr lachend um den Hals gefallen. Und jetzt, endlich, begann auch Attila zu lächeln. Lasten fielen Tessa vom Herzen. Sie hatte es gewusst. Attila war nicht schockiert. Attila fühlte sich nicht verraten. Sie hatte seine Hoffnungen, die er in sie gesetzt hatte, nicht enttäuscht. Ganz gleich wie erfolgsorientiert, auf dem Grunde seiner halbtürkischen Seele war er ein Familienmensch.

»Wiebke, lässt du uns bitte einen Augenblick allein?«

Die Maskenbildnerin protestierte, Tessas Lippen waren noch nicht fertig, aber Attila schob sie mit einer bestimmten Geste aus der Maske hinaus. Als er die Tür hinter ihr geschlossen hatte, zückte er sein Handy.

»Ich kenne einen guten Arzt.«

Bislang hatte Tessa Attila nur im Spiegel angeschaut. Jetzt drehte sie sich auf dem schweren Schminkstuhl zu ihm um.

»Danke, ich habe selber eine großartige Ärztin«, sagte sie und lächelte.

Attila antwortete mit einem Lachen, das sie oft bei ihm gehört hatte, und von dem sie immer froh gewesen war, dass es nie ihr gegolten hatte. »Ich darf dich daran erinnern, dass du ab Januar eine neue Sendung zu moderieren hast.«

»Wofür hältst du mich?«

»Bislang habe ich dich für intelligent und ehrgeizig gehalten. Wofür ich dich jetzt halten soll, weiß ich nicht.«

»Attila. Bitte. Mach kein Drama. Das hat keinerlei Einfluss auf die Sendung.«

»Ach nein?«

»Nein. Ich garantiere dir, die Leute kriegen nichts mit.«

»Und ich kriege auch nichts mit, wenn du mich mittags anrufst und erklärst, dass du leider den Abend kotzend im Bett verbringen wirst?«

»Ich bin raus aus den Kotzmonaten.« Tessa merkte, dass

der Satz ein Fehler gewesen war, in dem Moment, in dem sie ihn ausgesprochen hatte. Attila machte eine kurze kreisende Kopfbewegung, als ob er sie daran erinnern wollte, dass er in seiner Jugend einmal geboxt hatte. Ein Wirbel in seinem Nacken knackte.

»Wie weit bist du?«

»Dreizehnte Woche.«

»Scheiße.« Eine kräftige Faust knallte gegen die Wand, die nicht für kräftige Fäuste gemacht worden war. »Scheiße. Ich kann dich feuern. Ist dir das klar?«

»Du weißt genau, dass du das nicht kannst.«

»Scheiße.« Attila begann, den Kunststoffteppich mit seinen Sohlen zu malträtieren. Tessa musste an die Funken denken, die ihr Physiklehrer einem Gummistab entlockt hatte, nachdem er ihn mit Katzenfell gerieben hatte.

»Scheiße. Tessa. Ich hätte meine Hand dafür ins Feuer gelegt, dass du keines von diesen bescheuerten Weibern bist, die ihre Karriere aufs Spiel setzen, nur weil sie plötzlich die Kindermacke kriegen.«

Tessa drehte sich zum Spiegel zurück. Sie schloss abwechselnd das rechte und das linke Auge, um ihre Lider zu betrachten, die bereits kunstvoll verschattet waren. Schön. Sie war wunderschön. »Holst du bitte Wiebke wieder rein? Wir haben nur noch zwanzig Minuten.« Im Hintergrund sah sie Attila, der immer noch auf den Teppich eintrat. Die Szene im Spiegel verschwamm zu etwas, das sehr weit weg und sehr absurd war. Tessa lehnte sich zurück und lächelte. Sie wusste, dass es eine gute Sendung werden würde.

*A*ch hallo. Theresia.«

Die Stimme am anderen Ende der Leitung verursachte in Tessa denselben Widerwillen wie damals, als sie sie zum ersten Mal gehört hatte. Ein halbes Jahr, nachdem ihre richtige Mutter gestorben war, hatte ihr Vater Feli und sie in das Restaurant ausgeführt, in das sie früher an jedem letzten Freitag im Monat zum Essen gegangen waren, und das sie, seitdem ihre richtige Mutter gestorben war, nicht mehr besucht hatten. Sie hatten sich an einen Vierertisch gesetzt, und Tessa wartete darauf, dass der Kellner das vierte Gedeck wegräumte. Ihr Vater, Feli und sie waren viel essen gegangen in der Zeit, in der ihre Mutter krank im Bett gelegen hatte. Und immer, wenn ein Kellner sagte: *Ich lasse den vierten Platz noch eingedeckt*, weil sich in dem Provinznest kein Kellner vorstellen konnte, dass ein Vater mit zwei Töchtern abends allein zum Essen ging, hatte ihr Vater gesagt: *Sie können abdecken*. Als ihr Vater an jenem Tag, an dem sie zum ersten Mal wieder in das Lieblingsrestaurant ihrer Mutter gegangen waren, sagte: *Sie können eingedeckt lassen*, wusste Tessa, dass etwas Furchtbares bevorstand.

»Theresia«, wiederholte die Stimme am anderen Ende der Leitung. »Das ist aber schön, dass du anrufst.«

Ihre Stiefmutter war eine der Frauen, deren Stimme, ganz gleich, was sie sagten, immer beleidigt klang. *Du musst Theresia sein. Dein Vater hat so viel von dir erzählt.* Beleidigt. *Das ist ein schöner Pullover, den du anhast, Theresia. Hast du den selbst gestrickt?* Beleidigt. *Sieh mal, was ich dir mitgebracht habe, Theresia.* Beleidigt.

»Ist Papa da?«

Tessa hatte es nie über sich gebracht, ihre Stiefmutter mit *Mutter*, *Mama* oder *Mutti* anzureden. Einmal, sie war dreizehn oder vierzehn gewesen, hatte ihr Vater ihr sogar eine Ohrfeige verpasst, als sie vom Abendbrottisch aufgesprungen war und gebrüllt hatte, dass sie lieber aus dem Fenster springen als Karin mit *Mama* anreden würde. Spät am Abend war er zu ihr ins Zimmer gekommen. Sie hatte sich schlafend gestellt, und er hatte sich an ihr Bett gesetzt und gemurmelt: *Es tut mir so Leid. Theresia. Bitte verzeih mir. Ich weiß doch auch nicht, was richtig ist. Ich will ja nur, dass es euch gut geht.*

»Volker hat sich gerade hingelegt.«

»Es ist kurz vor zwei.«

»Willst du deinem Vater verbieten, sich nach dem Essen hinzulegen?«

»Kannst du ihm bitte sagen, dass ich angerufen habe?«

»Ich weiß nicht, ob ich noch da bin, wenn er aufsteht. Ich habe um halb drei einen Termin bei meinem Heilpraktiker.«

»Vielleicht kannst du ihm einen Zettel hinlegen?«, sagte Tessa und versuchte, nicht extra unfreundlich zu klingen.

»Theresia, ich stehe schon im Mantel, und ich weiß nicht, wer den Stift, der hier liegen sollte, schon wieder verschleppt hat.«

Eine kleine Stimme in Tessas Kopf sagte: *Lass es. Es bringt nichts. Es ist vorbei.*

Laut sagte sie: »Wie enttäuschend, dass ich es nicht gewesen sein kann.«

Es gab eine kurze Pause, in der sie ihre Stiefmutter in ihren Steghosen neben dem Telefon stehen und mit dem Kugelschreiber, den sie in irgendeiner Apotheke geschenkt bekommen hatte, Jägerzaunmuster auf den Block kritzeln sah, den ihr Vater von der Versicherung geschenkt bekommen hatte, für die er bis zum letzten Herbst gearbeitet hatte. Keine drei Wochen, nachdem ihre Stiefmutter bei ihnen eingezogen war, hatte es den ersten Ärger wegen des Telefonblocks gegeben. In dieser Zeit war es unter den Mädchen der Klasse schick gewesen, Schriften zu erfinden. Und so malte Tessa, wenn sie mit einer Schulfreundin telefonierte, beliebige Wörter wie *David* oder *Geohausarbeiten* in bauchig gefüllter Schrift auf den Block. Ihre Stiefmutter stellte sie wegen Papierverschwendung zur Rede. Tessa entgegnete ihr, dass sie alles Recht der Welt hätte, beim Telefonieren Schriften zu erfinden, solange *sie* beim Telefonieren ihre Jägerzäune kritzelte. Seit diesem Streit hatte ihre Stiefmutter peinlich darauf geachtet, dass die Seiten, auf die sie beim Telefonieren Jägerzäune gekritzelt hatte, verschwunden waren, bevor Tessa das nächste Mal am Telefon vorbeikam. Natürlich hatte ihre Stiefmutter nicht kapiert, dass Tessa an den hart durchgedrückten Linien noch drei Blätter weiter erkennen konnte, dass sie wieder Jägerzäune gekritzelt hatte.

»Richte Papa bitte aus, dass er mich den ganzen Tag zu Hause erreichen kann.«

»Es ging ihm sehr schlecht letzte Woche. Der Arzt meint, er braucht einen Bypass. Volker hätte sich bestimmt gefreut, wenn du dich nach ihm erkundigt hättest.«

»Verdammt. Sag mir, was ich gerade tue!«

»Ich kann dir nichts versprechen.«

Tessa wollte schreien, dass sie sie auch gar nicht darum gebeten hatte, ihr irgendetwas zu versprechen, sondern einfach nur einen gottbeschissenen Zettel zu schreiben, auf dem die gottbeschissenen drei Wörter standen: *Theresia hat angerufen.* Sie legte auf.

Ihr Rücken tat weh. Sie fühlte sich schlapp. Gleichzeitig hatte sie das Gefühl, sie müsse gegen Wände treten. Tessa hatte nie verstanden, wie ihr Vater eine Kosmetikerin hatte heiraten können. Keinen Tag, nachdem ihre Stiefmutter bei ihnen eingezogen war, hatte sie Tessa zur größten Hautkatastrophe erklärt, die sie je gesehen hätte. Natürlich hatte Tessa ein paar Pickel gehabt, aber bis dahin trotzdem das Gefühl, eine viel bessere Haut als die meisten ihrer Klassenkameraden und -kameradinnen zu haben. Ihre Stiefmutter kannte kein Pardon. Einmal wöchentlich musste sie zum Pickelausdrücken, Peeling und zur Gesichtsmaske antreten. Ihre Haare wurden jeden zweiten Tag geföhnt, da ihre Stiefmutter ihr zugestand, schöne Haare zu haben, und der Meinung war, das Einzige, was Tessa tun könne, sei mit den Haaren von ihrer Hautkatastrophe abzulenken. In der Nacht vor ihrem sechzehnten Geburtstag schnitt Tessa sich die Haare mit der größten Papierschere ab. Ihre Stiefmutter redete zwei Wochen nicht mit ihr. *Undankbar* und *sehen, wen sie abkriegt*, waren die einzigen Wörter, die Tessa hinter ihrem Rücken gezischt hörte.

Der Autoschlüssel fiel klirrend zu Boden.

»Gott, hast du mir einen Schrecken eingejagt.« Tessa stieß die Luft aus. Noch immer wütend vom Gespräch mit ihrer Stiefmutter hatte sie nicht bemerkt, wie sich die Fahrertür des dunkelgrauen Jeeps hinter ihr geöffnet hatte und jemand ausgestiegen war.

»Grüß dich, Patricia.«

Es war erst zwei- oder dreimal vorgekommen, dass sie der einzigen Nachbarin hier unten in der Tiefgarage begegnet war.

»Tag, Tessa. Fleißig am Joggen?« Die Anwältin schlug die Tür ihres Wagens zu. »Ich fliege nächsten Mittwoch für drei Wochen nach Spanien«, sagte sie übergangslos. »Kannst du dich in der Zeit um Barnabas kümmern?«

»Barnabas?«

»Mein Kater.«

Tessa bückte sich, um den Schlüssel aufzuheben. »Ich weiß nicht. Ich habe überhaupt keine Erfahrung mit Katzen.«

»Du brauchst auch keine Erfahrung. Einmal am Tag Wasser und Futter auffrischen, alle zwei Tage Katzenklo sauber machen. *That's it.*«

»Katzenklo?«

»Das ist keine große Geschichte. Neben der Kiste liegen

eine Schippe und Beutel. Mit der Schippe tust du die zusammengeklumpte Katzenstreu in einen Beutel, Beutel zu und fertig.«

»Normalerweise fände ich das gar kein Problem, aber ich bin schwanger.«

Es kam kein begeisterter Aufschrei. Kein *herzlicher Glückwunsch*. Patricia Montabaur schaute sie an wie jemand, der auf die Pointe wartete.

»Meine Hebamme hat mir gesagt, dass ich während der Schwangerschaft auf keinen Fall ein Katzenklo sauber machen soll.« Tessa brauchte nicht in das Gesicht ihrer Nachbarin zu schauen, um zu wissen, wie albern sie klang. »Im Katzenkot sind wohl besonders viele Krankheitserreger, Listeriose und so was, und es wäre schlimm für das Kind, wenn ich mir jetzt irgendwas einfange. Verstehst du?«

Als Tessa vom Joggen zurückkam, hatte ihr Vater bereits zwei Mal auf den Anrufbeantworter gesprochen. Schnell schlüpfte sie aus den schmutzigen Klamotten unter die Dusche. Eigentlich cremte sie sich nach dem Duschen immer gleich ein, jetzt wollte sie lieber erst telefonieren.

»Hallo, Papa. Ich war nur kurz aus dem Haus. Karin hatte mir gesagt, dass du schläfst.«

»Ich hab nur ein bisschen die Beine hoch gelegt. Geht es dir gut?«

»Ja. Karin hat gesagt, dass du wieder Herzprobleme hast?«
»Ach, halb so schlimm.«

»Sie hat gesagt, du brauchst einen Bypass.«

»Der Arzt hat gesagt, dass ich irgendwann in den kommenden Jahren vielleicht einen Bypass brauche. Bei mir ist alles in Ordnung. Ich mache mir viel mehr Sorgen um Karin. Ihre Bandscheibe wird immer schlimmer. Und jetzt haben sie auch noch den Verdacht, dass sie Zucker hat.«

Vor drei Jahren hätte Tessa an dieser Stelle gesagt: »Papa, die Frau ist kerngesund.«

Da sie die Hoffnung, ihrem Vater klar zu machen, dass er sich von einer frustrierten Hypochonderin terrorisieren ließ, endgültig begraben hatte, sagte sie: »Tatsächlich? Sind die Pflanzen gut angekommen, die ich dir zum Geburtstag geschickt habe?«

Die Kombination, Mitgefühl für die Krankheiten ihrer Stiefmutter zu simulieren und sofort anschließend das Gespräch auf die letzte Leidenschaft ihres Vaters – Rosen – zu bringen, hatte sich als die einzige Strategie erwiesen, die verhinderte, dass die Telefongespräche zwischen Tessa und ihrem Vater im Streit endeten.

»Ja.« Ihr Vater klang irritiert. »Hatte ich mich dafür nicht schon bedankt?«

»Entschuldige. Natürlich. Du hast mich ja gleich, nachdem sie bei dir ankamen, angerufen.«

Es gab eine lange Pause, in der Tessa ihren Vater atmen hörte.

»Papa, es tut mir wirklich Leid, dass ich das vergessen habe.«

»Ach was, ist schon in Ordnung. Du hast doch so viel um die Ohren.«

»Bist du sicher, dass alles in Ordnung ist? Du klingst nicht so.«

Ihr Vater räusperte sich. Er war nie gut darin gewesen, seine Stimme heiter klingen zu lassen, wenn es ihm nicht gut ging. »Du hast mir einen ganz schönen Schrecken eingejagt. Einen Moment lang war ich mir nicht sicher, ob ich dich damals wirklich angerufen habe.«

»Doch. Du hast mich angerufen«, sagte Tessa. »Du hast mir gesagt, dass es genau die Sorten waren, die du schon seit Jahren gesucht hast.«

»Karin meint, es käme in letzter Zeit öfter vor, dass ich etwas vergesse.«

»Papa. Lass dir von dieser Frau um Himmels Willen nicht einreden, dass mit deinem Gedächtnis etwas nicht stimmt.«

Ihr Vater schwieg.

»Soll ich dir einen Termin bei einem Spezialisten hier in der Stadt machen?«

»Hat deine neue Sendung schon angefangen? Karin und ich warten jede Woche darauf, dass wir dich endlich einmal live sehen können und nicht immer nur auf den Kassetten, die du uns schickst.«

»Papa. Wenn du Angst hast, dass du Alzheimer kriegst, solltest du dich untersuchen lassen.«

»Ja, das werde ich. Aber jetzt erzähl doch von dir.«

Tessa wusste, dass ihr Vater zu keiner Untersuchung gehen würde. Auch dann nicht, wenn sie ihm einen Termin machte.

»Die Sendung beginnt erst im Januar. Das hab ich dir doch erzählt.« Sie hatte nicht boshaft sein wollen. Ihren Fehler merkte sie erst, als ihr Vater: »Ach ja. Ja, ja« murmelte.

»Papa. Ich muss dir was sagen.«

»Ja?«

»Ich kriege ein Kind.«

Schweigen wuchs durch die Leitung.

»Papa? Bist du noch dran?«

»Das ... das ...« Die Stimme ihres Vaters war so belegt, wie Tessa sie seit dem Tod ihrer Mutter nicht mehr gehört hatte. »Das ... das ist ...«

»Schon gut. Ich wollte es dir ja nur gesagt haben.«

»Theresia. Das ... das ...« Ihr Vater war nie gut darin gewesen, Gefühle auszudrücken. *Erfreulich. Hochinteressant. Geschmackvoll.* Tessa sah ihn im Geiste alle Adjektive durchgehen, bei denen er sonst Zuflucht suchte. »Karin wird sich so freuen.«

»Ich will nicht, dass du es ihr sagst.«

»Was?«

»Mein Kind ist mein Kind und geht Karin nichts an.« Sie merkte, dass sie zu laut geworden war. »Weißt du«, sagte sie gezwungen heiter, »ich habe einfach keine Lust, mir eine Aufzählung all der Krankheiten anzuhören, die mein Kind in den ersten drei Jahren seines Lebens haben wird. Und mir dann Tips geben zu lassen, wann ich am besten damit anfange, ihm die Nagelhaut zurückzuschieben.«

»Aber wie soll ich das machen?«

»Was?«

»Ich kann Karin doch nicht verheimlichen, dass sie Großmutter wird?«

»Karin wird nicht Großmutter.«

»Theresia.« Zum ersten Mal seit vielen Jahren hörte Tessa den Klang wieder, den die Stimme ihres Vaters bekam, wenn er ihr im Auftrag der Stiefmutter Strafpredigten hielt.

»Papa«, unterbrach sie ihn, »ich kann dich nur darum bitten, Karin nichts zu sagen. Alles andere musst du mit dir ausmachen.«

Sie beendete das Gespräch. Ihr Rücken schmerzte, als wollte ihr Kind in den nächsten Sekunden durch ihn hindurchstoßen.

Tessa war ihre üblichen fünfzig Bahnen geschwommen, lag am Pool, trank einen Guaven-Shake und blätterte in der Zeitung. Am Vormittag hatte ihr Friseur angerufen, dass er nun doch eine dunkelbraune Tönung gefunden hatte, die während der Schwangerschaft unbedenklich war. Der Streifen am Scheitel, der ihr natürliches Dunkelblond offenbarte, war bereits drei Zentimeter breit gewachsen. Morgen in der Sendung würde sie endlich wieder normal aussehen.

Auch Attila hatte sich beruhigt. Bei ihrem letzten Lunch, bei dem sie über mögliche Veränderungen des Formats – weniger Politiker, mehr populäre Gäste – gesprochen hatten, hatte er zum Dessert sogar gemeint, dass es PR-technisch gar nicht schlecht sei, wenn Tessa auf *Kanal Eins* schwanger begann.

Viele prominente Frauen waren in der letzten Zeit schwanger geworden oder hatten Kinder bekommen. Gerade eben hatte Tessa in der Zeitung von einer etwas älteren Kollegin gelesen, die ihren ersten Sohn zur Welt gebracht hatte. Er litt unter einem leichten Downsyndrom.

Tessa hatte sich immer noch nicht endgültig entschieden, ob sie eine Pränataldiagnostik machen lassen sollte oder nicht. Doktor Goridis hatte ihr gesagt, dass sie mit dreiunddreißig noch nicht ernsthaft zur Risikogruppe gehörte, dass sie eine Untersuchung des Fruchtwassers oder der Plazenta aber durchführen würde, falls es Tessa beruhigte. Die Vorstellung, eine Nadel in die Gebärmutter gestoßen zu bekommen, beruhigte Tessa allerdings nur mäßig. Außerdem hatte Elena ihr mit Hinweis auf die Gefahr einer Fehlgeburt von jeder Form der pränatalen Untersuchung abgeraten.

Tessa betrachtete ihren Bauch, der sich unter dem Badeanzug leicht zu wölben begann. Es fiel ihr schwer zu glauben, dass darin etwas anderes als ein perfektes Kind wachsen könnte.

Sie wollte die Zeitung gerade zusammenfalten und weglegen, in fünf Minuten hatte sie ihren Termin bei der Kosmetikerin, da fiel ihr Blick auf eine Anzeige des Staatstheaters, ganz unten links auf der Seite.

Johann Wolfgang von Goethe: Stella
Heute Abend Wiederaufnahme
Mit: Bastow, Dembruch, Waldenfels

Sie las die Besetzung noch einmal. Es musste ein Druckfehler sein. Sebastian hätte ihr doch erzählt, dass er heute Abend eine Wiederaufnahme hatte. Mit Carola. Vor weniger als zwei Stunden hatte er Tessa einen Tee ans Bett gebracht und sich von ihr verabschiedet wie an jedem normalen Morgen. Er hatte gesagt, dass er heute Abend Vorstellung hätte, aber kein Wort von Carola und einer Wiederaufnahme. Es konnte nicht sein.

Tessa warf die Zeitung auf das Beistelltischchen neben der Liege und trank den Rest von ihrem Shake. Sie würde der Kosmetikerin sagen, dass sie heute keine normale Gesichtsbehandlung, sondern die extra-entspannende Algen-Kalt-Modelage wollte.

Carola blickte der jüngeren Frau, die soeben aus dem Raum gestürzt war, nach. Langsam, sehr langsam nahm sie eine Zigarette aus dem Etui und lehnte sich gegen den großen, schwarz polierten Esstisch. Sie klopfte sich einen Fussel von der eleganten Anzughose, ihre Hände verkrampften sich einen Moment, bevor sie die Zigarette anzündete.

»*Sieh herab auf deine Kinder und ihre Verwirrung, ihr Elend*«, sagte sie leise. »*Leidend lernte ich viel. Stärke mich! Und kann der Knoten gelöst werden, heiliger Gott im Himmel, zerreiß ihn nicht!*«

Ein knappes Jahr war es her, dass Tessa Carola zum letzten Mal gesehen hatte. Es musste in diesem Strauß-Stück gewesen sein, wo Sebastian auch mitgespielt hatte. Damals hatte Carola sie mit ihrem rötlich glänzenden Pagenschnitt und dem flachen weißen Gesicht an eine der Rosskastanien erinnert, aus denen sie als Kind so gern Männchen gebastelt hatte. Und auch jetzt musste sie wieder daran denken. Allerdings sah Carola heute aus, wie die Rosskastanien ausgesehen hatten, wenn Tessa im nächsten Sommer zufällig den Deckel des

Kartons hob, in den sie die Männchen zum Überwintern weggepackt hatte. Nie würde Tessa die Kunst einer Maskenbildnerin unterschätzen, aber das Drama, das sich in Carolas Gesicht eingegraben hatte, konnte keinem Tiegel und keiner Tube entsprungen sein.

Carola stieß sich vom Tisch ab und verließ den Raum durch die hintere Tür. Auf der Bühne wurde es dunkel. Tessa lehnte sich zurück und schloss die Augen. Was hatte sie bislang gesehen? Am Anfang hatte Stella, die jüngere, leicht rundliche Blondine, in ihrem Loft darauf gewartet, dass der Mann, der sie sitzen gelassen hatte, endlich zu ihr zurückkam. Gesellschaft leistete ihr dabei Carola (Cäcilie), die von ihrem Ehemann schon lange verlassen worden war. Als Sebastian (Fernando) endlich auftauchte, stellte sich heraus, dass er nicht nur der Mann war, auf den Stella wartete, sondern ebenfalls Carolas (Cäcilies) entflohener Ehemann. Stella war zusammengebrochen, Sebastian (Fernando) hatte stumm den Raum verlassen, und Carola (Cäcilie) mit schwesterlicher Größe versucht, die Zusammengebrochene aufzurichten.

Als das Licht wieder anging, riss Stella Schubladen auf und stopfte Dinge in einen Koffer.

»Fülle der Nacht, umgib mich! Fasse mich! Leite mich! Ich weiß nicht, wohin ich trete!«

Tessa konnte nicht sagen, wie viele Ausrufezeichen sie an diesem Abend schon über sich hatte ergehen lassen müssen. Wie in einem Sandalenfilm die Pfeilgeschwader pfiffen ihr hier die Satzzeichen um die Ohren.

»Ha, Fernando!«, tobte die Blonde weiter. *»Du konntest meine Unschuld, mein Glück, mein Leben so zum Zeitvertreib pflücken und zerpflücken und am Wege gedankenlos hinstreuen? Edler! – Ha, Edler! Meine Jugend! Meine goldnen Tage! Und du trägst die tiefe Tücke im Herzen!«*

Die junge Frau neben Tessa schneuzte leise. Entweder hatte sie die Grippe. Oder die Studentinnen von heute waren auf einem merkwürdigen Trip. In ihrer Studienzeit war Tessa auch hin und wieder ins Theater gegangen – bei irgendeinem *Sommernachtstraum* hatte sie zum letzten Mal hier oben in diesem verdammten, stickigen Rang gesessen – aber in *Stella* hätte sie sich nicht verirrt. Geschweige denn im Angesicht der eineinhalb Zentner lamentierenden Elends die Nase geschneuzt.

Kaum hatte Stella ihren übervollen Koffer von der Bühne gezerrt, kam Sebastian angerannt. Er trat gegen den Couchtisch, blieb stehen, als wolle er die Witterung von irgendetwas aufnehmen.

»*Lass mich! Lass mich! Sieh! Da fasst's mich wieder mit all der schrecklichen Verworrenheit!*«

Er schlug in die Luft, sogar von ihrem Platz konnte Tessa die Schweißtropfen fliegen sehen. Es musste unangenehm sein, mit Sebastian eine Liebesszene zu spielen.

»*Stella! Du liegst auf deinem Angesichte, blickst sterbend nach dem Himmel und ächzest: Was hab ich Blume verschuldet, dass mich dein Grimm so niederknickt! – Cäcilie! Mein Weib! O mein Weib! Elend! Elend! Tiefes Elend!*«

Tessa begriff nicht, was Sebastian da spielte. Es war offensichtlich, dass er von seiner Cäcilie nichts mehr wollte. Die Szenen waren so lustlos heruntergespielt, dass Tessa nicht mal einen Krümel *Gnadenbrot* sah. Andererseits hatten die Liebesszenen mit Stella auch nicht gerade den Duft der Leidenschaft verströmt. Wahrscheinlich spielte er, dass er keine von beiden mehr haben wollte. Aber was machte das alles dann für einen Sinn? Bestimmt war es die Idee des Regisseurs gewesen, Sebastian den *Ich-bin-über-die-ganzen-Weiberraus* spielen zu lassen.

Er war gerade damit beschäftigt, eine Pistole zu laden, als abermals Carola auf die Bühne kam.

»Mein Bester!«, begrüßte sie ihn aufgeräumt. *»Wie ist uns? Das sieht ja reisefertig aus.«*

Sie nahm ihm die Pistole ab und tat, als visiere sie ein Ziel im Zuschauerraum an.

»Mein Freund!«, redete sie weiter, ohne die Pistole herunterzunehmen. *»Du scheinst mir gelassener. Kann man ein Wort mir dir reden?«*

»Was willst du, Cäcilie?«, gab Sebastian zurück, als habe er eine Woche nicht mehr geschlafen. *»Was willst du, mein Weib?«*

»Nenne mich nicht so, bis ich ausgeredet habe. Wir sind nun wohl sehr verworren; sollte das nicht zu lösen sein?«

Tessa ließ sich auf ihrem Sitz etwas tiefer rutschen. Sie wurde das Gefühl nicht los, dass Carola mit der Pistole in Richtung Rang zielte. Es war lächerlich. Unmöglich konnte Carola sie sehen.

»Ich hab viel gelitten, darum nichts von gewaltsamem Entschließen. Ich bin nur ein Weib, ein kummervolles, klagendes Weib; aber Entschluss ist in meiner Seele. Fernando! Ich verlasse dich!«

Endlich senkte Carola die Pistole und warf sie auf den Couchtisch. Vor Erleichterung hätte Tessa beinahe geseufzt.

Und auch Sebastian fragte spöttisch: »Kurz und gut?«

Aber Carola ging nicht. Tessa verzog das Gesicht. Sie hätte es ahnen können. Eine wie Carola ging nie, wenn sie zu ihrem Mann sagte, dass sie jetzt gehen würde.

»Meinst du, man müsse hinter der Tür Abschied nehmen, um zu verlassen, was man liebt?« Carola machte zwei Schritte auf Sebastian zu und suchte seinen Blick. Aller Spott, alle Überheblichkeit waren aus ihrer Haltung verschwunden. *»Ich werfe dir nichts vor und glaube nicht, dass ich dir so viel aufopfre. Bisher beklagte ich deinen Verlust; ich härmte mich ab über das, was ich nicht ändern konnte. Ich finde dich wieder, deine Gegenwart flößt mir neues Leben, neue Kraft ein.«*

Tessa spürte, wie sich ihre Hände auf den beiden Lehnen, die sie rechts und links okkupiert hatte, verkrampften.

»*Fernando*«, redete Carola leidenschaftlich, »*ich fühle, dass meine Liebe zu dir nicht eigennützig ist, nicht die Leidenschaft einer Liebhaberin, die alles dahingäbe, den erflehten Gegenstand zu besitzen. Fernando! Mein Herz ist warm, und voll für dich; es ist das Gefühl einer Gattin, die, aus Liebe, selbst ihre Liebe hinzugeben vermag.*«

Die alte Schlange! Das billigste Lied, das alle verlassenen Weiber der Welt seit Penelope sangen, um ihre Männer zurückzuerobern! Komm heim! In meinem Hafen gibt es keinen Sturm! Und wenn du mal wieder auf Irrfahrt gehen willst! Schau, sogar dafür habe ich Verständnis!

»*Ich will entfernt von dir leben und ein Zeuge deines Glücks bleiben. Deine Vertraute will ich sein; du sollst Freude und Kummer in meinen Busen ausgießen. Deine Briefe sollen mein einziges Leben sein, und die meinen sollen dir als ein lieber Besuch erscheinen ...*«

Tessa schlug die Hand vor den Mund. Sie hatte laut aufgelacht. Die Studentin warf ihr einen vorwurfsvollen Blick zu.

Endlich raffte sich Sebastian auf, auch etwas zu sagen. »*Als Scherz wär's zu grausam*«, fing er an. »*Als Ernst ist's unbegreiflich. Der kalte Sinn löst den Knoten nicht. Was du sagst, klingt schön, schmeckt süß. Wer nicht fühlte, dass darunter weit mehr verborgen liegt – dass du dich selbst betrügst, indem du die marterndsten Gefühle mit einem blendenden eingebildeten Troste schweigen machst. Nein, Cäcilie! Mein Weib, nein!*«

Tessa entspannte sich wieder. Vielleicht war das Stück doch nicht so dumm.

Plötzlich veränderte auch Sebastian seine Haltung, kroch aus seinen Schultern, zwischen die er sich während der letzten Sätze zurückgezogen hatte, hervor und schaute Carola offen an. »*Du bist mein! Ich bleibe dein! Was sollen hier Worte? Was soll ich Warums dir vortragen? Die Warums sind so viele Lügen. Ich bleibe dein!*«

Das konnte Sebastian nicht ernst meinen. Zu Carola zurückkehren? Nachdem er ihren Trick klar durchschaut hatte?

Auch Carola, jetzt ganz die raffinierte Spielerin auf der Klaviatur der Ausgemusterten, fiel nicht auf das herein, was Sebastian gesagt hatte. »*Nun denn!*«, schoss sie zurück. »*Und Stella? – Wer betrügt sich? Wer betäubt seine Qualen durch einen kalten, ungefühlten, ungedachten, vergänglichen Trost? Ja, ihr Männer kennt euch.*«

»*Überhebe dich nicht deiner Gelassenheit! Stella! Sie ist elend! Sie wird ihr Leben fern von mir und dir ausjammern. Lass sie! Lass mich!*«

Tessa kam es vor, als hätte sich die Saaldecke, die ohnehin schon bedrohlich dicht über ihren Köpfen war, noch tiefer herabgesenkt.

»*Wohl, glaube ich, würde ihrem Herzen die Einsamkeit tun*«, machte Carola gnadenlos weiter. »*Wohl ihrer Zärtlichkeit, uns wieder vereinigt zu wissen. Jetzo macht sie sich bittere Vorwürfe. Sie würde mich immer für unglücklicher halten, wenn ich dich verließ', als ich wäre; denn sie berechnete mich nach sich. Sie würde nicht ruhig leben, nicht lieben können, der Engel! Wenn sie fühlte, dass ihr Glück Raub wäre!*«

Der Engel! Tessas Hemd klebte am Rücken, es fiel ihr schwer, ruhig zu atmen. *Diese Ratte!*

»*Lass sie fliehen*«, rief Sebastian, »*lass sie in ein Kloster!*«

In Carolas Gesicht tauchte das Grinsen des Anglers auf, der den Hecht noch eine Ehrenrunde durchs Wasser ziehen lässt, bevor er ihn an Land holt. Sie hatte sich inzwischen wieder an den langen Esstisch gelehnt.

»*Wenn ich nun aber wieder so denke*«, sagte sie und legte ihre Fingerspitzen aneinander. »*Warum soll sie denn eingemauert* sein? Was hat sie verschuldet, um eben die blühendsten Jahre, die Jahre der Fülle, der reifenden Hoffnung hinzutrauern, verzweifelnd am Abgrund hinzujammern? Geschieden sein von dem, den sie so glühend liebt! Von dem, der sie – Nicht wahr, du liebst sie, Fernando?«

Sebastian sagte nicht ja, nicht nein, ließ sich stumm in einen der großen Lederfauteuils sinken und hörte sich die lange Geschichte an, die Carola nun erzählte. Vom deutschen Biedermann, der aus dem Krieg mit der heroischen Geliebten zu seinem Weibe zurückkehrt. Vom Weib, das, anstatt den Biedermann im Bad zu erschlagen, ihm um den Hals fällt, der Geliebten um den Hals fällt und ruft: »*Nimm die Hälfte des, der ganz dein gehört! Nimm ihn ganz! Lass mir ihn ganz! Jede soll ihn haben, ohne der andern was zu rauben!*« Und von der heroischen Geliebten, die, anstatt das Eheweib in alle Ewigkeit zu verfluchen, ihm ebenfalls um den Hals fällt und ruft: »*Oh du! Eine Wohnung! Ein Bett! Und ein Grab!*«

Beinahe hätte Tessa vergessen, dass sie noch einen Mantel an der Garderobe hängen hatte. Sie war die breiten Marmorstufen, die zum Ausgang führten, bereits zur Hälfte hinuntergegangen, als es ihr einfiel. Ohne eine Miene zu verziehen, reichte die Garderobiere Tessa den leichten Ledermantel über den Tresen.

Es wurde höchste Zeit, dass sie nach Hause kam. Ohnehin war es unverantwortlich von ihr gewesen, den Abend vor der Sendung mit diesem albernen Stück zu verplempern.

Eine Wohnung! Ein Bett! Ein Grab! Was für ein Unsinn. Als hätte Goethe mit diesem Stück die *Kommune 1* gründen wollen.

Tessa schlüpfte eben in den linken Ärmel, da entdeckte sie die Tapetentür neben der Garderobe. Schon einmal, nach einer Vorstellung von *Kirschgarten*, war sie durch diese Tür gegangen, um Sebastian in seiner Garderobe zu besuchen. Damals war er gerade aus der Dusche gekommen. Und feucht und frisch gewaschen hatte er sie auf die flaschengrüne Couch gezogen.

Tessa warf einen Blick auf ihre Armbanduhr. Halb elf. Noch hatte sie genügend Zeit, sich auf morgen vorzubereiten. Und Sebastian würde sich bestimmt freuen, wenn sie ihn überraschte und ihm zur Aufführung gratulierte. Hatte er sich neulich nicht durch die Blume beschwert, dass sie so selten ins Theater ging?

Sie schaute sich um, rechts, links, und mit einem schnellen Griff öffnete Tessa die Tür. Der Gang, in dem sie sich wiederfand, kam ihr vollständig fremd vor. Sie öffnete eine zweite Tür und erreichte einen nächsten Gang, eng und niedrig. Dicke Rohre verliefen unter der Decke und verströmten zusätzliche Hitze zu der, die Tessa immer noch empfand. Nach fast fünf Jahren Arbeit in drei verschiedenen Fernseh- und Rundfunkanstalten hatte sie genügend Instinkt entwickelt, sich in den meisten Funkgebäuden dieser Welt zurechtzufinden. Im Theater versagte der Instinkt. Hier schien ihr alles noch verschlungener, noch verwinkelter und unlogischer gebaut zu sein. Jetzt machte der Gang einen scharfen Rechtsknick und führte mit drei Stufen zu einer schweren Brandschutztür. Endlich kam sie in ein Treppenhaus, an das sie sich vage erinnerte. Tessa stieg und erreichte das Stockwerk mit den Damengarderoben. Sie war richtig. Die Herrengarderoben waren noch eine Etage höher.

Nur einmal war sie Carola Auge in Auge begegnet. Bei der ersten Premierenfeier, auf der sie mit Sebastian gewesen war, *Was ihr wollt*. Carola hatte Tessa entdeckt und war zusammengezuckt, als hätte ihr jemand etwas Glühendes unter den Fingernagel gerammt. Dann war sie im Gewühle verschwunden, und Tessa hatte sie den ganzen Abend nicht mehr gesehen.

Auf dem Zwischenstockwerk begegnete ihr eine Frau, Tessa holte schon Luft, um *Hallo* zu sagen, dann wurde ihr klar, dass die Frau mit den schlecht getönten Haaren und dem eigentlich schicken Mantel, der an den Hüften aber leider spannte, sie selbst war. Ein riesiger Spiegel, wie Balletttänzer ihn zum Training benutzten, lehnte an der Wand.

Tessa blieb stehen und atmete tief durch. *War es wirklich klug, was sie da vorhatte? Was tat sie, wenn –*

Die Frage schwebte in ihrem Kopf wie eine Seifenblase, die Angst hatte zu platzen.

Halbherzig erklomm sie die nächsten Treppenstufen. Ein grauhaariger Mann in Strumpfhosen überholte sie, fragte, ob sie jemanden suche, sie verneinte, und er verschwand hinter der Glastür, wo die Herrengarderoben lagen.

Geh nach Hause, wisperte die Blase in ihrem Kopf. *Das war alles nur Theater, was du heute Abend gesehen hast. Es bedeutet nichts. Weder wirst du Carola in Sebastians Garderobe finden. Noch wird Carola dir um den Hals fallen und vorschlagen, dass ihr doch prima zu dritt leben könntet. Es war alles nur Theater.*

In der Ferne hörte Tessa Gelächter. Frauen- und Männerstimmen gemischt. Ihr Schritt wurde langsam, als sei Treppensteigen eine so kostbare Angelegenheit, dass man sie ins Unendliche dehnen sollte.

Die Vorstellung war eine Wiederaufnahme gewesen, sicher gab es in der Kantine oder sonst wo noch eine Feier. Sebastian würde sie bestimmt überreden mitzukommen, wenn sie jetzt gleich an seine Garderobentür klopfte. Aber wann sollte sie sich dann auf ihre Sendung vorbereiten? Und der Termin bei ihrem Friseur morgen früh war auch schon um acht.

Tessas Absatz quietschte leise, als sie auf der letzten Stufe kehrtmachte. Das grüne Schild mit dem rennenden Männchen würde ihr den Weg hinaus zeigen.

4

Selbstverständlich stellen wir Ihnen für die Tage der Sendung einen Wagen mit Fahrer zur Verfügung, hatte Roger Tissenbrinck, der Chef von *Kanal Eins,* beim ersten Treffen zu Tessa gesagt. Und nun saß sie in diesem Wagen, auf dem Weg in die Schlacht. Auf dem Weg in den Triumph.

Als würde sie von einem unsichtbaren Faden gezogen, glitt die Limousine durch armseliger werdende Vororte. Der Schnee von Silvester säumte die Bürgersteige wie räudiger Pelzbesatz. In einem offenen Hof prügelten zwei Jungs mit Holzlatten aufeinander ein, ein drittes, kleineres Kind trat eine aufgerissene Plastiktonne vor sich her. Eine junge Frau, die nicht mehr jung aussah, schob eine alte Frau, die so alt vermutlich nicht war, im Rollstuhl über die Straße. Die Frau im Rollstuhl hielt ein großes Buch an sich gepresst, als habe sie Angst, jede Sekunde könne ein Dieb auftauchen und es ihr wegnehmen. In dem kurzen Moment, bevor die beiden Frauen aus ihrem Blickfeld verschwanden, gelang es Tessa, den Titel des Buches zu entziffern: *Lähmungsdiagnostik beim Hund.*

Sie lehnte den Kopf zurück. Die Stadt zerfiel. Stürzte ab an den Rändern. Als sie die Strecke im November zusammen mit Attila gefahren war, um das neue Studio zum ersten Mal zu besichtigen, war ihr die Fahrt weniger lang vorgekommen. Endlich fiel ihr das Wort wieder ein, nach dem sie die ganze Zeit gesucht hatte. *Erosion.* Die Stadt *erodierte.* Am Ende würde nichts von ihr übrig bleiben außer einer hohen Felsnadel.

Und auf dieser Felsnadel würde sie sitzen, Tessa Simon, die Gipfelfrau, die Überlebende.

Mit einem Lächeln strich sie über das weiche Leder der Rückbank. Obwohl es noch keine sechs Wochen zurücklag, konnte sie sich schon nicht mehr erinnern, wie es sich angefühlt hatte, mit dem eigenen Auto zur Sendung zu fahren.

Ihr neuer oberster Arbeitgeber war ein Mann von großer Freundlichkeit. Nur dass man nicht sicher sein konnte, ob die Freundlichkeit jemals einem anderen galt als ihm selbst. Sie musste an ihren alten Chef denken, Paul Haverkamp, und den selbstverfassten Gedichtband, den er ihr zu Weihnachten geschenkt hatte, und der jetzt im Regal neben dem stand, den er ihr im vorletzten Jahr geschenkt hatte. *Von Tränen und Träumen.* Oder so ähnlich. *Du spielst jetzt in einer anderen Liga,* hatte Attila ihr nach dem Treffen mit Tissenbrinck gesagt, *da ist Schluss mit Kuschel.*

Tessas Gedanken wurden davon unterbrochen, dass der Fahrer scharf bremste und sie nach vorn geschleudert wurde.

»Verdammt«, stieß sie im selben Moment hervor, in dem der Fahrer »Scheiße, Köter, bist du lebensmüde?« fluchte.

Er warf einen besorgten Blick in den Rückspiegel. »Haben Sie sich was getan?«

»Nein.« Tessas rechte Hand war noch immer gegen die Rücklehne des Beifahrersitzes gestemmt. Ihre Linke hatte sich schützend auf den Bauch gelegt.

»Entschuldigen Sie, aber dieser verdammte Köter war wirklich nicht zu sehen.«

»Ist schon gut.«

Wütend griff Tessa nach dem Gurt, der rechts über ihrer Schulter aus der Rückenlehne kam. Sie schnallte sich nie an, wenn sie hinten saß. Der Gurt klemmte in der Verankerung und spannte über ihrem Bauch. Seit Beginn ihrer Schwangerschaft hatte sie fast sieben Kilo zugenommen. Fast ebenso viele Moderationshonorare hatte sie investieren müssen, um sich bei einer Schneiderin eine blümchen- und entenfreie Schwangerschaftsgarderobe machen zu lassen. Sie freute sich auf die dunkelblaue Nadelstreifen-Tunika mit passender Hose, die sie nachher anziehen würde. Wenn sie saß, konnte man glauben, sie hätte noch immer keinen Bauch.

Zehn Minuten später erreichten sie die Einfahrt zu dem großen Gelände, in dem nicht nur *Kanal Eins* die meisten seiner Sendungen produzierte. Zwei private Kanäle und einige Filmproduktionsfirmen hatten hier ebenfalls ihre Studios. Ein gigantisches Plakat für einen Spielfilm, der in diesem Herbst gedreht worden war, hing neben der Einfahrt. Sie fuhren an dem größten der Gebäude vorbei, aus dem am Abend eine Spielshow übertragen wurde. Ein roter Teppich führte zum Eingang. Rechts und links der Absperrgitter, die den Teppich säumten, standen vielleicht dreißig frierende Menschen, mit Kameras und dicken Lederalben in der Hand, und warteten auf einen Promi, dessen Autogramm und Foto sie brauchten, um heute Nacht glücklich zu sein. Ungeduldig schaute Tessa aus dem Fenster. *Zwei Millionen sollten wir schaffen*, hatte Roger Tissenbrinck gesagt. *Eins Komma fünf minimum.*

Der Fahrer hielt. Das Gebäude war viel kleiner und flacher als das Studio, aus dem die Spielshow übertragen wurde. Oben links war in weißer Farbe eine Sieben aufgemalt. Studio Sieben. Ihre neue Heimat. Ihr ganz privates Kollosseum. Zwei Arbeiter waren gerade dabei, ein Transparent neben der Sieben zu entrollen. In dem Streifen, der bereits zu sehen war, entdeckte Tessa ihren frisch getönten Haaransatz.

Der Fahrer kam nach hinten, um ihr die Tür zu öffnen. Vorsichtig setzte sie den Fuß auf den schlecht geräumten Asphalt. Gut, dass sie ihre Schuhe für die Sendung noch in der Tasche hatte. Sie schaute zum nahen Eingang des Gebäudes.

Es gab keinen Teppich. Aber mehrere Absperrgitter. Und hinter den Gittern knäuelten sich mindestens hundert Teenies, mit weißen und schwarzen Wollschals und -mützen dick vermummt. Tessa erinnerten sie an die brütenden Pinguinkolonien im Schneesturm, die sie an Weihnachten in einer Tierdoku gesehen hatte. Eine Sekunde fragte sie sich, ob der Fahrer sie nicht doch zum falschen Studio gefahren hatte. Kein Teenie begann zu kreischen, als sie aus dem Wagen stieg. Kein Teenie zückte seine Kamera, streckte ihr die behandschuhten Hände mit Stift und Autogrammkarte entgegen, als Tessa die ersten Meter in Richtung Studio ging.

Aus dem gläsernen Eingang kam Attila ihr im bloßen Hemd entgegen. Er machte im Laufen eine angedeutete Verbeugung und rief: »Herzlich willkommen.« Er küsste sie rechts, links, rechts und nahm dem Fahrer den Kleidersack ab. »Alles gut?«

»Alles bestens.«

Einige Teenies hatten zu singen begonnen.

»Hier ist schon seit Stunden die Hölle los.« Attila lachte, als habe er einen besonders guten Witz erzählt.

»*Oh, Baby, Baby, be nice to daddy's little girl . . .*«

Eine kleine Gruppe kreischte den Sängern Mut zu und reckte Plakate in die Höhe. Plakate, auf denen eine wunderschöne, junge, dunkelhäutige Frau zu sehen war. Nuala. Die schwarze Pantherin. *Der* deutsche Popstar des letzten Jahres. Tessas heutiger Gast auf der Couch.

Attila fasste sie am Oberarm und zeigte nach oben. »Was sagst du zu dem Transparent? Ist doch großartig geworden.«

»Wenn ihr es irgendwann mal entrollt bekommt, finde ich es sicher auch großartig.«

Attila legte den Arm um sie und lachte wieder. »Komm. Es ist scheißkalt hier draußen.«

»Nuala. Wie fühlen Sie sich heute?«

»Oh, danke. Phantastisch.« Die junge Frau räkelte sich auf der Couch, wie es sonst nur Kurtisanen auf Gemälden des 19. Jahrhunderts taten.

»Das ist ein super Publikum heute Abend.« Sie machte im Liegen einen halben Shimmy und winkte mit den Fingern in den Saal. Einige Leute klatschten. Zurückhaltend.

Tessa musste sich zusammenreißen, dass sie nicht grinste. Dort saßen hundertfünfzig Menschen, die sich seit Wochen darauf freuten, beim Neustart *ihrer* Sendung dabei sein zu dürfen. Erwachsene Menschen, denen egal war, ob auf der Couch der Bundeskanzler, ein Popsternchen oder ein halber Rettich lag.

»Sie haben im letzten Jahr einen sensationellen Aufstieg erlebt. Vor einem Jahr noch waren Sie Nebendarstellerin in einer Vorabendserie. Im letzten Monat wurden Sie von einer großen deutschen Popzeitung zur *Newcomerin* des Jahres gewählt. Sie haben über eine Million Platten verkauft, Tausende von Fans jubeln Ihnen bei Ihren Konzerten zu. Macht Ihnen das nicht manchmal Angst?«

»Angst?« Nuala sprach das Wort aus, als habe sie es noch nie gehört. »Vor wem sollte ich Angst haben. Ich liebe meine Fans.« Wieder zeigte sie dem Publikum ihre überweißen Zähne.

»Haben Sie nicht manchmal das Gefühl, dass das alles zu schnell gegangen ist?«

»*Oh no!*« Nuala machte dieselbe neckische Geste mit dem Zeigefinger, die sie jedesmal in ihren Videos machte, wenn die beiden Silben vorkamen. Ihre Stimme wurde ernst. »Es ist ja nicht so plötzlich gekommen. Ich habe lange und hart gearbeitet. Ich nehme Gesangsunterricht, seit ich vierzehn bin, mit dem Tanzen habe ich schon als Kind angefangen. Ich arbeite hart. Sehr hart.«

»Aber trotzdem. Wachen Sie nicht manchmal nachts auf und denken: Wenn ich morgen früh aufstehe, ist alles vorbei?«

Vielleicht bildete sie es sich nur ein. Aber Tessa glaubte gesehen zu haben, wie Nuala einen Moment die Augen schloss und sich selbst in den Oberschenkel zwickte.

»Ich bin sehr religiös. Ich glaube an Gott. Gott wird mir den Weg zeigen, den er für mich vorgesehen hat.«

»Sie sind auf Jamaika geboren. Ihre Mutter ist mit Ihnen und Ihren beiden Schwestern vor zehn Jahren nach Deutschland gekommen. Wo fühlen Sie sich zu Hause?«

»Ich bin überall zu Hause, wo ich spüre, dass die Menschen mich lieben. Und deshalb liebe ich Deutschland.« Sie beugte sich leicht vor und legte eine Hand schirmend an den Mund, als solle Tessa das, was sie nun zu sagen hatte, nicht hören. »Außer im Winter. *Oh God*, ich hasse diesen Winter.«

Einige Frauen im Publikum lachten.

Nuala lehnte sich wieder zurück. »Natürlich spüre ich eine sehr enge Bindung zu Jamaika, und mein großer, großer Wunsch ist, auch dort einmal auftreten zu dürfen. Aber Deutschland ist meine Heimat.«

»In den Zeitungen ist zu lesen, dass Sie Ihren Vater niemals gekannt haben. Jetzt haben Sie einen Song geschrieben, in dem *daddy's little girl* die große Liebe sucht. Schmerzt es Sie, wenn Sie an Ihren Vater denken?«

Es war das erste Mal, dass die Pantherin nicht sofort antwortete. »Ich habe eine wunderbare Mutter, die beste Mutter der Welt, und ich habe zwei phantastische Schwestern, die mich überall unterstützen. Ich weiß, die Leute stellen immer wieder solche Fragen, aber wir sind eine *family*.« Das letzte Wort sprach die Pantherin in gedehntem Englisch aus. »Eine vollständige, komplette *family*, die mich sehr, sehr glücklich macht.«

Tessa hatte die Mutter und die beiden Schwestern vorhin

kurz begrüßt. Alle drei waren stark übergewichtig, die offenbar jüngere der beiden Schwestern, vielleicht sechzehn oder siebzehn, hatte im Gästeaufenthaltsraum gesessen, einen Walkman auf den Ohren, in den Händen einen Gameboy. Die ältere hatte sich beschwert, dass es keine *Cola light* gab. Als Tessa kurz vor der Sendung noch einmal in die Maske gegangen war, war Nualas Mutter gerade dabei gewesen, ihrer Tochter einen der winzigen, diagonal über den Vorderkopf laufenden *Cornrow*-Zöpfe neu zu flechten. Dabei hatte sie etwas von *white bitches* gemurmelt, und *no idea* ...

»Wie sieht es bei Ihnen aus? Wollen Sie selbst Kinder?«

»Oh, ja. Auf jeden Fall. Am liebsten zehn.«

Tessa rutschte auf ihrem Stuhl ein Stück nach vorn. Bei den letzten Sätzen der Pantherin war etwas passiert. Es war nichts Großes gewesen, aber sie war sicher, dass die Stimme der Pantherin zu zittern begonnen hatte.

»Und haben Sie schon konkrete Pläne, wann Sie das erste Kind kriegen wollen?«

Die Pantherin griff zur Seite, trank einen Schluck aus dem Wasserglas. »*Oh no.* Im Moment ist das zu früh. Ich bin so mit meiner Karriere beschäftigt. Mein Album ist gerade erschienen, ich werde den ganzen restlichen Winter auf Tour sein.«

Tessa wusste, dass sie jetzt nicht nachgeben durfte. Nuala hatte sich scheinbar wieder gefangen, doch hinter diesem Thema lauerte etwas, das sie ans Licht holen musste.

»Sie sind seit einem halben Jahr mit Chris Mattner zusammen, dem Basketballspieler. Ist er der Mann, mit dem Sie Kinder wollen?«

»Ich liebe Chris. Oh, ja. Chris ist der perfekte Vater.«

»Könnten Sie sich auch vorstellen, Ihre Kinder ohne Vater großzuziehen? So, wie es Ihre Mutter getan hat?«

Wieder streckte Nuala ihre schöne schmale Hand mit dem schlichten Brillantring nach dem Wasserglas.

»Oh, *come on*, wollen wir nicht über etwas anderes reden?«

»Ich spüre einen großen Schmerz bei Ihnen, wenn ich Sie auf dieses Thema anspreche. Hat es vielleicht doch damit zu tun, dass Sie Ihren Vater vermissen?«

Was folgte, geschah sehr schnell und sehr chaotisch. Nuala sprang auf, das Wasserglas fiel zu Boden, der Alarm, wenn der Gast sich zu sehr aufrichtete, ging los. Die schwarze Pantherin hatte ihre beiden nackten Arme um den schlanken, im rosa Ledercatsuit steckenden Körper geschlungen und blitzte Tessa an, als wolle sie auf sie losgehen.

»*I don't fucking miss my father. I don't fucking miss anyone.*«

Die Aufnahmeleiterin erschien im selben Moment an der Bühnenseite wie Nualas Manager. Tessa sah, dass auf den Kameras noch immer die roten Lampen leuchteten, das Publikum wagte nicht einmal zu tuscheln.

»Nuala. Es tut mir Leid, wenn ich Ihre Gefühle verletzt habe. Das war nicht meine Absicht.«

»*Fuck* Absicht.« Die Tränen strömten über Nualas Gesicht. »*Fuck.*« Ein Schluchzen erschütterte den schmalen Körper.

Der Manager, ein klein gewachsener Mann mit platinblond gefärbten Haaren, kam und reichte Nuala als erstes ein Taschentuch. Tessa verstand nur undeutlich, was er sagte, so leise sprach er auf sie ein, aber es musste etwas sein im Sinne von: *Alles ist cool, Baby, du kannst aufhören, wenn du nicht weiter willst.*

Tessa warf der Aufnahmeleiterin einen fragenden Blick zu. Die machte ein Zeichen, die Sache erst einmal laufen zu lassen. Von rechts kam Nualas Mutter mit einer für ihre Körperfülle erstaunlichen Behändigkeit auf die Bühne gestürmt. Sie stieß den Manager zur Seite und packte ihre Tochter an den Schultern.

»*What's goin' on, Sugar?*«

»*I don't know. I can't go on. I can't.*«

»*Sure you can.*«

»*No-ho.*«

»*You go on. And stop crying. Okay?*«

Die Mutter griff nach dem Kinn ihrer Tochter und drehte es so, dass diese ihr in die Augen schauen musste.

»*Okay?*«

Sie wischte ihrer Tochter mit dem Daumen, an dem ein drei Zentimeter langer, hellblau-silber lackierter Fingernagel klebte, die Tränen aus dem Gesicht.

»*Okay?*«

»*Okay*«, sagte Nuala leise.

»*Here we go, Sugar.*«

Die Mutter gab Nuala einen leichten Klaps auf die Backe.

»*Make-up!*« Sie schnipste in die Richtung, in der Wiebke mit Puderquaste, Wattestäbchen und Lidschatten bereitstand. Die Maskenbildnerin schoss heran und bemühte sich, unter den strengen Augen der Mutter Nualas Make-up wieder einigermaßen zu richten.

»*I'm so sorry*«, sagte Nuala, nachdem alle, die nicht auf die Bühne gehörten, die Bühne wieder verlassen hatten, und versuchte zu lachen.

»Das ist in Ordnung. Absolut in Ordnung.« Die Szene hatte Tessa so fasziniert, dass sie ganz vergessen hatte, ob der scheiternden Sendung in Panik zu geraten. »Nehmen Sie sich alle Zeit, die Sie brauchen.«

»*No, it's okay. But –*« Nuala setzte sich auf, obwohl sie sich eben erst wieder eingeräkelt hatte. Ihr Blick suchte die Kamera. »*I have to confess something* ... Meine Fans sollen es wissen ...«

Im Studio war es absolut still geworden. Selbst die Großmütter, die den Namen Nuala allerhöchstens einmal von ihren Enkeln gehört hatten, wagten kaum mehr zu atmen.

»Ich bin krank. Sehr krank.«

Tessa wusste nicht, ob die Sendung in irgendeiner Form nach draußen übertragen wurde. Wenn ja, hatte es jetzt einen Schrei aus hundert Teenie-Kehlen gegeben.

Nuala schloss kurz die Augen. Ihre Finger wanderten zu dem Reißverschluss am unteren Ende ihres Hosenbeins.

»Ich fühle mich schon seit Wochen sehr schlecht, sehr schwach, immer wieder Fieber. Und neulich, auf einer Party« – sie lachte ein kleines verzweifeltes Lachen –, »trinke ich einen Schluck Champagner, und plötzlich kriege ich solche Schmerzen, als würde mir jemand den Hals zudrücken ... *Wow* ...« Sie fasste sich an die Kehle. »Also habe ich mich untersuchen lassen. Und die Ärzte sagen ...« – ihre Finger zogen den Reißverschluss einige Zentimeter auf und wieder zu, auf und wieder zu – »... ich habe *Hodgkin's disease* ... Hodgkin-Krankheit ... Sie wissen nicht, wo es herkommt, vielleicht ist es ein Virus, vielleicht ... Vielleicht sind es die Gene ... Keiner in unserer *family* hat *Hodgkin's disease* ... Keiner ... Vielleicht mein Vater ... *They don't know* ...«

Ungeduldig ließ Nuala von ihrem Reißverschluss ab und schlug mit beiden Händen auf die Couch. Ihr Kinn hatte wieder zu zittern begonnen.

Tessa hatte ihre Karteikarten längst auf den Boden gelegt.

»Das ist ja schrecklich«, sagte sie und spürte im selben Moment, wie dumm es klang. Zum ersten Mal, seit sie die Sendung moderierte, fühlte sie sich wie ihr Vater, der hilflos mit den Worten rang. Keiner aus der Redaktion hatte irgendeine Andeutung gemacht, dass Nuala krank sein könnte. Tessa wusste fast nichts über diese Hodgkin-Krankheit. Außer, dass sie ziemlich tödlich war.

»Haben die Ärzte denn schon irgendetwas gesagt, was sie tun werden, um Sie wieder gesund zu machen?«

»Strahlen ... Und Chemo ... *They don't know* ...« Wieder

begann Nuala zu weinen. »*I know it's so hard ... for all my fans ... I'm so sorry ... but I fight ... I will fight ... And I'll be back.*«

Nuala ballte die Faust. Ihr ganzer Körper wurde vom Schluchzen geschüttelt.

Tessa konnte sich nicht erinnern aufgestanden zu sein, doch plötzlich fand sie sich neben der weinenden Pantherin wieder.

»Nuala, es war sehr tapfer, dass Sie geredet haben. Ich bin sicher, mit dieser Tapferkeit werden Sie es schaffen. Es kann keine Krankheit geben, die größer ist als Ihre Kraft.«

Sie legte ihren Arm um den bebenden Körper. Und zu ihrem allergrößten Erstaunen stieß die Pantherin sie nicht weg, sondern klammerte sich an sie, als sei Tessa der letzte Busch, der sie über dem Abgrund hielt.

Beim Abschied flossen noch mehr Tränen. Nuala umarmte sie so lange – *you've been so understandig! so kind! thank you! thank you!* –, dass Tessa befürchtete, die junge Frau wolle sie nie mehr loslassen. Und auch die Mutter drückte sie an ihre großen Brüste und erklärte, dass sie fortan *like a daughter* sei. Die Schwestern fielen ihr erst um den Hals, nachdem die Mutter sie in ihre Richtung gestoßen hatte. Dass der kleine blonde Manager sie auch noch umarmte, darauf kam es am Schluss nicht mehr an.

Andere Hände drückten sie, Leute aus dem Publikum wollten Autogramme, Tessa schüttelte Hände, Tessa schrieb. Irgendwer hielt ihr ein Glas Champagner hin. Tessa nahm es und trank. Es hätte Katzenpisse, Quecksilber, Schierlingssaft sein können. Sie war in diesem Moment viel zu weit weg, als dass sie mitbekommen hätte, was ihre Lippen oder Hände taten.

Sie hatte es geschafft. Unter diesen Umständen. Geschafft!

Die Welt versank. Sie fühlte sich wie eine Figur in einem

Zeichentrickfilm, die eben noch auf festem Boden gestanden hat, und im nächsten Moment schießt ihr Fleckchen Erde in die Höhe. Höher und immer höher. Ein scharfer Wind pfiff, der sie keine Stimmen, keinen Lärm der Techniker, die bereits damit begonnen hatten, das Studio abzubauen, mehr hören ließ. Das Sofa. Ein roter Klecks. Die Kameras. Fast nicht mehr zu erkennen. Die Scheinwerfer: winzige Lichtpunkte am Firmament. Männer und Frauen so klein, als wären sie Spielzeug für Ameisenkinder. Der kleine Gestreifte, war das Attila? Ja. Es musste Attila sein. Stand da, weit unten, und sein Kleinmut klebte an ihm wie ein nasses Hemd. Er hatte an ihr gezweifelt. Gezweifelt *an ihr*. Tessa musste lachen.

Zu spät spürte sie, dass sich eine Hand in ihr Kreuz geschoben hatte und langsam aufwärts strich. Sie fuhr herum. Und stieß einen Schrei aus. »Sebastian!«

Er drückte sie mit aller Kraft an sich. »Herzlichen Glückwunsch. Ganz, ganz herzlichen Glückwunsch. Du warst toll.«

»Sebastian!« Sie versuchte sich aus der Umklammerung zu befreien. »Was machst du hier?«

»Hast du ernsthaft geglaubt, ich würde dich an diesem Tag allein lassen?«

»Aber du hast doch immer gesagt, dass du keine Lust –«

»Du warst großartig.«

Erst als Sebastian ihr über die Wange strich, merkte sie, dass diese feucht war.

»Sebastian! Ich kann's noch gar nicht glauben.«

»Doch! Glaub es!«

Ein Gefühl vollkommener Unbesiegbarkeit breitete sich in ihr aus. Von den Fingerspitzen kletterte es die Arme hinauf, stieg in den Kopf, durchströmte ihren Körper, lief die Beine hinunter, bis es in den Zehen angekommen war. Und plötzlich: ein Erdstoß. Ein Beben. Tief in ihrem Innern. Sie ließ das Champagnerglas fallen. Lauschte in sich hinein. Fassungslos.

»Was ist?« Sebastians Stimme klang plötzlich so weit weg, wie die anderen Stimmen vorhin geklungen hatten.

»Tessa!« Sie spürte, wie er sie an den Schultern packte und leicht schüttelte. Das war es nicht. Das Beben war aus ihrem Innern gekommen. Sie starrte in Sebastians erschrockenes Gesicht.

»Ich glaube, es hat sich bewegt. Unser Kind hat den ersten Tritt gemacht.«

Eine Eventfirma hatte im hinteren Teil des Studios eine Bar und Disco eingerichtet. Nachdem sie die Triumphrunde gemacht hatte, zog Tessa sich mit Sebastian in eine dunkle Nische zurück.

Immer wieder spürte sie die Tritte ihres Kindes, und jedes Mal, wenn sie das Gesicht verzog, schnellte Sebastians Hand auf ihren Bauch. Es brachte nichts, ihm zu erklären, dass es noch Wochen dauern würde, bis er etwas von der Gymnastik seines Kindes spürte. Er war fest davon überzeugt, den ersten Kontakt mit seinem Nachwuchs aufgenommen zu haben.

Attila kam mit einer neuen Flasche Champagner zu ihnen und wollte Tessa überreden, wenigstens noch ein zweites Glas zu trinken. Sie nippte an ihrem Mineralwasser und lachte. Sie brauchte keinen Alkohol in dieser Nacht. Sie hatte alles.

»War sie nicht toll!« Attila beugte sich zu Tessa hinunter und drückte sie fest an sich. »Mein Gott, was für eine Frau! Auf die *Queen*!«

Er hob sein Glas und zwang Sebastian, mit ihm anzustoßen.

»Ich sage, zwei Komma fünf Millionen Quote.«

»Feigling«, gab Tessa zurück. »Ich sage: zwei Komma acht.«

»Okay. Wer näher dran ist. Um was wetten wir? Eine Magnum *Châteaux Cheval Blanc*?«

»Attila, ich bin schwanger.«

Er verdrehte künstlich die Augen.

»Wir können auch um zweitausend Beutel Kamillentee wetten.«

Tessa boxte ihn in den Bauch. Er fing ihre Hand ab und hielt sie fest. »Kann es sein, dass du irgendwann mal nicht mehr schwanger bist? Außerdem gewinnst du eh nicht.«

»Das werden wir sehen.« Tessa befreite ihre Hand und hielt sie ihm zum *High Five* hin.

»Habt ihr eigentlich gewusst, dass Nuala krank ist?«

Tessa und Attila schauten Sebastian an, als hätten sie für kurze Zeit vergessen, dass er mit ihnen am Tisch saß.

»Hoppla.« Tessa fasste nach ihrem Bauch. Zum ersten Mal folgten Sebastians Hände nicht.

»Nein. Natürlich nicht.« Ihr Blick wanderte zu Attila. Attila betrachtete die Spitzen seiner hochglanzpolierten Schuhe.

»Ich hab so Andeutungen gehört. Gerüchte.«

»Was?« Tessa hätte um ein Haar Sebastians Champagnerglas umgestoßen.

»Ich wusste nicht, dass sie es in der Sendung öffentlich machen will.«

»Du hättest mir das sagen müssen.«

»Du wärst niemals so gut gewesen, wenn du es gewusst hättest.«

»Attila!«

»Ihr Manager hat mich gebeten, dir nichts zu sagen. Nuala wollte spontan entscheiden können, ob sie es sagt oder nicht.«

Tessa stieß die Luft aus und warf sich gegen die wacklige Rückbank der Sitznische. Sebastian legte seinen Arm um sie und drückte ihre Schulter.

»Ich finde auch, ihr hättet es Tessa sagen müssen. Dann hätte sie entscheiden können, ob sie sich auf so etwas einlässt oder nicht.«

Tessa schaute wieder auf. »Wahrscheinlich hat Attila recht. Ich wäre viel nervöser, verkrampfter gewesen, wenn ich darauf gewartet hätte: Sagt sie was, sagt sie nichts?«

»Du hättest diese Sendung moderiert, wenn du vorher gewusst hättest, dass da eine Frau sitzt, die aller Welt offenbaren will, dass sie todkrank ist?« Sebastian schaute sie an.

»Ich weiß gar nicht, ob Hodgkin wirklich tödlich ist.«

»Das ist doch gar nicht der Punkt.«

»Was ist denn dann der Punkt?« Attila hatte den linken Arm quer vor den Körper gewinkelt, sodass er den rechten Ellbogen aufstützen und den Zeigefinger an die Wange legen konnte. Tessa kannte diese Angriffshaltung. Sie hoffte, dass Sebastian nicht sagen würde, was er gleich sagte.

»Das ist doch billigster –« Mitten im Satz brach er ab. »Ach was. Lasst uns feiern.«

Drei Stunden und zwei Champagnerflaschen später hatte Sebastian den Streit vergessen. Er tanzte mit Tesssa wild über die immer noch dicht bevölkerte Tanzfläche.

> *The winner takes it all*
> *The loser standing small*
> *Beside the victory*
> *That's her destiny ...*

»Meinst du nicht, dass du dich überanstrengst?«, rief er ihr ins Ohr, als sich ihre erhitzten Gesichter das nächste Mal begegneten.

»Tanzen ist gut fürs Kind«, rief Tessa atemlos zurück.

Sie liebte diesen Song. Sollte es im Text um die Niederlage gehen, die Musik gehörte eindeutig dem Gewinner. Trotzdem merkte sie irgendwann, wie sich die heißen Ameisenströme in ihren Armen und Beinen langsam in Blei verwandelte.

Die kalte klare Januarluft vor dem Studio traf sie, als hätte ihr jemand einen nassen Waschlappen ins Gesicht geschlagen. Sie hatte extra ihren dicksten Wintermantel angezogen, bei dem sie allerdings die beiden unteren Knöpfe auflassen musste. Sebastian warf ihr seinen Mantel über die Schultern, als er ihr Zittern sah.

»Wo ist der verdammte Fahrer? Die haben gesagt, der wartet, egal, wie spät es wird.«

»Der kommt bestimmt gleich. Ich liebe dich.« Er drückte sie fest an sich und küsste sie.

»Entschuldigung?«

Eine schüchterne Frauenstimme ließ sie sich aus der Umarmung lösen.

Eine blonde Frau in einem viel zu dünnen, dreiviertellangen roten Mantel stand einige Meter von ihnen entfernt.

»Ja?« Tessa schlug ihren Mantelkragen hoch.

»Wenn Sie das nicht zu aufdringlich finden, könnten Sie mir wohl ein Autogramm geben? Und ein Foto würde ich gern machen. Von Ihnen und mir.«

Wie um die Ernsthaftigkeit ihres Ansinnens zu unterstreichen, hielt die Frau eine Kamera und ein dickes Album mit einem angesteckten Filzstift hoch. Ihre handschuhlosen Hände waren blau gefroren.

»Um Gottes willen. Sie haben doch nicht etwa die ganze Zeit in dieser Kälte auf mich gewartet? Warum sind Sie denn nicht reingekommen?«

»Ach, das macht mir nichts aus.« Die Frau senkte den Blick. Da sie keinerlei Anstalten machte, näher zu kommen, ging Tessa auf sie zu.

»Selbstverständlich gebe ich Ihnen ein Autogramm. Soll ich es widmen?«

»Würden Sie das machen? Das wäre aber nett.«

Die Frau schlug das Album in der Mitte auf und hielt es

Tessa samt Stift hin. Auf der linken Hälfte der Doppelseite klebte ein großes Foto von ihr, das zum Neustart der Sendung in einer Fernsehzeitschrift erschienen war.

»Wenn Sie vielleicht rechts unterschreiben würden. Bitte.«

»Wie heißen Sie denn?«

»Lembertz. Susanne. Mit tz.«

Tessa musste sich nach vorn beugen, so leise sprach die Frau.

»Sebastian, machst du das Foto?« Sie winkte ihn herbei, nachdem sie der Frau Album und Stift zurückgegeben hatte.

»Vielleicht sollten wir näher an den Eingang gehen, da ist mehr Licht.«

»Wissen Sie, ich bin nämlich auch schwanger«, sagte die Frau plötzlich, als sie beide unter der Neonröhre standen.

»Woher wissen Sie, dass ich schwanger bin?«

Die Frau errötete wieder. »Sie haben sich verändert, Ihr Gesicht und alles.«

»Ehrlich? Da haben Sie aber einen guten Blick ... Na, dann wollen wir mal. Auf die Bäuche.«

Ganz spontan legte Tessa ihren Arm um die Frau, während Sebastian an der fremden Kamera den Blitz suchte.

Tessa wusste, dass die Quoten nicht vor neun Uhr kamen. Dennoch war sie am nächsten Morgen um sieben das erste Mal aufgestanden und an den Computer gegangen. Ebenso um acht. Um drei nach neun – sie war gerade dabei, sich zum dritten Mal einzuloggen – klingelte ihr Handy.

»Drei Komma eins vier«, sagte Attila, und Tessa fand, dass er wie ein Mensch klang, der vom Mars mit der Erde telefonierte. »Vierundzwanzig Prozent Marktanteil.«

»Das ist nicht wahr.«

»Doch. Wir haben's geschafft. Wir haben's aus dem Stand geschafft.«

»Drei Komma eins vier Millionen, vierundzwanzig Prozent Marktanteil«, schrie Tessa Sebastian herbei, der nach der anstrengenden Nacht noch einmal eingeschlafen war.

»Nein.« Nun schrie auch Sebastian, er hob Tessa samt Handy in die Luft, aus dem Handy schrie Attila: »Ich wusste, dass du's schaffst.«

»Du schuldest mir eine Magnum.«

»Ich schenk dir zwei.«

»Ich fass es nicht. Drei Komma eins vier Millionen.«

Eins von Tessas Telefonen klingelte den ganzen Tag. Meistens klingelten beide. Feli brachte es über sich, ein »war ganz cool« in den Hörer zu nuscheln. Anscheinend hatte ihr Vater in Sachen Schwangerschaft tatsächlich geschwiegen, denn Feli erzählte viel von Curt, erwähnte aber mit keinem Wort, dass ihre Schwester sie nun ihrerseits bald zur Tante machen würde. Ihr Vater selbst hatte bis zum Nachmittag nicht angerufen. Wahrscheinlich hatte er vergessen, dass gestern Tessas großer Tag gewesen war, und den ganzen Abend mit irgendwelchen Büchern zum Thema Rosengarten verbracht. Ihre Stiefmutter war vermutlich bei ihrem Frauen-Kegel- oder Frauen-Gesangsvereins- oder einfach nur Frauen-besaufen-sich-mit-billigem-Sekt-und-werden-lustig-Abend gewesen. Ihr Vater und ihre Stiefmutter würden erst anrufen, wenn der erste Nachbar bei ihnen angerufen hatte. Nein. Ihr Vater würde frühestens morgen anrufen. Heute Nachmittag und den ganzen Abend würde er sich vor ihrer Stiefmutter dafür rechtfertigen müssen, dass er Tessas Sendung verpasst hatte.

Tessa überlegte, ob sie die wenigen Minuten, in denen gerade keines der Telefone klingelte, nutzen sollte, um ihren Vater anzurufen. Vielleicht war mit seinem Gedächtnis wirklich etwas nicht in Ordnung. Bevor ihre Stiefmutter ihn so lange terrorisierte, bis er sich von irgendeinem Provinzpfuscher untersuchen ließ, sollte sie ihn einladen und ihm doch einen Termin bei einem richtigen Arzt hier in der Großstadt machen.

Sie hatte gerade im integrierten Telefonverzeichnis des schnurlosen Apparats die Nummer ihres Vaters angesteuert, als ihr Handy klingelte.

»Ja?«

»Hier ist Susa Müller von *Now!*. Spreche ich mit Tessa Simon?«

»Ja.« Tessas Herz machte einen Satz. *Now!* war ein sehr hippes Magazin. Wer in *Now!* drin war, hatte es geschafft.

»Ihr Produzent, Herr de Winter, war so nett, mir Ihre Mobilnummer zu geben. Ich hoffe, ich störe nicht?«

»Nein.«

»Erst mal möchte ich Ihnen ganz herzlich zu der Sendung gratulieren. Ich bin ja schon lange ein Fan von *Auf der Couch*, aber gestern, das war für mich noch mal ein richtiger Sprung.«

»Danke.«

»Wir würden in einem der nächsten Hefte gern eine größere Geschichte über Sie bringen. Hätten Sie Lust dazu?«

»Das hängt davon ab, wie viel Zeit das in Anspruch nimmt«, sagte Tessa ohne Aufregung in der Stimme.

»Ich fürchte, mit Fotos und allem müssten wir schon einen ganzen Tag einkalkulieren. Schließlich soll es die Titelstory werden.«

Tessa fühlte sich, als hätte sie ein Wirbelsturm kurz in die Luft gehoben und zwanzig Meter weiter wieder abgesetzt. *Titelstory. Auf dem Cover von Now!.*

»Ja. Doch«, sagte sie und musste feststellen, dass ihre Stimme nicht mehr ganz unaufgeregt war. »Wenn wir es nicht ausgerechnet am Tag der Sendung machen, geht das schon.«

»Herr de Winter hat mir erzählt, dass Sie im fünften Monat schwanger sind?«

»– Ja.«

»Noch mal herzlichen Glückwunsch. Ich hab mich gestern kurz gefragt, als Sie aufgestanden sind und sich neben Nuala gesetzt haben. Aber dann habe ich wieder gedacht: Nein, das kann nicht sein, diese Frau hat ja so eine phantastische Figur.«

»In der nächsten Woche ginge vermutlich Freitag«, sagte Tessa und blätterte mit der rechten Hand im Kalender.

»Ich finde es wirklich bewundernswert, dass Sie sich diese beiden Herausforderungen auf einmal zutrauen.«

»Möglicherweise ginge auch Dienstag. Das wäre dann aber erst die Woche drauf.«

»So ganz eilig ist es nicht. Weil – also fürs Foto wäre es schon gut, wenn man deutlicher sehen würde, dass Sie schwanger sind.«

Es gab eine Pause.

»Ich denke, dass wir den Schwerpunkt der Story auf diese doppelte Herausforderung legen sollten«, redete Susa Müller von *Now!* weiter, als Tessa nichts sagte. »Dass immer mehr prominente und erfolgreiche Frauen sagen: *Ja, ich will ein Kind. Und ich will trotzdem weiter Karriere machen.* Das ist ein großes Thema.«

Der Januar wurde milder. Wochenlang war der Fluss zugefroren gewesen. Jetzt trieben am Ufer zahllose Schollen. Ein Entenpaar kletterte auf eine der Schollen, die von einem unterirdischen Strudel wie ein Karussell gedreht wurde.

»Bist du nicht froh, dass die Proben jetzt endlich angefangen haben?«, fragte Tessa. Sie hatte sich bei Sebastian untergehakt. Seine *Macbeth*-Nervosität war in den letzten Tagen ins Unerträgliche gestiegen. *Das ist so scheißschwer*, hatte er immer wieder gesagt, *das Schwerste*.

»Wann soll diese Foto-Geschichte eigentlich genau passieren?«, fragte er jetzt.

»Wir haben noch keinen genauen Termin verabredet. Vermutlich in der letzten Februarwoche.«

»Ich bin nicht sicher, ob ich dich verstehe.« Sebastian wischte eine Hand voll Schnee von einer Bank und warf den Schneeball weit auf den Fluss hinaus. Er schaute ihm nach, wie er auf einem Eisstück zerstob. »Bis gestern hattest du Angst, dass die Leute dich nur noch wegen deines Bauchs anstarren, und jetzt willst du dich zum Schwangerschafts-Pin-up machen?«

»Ich lasse mich nicht für den *Playboy* fotografieren. *Now!* ist hip.«

Tessa vergrub ihre Hände tiefer in dem Pelzmuff, den sie gekauft hatte. Noch nie hatte sie einen Muff besessen. Es tat gut, mit Sebastian am Fluss spazieren zu gehen. Zum Joggen war ihr die Strecke stets zu belebt, der Straßenverkehr zu nah gewesen. Aber jetzt, wo es langsam dunkel wurde und nur wenige Sonntagsautos den höher gelegenen Quai entlangrollten, fand sie den Ort sonderbar schön. Sie blieb stehen, um Sebastian zu küssen. Seine Lippen waren kalt auf ihrem Mund.

»Deine Handschuhe sind ja ganz nass.«

»Das macht nichts. Mir ist sowieso zu warm.« Sebastian stopfte die Handschuhe in die Tasche seines Lammfellmantels. »Wenn diese Magazinfritzen so okay sind, warum wollen sie dich dann erst in ein paar Wochen fotografieren?«

Tessa gab ihm mit der Hand, die sie aus dem Muff gezogen hatte, einen Nasenstüber. »Verstehst du irgendwas von Journalismus? Natürlich ist es spannender für die, wenn sie nicht nur über eine erfolgreiche Talkmasterin, sondern über eine erfolgreiche Talkmasterin und angehende Mutter schreiben können.«

Zwei Mädchen kamen ihnen entgegen, Schlittschuhe um den Hals, die Enttäuschung ins Gesicht geschrieben. Auf dem Baggersee in Tessas Kaff waren im Winter alle Schlittschuh laufen gegangen. Sie selbst war eine mäßige Läuferin gewesen, hatte sich nicht viel daraus gemacht. Der Gedanke, in sieben, acht Wintern eine Tochter zu haben, die sie zum Schlittschuhlaufen mitschleppte, ließ sie hingegen lächeln. Sie schaute Sebastian zu, der Wurfschnee suchte. Ein älteres Paar kam ihnen entgegen, Mann und Frau mit Pelzkappen, die Frau sah Tessa an, unverhohlen, neugierig, dann stieß sie den Mann in die Seite und flüsterte ihm etwas zu.

»Irgendwann wäre der Presserummel sowieso losgegangen. Allein gestern haben zwei Redaktionen angerufen, die mich als Gast in ihren Talkshows haben wollen.«

Sebastian hob einen Kiesel auf und ließ ihn über die Eisschollen hüpfen.

»Prima kannst du das – ganz prima«, wollte Tessa sagen, aber das letzte Prima wurde von einem Schrei überrollt.

»Was ist?« Sebastian ließ den Stein, den er gerade aufgehoben hatte, fallen und fuhr herum.

Tessa hatte beide Hände aus dem Muff gezerrt. Mit der Linken stützte sie sich gegen einen Baum, die Rechte hielt ihren Bauch. Sie atmete tief aus und winkte ab. »Ist alles okay. Das Kleine hat gerade eine neue Trittkombination entdeckt.«

Sebastian lachte. Er ging vor Tessa in die Knie, öffnete einen Knopf ihres Daunenmantels und klopfte vorsichtig gegen ihren Bauch.

»Hey, Karatemeister. Wir lieben dich auch, wenn du ohne schwarzen Gürtel zur Welt kommst.« Er legte seine Hand flach auf ihren Bauch. »Aber wenn jetzt grad Training ist, dann los. Nochmal. Sparring. Zeig's mir.«

Tessa strich ihm lachend durch die Haare. »Kindskopf. Du kannst von ihren Turnübungen noch gar nichts mitkriegen.«

»*Ihren* Turnübungen?« Sebastian richtete sich auf. »Hast du jetzt doch eine von diesen Fruchtwasseruntersuchungen machen lassen?«

»Nein. Das ist mir nur rausgerutscht.« Er sah sie so erschrocken an, dass sie ihm einen Kuss gab. »Der Ultraschall ist erst nächste Woche. Aber irgendwie kann ich mir nicht vorstellen, dass es kein Mädchen wird.«

»Wieso?«

»Weiß nicht. Einfach so. Es fühlt sich nach Tochter an.« Sie malte mit dem rechten Stiefel ein X in den Schnee. »Hättest du lieber keine Tochter?«

»Das ist doch egal.« Er nahm Tessa in den Arm, um weiterzugehen. »Hauptsache gesund.«

Sie fuhr in die Höhe. Sie war durch eine fremde Stadt gelaufen, ein Mann hatte sie verfolgt: *Hören Sie mir zu! Hören Sie mir doch erst einmal zu!* hatte er die ganze Zeit gerufen, aber sie war immer weiter gerannt. Jetzt hörte sie das Telefonklingeln. Der Fernseher lief stumm. Sie musste auf dem grauen Sofa eingeschlafen sein.

Mit steifem Arm griff sie nach dem schnurlosen Apparat. Es war bereits kurz nach eins. Das Display leuchtete: *Nummer unbekannt*. In der ganzen Wohnung brannten nur zwei Lampen. Sebastian war offensichtlich immer noch nicht zurück. Er hatte ihr gesagt, dass es heute spät werden könnte, ein Kollege, der in *Macbeth* mitspielte, feierte Geburtstag. Der Gedanke, dass Carola bei diesem Fest war, huschte durch Tessas Bewusstsein, wie ein Reh nachts auf die Straße rennt, kurz in die Scheinwerfer starrt und wieder im Wald verschwindet. Vor ein paar Tagen war sie in Sebastians Arbeitszimmer gegangen, um Tesafilm zu suchen. Der Besetzungszettel *Macbeth* hatte offen auf dem Schreibtisch gelegen. Ganz beiläufig hatte sie einen Blick darauf geworfen. Carola spielte nicht mit. Nicht einmal als Kammerfrau der Lady Macbeth.

Das Telefon klingelte noch immer. Bestimmt war es Sebastian, der wieder einmal vergessen hatte, seinen Handy-Akku zu laden und sie jetzt von dem Kollegen aus anrief.

»Ja?« Schon zu Rundfunkzeiten hatte Tessa sich abgewöhnt, am Telefon ihren Namen zu nennen.

Ein schweres Atmen war alles, was vom anderen Ende der Leitung kam.

»Hallo? ... Sebastian?«

Das Atmen wurde schneller.

»Idiot.« Tessa beendete das Gespräch. Sie warf das Telefon neben sich auf die Couch und starrte es an, als habe es sich in etwas Aussätziges verwandelt. Ihre Nummer war geheim. Irgendein Verwirrter musste sie auf gut Glück gewählt haben. Wahrscheinlich gab es dem Spinner erst den richtigen Kick, vorher nicht zu wissen, ob er in einem Restaurant, bei einer Familie oder einer allein stehenden Frau anrief.

Tessa ging durch die halbdunkle Wohnung und knipste alle Lampen an. Sebastian hatte sie am Nachmittag gefragt, ob sie es nicht auch richtiger fände, das Loft aufzugeben und ein Haus irgendwo im Grünen zu suchen. Sie hatte versprochen, darüber nachzudenken. Es war gelogen. Nie würde sie darüber nachdenken, aus der Stadt wieder in die Provinz zu ziehen mit Jägerzäunen und Nachbarn, die Grillfeste feierten, und Gartensprenklern, die im Sommer pünktlich um acht Uhr abends ansprangen. Natürlich war ihr klar, dass das Loft als Kinderwohnung nicht besonders geeignet war. Zu viele offene Räume, die steile Treppe. Und als Kinderzimmer kam einzig Sebastians Arbeitszimmer in Frage. Er würde dann in das noch kleinere Gästezimmer umziehen müssen. Er würde es tun. Für sie und ihr Kind würde er alles tun.

Sie stand über das Waschbecken gebeugt und sah den blutigen Zahnpastaschlieren nach, die sie gerade ausgespuckt hatte – Elena hatte ihr gesagt, sie solle sich keine Sorgen machen, sie habe jetzt einfach Blut für zwei –, da klingelte das Telefon wieder. Schnell spülte Tessa den Mund aus. Vielleicht war es doch Sebastian. Oder Feli, die mal wieder in irgendeinem Schlamassel steckte. Als sie unten im Wohnbereich ankam, war bereits der Anrufbeantworter angesprungen.

Sie hörte ein leises Knistern. Sonst nichts. Und dann wieder das Atmen. Schwerfällig. Als ob der Mensch am anderen Ende der Leitung Polypen hätte. Oder starkes Übergewicht. Ein schwitzender Koloss. Der in Unterhosen auf einer schäbigen Matratze saß.

»Tessa! Tessa!«

Dieses Mal wurde sie davon wach, dass jemand sie an den Schultern schüttelte. Sie schlug die Augen auf und schaute in Sebastians besorgtes Gesicht.

»Tessa. Was ist passiert?«

»Ich bin eingeschlafen.«

»Unter dem Tisch?«

Verwirrt drehte sie den Kopf zur Seite. Er hatte Recht. Sie lag auf dem Teppich unter dem langen Esstisch.

»Mein Gott, hast du mir einen Schrecken eingejagt. Ich komme nach Hause, alle Lichter sind an und von dir keine Spur. Ich war kurz davor, die Polizei zu rufen.«

Tessa setzte sich schwerfällig auf. »Irgend so ein Idiot hat hier ständig angerufen. Und auf den Anrufbeantworter gestöhnt.«

»Und deshalb hast du dich unter den Tisch verkrochen?« Sebastians Besorgnis hatte sich in Erheiterung verwandelt.

»Höhleninstinkt. Schwangere machen so Sachen.«

Er lachte und gab ihr einen Kuss. »Komm, Schwangere. Ich bring dich ins Bett.«

Beim Aufstehen stieß Tessa das Glas um, das neben ihr auf dem Boden gestanden hatte. Der Rest einer orangenen Flüssigkeit lief auf den Teppich. Sebastian bückte sich sofort.

»Sorry«, sie streckte sich und gähnte. »Ich muss wirklich ins Bett. Mein Rücken. War's schön bei dem Geburtstag?«

»Ja. Es waren so viele Leute da.«

Sebastian ging mit dem Glas in die Küche und kam mit einem feuchten Lappen zurück. Von der Treppe aus sah Tessa, wie er versuchte, den Flecken aus dem Teppich zu reiben. An seinem Hinterkopf entdeckte sie eine Stelle, wo sich die dunkelblonden Haare zu lichten begannen. Die Stelle war ihr noch nie aufgefallen. Sie lächelte, er würde ein guter Vater sein.

»Ich liebe dich«, sagte sie.

»Ich dich auch«, sagte er, warf ihr eine Kusshand zu und widmete sich wieder dem Fleck. Er runzelte die Stirn, beugte sich ein wenig tiefer, schnupperte und runzelte noch einmal die Stirn. Bevor er Luft holen konnte, etwas zu sagen, ging Tessa die letzten Stufen zur Schlafgalerie empor.

*B*ilder logen. Fremde Köpfe wurden auf fremde Körper montiert, fremde Beine an fremde Rümpfe, fremde Füße an fremde Waden. Dem Betrug waren keine Grenzen gesetzt. Als Kinder hatten sie mit zerschnittenen Bilderbüchern gespielt, um aus einem Papagei, einem Krokodil und einem Elefanten einen Pakofanten zu machen. Heute setzten sie sich an den Computer und machten aus einem schönen Gesicht, einem Busenwunder und einem Zehenmodell die perfekte Frau.

Zum zigten Mal betrachtete Tessa das Foto, das vor ihr auf

dem Bistrotisch lag. Ein großer Kopf. Ärmchen mit winzigen Fingern. Beine mit Füßchen mit mikroskopisch kleinen Zehen. Andere Extremitäten sah sie nicht. Doktor Goridis konnte ihr alles erzählen. Die Frauenärztin musste noch nicht einmal an ihrem Computer herummanipulieren, um Tessa ein X für ein Y vorzumachen.

Sebastian kam mit wehendem Mantel herein. Er hatte sie zum Ultraschall begleiten wollen. Tessa hatte ihm vorgeschlagen, sich lieber anschließend in ihrem österreichischen Lieblingscafé zu treffen.

»Und?«, fragte er, kaum dass er ihr den Begrüßungskuss gegeben und sich gesetzt hatte. »Und?«

»Doktor Goridis meint, dass es ein Junge wird.«

»Ein Junge!« Der Holzstuhl fiel beinahe um, als Sebastian aufsprang. Er quetschte sich neben Tessa auf die rote Samtbank und drückte sie an sich. »Das ist doch großartig. Hast du das Bild dabei? Zeig!«

Tessa hob die Zeitschrift, die sie über das Foto geschoben hatte, hoch.

»Ooohh.« Er hielt das Bild mit beiden Händen schräg in die Höhe, als könne er so besser erkennen. »Es ist ja wirklich schon ein kleiner ganzer Kerl.«

Der befrackte Kellner brachte die Melange, die Sebastian im Hereinkommen bestellt hatte.

»Mein Sohn«, sagte Sebastian und hielt dem Kellner das Foto hin. »Ist er nicht großartig?«

Der Kellner schaute Bild, Sebastian und Tessa an und lächelte. »Ich gratuliere. Darf ich dem Herrn vielleicht ein Glas Champagner vom Haus bringen. Und für die Dame noch einen grünen Tee?«

»Bringen Sie mir lieber einen doppelten Whiskey«, sagte Tessa.

Der Kellner lachte. Er schulterte das große Tablett, auf

dem noch etliche Apfelstrudel und Melanges warteten, und verschwand.

Sebastian hatte das Foto zurück auf den Tisch gelegt. Mit dem rechten Zeigefinger fuhr er eine weiße Ader in der rosa Marmorplatte nach. Seine Linke war auf Tessas Oberschenkel liegen geblieben, reglos.

»Es tut mir Leid. Ich wollte dich nicht in –«

»Mach dir keinen Kopf«, sagte Tessa und streichelte seine Hand auf ihrem Oberschenkel. »Alles okay.«

Er drückte ihren Schenkel. »Nein. Es war blöd von mir. Aber das ist alles so ... neu, so ... aufregend für mich, da benehme ich mich manchmal wie ein Trottel.« Zum ersten Mal schaute er sie wieder an. »Bist du jetzt enttäuscht?«

»Ich? Wieso?«

»Wolltest du nicht lieber eine Tochter?«

Tessa zuckte die Achseln. »Ist schon okay.« Sie hob die Tasse, die vor ihr stand, und trank die letzten drei Tropfen. Sebastian legte einen Zehn-Euro-Schein auf den Tisch und griff nach Tessas Mantel, bevor der Kellner an den Tisch zurückkam.

Die Quoten waren im Februar leicht gesunken. Rund zweieinhalb Millionen mit einem durchschnittlichen Marktanteil von zwölf Prozent waren immer noch gut. *Für den zweiten Monat ist das sogar ausgezeichnet,* hatte Attila am Telefon gesagt. Aber Tessa wusste, dass mehr möglich war.

Sie lag auf der roten Gymnastikmatte, auf der sie früher nach dem Joggen ihre Situps und Liegestützen gemacht hatte. Elena kniete neben ihr, eine Hand auf Tessas Bauch. In der Stereoanlage unten im Wohnbereich lief die Kassette mit der südnepalesischen Musik, die Elena zu jeder Entspannungssitzung mitbrachte.

»Und atmen ... Tief atmen ... Tief in den Bauch ... Und den Beckenboden noch mehr fallen lassen ...«

Tessa hatte nicht die Absicht, mit Attila darüber zu reden, aber ihr Ziel stand fest. Bis zur Sommerpause vier Millionen. Das *Now!*-Heft mit ihrer Titelgeschichte musste nun bald erscheinen, es würde sie wieder nach oben bringen, und höher als je zuvor.

»Die Augen bleiben geschlossen ... Die Stirn ist ganz entspannt ... Der Unterkiefer fällt auf die Brust ...«

In letzter Zeit wurde Tessa oft übel, wenn sie auf dem Rücken lag. Das südnepalesische Krummhorn mischte sich mit Elenas Stimme zu einem akustischen Geschunkel, das ihre Übelkeit verstärkte. Die Hebamme hatte ihr erklärt, dass ihr Sohn auf die untere Hohlvene drücke und so den Blutrückfluss zum Herzen behindere.

»Die Zunge liegt entspannt am Gaumen ... Entspannt bis in die Wurzel ...«

»Ich glaube, das reicht.« Tessa setzte sich mühsam über die Seite auf. Mit dem Zipfel des Handtuchs, das sie untergelegt hatte, wischte sie sich die Stirn. Sie schwitzte mehr, als sie früher nach zwanzig Liegestützen geschwitzt hatte.

»Wir haben doch gerade erst angefangen.« Die Hebamme, die selbst die Augen geschlossen hatte, schaute Tessa nun an.

»Ich weiß, aber ich hab noch so viel zu tun.«

»Es ist wichtig, dass du lernst, dich zu entspannen.«

»Nächstes Mal wieder. Es ist doch noch ewig hin bis zur Geburt.«

Tessa setzte das Lächeln auf, das sie schon seit vielen Jahren nicht mehr ausprobiert hatte. Ein bisschen kleines Mädchen. Viel *bitte, bitte*.

Elena ging nicht darauf ein. »Du solltest die Angelegenheit ernster nehmen«, sagte sie. »Ein Kind zu bekommen, bedeutet eine riesige Veränderung im Leben. Ich habe manchmal das Gefühl, dass dir das noch nicht richtig klar ist.«

»Natürlich ist mir das klar. Ich hab jetzt bloß keinen Nerv für diesen Eso-Kram.«

»Wenn die Wehen losgehen, bist du froh, dass du diesen *Eso-Kram* kannst.«

Tessa zog das Handtuch ganz unter sich hervor und legte es sich um den Hals. »Du willst mir doch nicht im Ernst erzählen, dass eine entspannte Zunge mein Kind daran hindern wird, mich bei der Geburt auseinander zu reißen.« Ihre Stimme hatte schärfer geklungen als beabsichtigt.

Elenas Blick verwandelte sich von Vorwurf in Mitleid. Sie legte die Hand auf Tessas Oberarm. »Es ist normal, dass du Angst hast. Aber ich sage dir: Der menschliche Körper kann Erstaunliches leisten. Wenn er entspannt ist.«

»Ich kenne die Geschichten von diesen chinesischen Akrobatinnen, die ganze Melonen zwischen ihren Beinen verschwinden lassen.«

Elena zog ihre Hand von Tessas Arm zurück. »Die Geburt wird die Hölle, wenn du deine Einstellung nicht änderst. Denn: ja. Geburt bedeutet Schmerzen, Schmerzen, Schmerzen.« Einen Moment glaubte Tessa in dem Gesicht mit den breiten Wangenknochen so etwas wie Hass gesehen zu haben. Doch da hatte Elena schon wieder tief ausgeatmet und war zu dem milden Lächeln zurückgekehrt, das ihr Beruf vorsah. »Aber die Schmerzen sind nur furchtbar, wenn du nicht gelernt hast, sie anzunehmen.«

»Ich kann mir ja in Zukunft jeden Tag einen Zehennagel ausreißen, um zu üben«, sagte Tessa und musste gegen ihren Willen grinsen.

»Tessa. Bitte.«

»Ist ja gut. Ich entspanne mich weiter. Tief ... Tief ... Tief ...« Sie drehte sich fötus- und rückenschonend, wie

Elena es ihr gezeigt hatte, auf die Seite und ließ sich auf die Matte sinken.

Im unteren Stockwerk blies weiter das Krummhorn.

Ben, der Jungredakteur, war der Erste gewesen, der sie an diesem Märzmorgen angerufen hatte.

»Tessa. Mensch! Hast du schon gesehen? Du hängst in der ganzen Stadt.«

Kaum hatte sie aufgelegt, hatte das Telefon wieder geklingelt. Feli.

Was is'n in dich gefahren, hatte ihre Schwester gesagt. *Willst du auf deine alten Tage noch Model werden?* Tessa hatte nur gelächelt. Feli war sauer, weil sie ihr die Schwangerschaft verheimlicht hatte. Nach einer der letzten Sendungen hatte ihre Schwester angerufen und ihr an den Kopf geworfen, dass sie ja wohl schwanger sei. Und es das Allerletzte, dass sie der eigenen Schwester nichts davon gesagt habe.

Immer noch lächelnd nahm Tessa den Fuß vom Gaspedal. Seit einer halben Stunde fuhr sie mit ihrem Mercedes durch die Stadt. Elena hatte ihr zwar davon abgeraten, sich selbst noch ans Steuer zu setzen, aber Tessa hatte es zu Hause nicht mehr ausgehalten. An jeder Litfaßsäule, Plakatwand machte sie langsamer. Sie sah unglaublich stolz aus. Kaiserlich. Die Bauchhaut, die unter dem knappen Saum des weißen T-Shirts hervorschaute, war leicht gebräunt und absolut glatt. Wie lächerlich, dass die Frauen sie zu dem Outfit erst hatten überreden müssen.

Nicht! Es ist total sexy. Sie haben eine solche Superhaut, hatte die Stylistin gerufen, als Tessa in der Garderobe des Fotostudios das viel zu knappe T-Shirt schnell wieder hatte ausziehen wollen. *Sie dürfen Ihren Bauch nicht verstecken. Ich krieg total Lust, auch schwanger zu werden, wenn ich Ihren Bauch sehe.* Erst nachdem die *Now!*-Redakteurin und die Kostümfrau ebenfalls erklärt hatten, dass Tessa in dem weißen T-Shirt mit dem Wickelrock aus goldener Seide zum Sterben phantastisch aussah, hatte sie den dunklen Anzug, den sie selbst mitgebracht hatte, in den Kleidersack zurückgepackt.

Alles, was sie bisher erreicht hatte, war nichts gewesen. Der Ruhm, den sie vor diesem Tag zu besitzen geglaubt hatte – Kinderspielzeug. Tand. Eine von diesen gefälschten Handtaschen, die in Italien an jeder Straßenecke feilgeboten wurden. Jetzt erst hatte sie es wirklich geschafft. *The real thing.* Wie hatte sie das Wort *oben* vor diesem Tag jemals in den Mund nehmen können.

Tessa parkte ihren Mercedes in der teuersten Einkaufsstraße der Stadt mitten im Halteverbot. Sollte doch eine Politesse kommen und sie abschleppen lassen. Es gab keinen auf der Straße, der sie nicht anstarrte, keinen, der sich nicht nach ihr umdrehte.

»Wann ist es denn so weit?«, fragte eine Frau, die ihr mit schweren Tüten beladen entgegenkam.

Tessa lächelte hinter ihrer rauchgrau getönten Sonnenbrille und ging weiter.

Die Verkäuferin in ihrem bevorzugten Schuhgeschäft begrüßte sie strahlend.

»Das Foto ist ja so toll«, rief sie, kaum dass Tessa den Laden betreten hatte. »Wann ist es denn so weit?« Tessa nahm auf einer der blau gepolsterten Samtbänke Platz.

»Mitte Juni.« Die Verkäuferin im bevorzugten Schuhgeschäft erhielt auf diese Frage eine Antwort. Die zweite Verkäuferin, die Tessa nur flüchtig vom Sehen kannte, kam hinzu.

»Sie sieht ja so toll aus, nicht?«, sagte die erste Verkäuferin zu der zweiten.

»Total. Bewundernswert. Mein Gott, ich erinnere mich

noch, wie unförmig ich mich damals gefühlt habe. – Darf ich Ihnen vielleicht ein Mineralwasser bringen?«

»Gern. Aber bitte ohne Kohlensäure.«

»Ich schätze mal, dass Sie heute etwas Flacheres suchen?«, fragte die Verkäuferin, noch bevor die andere mit dem Wasser auf einem kleinen Silbertablett zurückkam. »Ich war ja leider noch nie schwanger, aber ich kann mir gut vorstellen, dass das mit den hohen Absätzen jetzt nicht mehr so angenehm ist.« Sie schwirrte zu einem Metallregal. »Ich hab da einen ganz tollen Stiefel hereinbekommen. Schauen Sie mal. Ist der nicht der Wahnsinn? Ein bisschen Cowboystiefel, ein bisschen Collegeschuh, einfach süß.«

Tessa lehnte sich zurück, während die Verkäuferin vor ihr auf die Knie ging, um ihr den Stiefel anzuziehen.

»Oh. Entschuldigung. Mein Gott.« Die Verkäuferin hatte den Reißverschluss des Stiefels hochgezogen und war beim Aufstehen mit dem Ellbogen gegen Tessas Bauch gestoßen. »Ich hoffe, ich habe Ihnen nicht wehgetan.«

»Das macht doch nichts«, sagte Tessa. Wenn sie noch eine Viertelstunde in dem Laden blieb, würde sie der Frau sogar erlauben, ihren Bauch anzufassen.

5

Wer war das blonde Gift, das vorhin aus deinem Zimmer kam?«, fragte Tessa, als Attila und sie Anfang April beim Fenchel-Orangen-Salat mit Kaninchenleber saßen. Sie hatte Attila ausnahmsweise im Büro abgeholt, und im Sekretariat war ihr eine bekannt vorkommende Blondine auf bleistiftdünnen Absätzen begegnet.

Attila griff mit beiden Händen in den Edelmetall-Brotkorb, um zwei nicht richtig geschnittene Baguettescheiben zu trennen. »Katja Franz.«

»Moderiert die nicht irgend so ein Boulevard-Magazin?«

»Das Format ist scheiße, aber sie macht einen guten Job.«

»Und du hilfst ihr jetzt, das Format aufzupolieren?«

Attila spießte zwei Orangenfilets und ein Stück Leber auf seine Gabel, schob alles in den Mund und steckte, noch bevor er zu kauen anfing, Baguette dazu.

»Ich habe mit ihr vereinbart, dass sie einspringt, falls es bei dir ein Problem gibt.«

Im ersten Augenblick dachte Tessa, sie hätte sich verhört. Attila kaute so kräftig, dass sie sich leicht verhört haben konnte. Das Stechen in ihrer Brust sagte ihr, dass sie richtig gehört hatte. »Das hast du nicht wirklich getan«, sagte sie, und ihre Hand krampfte sich in die Damastserviette auf ihrem Schoß.

»Reg dich nicht auf. Du bist klug genug, selbst zu wissen, dass ich für den Notfall vorsorgen muss. Keine Versicherung der Welt zahlt, wenn wir eine Sendung ausfallen lassen müssen, weil du mit vorzeitigen Wehen im Krankenhaus liegst.«

»Du hättest mich fragen müssen.«

»Tessa.« Ungeduldig steckte sich Attila ein weiteres Stück Baguette in den Mund. »Mach bitte kein Drama draus. Bleib einfach auf'm Damm, krieg dein Kind an dem Tag, an dem du's kriegen sollst, dann ist alles phantastisch.«

»Entschuldige mich.« Mühsam rückte Tessa vom Tisch zurück. Ihr Stuhl machte auf dem Steinfußboden ein hässliches Geräusch. Zum Glück musste sie in diesem Restaurant keine Treppen steigen, um zu den Toiletten zu kommen. Die Stiefel, die letzte Woche noch so wunderbar gepasst hatten, quetschten ihre Zehen schmerzhaft zusammen. Sie betrat den Vorraum und stützte sich auf eins der Waschbecken. Nur von den wenigen Schritten war sie außer Atem.

Verrat. Mehr konnte sie nicht denken. *Verrat. Attila, wie kannst du mir das antun? Nach den drei Komma eins vier Millionen.*

Tessa schloss sich in einer der Klokabinen ein. Schwerfällig ging sie in die Hocke und versuchte, sich über die Schüssel zu beugen. Obwohl sie den Finger tief in den Hals steckte, kam nichts. Die Leber war schlecht gewesen. Das blonde Gift würde alles tun, um sie außer Gefecht zu setzen. Was hatte sie gesagt, als sie sich von Attila verabschiedet hatte: *Bis bald?*

Tessa ging in den Vorraum zurück und spritzte sich Wasser ins Gesicht.

Jetzt, wo alles angefangen hatte, sich so gut zu ergänzen. Seit der Geschichte in *Now!* war Attila zum größten Fan ihrer Schwangerschaft geworden. Wie konnte er ihr jetzt so in den Rücken fallen. Das blonde Gift würde ihr Pralinen mit einem Wehenmittel zuschicken, nur damit sie die letzten Sendungen übernehmen konnte. Ab sofort durfte sie nur noch Dinge essen, von denen sie sicher sein konnte, dass das blonde Gift sie nicht berührt hatte.

Tessa stöhnte auf. Der Kleine hatte ihr einen heftigen Tritt gegen die Rippen verpasst. Sie schaute sich nach einem Sessel oder einer Liege um. Nichts. Nur Waschbecken. Und die Klokabinen.

Der Kleine trat ein zweites Mal zu.

»Hey! Lass das!«

Im Spiegel sah Tessa, dass die Wimperntusche an ihrem rechten Auge ein wenig verlaufen war. Es musste von dem Wasser sein, dass sie sich eben ins Gesicht gespritzt hatte. Tessa schaute sich um. Kosmetiktücher gab es auch keine. Sie öffnete ihre Handtasche, holte eine Packung Papiertaschentücher heraus und beugte sich ein wenig näher an den Spiegel heran, um die verschmierte Farbe besser abwischen zu können.

Tritt.

Tessa ließ das Taschentuch ins Waschbecken fallen und fasste mit beiden Händen nach ihrem Bauch. So schlimm hatte er noch nie getreten. War er krank? Sie versuchte ein paar Mal tief ein- und auszuatmen. Was hatte Elena ihr gesagt? *Dein Kind spürt, wenn du dich verkrampfst. Gib ihm Ruhe. Entspann dich.*

Tritte. Noch mehr Tritte. Diesmal direkt in den Magen. Die Übelkeit, die sich bis eben noch verschanzt hatte, schoss empor. Während Tessa sich in eins der feuerwehrroten Waschbecken übergab, stürmten Bilder aus Filmen auf sie ein, Gesichter mit panikgroßen Augen, Schwenk nach unten, aufplatzende Bauchdecken, tentakelige Monster, die kreischend im Dunkeln verschwanden.

»Hör doch auf! Verdammt! Hör auf!« Mit der flachen Hand schlug sie einmal kräftig gegen ihren Bauch. Sofort wurde es ruhig. Tessa lauschte in sich hinein. Nichts mehr. Aus der benachbarten Küche drang das Klappern von Tellern und anderem Geschirr.

Sie spülte den Mund mit kaltem Wasser aus. Und versuchte, nicht in das Waschbecken zu gucken. Es war nicht ihre Schuld. Ein Restaurant-Waschraum, in dem es keine Liege gab, hatte nichts anderes verdient. In ihrem Bauch blieb alles ruhig.

»Hallo?« Sie legte das Kinn auf die Brust und sagte noch einmal leise: »Hallo?«

Nichts. Ihr Kind regte sich nicht mehr. Von der einen Sekunde auf die andere still geworden.

Es ist normal. Es bedeutet nichts. Er hat sich einfach beruhigt.

Vorsichtig schob Tessa ihr Hemd hoch und streichelte die Stelle, die sie eben geschlagen hatte. »Entschuldige. Es tut mir Leid«, flüsterte sie. »Es tut mir Leid.«

»Ja, es ist wichtig, dass man mit ihnen spricht.«

Tessa stieß einen Schrei aus.

Die Frau, die die Tür zum Waschraum geöffnet hatte, lächelte. »Ich wollte Sie nicht erschrecken. Machen Sie nur weiter. Sprechen Sie mit ihm.«

*D*och, ich habe mir das gut überlegt«, wiederholte Tessa ruhig, als sie Doktor Goridis wenige Tage später an deren Schreibtisch gegenübersaß, »ich will einen Kaiserschnitt.«

Die Ärztin schaute sie an. »Ihnen ist aber schon klar, dass aus medizinischer Sicht eine Sectio kaum indiziert sein wird.«

»Haben Sie mir nicht gesagt, dass mein Sohn groß und schwer ist?«

»Na, ein Wurm ist er nicht gerade.« Die Ärztin warf einen Blick in Tessas Mutterpass, in dem auch die Ultraschallbilder lagen. »Aber noch bewegt sich alles im Rahmen.«

»Trotzdem. Ich will einen Kaiserschnitt.«

»Haben Sie schon mit Ihrer Hebamme darüber gesprochen?«

»Natürlich ist sie dagegen. Sie kennen doch Elena. Die würde jede Frau, die einen Kaiserschnitt will, am liebsten zur sanften Geburt nach Sibirien schicken.«

Die Ärztin lächelte. »Elena kann in dieser Frage etwas radikal sein, ja.«

»In Amerika werden vierzig Prozent aller Kinder per Kaiserschnitt geboren. Ich verstehe nicht, warum nur hierzulande jeder so tut, als ob man ein Unmensch wäre, wenn man sein Kind auf diese Weise bekommen will.«

»Mit Unmensch hat das gewiss nichts zu tun«, sagte Doktor Goridis, nun wieder ernst. »Aber ich muss auch zugeben, dass mir dieser Trend, wo die Sectio regelrecht zum *Lifestyle* erklärt wird, nicht gefällt.«

Tessa holte Luft, um etwas zu erwidern, die Ärztin kam ihr zuvor.

»Wenn Sie sich allerdings aus persönlichen Gründen für eine Sectio entscheiden, spricht aus meiner Sicht nichts dagegen.«

Tessa machte den Mund wieder zu. Mit voller Kraft hatte sie sich gegen eine Tür werfen wollen, die in Wahrheit nur angelehnt war.

»Gut«, sagte sie, etwas überrascht ob des plötzlichen und einfachen Sieges. »Gut ... Würde der Kaiserschnitt denn an demselben Tag sein, den Sie als Geburtstermin errechnet haben?«

»Das muss der operierende Arzt entscheiden. Normalerweise setzt man den Eingriff zehn bis vierzehn Tage früher an, um nicht zu riskieren, dass die Wehen bereits begonnen haben.«

»Verstehe.«

Tessa zog ihren dicken Timeplaner aus der Handtasche. Sie durfte nicht vergessen, nachher ihre Schneiderin anzurufen. Diese hatte ein wunderbares Kleid für sie entworfen.

Schwarzer Seidentaft. Ärmellos. Am Rücken wurde es wie eine Corsage geschnürt. Und zwischen Ober- und Unterteil gab es einen Schlitz, der einen Streifen Bauch frei ließ. »Meine letzte Sendung ist am 23. Mai. Dann würden sich also die ersten Juni-Tage anbieten?«

Wieder schaute Doktor Goridis in den Mutterpass. »Ich denke, dass man sich für einen Termin um den fünften Juni herum entscheiden würde. Man will ja auch keine künstliche Frühgeburt herbeiführen.«

Tessa machte einen Kringel um die Woche des fünften Juni und klappte den Kalender wieder zu. Hoffentlich wurde es bald wärmer. Es wäre ein Jammer, wenn sie das Kleid vor der Geburt nicht mehr tragen könnte. Nach der Geburt war es wertlos.

»Können Sie die Operation selbst durchführen?«

»Hier in unserer Praxis sind wir für einen solchen Eingriff absolut nicht ausgestattet. Außerdem habe ich schon seit Jahren nicht mehr operiert. Ich würde Ihnen die Becker-Klinik empfehlen. Doktor Fraas ist einer der führenden Ärzte in Sachen Kaiserschnitt.«

Die Ärztin zog eine Schreibtischschublade auf, nach wenigen Handgriffen hielt sie Tessa eine Visitenkarte hin. »Ich würde Ihnen raten, sich bald mit der Klinik in Verbindung zu setzen. Es kann sein, dass sie sehr ausgebucht sind.«

Tessa drehte die Karte aus schwerem, lindgrünen Papier in der Hand.

»Doktor Fraas wird Sie dann auch über die Risiken bei einer Sectio aufklären«, redete die Ärztin weiter. »Wenn Sie jetzt schon Fragen haben, können Sie die natürlich auch mir stellen.«

»So ein Kaiserschnitt wird doch unter Vollnarkose gemacht?«

»Nicht unbedingt. In letzter Zeit entscheidet man sich eigentlich eher für eine Peridural- oder Spinalanästhesie. Gegenüber der Vollnarkose haben diese lokalen Anästhesieverfahren den Vorteil, dass Sie die Geburt bewusst miterleben können.«

Tessa nickte. »Ich könnte aber auch eine Vollnarkose haben.«

»Solche konkreten Fragen müssten Sie mit Doktor Fraas und dem zuständigen Anästhesisten besprechen.«

»Wissen Sie, ob die in der Becker-Klinik Kaiserschnitte schon nach dieser israelischen Methode durchführen?« Erst vor wenigen Tagen hatte Tessa in einer Zeitschrift einen Artikel darüber gelesen, dass ein berühmter Popstar auch sein zweites Kind nach einer ziemlich neuen Methode mit ziemlich kompliziertem Namen zur Welt gebracht hatte.

»Sie meinen Misgav-Ladach? Bestimmt. Diese Methode hat sich eigentlich in jeder guten Klinik durchgesetzt.«

»Und dieser Kaiserschnitt ist wirklich schonender?«, hakte Tessa nach.

»Der Vorteil im Vergleich zu der herkömmlichen Sectio ist der viel kürzere Schnitt, der gemacht wird. Haut, Bindegewebe et cetera werden bei Misgav-Ladach nur sehr vorsichtig mit dem Skalpell eröffnet. Die Erweiterung des Operationsfeldes erfolgt dann stumpf, also durch Aufdehnen, nicht durch weitere Schnitte.«

»Und wieso soll das besser sein als ein klarer Schnitt, der groß genug ist, das Kind herauszuholen?«, fragte Tessa, etwas verwirrt. Sie dachte an das kleine Loch, das sie neulich im Bettlaken gehabt hatten. Nachts musste sich Sebastian oder sie selbst mit den Zehen darin verfangen haben, am nächsten Morgen waren sie auf einem in viele Richtungen zerfetzten Laken erwacht.

»Durch das Aufdehnen öffnet sich das Gewebe vor allem an den Stellen, die den geringsten Widerstand bieten. Die

Struktur des Gewebes wird also insgesamt geschont, größere Blutgefäße werden nur selten verletzt. Dementsprechend verläuft der anschließende Heilungsprozess wesentlich rascher.«

Erweiterung des Operationsfeldes. Aufdehnen. Es fiel Tessa schwer zu glauben, dass diese Dinge etwas mit ihr zu tun haben sollten. Vielleicht ließ sich das Kleid doch so umarbeiten, dass sie es auch noch tragen konnte, wenn sie nach der Entbindung ihre normale Figur wieder hatte. Am besten, sie sprach mit der Schneiderin gleich darüber.

*V*erdammt.«

Tessa hatte es kommen sehen. Wie ihr linker Handrücken die volle Tasse, die auf einem Stapel Bücher stand, streifte, wie die Tasse ins Trudeln geriet, auf der einen Seite leicht abhob, sich neigte, fiel und ihren Inhalt über den Schreibtisch ergoss. Ihre Reflexe hatten nicht gereicht, die Rooibostee-Katastrophe zu verhindern.

»Verdammt.«

Die Bücher sahen aus, als ob sie jahrelang unter einer rostig lecken Wasserleitung gelegen hätten, die Mappe mit den Interviews für die morgige Sendung – Deutschlands beliebtester Sportmoderator – war braun durchweicht.

»Verdammt. Verdammt.«

Tessa wollte gerade aufstehen, ins Bad gehen und ein Handtuch holen, um zurück zu sein, bevor sich der Tee einen Weg an die Schreibtischkante gebahnt hatte, als das Telefon klingelte. Sie schnappte sich den Hörer und klemmte ihn zwischen Ohr und Schulter.

»Ja?«

Nichts.

»Hallo?«

Es gab ein schwerfälliges Atmen, und Tessa legte auf.

Hitze stieg ihr ins Gesicht. *Was sollte der Unfug?* Vor Tagen hatte sie zwei Schweigeanrufe auf ihrer Handy-Mailbox gehabt. Sie hatte ihnen keine weitere Bedeutung beigemessen.

Tessa stand auf. Sie würde sich nicht aus der Ruhe bringen lassen. Nicht heute Abend. Heute war sie stark. Es war ihr peinlich, dass sie sich neulich unter den Tisch verkrochen hatte. Sebastian war rücksichtsvoll genug gewesen, das Thema nicht noch einmal anzusprechen. Sie konnte sich selbst nicht erklären, was sie dazu getrieben hatte. Vielleicht war sie eins der Kinder gewesen, die sich bei Gewittern unter Tischen versteckten. Elena hatte ihr gesagt, dass es gut passieren könne, dass jetzt Dinge aus der Kindheit in ihr hochkamen, die sie seit Jahrzehnten vergessen hatte. Wenn sie ihren Vater das nächste Mal anrief, würde sie ihn danach fragen.

Als Tessa mit dem Handtuch zurückkam, rieselte der Tee bereits als dünner Vorhang aufs Parkett hinab. Das Telefon klingelte wieder. *Nummer unbekannt.* Diesmal nahm sie schon nach dem ersten Klingeln ab. *Trillerpfeife,* fiel ihr ein, bevor sie den Hörer am Ohr hatte. *Die Polizei empfiehlt Trillerpfeifen.* Das Problem war nur, dass sie keine Trillerpfeife hatte.

Am anderen Ende begann es zu atmen.

Auf keine Diskussionen einlassen! Dem Perversen kein Futter geben!

Aber sie musste etwas sagen. Es konnte nicht sein, dass ein Irrer schon zum zweiten Mal durch den Hörer in ihre Wohnung eindrang.

»Fick dich!«, brüllte sie. Dem Anrufer musste das Trommelfell dröhnen. »Wenn du Arschloch noch einmal anrufst, geh ich zur Polizei.« Sie beendete das Gespräch und trauerte den Zeiten nach, in denen man den Telefonhörer noch auf Gabeln knallen konnte.

Erleichtert atmete sie aus. Das hatte sie gut gemacht. Nicht zu viel gesagt. Nicht hysterisch gewesen. Der Spinner würde sich nicht trauen, noch einmal anzurufen.

Beim Zähneputzen begrüßte sie das Zahnfleischbluten wie einen alten Bekannten. Sebastian hatte versprochen, heute nicht ganz spät zu kommen, obwohl er bereits in den Endproben steckte. Noch zwei Wochen bis zur Premiere. Auch wenn sie einen Horror davor hatte, sich mit ihrem Bauch drei Stunden auf einen engen Theatersitz zu quetschen, würde sie in jedem Fall hingehen. Es war erst Sebastians zweite Premiere in der Stadt, seitdem sie zusammen waren. Sie wollte mit ihm feiern, bei ihm sein. Hoffentlich saß das schwarze Schlitzkleid, das ihr die Schneiderin gemacht hatte, dann noch immer so gut wie bei der Anprobe.

Das Telefon klingelte.

»Nein!« Tessa schrie auf, blutiger Zahnpastaschaum spritzte gegen den Spiegel. »Nein!«

Mit zehn langen Schritten war sie in ihrem Arbeitszimmer.

»Du Arsch. Steck dir dein Teil sonstwo hin, aber lass mich in Ruhe. Okay?«

Tessa hatte das Telefon bereits wieder vom Ohr genommen, ihr Finger sauste der Taste mit dem roten Symbol entgegen, als sie zwei leise Wörter hörte: *Du Schlampe*.

Langsam, sehr langsam legte sie das Telefon auf den Schreibtisch und ging nach unten. Der Zahnpastaschaum lief ihr aus einem Mundwinkel, achtlos wischte sie ihn mit dem Ärmel ab. Vor der Tiefkühltruhe blieb sie stehen, ging in die Knie, ihr Bauch ließ kein echtes Bücken mehr zu, und zog die Schublade heraus, in der die vereiste Wodkaflasche lag. Ihre Finger zitterten. Einen Schluck ab und zu durfte sie trinken. Das hatte Elena immer gesagt. Einen Schluck nur und ganz viel Orangensaft dazu.

Hass, tief wie aus einem Erzschacht, hatte in den beiden Wörtern gelegen. Kein Zufallsanrufer konnte so viel Hass für eine Unbekannte aufbringen. Aber das allein war es nicht, was Tessa das erste Glas in schnellen Zügen leeren und zum zweiten Mal nach der Wodkaflasche greifen ließ. Die Stimme, die so hasserfüllt in ihr Ohr gekrochen war, gehörte einer Frau.

Was hältst du von Emil?«

Sebastian griff nach einem hellblauen Strampler und befühlte den Stoff, als habe er sein Leben lang nichts anderes getan, als Babykleidung zu testen.

Tessa verzog das Gesicht. »Damit später auf dem Schulhof alle rufen: *Wo haste denn die Detektive gelassen?*«

»Bis Emil eingeschult wird, kennt das doch keiner mehr.«

»Unterschätz die künftige Jugend nicht, du alter Bildungssnob.«

Tessa nahm Sebastian den Anzug, auf dessen Brust sich drei Kätzchen balgten, ab und hängte ihn an die Stange zurück. Nie hätte sie geglaubt, welche Auswahl an Babyklamotten es gab. Selbst hier, in diesem exklusiven Geschäft, das nur Textilien aus ökologisch erzeugten Naturfasern verkaufte. In dem Korb, der von Sebastians Ellbogen baumelte, lagen dennoch erst drei Bodys, zwei Pullis, ein Strickjäckchen und fünf Strampelanzüge. Sie mussten sich beeilen, wenn sie bis Ladenschluss die erste Garderobe ihres Sohnes zusammenhaben wollten.

»Hast du eigentlich Carola erzählt, dass ich schwanger bin?«, fragte Tessa, während sie mit beiden Händen den blassgelben bis zartvioletten Reigen der Strampelanzüge durchging.

Sebastian lachte auf. »Dein Bauch hängt in der ganzen Stadt. Es war nicht wirklich nötig, dass ich ihr davon erzähle.«

Tessa nahm einen weißen Anzug mit Kapuze von der Stange. »Und wie hat sie reagiert?«

»Sie hat mir gratuliert, wieso?«

»Letzte Nacht gab es wieder so komische Anrufe.«

»Und was soll Carola damit zu tun haben? Das letzte Mal hast du mir doch erzählt, dass es ein Stöhner war.«

»Vielleicht habe ich mich damals geirrt. Diesmal war es eine Frau.«

Sebastian runzelte die Stirn. »Hat sie etwas gesagt?«

»Ich habe es nicht verstanden. – Was meinst du zu dem hier? Der ist doch schön.«

Tessa hielt Sebastian den weißen Kapuzenanzug hin.

»Ja. Sehr schön. – Ich glaube nicht, dass Carola etwas damit zu tun hat. Das war sicher einer von deinen durchgeknallten weiblichen Fans.«

»Ist ja auch egal.« Tessa legte den Anzug in Sebastians Korb. »Wenn's wieder anfängt, muss ich mir eben eine neue Telefonnummer geben lassen.«

Die nächste halbe Stunde verbrachten sie damit, Mützen und Söckchen auszusuchen.

»Sind die nicht der Wahnsinn?«

Sebastian hielt ein Paar weiße Lederschuhe in die Höhe, die so klein waren, dass jede halbwegs ausgewachsene Puppe sie beleidigt zurückgewiesen hätte.

»Unglaublich.«

Er schlüpfte mit Zeige- und Mittelfinger in die beiden Schuhe hinein und ließ sie über Tessas Bauch wandern.

»Sebastian.« Sie wehrte ihn lachend ab.

»Hey, Sohn, streck mal deine Füße aus. Ich will sehen, ob die dir passen.«

Tessa spürte einen Tritt, der sie beinahe in die Knie gehen ließ.

»Er hat mich gehört! Er hat verstanden, was ich gesagt habe!«, rief Sebastian so laut, dass sich auch die beiden letzten Menschen in dem Geschäft, die sie noch nicht anstarrten, nach ihnen umdrehten. Er lauschte, als erwarte er tatsächlich, dass sein Sohn *eine Nummer größer, bitte* antwortete.

Tessa spürte weitere Tritte, den sanften Gegendruck von Sebastians Hand. Vater-und-Sohn-Punching pränatal.

»Es ist so ein Wunder«, flüsterte er. »Diese Kraft ... Ich kann es kaum erwarten, bis er endlich da ist.«

»Und ich erst«, gab Tessa leise zurück und küsste Sebastian aufs Ohr.

»Hast du mit denen in der Klinik inzwischen einen Termin gemacht?«

»In zwei Wochen können wir uns den Laden anschauen.«

Sebastian zog die Schuhe, die die ganze Zeit auf seinen Fingern gesteckt hatten, ab und schaute Tessa fragend an.

»Nun tu sie schon in den Korb«, sagte sie grinsend. »Hast du irgendwo Spieluhren entdeckt? Wir brauchen unbedingt eine Einschlafuhr.«

»Unbedingt. Am besten einen Mond.«

»Das ist nicht wahr.« Sie blieb stehen. »Du hattest früher auch einen Mond?«

»Aber sicher doch.« Sebastian begann leise zu summen. *»Der Mond ist aufgegangen ...«*

Arm in Arm schlenderten sie durch das Geschäft. Tessa kam es vor, als ob die Leute vor ihnen nicht nur zurückwichen, sondern sich verneigten.

»Ich habe neulich eine Regisseurin getroffen, die hat ihr Kind letztes Jahr zu Hause entbunden«, sagte Sebastian, nachdem er die erste Strophe zu Ende gesummt hatte. »Und die hat gemeint, dass es ganz großartig gelaufen ist.«

»Nicht schon wieder«, stöhnte Tessa.

»Wärst du gern auf die Welt geschnitten worden? Du hasst es ja schon, wenn ich dir morgens die Bettdecke wegziehe.«

»Das hat doch überhaupt nichts miteinander zu tun.«

»Wohl hat es das. Neun Monate im Weichen und Warmen und dann mit einem Schlag – wupp!«

»Es wäre mir auch lieber, wenn du den Kleinen ganz behutsam auf die Welt küssen könntest.« Tessa streckte den Arm aus. »Da hinten ist die Spielzeugabteilung.«

Sie fanden eine flauschige Sichel, einen gelben Mond, der sie beide so sehr begeisterte, dass sie ihn fünf Mal sein Lied spielen ließen, bevor sie ihn in den Korb legten.

»Also ich persönlich hätte ja mehr Angst vor einer Operation als davor, mein Kind einfach so zu kriegen«, sagte Sebastian als sie endlich auf dem Weg zur Kasse waren.

»Dann schlage ich vor, dass du es bei unserem nächsten Kind mit der sanften Heimgeburt probierst«, sagte Tessa.

Er hatte einen langen weißen Mantel an. Unruhig fuhren seine Hände über das Revers, verschwanden in den Taschen, stellten den Kragen hoch und klappten ihn wieder herunter. Seine Stirn war nass. Tessa war sicher: Nicht lange, und am Rücken und unter den Armen würden sich die ersten dunklen Flecken abzeichnen, obwohl der Mantel aus einem dicken Stoff zu sein schien.

> *»Wär's abgetan, so wie's getan ist, dann wär's gut,*
> *Man tät es eilig: – Wenn der Meuchelmord*
> *Aussperren könnt' aus seinem Netz die Folgen*
> *Und nur Gelingen aus der Tiefe zöge:*
> *Dass mit dem Stoß, einmal für immer, alles*
> *Sich abgeschlossen hätte – hier, nur hier –*
> *Auf dieser Schülerbank der Gegenwart –,*
> *So setzt' ich weg mich übers künft'ge Leben.«*

Die Frau mit dem grünen Seidenturban, die neben Tessa saß, stieß ein kurzes Lachen aus. Schon mehrmals hatte sie an Stellen gelacht, an denen Tessa beim besten Willen nichts Komisches finden konnte. Wenn sie nicht lachte, schaute die Frau unruhig nach rechts und links. Doch Tessa hatte den Verdacht, dass die Frau eigentlich sie mustern wollte und nur zur Tarnung auch in die andere Richtung schaute. Sebastian hatte ihr gesagt, dass er seine zweite Freikarte einer Schauspielerin geben würde. Die Frau hatte schon gesessen, als sie sich zu ihrem Platz geschoben hatte. Abermals spürte Tessa, wie ein Blick ihr Gesicht streifte, sie musste sich zwingen, ihre Aufmerksamkeit bei Sebastian auf der Bühne zu halten.

In den letzten Tagen hatte Sebastian nur noch wenig von den Proben erzählt. Auch wenn er es nicht direkt aussprach, Tessa hatte gespürt, dass er daran zweifelte, ob er ein guter Macbeth war. Und wenn sie ehrlich war, bezweifelte sie es auch. Sie verstand nichts von Theater, aber noch leuchtete ihr nicht ein, dass dieser fahrige Mann im weißen Mantel machtgeil und aufstachelbar sein sollte bis zum Mord. *Ein verschrobener Physiker*, dachte sie. *Er versucht, den Blutwolf als unschuldigen Intellektuellen zu spielen. Der nur mordet, um seine Ruhe zu haben.*

»Ich habe keinen Stachel,
Die Seiten meines Wollens anzuspornen —«

Die Frau neben Tessa lachte wieder. Diesmal drehte Tessa ihren Kopf deutlich nach rechts und schaute die Frau finster an. Was diese allerdings nicht weiter beeindruckte. Sie mochte Ende vierzig, Anfang fünfzig sein. Tapfer bemüht, weniger unglücklich auszusehen, als sie tatsächlich war. *Schauspielerin.* Tessa ertappte sich dabei, dass sie bei dem Wort Verachtung empfand.

>»Er hat fast abgespeist.
> Warum hast du den Saal verlassen?«

Eine piepsig-schrille Frauenstimme ließ Tessa zusammenfahren. Sie hatte den Auftritt der Lady Macbeth verpasst. Vorhin, in der Szene, wo die Lady den Brief ihres Gatten las, in dem all die triumphalen Dinge standen, die die Hexen ihm prophezeit hatten, war ihr diese Stimme schon auf den Nerv gegangen. Sebastian hatte ihr erzählt, dass die junge Schauspielerin gerade dabei war, ein großer Star zu werden. Tessa verstand nicht, wo der Zauber dieser verhuschten Gestalt lag, die jetzt die mageren Arme vor der Brust verschränkte und an einem Faden zupfte, der aus ihrem Angora-Strick-Abendkleid heraushing. Tessa erinnerte sie an ein Kätzchen, das der Besitzer schon in den Wassereimer getunkt, es dann aber doch nicht übers Herz gebracht hatte, es wirklich zu ertränken.

> »Bist du zu feige,
> Derselbe Mann zu sein in Tat und Mut,
> Der du in Wünschen bist?«

Die Turbanfrau war an die vorderste Kante des Sessels gerückt, hockte reglos da, lauernd, eine Hand in das Kunstschmuckcollier gekrallt, das um ihren Hals lag. Vermutlich hatte sie ihr Leben lang davon geträumt, die Rolle auch einmal zu spielen. Schlimmer als das, was sich dort oben tat, hätte ihr Auftritt auch nicht sein können. Nicht einmal der kleinste Provinzsender hätte das Kätzchen mit dieser Stimme eine Talkshow moderieren lassen.

> »Ich hab gesäugt und weiß, – krächz –
> Wie süß, das Kind zu lieben, das ich tränke; – kieks –

Ich hätt, indem es mir entgegenlächelte, – fiep –
Die Brust gerissen aus den weichen Kiefern – krächz –
Und ihm den Kopf geschmettert an die Wand –«

Tessa verschränkte beide Hände über dem Bauch. Seit Tagen herrschte eine eigenwillige Ruhe darin. Elena hatte ihr gesagt, das sei in diesem Stadium der Schwangerschaft normal. Kein Platz mehr für's Schattenboxen.

»Hältst du's noch aus?«, murmelte Tessa so leise, dass nicht einmal ihre merkwürdige Nachbarin es hören konnte. »Ich versprech dir, die Alte wird für all das bezahlen.«

In ihrer linken Wade begann sich ein Krampf einzunisten. So gut es ging, streckte Tessa das Bein unter dem Sitz ihres Vordermannes aus. Die Reihen im Parkett waren ein kleines bisschen weniger eng als die auf dem Rang. Trotzdem hätte sie alles dafür gegeben, sich fünf Minuten hinzulegen. Im Vorraum zu den Damentoiletten hatte sie eine altmodische Chaiselongue entdeckt. Aber sie konnte unmöglich aufstehen und gehen. Ihr Platz war in Reihe sieben, ziemlich in der Mitte, und sie war sicher, dass es Sebastian trotz der Verdunklung im Zuschauerraum und trotz der Scheinwerfer, die ihn blendeten, sehen würde, wenn sie den Saal verließ. Sie würde ihn aus dem Konzept bringen. Vielleicht würde er sogar von der Bühne stürmen, weil er dachte, ein Notfall sei passiert. Der Gedanke ließ sie lächeln.

Die Premierenfeier fand in der Kantine statt. Obwohl der lang gezogene Raum mit den eitergelben Wänden und der viel zu niedrigen Decke – abgesehen von den zwei Feuerwehrleuten und drei jungen Frauen, die Lampen mit roter Folie dekorierten, – noch leer war, roch das Ganze bereits wie ein riesengroßer Aschenbecher, den man in einer riesengroßen Fritteuse abgelöscht hatte. Unentschlossen blieb Tessa im Eingangsbereich stehen. Sebastian hatte ihr in der Pause gesagt, dass es direkt nach der Vorstellung erst einmal ein Glas Champagner auf der Seitenbühne gab und sie in jedem Fall dazukommen sollte. Obwohl sie vom Zuschauerraum zur Kantine höchstens zweihundert Schritte gegangen war und sie fast den ganzen Abend gesessen hatte, taten ihr die Füße weh. Tessa setzte sich an den ersten Tisch gleich bei der Tür und versuchte, eins der Fenster zu öffnen, die auf einen dunklen Hinterhof hinausgingen. Entweder war es abgeschlossen, oder die Verrieglung klemmte. Entnervt gab Tessa auf und schlüpfte aus den Marterschuhen. Es hatte überhaupt nichts gebracht, dass sie sich die ganz hohen Satinstilletos, die zu dem Kleid eigentlich am besten gepasst hätten, verkniffen und die fünf Zentimeter niedrigere Kompromissvariante gekauft hatte.

Nach und nach trudelten ein paar Menschen in der Kantine ein, die Tessa alle nicht kannte. Zwei junge Frauen in zu weiten Cordhosen und ausgewaschenen T-Shirts – Schauspielschülerinnen? –, die sich brav in der langsam wachsenden Tresenschlange eingereiht hatten, schauten zu ihr herüber und tuschelten. Tessa bückte sich nach ihren Schuhen. Es war lächerlich, dass sie hier allein auf dem Präsentierteller saß.

Neben der eigentlichen Kantine gab es ein kleines Nichtraucherabteil, das sicher noch leerer war. Auf dem Weg dorthin begegnete Tessa einem der wenigen Kollegen von Sebastian, den sie kannte, Rufus, vor Monaten waren sie bei ihm zum Abendessen eingeladen gewesen. Er hatte wunderbar gekocht, anfangs hatte sie ihn *ganz nett* gefunden, aber gleich nach den Erdbeeren mit Minzschaum, als das Gespräch unrettbar ins Tittenwitzgefilde abgedriftet war, hatte sie Sebastian gesagt, dass sie nach Hause wollte.

Rufus umarmte sie, als seien sie Freunde seit der frühen

Steinzeit. Er fasste sie an beiden Schultern, musterte sie von oben bis unten und sagte: »Prächtig schaust du aus.« Dann drückte er sie wieder an sich. »Ich freu mich ja so für euch. Es ist der Wahnsinn.«

In einer Ecke des Nichtraucherabteils entdeckte Tessa eine Sitzbank. Sicher konnte sie es riskieren, sich einen Moment hinzulegen. Es würde dauern, bis Sebastian endlich in der Kantine auftauchte.

Tessa stieß einen ähnlich tiefen Seufzer aus, wie es das Polster getan hatte, als sie sich hingesetzt hatte. Es tat so gut zu liegen. Ein wenig die Augen zu schließen. Vorsichtig schob sie ihre rechte Hand durch den Bauchschlitz in ihrem Kleid.

»Ich will dich endlich sehen«, flüsterte sie. »Du bist doch schön?«

Irgendwo in der Nähe hörte sie zwei Frauenstimmen tuscheln. Sollten sie. Es war ihr gutes Recht, hier zu liegen und sich zu entspannen. Welche andere Frau hätte im achten Monat die Tapferkeit besessen, drei Stunden Shakespeare über sich ergehen zu lassen. Die Frauenstimmen entfernten sich. Doch plötzlich – Tessas Herz machte einen Satz, als sei sie in ein Schlagloch gefahren. Ganz deutlich waren zwei Wörter zu ihr herübergeweht:

Die Schlampe...

So schnell es ging – das hieß: unendlich langsam – hievte sie sich in die Höhe. Sie sah zwei Frauenrücken im dichter gewordenen Trubel der benachbarten Kantine verschwinden. Hatte die Linke nicht kastanienbraunes Haar? Und die Rechte einen Turban auf? Das Licht war so schlecht. Tessa atmete aus. Sie musste sich verhört haben. Carola würde nicht wagen, heute Abend hier aufzutauchen. Und außerdem war das eben nicht Carolas Stimme gewesen. Wahrscheinlich waren es unbekannte Schauspielerinnen, die über eine Kollegin gelästert hatten.

Etwas benommen stand Tessa auf und richtete ihr Kleid. Sie hatte das Gefühl, als ob sich die Schnüre am Rücken verschoben hätten.

»Da steckst du«, rief eine vertraute Stimme, »ich hab dich schon überall gesucht.«

Tessa fiel Sebastian um den Hals. Er hatte geduscht und sich umgezogen, seinem Atem nach zu urteilen, hatte es auf der Seitenbühne ausreichend Champagner gegeben.

»Herzlichen, herzlichen Glückwunsch. Du warst so toll«, flüsterte sie ihm ins Ohr.

»Ehrlich?«

»Mega-ehrlich.«

Er schaute sie an, strich ihr eine Strähne aus dem Gesicht. In seinen Augen leuchtete Glück. Sein Triumph. Sein *Oben*.

Er nahm Tessa bei der Hand und zog sie in das Gedränge hinaus. Das Kätzchen, das die Lady gespielt hatte, schob sich mit einer frischen Flasche Champagner in den Weg.

Sebastian legte den rechten Arm um Tessa, mit der linken Hand nahm er eins der beiden Gläser und ließ sich einschenken.

»Kennt ihr euch? Tessa – Barbara. Barbara – Tessa.«

Tessa sagte höflich: »Hallo.«

»Oh, jetzt hab ich gar kein drittes Glas mitgebracht.« Das Kätzchen schaute sie aus tief liegenden Augen an.

»Ich darf sowieso nichts trinken.«

»Ach komm«, sagte Sebastian. »Einen Schluck zum Anstoßen.«

Tessa zwickte ihn in die Seite. »Nein.« Es sollte heiter wirken.

Er umarmte sie noch fester. »Einen Schluck. Ab morgen abstinenzen wir wieder gemeinsam.«

Das Kätzchen schaute von dem zweiten Glas in ihrer Hand zu Tessa und wieder zurück.

»Ich hol noch ein Glas«, sagte Sebastian und verschwand im Getümmel.

»Übrigens herzlichen Glückwunsch.« Tessa lächelte das Kätzchen an. »Sie waren ganz großartig.«

»Wirklich? Oh, danke.«

Ein Mann, den Tessa nicht kannte, stürzte sich von hinten mit Geschrei auf das Kätzchen, das Kätzchen drehte den Kopf und begann gleichfalls zu schreien. Die beiden umarmten sich, als hätten sie sich seit dem letzten Jahrtausend nicht mehr gesehen. Wahrscheinlich hatten sie gestern Abend zum letzten Mal gemeinsam auf der Bühne gestanden.

Tessa schaute sich um. Die Kantine war mittlerweile so voll, dass es keinen einzigen freien Stuhl mehr gab. An dem Tisch, an dem sie vorhin gesessen hatte, entdeckte sie die grüne Turbanfrau. Im ersten Moment bekam sie einen Schrecken, aber dann wurde ihr klar, dass die Frau vorhin unmöglich die Turbanfrau gewesen sein konnte. Und die grauhaarige Frau, mit der sich diese jetzt unterhielt, konnte unmöglich Carola sein. Elena hatte sie gewarnt, dass im dritten Trimenon die Nerven mit ihr Jojo spielen würden.

Sebastian kam mit dem Glas zurück. Er nahm dem plappernden Kätzchen die Flasche aus der Hand, bat Tessa, die Gläser zu halten, und schenkte ein. Als er fertig war, drückte er dem Kätzchen die Flasche wieder in die Hand.

»Auf deinen Erfolg«, sagte Tessa.

»Auf dich! Auf uns!«

In dem Moment, in dem sie das Glas ansetzte, stieß sie jemand in den Rücken. Bevor sie einen Schluck getrunken hatte, fiel ihr der Champagner aus der Hand.

Das meiste hatte Sebastians Hemd abbekommen, einige Spritzer waren auf ihrem Kleid gelandet und hatten den empfindlichen Stoff wohl ruiniert. Sebastian und der Schubser lachten, umarmten sich und klopften sich gegenseitig auf den

Rücken, wobei noch mehr Champagner verschüttet wurde. Tessa hörte undeutliche Laute, die nach *Alter* und *geschafft* klangen.

Sie wartete, bis der unbekannte Schubser weitergezogen war, dann lehnte sie sich gegen Sebastians Schulter. »Ich bin ziemlich erledigt. Ich weiß nicht, wie lange ich noch durchhalte.«

»Aber der Abend hat doch gerade erst begonnen. Wir müssen noch mal anstoßen. Jetzt richtig.«

»Ich möchte nicht.«

»Ist irgendwas nicht in Ordnung? Geht es dir nicht gut?« Wie immer, wenn Sebastian diese Frage in letzter Zeit stellte, wanderte sein Blick zu ihrem Bauch.

»Es ist alles okay. Nur ist das hier einfach ein bisschen heavy.«

»Hey.« Sebastian schlang seinen Arm um Tessas Taille, beziehungsweise das, was davon übrig geblieben war. »Was ist los mit dir? Das ist erst unsere zweite Premierenfeier.«

»Ich weiß.«

»Und du siehst in diesem Kleid so umwerfend aus, dass ich mich den ganzen Abend fragen würde, wer diese hinreißende Frau ist, die sich da mit dem alten Trottel nerven muss.«

»Das würde ich mich allerdings auch fragen.« Tessa gab Sebastian einen langen Kuss. Mit den sieben Höhenzentimetern, die ihr die Schuhe immerhin noch schenkten, konnte sie ihm über die Schulter schauen. Die Turbanfrau saß unverändert da.

»Sag mal, was war denn das für eine, die du da heute neben mich gesetzt hast?«, flüsterte sie ihm ins Ohr. »Die ist doch nicht ganz dicht.«

»Gerlinde? Weiß nicht. Kannst ja mal gucken gehen, ob's 'ne Pfütze gibt, wenn du sie abfüllst.«

»Witzig.« Tessa befreite sich aus Sebastians Umarmung.

»Im Ernst. Die hat die ganze Zeit gelacht und ständig nach rechts und links geguckt. Da. Jetzt schon wieder.«

Sebastian folgte Tessas Blick. »Wo siehst du Gerlinde?«

»Na da. Die mit dem Turban.«

»Das ist nicht Gerlinde. Das ist Jutta.«

»Ist mir doch wurscht, wie die heißt. In jedem Fall ist sie nicht ganz dicht. Schauspielerin?«

»Moment.« Sebastian kratzte sich an der Brust, die aus seinem halb geöffneten Hemd herausschaute. »Die mit dem Turban hat neben dir gesessen?«

»Ja.«

»Das ist komisch. Weil – ihr habe ich die Karte nämlich gar nicht gegeben.«

»Dieses Turbanteil ist nicht zufällig eine Freundin von Carola?«, fragte Tessa nach einer kleinen Pause.

»Wie kommst du denn darauf? Die beiden konnten sich nie leiden.«

Sebastian kippte den Rest aus seinem Glas hinunter. Das Kätzchen war mit der Flasche im Gewühle verschwunden.

Tessa lächelte. »Entschuldigst du mich kurz?«

Sie schob sich durch die schwitzenden Menschen, ihr Geruchssinn spielte verrückt wie ein Kompass im Eisenwarenladen. Süßer Schweiß, Rauch, ranziger Schweiß, zu schweres Parfüm, billiges Deodorant. Sebastian sagte nicht die ganze Wahrheit.

Die Toiletten waren zwei Treppen höher. Tessa hörte, wie es aus der linken Kabine plätscherte. Sie wartete. Wenige Minuten später kam die Turbanfrau heraus, ging ans Waschbecken und begann, ihre zu einem dünnen Bogen gezupften Brauen mit einem Kajalstift nachzuziehen. Tessas und ihre Augen trafen sich im Spiegel. Die Turbanfrau tat so, als ob sie Tessa nie zuvor gesehen hätte. Aus dem Handtuchspender hing ein schmutziger Stoffstreifen bis auf den Boden.

»Richten Sie Carola herzliche Grüße von mir aus«, sagte Tessa. »Sie soll aufhören, mich am Telefon zu belästigen.«

Die Turbanfrau lüpfte eine der neu gemalten Augenbrauen. »Ich kenne keine Carola.«

»Unsinn. Carola hat Sie hergeschickt, damit Sie mich ausspionieren.«

Keine Antwort.

»Wieso haben Sie heute Abend neben mir gesessen?«

Die Turbanfrau machte einen Schritt vom Spiegel zurück und betrachtete sich. Aus ihrer Handtasche holte sie einen Lippenstift hervor.

»Weil ich die Karte von einer Kollegin bekommen habe«, nuschelte sie, während sie ihre Lippen in grellem Rosa auffrischte.

»Und warum? Weil Carola Sie gebeten hat, mich auszuspionieren.«

Die Turbanfrau schien zufrieden mit ihrem Werk. Sie klappte ihre Handtasche zu, drehte sich um und schaute Tessa direkt in die Augen. »Eine Bekannte von mir, die war letztes Jahr schwanger. Ab dem fünften Monat hat sie geschworen, Satanisten wollten sie entführen.«

Der sechste Juni begann mit Regen. Tessa hörte zu, wie die Tropfen in unregelmäßigem Rhythmus gegen die Scheiben schlugen. Sie musste an ihre Kindergeburtstage denken, an denen es auch fast immer geregnet hatte. Wie oft hatte sie am Fenster gestanden, die Lampions zusammengefaltet auf dem Küchentisch, die Würstchen im Kühlschrank, und hatte in den nassen Garten hinausgeschaut. *Aprilkind* hatte ihre Mutter sie manchmal genannt. *Mein Aprilkind.* Erst viele Jahre später hatte Tessa verstanden, dass ihre Mutter damit weniger ihr Geburtsdatum am 29. April als ihre grenzenlose Fähigkeit, in wenigen Sekunden von Weinen auf Lachen auf Weinen umzuschalten, gemeint hatte.

Ein kurzer Blick verriet Tessa, dass Sebastian noch schlief. Sie wälzte sich mühsam auf die andere Seite und setzte ihre Füße auf den Boden. Obwohl noch eineinhalb Stunden Zeit waren, bis der Fahrer kam, hielt sie es nicht mehr aus im Bett. Ihr Atem ging schwer von der lächerlichen Anstrengung des Aufsetzens. *Das letzte Mal,* dachte sie, während sich ihr Atem langsam beruhigte. *Das letzte Mal, dass ich mit dir im Bauch aus dem Bett steige.*

Die ganze Nacht hatte sie auf der Lauer gelegen. Und das merkwürdige Gefühl gehabt, dass ihr Kind dasselbe tat. So als ahnte es, dass es bald in die Welt geschnitten werden sollte. Was hätte sie getan, wenn ihr Kind ihr vorzeitige Wehen geschickt hätte, um den geplanten Kaiserschnitt zu verhindern? Immer wieder, sobald ihr die Augen zugefallen waren, hatte Tessa sich im Taxi gesehen, halb sitzend, halb liegend, unterwegs in die nächstbeste Klinik, mit absurden Schmerzen und einem Fahrer, der noch lauter fluchte, als sie schrie, während sich die Rückbank des Taxis langsam rot färbte. Zum dritten Mal in fünf Minuten schaute Tessa auf den Wecker. Sie legte ihre Hand auf den Bauch und fuhr in sanften Kreisen darüber.

»Guten Morgen.« Sebastian setzte sich auf. Seine Stimme klang belegt, Schläfrigkeit vermischt mit Aufregung. »Wie geht es dir?«

»Gut.«

»Ich bewundere dich. Dass du so ruhig bist.« Er strich sich über die Bartstoppeln. »Ich glaube, ich hab die ganze Nacht nicht richtig geschlafen.«

Tessa lächelte.

»Soll ich dir einen Tee machen?« Er küsste sie auf den Mund. Seine Lippen schmeckten süß. Als hätte er Marmelade gegessen in der Nacht. Ein Croissant mit Himbeermarmelade.

Tessa schüttelte den Kopf. »Du weißt doch, dass ich nicht mal mehr was trinken darf.«

»Natürlich. Gott. Ich bin aufgeregter als vor drei Premieren gleichzeitig.« Sebastian ließ sich aufs Kissen zurückfallen, aber nur, um gleich wieder in die Höhe zu schnellen. Er schaute zu dem Alukoffer, der am Treppengeländer stand. »Bist du sicher, dass du nichts vergessen hast? Den Bademantel? Die Hausschuhe? Und diese BHs, die wir noch gekauft haben?«

Sie hatte sich getäuscht. Heute war nicht Kindergeburtstag. Heute war Wandertag. *Tessa, hast du die Stullentüte eingesteckt? Und solltet ihr nicht Badesachen mitnehmen?*

»Entschuldige.« Sebastian nahm ihre Hand. »Ich benehme mich mal wieder wie ein Trottel.«

Um zehn vor sechs klingelte Elena, die versprochen hatte, Tessa trotz Kaiserschnitt bei der Geburt zu begleiten. Pünktlich um sechs klingelte der Fahrer. Sebastian hatte den Kopf geschüttelt, als Tessa ihm gesagt hatte, dass sie einen Fahrer des Senders gebeten habe, sie in die Klinik zu bringen. Als er sich jetzt auf dem Beifahrersitz anschnallte und sie, die mit Elena im geräumigen Fond saß, anlächelte, konnte sie ihm ansehen, dass auch er froh war, nicht in einem nach Döner, kaltem Rauch oder billigem Aftershave riechenden Taxi der Geburt seines Sohnes entgegenzufahren.

Eine junge Schwester begrüßte sie auf den Treppenstufen der Becker-Klinik. Tessa lehnte den Rollstuhl, den diese ihr anbot, ab – *danke, noch kann ich gehen.*

Die Gänge in der Jugendstilvilla waren weiß und hoch und hatten Stuckdecken. An der Aufnahme stand ein riesiger Strauß Callas und Lilien. Im April, als sie die Klinik mit Sebastian besichtigt hatte, war Tessa alles schön und hell erschienen. Jetzt kam es ihr so vor, als wären die Gänge enger zusammengerückt, als verströmten die Blumen einen modrigen Geruch. Sahen die Schwester in ihren frisch gestärkten Kitteln nicht ebenso müde aus wie die Menschen, die in einer normalen Großstadtklinik arbeiteten? Machten die Schuhe auf dem Terrazzofußboden nicht dieselben hässlichen Geräusche wie Gummisohlen auf Linoleum?

Tessa blieb stehen. Sebastian, der dicht hinter ihr gegangen war, lief auf sie auf. Da. Ein fernes Schreien. Hoch. Durchdringend. Jetzt war es still. Irgendwo summte eine Lampe.

»Ist alles in Ordnung?«, fragte die Schwester, die gemerkt hatte, dass Tessa hinter ihr und Elena zurückgeblieben war.

»Werden heute Morgen noch andere Kaiserschnitte gemacht?«, fragte Tessa und lauschte wieder.

»Nein. Sie sind unsere einzige Patientin.«

Da war es wieder. Hoch. Verzweifelt. Tessa schaute die anderen an. Außer ihr schien niemand etwas zu hören.

»Soll ich Ihnen nicht doch den Rollstuhl holen?«, fragte die Schwester.

»Nein«, antwortete Tessa mit fester Stimme. »Es ist alles in Ordnung.«

Das Gesicht des indischen Narkosearztes hing über ihr wie ein gelber Mond. Wo war Sebastian? Sie hatten verabredet, dass er bei ihr sein würde, wenn der Narkosearzt den Katheter für die Spinalanästhesie legte. Elena nahm ihre rechte Hand, an der Linken war bereits der Sauerstoffsensor befestigt, der seine Daten auf einen Monitor übertrug. Auch ihr Blutdruck und ihre Herztätigkeit erzeugten Töne auf einem Bildschirm am Kopfende der Liege, den Tessa nicht sah, nur hörte. Jetzt erst merkte sie, dass ihre Hände eiskalt waren.

Elena machte ein teils beruhigendes, teils vorwurfsvolles *ts ts* und begann, ihre Hand zu reiben.

»Alles wird gut. Keine Angst.«

Die Herztöne ihres Kindes marschierten unverändert weiter.

»Wo ist Sebastian?«

»Er zieht sich noch um. Er wird jeden Augenblick da sein.«

Sie hatte nicht laut fragen wollen. Es war ihr herausgerutscht, um zu verhindern, dass sie laut schrie: *Hör auf mit dem Alleswirdgut, nichts wird gut!* Sie hätte sich für die Vollnarkose entscheiden sollen, bei dem Vorgespräch war alles so weit weg gewesen. Ein Fehler, sie hatte sich von Sebastian und später Elena überreden lassen. Keiner hatte es ausgesprochen, aber beide hatten sie angesehen, als es um die Wahl Vollnarkose oder Teilnarkose ging, und ihrer beider Blicke hatten gesagt: *Du willst diesen einzigartigen Moment, wo dein Kind den ersten Schrei ausstößt, doch nicht verschlafen?*

Von einem der Monitore ertönte ein scharfer Pfiff. *Ihr Puls. Ihr Puls raste jetzt schon, obwohl noch gar nichts passiert war.* Alles in ihr flehte: *Gebt mir eine Vollnarkose, bitte, Schlaf, Ohnmacht. Ich will das nicht erleben!*

»Keine Sorge, das war nur der Warnton, dass sich der Sauerstoffsensor gelöst hat, die Geräte brauchen immer eine Weile, bis sie sich eingestellt haben«, sagte die Narkoseschwester, befestigte die Klammer erneut an Tessas Zeigefinger und strich ihr über die Hand.

»Alles wird gut. Ihrem Kind geht es großartig. Keine Angst.«

»Wenn Sie sich dann bitte auf die Seite drehen.«

Tessa schloss die Augen. *Atmen. Tief atmen. Bis hundert zählen. Lass dich mitnehmen von den Tönen. Denk an dein Kind. Wumm. Wumm. Unter Wasser. Weißt du noch, wie du früher in der Badewanne mit dem Kopf untergetaucht bist, um das Klopfen in den Leitungen zu hören? Wumm. Wumm. Alles wird gut.*

Kühl berührte sie das Desinfektionsmittel an der Wirbelsäule.

»Nicht erschrecken. Jetzt gibt es einen kleinen Stich.«

Konzentrier dich. Dein Kind. Es wird ihm gut gehen. Das ist das Einzige, worauf es jetzt ankommt.

Tessa spürte, wie sich ihr Rücken verkrampfte.

Sein Herz. Es schlägt so schnell. Es muss doch viel langsamer schlagen nachher, wenn er draußen ist. Eine Vollbremsung. Ich mute meinem Kind eine Vollbremsung zu.

Ein Stich. Die Betäubung vor der eigentlichen Betäubung. Sie hatten alles besprochen. Es geschah alles nach Plan. Tessa spürte, wie sich die Nadel aus ihr zurückzog.

»So. Jetzt müssen wir einen Moment warten. Alles in Ordnung?«

Tessa nickte. Obwohl ihre Hände immer noch eiskalt waren, begann sie unter der Plastikhaube, die man ihr über die Haare gezogen hatte, zu schwitzen. Sie konnte jetzt niemanden bitten, sie auf dem Kopf zu kratzen, Elena musste überwachen, dass es ihrem Kind gut ging, der Arzt und die Schwester hatten alle Hände voll mit der Vorbereitung des Narkosekatheters zu tun. Wo blieb Sebastian? Sie fühlte sich so hässlich unter der Haube. Nie benutzte sie eine der Duschhauben, die in Hotelbadezimmern herumlagen.

»Spüren Sie das?«

In ihrem Rücken begann es zu kribbeln. Dasselbe Gefühl wie beim Zahnarzt, wenn sich die Nerven verabschiedeten. Ihr Unterkörper verlor seine Konturen, begann sich ins Formlose auszudehnen. *Ich bin der Märchenbrei,* dachte Tessa. *Der Märchenbrei, der immer weiter aus dem Topf quillt, bis er die ganze Welt unter sich erstickt hat.*

»Ein bisschen.«

»Gut. Dann warten wir noch einen Augenblick.«

Alles geschah nach Plan. *Wumm. Wumm.* Das Herz ihres

Kindes. Das trockenere elektronische Klopfen, das ihr eigener Puls sein mochte. Oder ihr Sauerstoff. Oder ihr Blutdruck. Die Manschette an ihrem Oberarm blies sich auf.

»Haben Sie das eben auch noch gespürt?«

Tessa drehte den Kopf. Sie sah die Nadel, die der Narkosearzt in der Hand hielt.

Gebt mir eine Vollnarkose. Macht mich weg.

»Nein. Ich glaube, Sie können weitermachen.«

»Gut. Dann setze ich jetzt den Katheter. Wenn Sie die Beine bitte anziehen. Je mehr Katzenbuckel Sie machen, desto leichter wird es.«

Alles besprochen. Alles Routine. Hundert Mal gemacht von diesem Mann. Der Beste seines Faches. Alle hier in dieser Klinik. Nur Profis. Sie hatte es sich am Modell zeigen lassen. Hatte gesehen, wie die Nadel mit dem Plastikkatheter zwischen zwei Wirbeln in den Spinalraum geschoben wurde.

Du kannst nichts spüren. Deine Nerven sind weit weit fort. Machen Urlaub auf Hawaii.

Ihr Unterkörper schwoll immer weiter an.

Wumm. Wumm. Wumm.

Lähmungsdiagnostik beim Hund.

Du spürst nichts. Alles wird gut.

»Entschuldigung. Ich glaube, mir wird schlecht.«

Vier besorgte Gesichter schauten auf Tessa herab, als sie die Augen öffnete. Der Mond hatte drei Nebenmonde bekommen. Der bleichste von allen trug einen grünen Mundschutz. Es war der Lampion, den sie an ihren verregneten Kindergeburtstagen nie im Garten hatte aufhängen dürfen.

»Sie hatten einen kurzfristigen Blutdruckabfall. Das kann passieren, wenn wir damit beginnen, die Narkosemittel einzuleiten. Gleich wird es Ihnen wieder besser gehen.«

Jetzt erst erkannte Tessa, dass der Lampion Sebastian war.

Sie schaffte es zu lächeln. Die Schwester kam mit einem feuchten Lappen und wischte ihr über den Mund.

»Sie können den Mundschutz gern noch einmal runterziehen, solange wir nicht im OP sind«, sagte sie zu Sebastian.

»Möchten Sie ein Glas Wasser zum Spülen?«

»Gern.«

Tessa nahm den Plastikbecher. Sie konnte sich nicht aufrichten. Das meiste Wasser lief ihr seitlich aus dem Mund, bevor sie gurgeln konnte.

»Danke.«

»Das kommt leider vor. Wenn die Übelkeit nicht besser wird, können wir Ihnen nachher, kurz bevor wir mit dem Eingriff beginnen, etwas dagegen geben.«

Sebastians Augen waren sehr groß und sehr dunkel, als er sich endlich traute, nach Tessas Hand zu fassen.

»Nächsten Sommer machen wir ein Picknick am See«, sagte er.

Sie war im Zirkus. Die Akrobatin, deren Oberschenkel festgeschnallt waren. Die Frau ohne Unterleib. Die Frau, die der Zauberkünstler gleich zersägen würde. Eine Gehilfin hängte ein Tuch vor Tessas Gesicht, sodass sie selbst vom magischen Akt nichts sehen konnte. Alles in diesem Zirkus war grün. Die Kacheln, das Tuch vor ihrem Gesicht, die Kittel und Masken und Hauben. Schon konnte Tessa nicht mehr unterscheiden, wer Magier, wer Lehrling war. Elena? Nicht mehr zu erkennen. Sebastian war auf ihrer Seite des Tuchs geblieben. Der Clown, der der Akrobatin die Hand hielt, was immer auch geschah. Der Clown mit weißen Handschuhen. Die Kapelle spielte auf. Es piepte, klopfte, wummte und summte. Da. Ein Trommelwirbel. Ihr Herz? Tessa glaubte ein *Können wir?* gehört zu haben. Der Magier, der sie gleich zersägen würde, schaute den Magier, der ihren Unterleib weggezaubert hatte, an. Der Magier, der ihren Unterleib weggezaubert hatte, nickte. Hinter dem grünen Tuch wurden Geräte ergriffen. Scharfe Geräte. Geräte, die Tessa nicht sehen konnte. Geräte, die metallische Geräusche machten, wenn sie auf ihre Tabletts zurückgelegt wurden. Ein Geruch. Süß. Schwer. Verfaulte Bonbons. Der Clown presste fester ihre Hand. Ein unbestimmter Druck wuchs in ihrem Unterleib.

Phantomschmerz. Du hast keinen Unterleib mehr. Du bist gefühllos.

Die Kapelle spielte einen schrillen Tusch. Der Magier, der ihren Unterleib weggezaubert hatte, drückte auf eine der Scheiben, die an ihrem Brustkorb klebten. Tusch vorbei. Der Clown schwitzte unter seiner Maske. Tessas Hand schwitzte in seiner weißen Handschuhhand.

»Gleich, gleich ist es vorbei. Gleich, gleich.«

Tessa hätte dem Clown gern gesagt, dass er still sein musste, dass niemand reden durfte, während der große Magier schnitt. Sie traute sich nicht, den Mund zu öffnen.

»Gleich ... gleich ...«

Sie spürte einen Ruck in ihrem Unterleib, der doch gar nicht mehr da war. Schweiß. Schweiß. Die Handschuhhand schwamm in ihrer Hand. Das unangenehm mehlige Gefühl von Latex. Etwas geschah, das konnte sie spüren, sie wollte den Vorhang wegreißen, wollte sehen, was der große Magier mit ihr tat. Grün, grün, es tanzte vor ihren Augen, würde sie jemals wieder grün sehen können, *ich darf das*, wollte sie schreien, *lasst mich hinschauen, es ist meine Zaubernummer!*

Die Hand, an der die weiße Wäscheklammer befestigt war, griff nach dem Tuch, wollte zerren, aber eine fremde Handschuhhand von der anderen Seite des Vorhangs tauchte auf, hielt ihr Handgelenk, hinterließ einen roten Abdruck. *Rot!* Auf der anderen Seite des Vorhangs herrschte längst nicht mehr grün, sondern rot.

Lasst mich hinschauen!
Ihre Augen rasten, suchten, flatternde Lider.
Lasst mich sehen!
Und dann hörte alles, was bislang gewesen war, auf. Von der anderen Seite des Vorhangs ertönte ein Schrei. Tessas Kopf schnellte in die Höhe. Ein Schrei. Kräftig. Unvorstellbar. Unmöglich konnte ein gesundes Kind solche Kraft in den Lungen haben. Etwas war nicht in Ordnung. Etwas –

Ein Maske tauchte neben dem Vorhang auf, das grüne Kostüm besudelt. Der Magier war in Wahrheit ein Metzger.

»Ich gratuliere.«

Die Maske lächelte. In ihren Armen hielt sie ein violettes Bündel, weißlich verschmiert, das zuckte, strampelte, schrie. Tessa konnte die Tränen nicht länger zurückhalten. Die Akrobatin weinte, als sei es das letzte Kunststück, das sie noch vollbringen musste. *Alles war gut. Alles war in Ordnung. Die Zaubernummer hatte geklappt. Ihre Zaubernummer.*

Aus verschwommenen Augenwinkeln sah sie, wie auch der Clown zu weinen anfing.

»Ich gratuliere«, sagte die Maske zum zweiten Mal, und jetzt erst erkannte Tessa die Hebamme. »Ihr habt einen Sohn.«

Teil 2

6

TESSA SIMON TOTAL HAPPY IM FAMILIENGLÜCK

TV-Moderatorin Tessa Simon ist so glücklich wie noch nie in ihrem Leben. Nach der Geburt von Victor Liam per Kaiserschnitt vor zehn Tagen hat die erfolgreiche Talkmasterin nur noch ein Ziel: »Ich will keine gute Mutter sein«, sagte die 34-Jährige gestern, als sie aus der renommierten Becker-Klinik entlassen wurde. »Ich will die beste Mutter sein.«

Auf die Frage, wie sie sich fühle, antwortete Simon: »Danke, großartig. Ich bin noch nie glücklicher gewesen. Victor ist ein Wunder. Ich liebe ihn unendlich.«

Sie dankte dem Klinikpersonal und Sebastian Waldenfels, ihrem Lebenspartner, der während des Kaiserschnitts ihre Hand gehalten hat. Ihn kennen gelernt und dann das Kind zur Welt gebracht zu haben, seien die beiden wichtigsten Dinge in ihrem Leben. Dennoch hat Simon fest vor, im September ihre wöchentliche Sendung AUF DER COUCH wieder zu moderieren.

Alle wichtigen Blätter hatten von Victors Geburt berichtet. Aber diesen Artikel mochte Tessa am meisten. Seite eins im Gesellschaftsteil. Flankiert von einem riesigen Foto. Ursprünglich hatte sie überlegt, die Rechte an dem Bild, auf dem sie gemeinsam mit Victor und Sebastian vor den Eingangsstufen der Klinik stand, exklusiv zu verkaufen. Aber es hatte keinen Sinn gehabt, mit Sebastian über dieses Thema zu reden. Ihm wäre es am liebsten gewesen, niemand hätte über ihr Familienglück berichtet. Mit einem Lächeln legte Tessa den Artikel zu den anderen neunzehn zurück und schloss die Schublade.

Es kam ihr vor, als ob sie etwas Verbotenes tat, als sie sich unten im Wohnbereich auf das graue Filzsofa legte und nach der Fernbedienung griff. Seit Wochen hatte sie kein Fernsehen mehr gesehen. Und auch jetzt zögerte sie, den Apparat anzumachen. Sie lauschte in Richtung Kinderzimmer. Alles ruhig. Vor einer halben Stunde hatte sie Victor gestillt, ihre rechte Brustwarze brannte noch davon. *Ein gieriger Liebhaber*, dachte sie. Nie hätte sie geglaubt, dass es ihre Tage ausfüllen könnte, ein Baby durch die Wohnung zu tragen oder einfach nur zuzuschauen, wie es in seinem Stubenwagen lag und schlief. Stundenlang konnte sie mit ihm spielen, jauchzte jedesmal selbst, wenn seine winzigen Finger nach ihrem Finger griffen. Und sogar die Zehen – kleiner als bei einem Buschbaby – versuchten zu krallen, wenn sie sie mit dem Finger berührte. Am meisten aber trafen sie seine Augen. Riesig. Blau. Wimpernlos. Und vollkommen undurchschaubar. Sie wartete auf ein Lächeln von Victor, wie sie sonst nur auf die Quoten wartete.

Der Fernseher erwachte knisternd. Es kam Tessa vor, als ob er ungewöhnlich lange brauchte, bis er endlich ein Bild lieferte. Beleidigt wie ein vernachlässigtes Haustier. Der Nachrichtensprecher verkündete, dass es in London einen neuen Bombenanschlag gegeben hatte. Jetzt erst wurde Tessa bewusst, dass sie seit mindestens einer Woche keine Nachrichten mehr mitbekommen hatte. Die letzten Zeitungen, die sie gekauft hatte, waren die mit den Artikeln über Victors Geburt gewesen. Im Fernseher war ein ausgebranntes Gebäude zu sehen, rauchende Trümmer, schreiende und weinende Teenager vor einer Disco. Erschrocken stellte Tessa den Ton stumm und lauschte. Nichts. Victor war den ganzen Nachmittag sehr weinerlich gewesen. Am frühen Abend hatte Tessa schließlich Elena angerufen. Die Hebamme hatte sie beruhigt, es sei ganz normal, wenn Victor ein wenig weine. Schließlich gebe es so unendlich viel auf dieser Welt, was er noch nicht kannte und ihn verwirrte.

Ein blutüberströmtes Mädchen drückte sich mit der linken Hand eine Kompresse aufs Auge. Mit dem anderen Arm zeigte es in Richtung des qualmenden Gebäudes. Im Hintergrund rannten Sanitäter und Feuerwehrmänner durchs Bild.

Sebastian hatte einen guten Umgang mit Victor. Ruhig. Entspannt. Neulich hatte Tessa beobachtet, wie Victor angefangen hatte, an Sebastians Brustwarze zu saugen, als er bei ihm auf dem nackten Oberkörper gelegen hatte. *O Gott, mein Sohn wird schwul*, hatte Sebastian gelacht.

Tessa berührte vorsichtig ihre rechte Brust. Sie hatte den BH geöffnet, um Luft an ihre wunden Brustwarzen zu lassen. Ein gelblicher Tropfen quoll hervor. Sie verrieb ihn vorsichtig und leckte den Finger ab. Fast konnte sie sich nicht mehr erinnern, wie ihre Brüste früher ausgesehen hatten. Sie wog immer noch fast sieben Kilo mehr als zu Beginn ihrer Schwangerschaft. Bis ihre Sendung wieder losging, hatte sie noch zwei Monate Zeit, trotzdem musste sie sich bald etwas einfallen lassen. Auch wenn Elena dagegen war: *Keine Diäten in der Stillzeit*, hatte sie Tessa befohlen. *Wenn du jetzt abnimmst, landet der ganze Dreck in deiner Milch.*

Sobald ihre Bauchwunde endgültig ausgeheilt war, würde sie sich einen Hometrainer kaufen. In einer Zeitschrift hatte sie ein Modell gesehen, bei dem man einen Babysitz an der Lenkerstange befestigen konnte. Jeden Tag würden ihr Sohn und sie eine Stunde trainieren.

Auf dem Bildschirm war jetzt eine überschwemmte Landschaft zu sehen. Tote Kühe und Schafe trieben in einem schlammigen Fluss, der sein Bett offensichtlich seit Tagen verlassen hatte. Am Kennzeichen eines vorbeitreibenden Pickups erkannte Tessa, dass die Bilder aus Amerika stammten. *Ich muss wieder mehr Nachrichten schauen, Zeitungen lesen,* dachte sie. *Die Welt könnte untergehen, und ich kriege nichts mit.*

Sie spürte, wie ein weiterer Tropfen Milch aus ihrer rechten Brustwarze quoll. In den ersten Tagen hatte sie geglaubt, mit ihrer Milch sei etwas nicht in Ordnung. Zu süß. Zu dünn. Manchmal fast muffig. Die Schwestern in der Klinik hatten sie beruhigt. Muttermilch ist eben anders als das, was wir im Kaffee trinken.

Tessa stand auf, um nach Victor zu schauen. Ihr Bauch tat immer noch weh, wenn sie eine plötzliche Bewegung machte. Aber die Wunde verheilte gut. *In ein paar Wochen spüren Sie nichts mehr davon,* hatte der Arzt gesagt, als er die Fäden gezogen hatte. Es würde keine große Narbe bleiben. Sechs, sieben Zentimeter, ein heller Streifen, der unter fast jedem Slip verschwand.

Victor lag auf dem Rücken. Sein Gesicht, dessen wahre Züge sich aus dem Babyspeck-Kokon erst noch herausarbeiten mussten, zuckte im Schlaf. Zu gern hätte Tessa gewusst, was in seinem Kopf vorging. Konnten Säuglinge schon träumen? Angeblich nahm er bereits Farben und Formen wahr, erinnerte sich an Gerüche, an Geräusche. Tessa zog die Decke zurecht. Es war ein schöner Stubenwagen, den sie mit Sebastian schon im Frühjahr bei einem Antiquitätenhändler gekauft hatte. Ein Restaurateur hatte den Wagen noch einmal vollständig überarbeitet, die Latexmatratze hatten sie in einem speziellen Laden anfertigen lassen. Ein weißer Stoffgiebel wölbte sich über dem Kopfende. Tessa konnte sich nicht mehr erinnern, worin sie als Säugling geschlafen hatte. Wahrscheinlich hatten ihre Eltern sie gleich in ein größeres Bettchen gelegt, in das sie hineinwachsen konnte. Sie nahm den

Stoffbär, den Attila Victor zur Geburt geschenkt hatte, in die Hand. Es war unglaublich, wie viele Geschenke Victor bekommen hatte. Stofftiere. Mützchen. Rasseln. Bauklötze. Drei Spieluhren, die allesamt *Maikäfer, flieg* spielten und die Tessa allesamt nicht mochte. Nur die gelbe Mondsichel, die sie mit Sebastian zusammen gekauft hatte, hing neben dem Stubenwagen. Gern hätte Tessa die Schnur am unteren Ende des Mondes gezogen, aber Elena hatte sie gewarnt, es mit der Spieluhr nicht zu übertreiben. *Immer nur, wenn du ihn ins Bettchen gelegt hast und er einschlafen soll. Dann beruhigt ihn die Spieluhr. Wenn sie mal so, mal so spielt, regt sie ihn auf.*

Bestimmt hatte Attila den Bären nicht selbst gekauft, sondern die Sekretärin losgeschickt. Aber eigentlich war der Bär zu schön, als dass er die Wahl der Sekretärin hätte sein können. Er war aus einem weichen Frotteestoff, ein sanftes Braun, kleine Ohren, die Augen zwei schwarze Kreuzstiche, der Mund ein rotes Oval. Der Butzebär war das einzige Tier, das Victor nachts im Stubenwagen haben durfte. Die anderen Bären, Lämmer, Katzen mussten alle auf dem Wickeltisch bleiben.

Nichts mehr im Zimmer verriet, dass es einmal Sebastians Arbeitszimmer gewesen war. Keine Regale mehr. Keine Bücher. Keine Kartons mit unbekanntem Inhalt. Stattdessen Windeln. Cremes und Puder. Eine Waage. Hellblaue Tapeten mit Girlandenmuster.

Als Tessa in den Wohnbereich zurückkam, lief der Wetterbericht. Unwetterwarnung auch für ihre Region. Zum ersten Mal, seitdem sie aus der Klinik zurück war, hatte Tessa Lust, eine Zigarette auf der Dachterrasse zu rauchen. Sie griff nach der Fernbedienung, unentschlossen, ob sie es riskieren konnte, den Ton wieder anzustellen. Sebastian war am frühen Abend in die Stadt gefahren, um sich mit irgendeinem Filmmenschen zu treffen. Bis September würde er nicht arbeiten.

Das hatten sie verabredet. Und auch danach würde er weniger arbeiten als vorher. Seine Repertoirevorstellungen am Theater spielen. Ein neuer Film stand frühestens im nächsten Sommer an. Erst neulich hatten sie darüber geredet. Wie unwichtig ihnen ihre Arbeit plötzlich erschien, seitdem Victor auf der Welt war.

Im Fernsehen lief Werbung. Drei braune Kühe schwenkten ihre prallen Euter über eine grüne Wiese mit Gänseblümchen. Die vorderste Kuh, die künstliche Wimpern und sehr feuchte Lippen hatte, verdrehte lasziv die Augen und sagte etwas in die Kamera, das Tessa nicht hören konnte. Eine Hand hielt ein großes Joghurtglas ins Bild.

Und plötzlich, als sei das Unwetter, vor dem der Wetterdienst eben noch gewarnt hatte, schon angekommen, fing Tessa an zu weinen.

Gott, ist der süß«, war das Erste, was Feli ausrief, als sie ihren Neffen sah. Sie hatte Tessa und Victor besuchen wollen, kaum dass sie aus der Klinik zurück waren. In den ersten Wochen war es Tessa gelungen, ihre Schwester abzuwimmeln: zu schwach, zu starke Wundschmerzen, die Infektionsgefahr für Victor zu groß, aber je weiter der Juli fortschritt, desto weniger Gründe waren ihr eingefallen, den Besuch hinauszuzögern.

»Diese Augen«, schwärmte Feli weiter. »Der Hammer. Die sind ja doppelt so groß, wie die von Curt damals waren.« Sie hob ihren eigenen Sohn hoch, damit er in den Stubenwagen schauen konnte. »Guck mal, das ist dein Cousin. Das ist Victor. Sag mal: Hallo Victor!«

»Lo-fickorr«, lallte Curt und patschte mit schokoladenverschmierter Hand in Victors Gesicht. In Sekundenbruchteilen verengten sich Victors Augen, die eben noch blau geleuchtet hatten, zu Schlitzen. Er begann zu schreien, bevor Tessa ihn an ihre Schulter legen konnte.

»Ist ja gut ... Sshhh ... Nicht weinen ... Curt hat das nicht böse gemeint.« Tessa wischte den Schokoladenschmierer von Victors Wange. Sie sah, dass auch an dem weißen Giebelhimmel über dem Stubenwagen braune Flecken waren.

»Feli, würde es dir etwas ausmachen, Curt die Hände abzuwischen?«

»*Relax*. Es ist gar nicht gut für Kinder, wenn sie in so 'ner sterilen Umwelt groß werden.«

Später am Nachmittag – Tessa hatte Victor unter den Augen ihrer Schwester gestillt, nachdem diese darauf bestanden hatte zuzuschauen, *super machst du das, Schwesterchen, bist ja ne richtige Tittenbraut geworden* – saßen sie auf der Dachterrasse. Victor schlief in seinem Kinderwagen, Tessa hatte einen extra Sonnenschirm für ihn aufgestellt, Curt spielte auf einer Wolldecke mit seinem Spielzeugbagger Würfelzucker-Verladen.

»Ich versteh echt nicht, was los ist in letzter Zeit«, sagte Feli. »Ich krieg Tausende von Angeboten, und dann kommt in letzter Sekunde immer was dazwischen.«

»Ich dachte, das mit der Filmrolle hätte geklappt«, sagte Tessa und fragte sich, ob sie Victor nicht doch wieder in sein Zimmer bringen sollte. Obwohl er im Schatten stand, war es sicher zu heiß für ihn.

»Pff. Das ist schon wieder so 'ne Geschichte. Ich komm zum Casting, der Typ ist total begeistert, *Alles klar, Frau Simon, machen wir, Hand drauf*, und wie ich dann eine Woche später anruf, wo der Vertrag bleibt, sagt das Arschloch, sie hätten die Rolle leider doch anderweitig besetzt.«

»Blöd«, sagte Tessa und stand auf, um Victors Sonnenschirm zu verstellen.

»Oder die, die mich für'n Background haben wollten. Erst total begeistert und dann: *Sorry, wird leider nix.*«

Tessa drückte einige Tropfen Insektenschutzlotion für Säuglinge auf ihren linken Zeigefinger und tupfte Victor die Stirn. Seine Säuglingsakne war schlimmer geworden. Es fiel ihr schwer, keine Creme zu verwenden, aber Elena hatte ihr streng verboten, etwas gegen die Pickel zu unternehmen.

»Entschuldige.« Tessa kam an den Tisch zurück. »Was hast du gerade gesagt?«

Feli sah sie missmutig an. »Findest du nicht, dass du mit Victor 'n bisschen übertreibst? Dem geht's prima, auch wenn du nicht alle zehn Sekunden an ihm rumzubbelst. Hast du'n Bier da?«

»Ich glaube nicht. Sebastian trinkt aus Solidarität auch nichts.«

Tessa bückte sich nach der großen roten Tiefkühlbox, die sie aus ihrem letzten Amerika-Urlaub mitgebracht hatte. Zwanzig Kilo Bücher, Schuhe und Kosmetika hatte sie damals auf der Rückreise hineingestopft. Es hatte sie einige Mühe gekostet, die Dame am Check-in-Schalter davon zu überzeugen, dass es sich um ein reguläres Gepäckstück handelte.

»Eine *Pepsi light* hätte ich da«, sagte sie.

Ihre Schwester verzog angewidert das Gesicht. »Wo steckt der Superpapi eigentlich? Ich dachte, er würde nicht mehr aus dem Haus gehen, seitdem der Kleine da ist.«

»Sebastian hat einen Termin in der Stadt.« Tessa schenkte sich aus der Karaffe ungesüßten Eistee nach. »Willst du davon noch einen Schluck?«

»Nee, danke.«

Curt hatte entdeckt, dass Würfelzucker-Verladen im Grunde ein langweiliges Spiel war und Würfelzucker-mit-ganzem-Bagger-zu-Puderzucker-Zerschlagen viel mehr Spaß machte.

»Wie alt ist Curt jetzt genau?«

»Eineinhalb.«

Tessa betrachtete den Jungen, der mit stupider Begeisterung auf die Zuckerwürfel eindrosch. Bitte, dachte sie, *lass Victor nicht so werden.* Erst jetzt fiel ihr auf, wie zerschlissen Curts T-Shirt und Shorts waren. Sie sah ihre Schwester an. Auch das leichte Sommerkleid, das diese trug, hatte einige Stellen, an denen der Stoff dünn wurde.

»Bist du sicher, dass ich dir nichts pumpen soll?«, fragte Tessa.

»Wie kommst'n jetzt da drauf? Ich hab doch gesagt, ich komm klar.«

»Hast du in letzter Zeit mit Vater telefoniert?«, fragte Tessa nach einem Schweigen.

»Ja. Schien ganz okay zu sein. Wieso?«

»Er macht sich Sorgen um sein Gedächtnis. Hat er dir nichts gesagt?«

Feli lachte. »Papa hat sich sein Leben lang immer Sorgen um irgendwas gemacht.«

»Es scheint ihm ernst zu sein. Ich überlege, ob ich ihm nicht einen Termin hier bei einem Spezialisten machen soll.«

»Lass man. Ich hab das Gefühl, Papa kommt ganz gut ohne dich klar.«

Tessa verrieb einen der zahlreichen feuchten Ringe, die ihr Glas auf dem Teakholztisch hinterlassen hatte. »Er gibt dir Geld, nicht wahr?«

»Und wenn?«

Curt schien auch von der Puderzuckerproduktion genug zu haben. Er war von seiner Decke aufgestanden und umklammerte nun Felis Knie. Tessa bangte vor dem Moment, in dem sie die Decke hochhob und endgültig wusste, wie viele Terracottakacheln ihr Neffe zerdeppert hatte.

»Mama«, lallte er. »Ause.«

»Hast du irgendwelche konkreten Ideen, wie du selbst wieder Geld verdienen kannst?«

»Mann, ich hab dir doch vorhin erzählt, dass es nicht an mir liegt, wenn die ganze Scheiße nicht klappt.«

»Mama. Mama. Ause.«

»Hast du darüber nachgedacht, es in einem anderen Beruf zu versuchen?«

»Ha ha. Weil ich so gut tippen kann oder was?«

»*Mama! Mama! Ause!*«

»Ja, die Mama geht gleich mit dir nach Hause«, sagte Tessa.

»Da ist ja die ganze Großfamilie zusammen«, hörte sie im selben Moment Sebastian sagen. Er kam an den Tisch, gab Feli die Hand und Tessa einen Kuss. Dann ging er zu Victors Kinderwagen und schaute hinein.

»Stört's euch, wenn ich mich einen Moment dazusetze?«

»Natürlich nicht.«

»Nö.«

Curt hatte aufgehört, an Felis Kleiderzipfel herumzuzerren. Stumm und mit großen Augen schaute er Sebastian an, als habe er noch nie einen erwachsenen Mann gesehen. *Hat er ja auch nicht*, dachte Tessa. Im nächsten Moment tat es ihr Leid. Sie hätte ein solches Scheißleben, wie ihre Schwester es gerade führen musste, schlechter verkraftet.

»Na, Meister, erinnerst du dich noch an mich?« Sebastian strich Curt über den Kopf.

Der Junge quiekte vergnügt und vergrub seinen Kopf in Felis Schoß.

»Sebastian. Onkel Sebastian.«

»Ich glaub, ich muss jetzt echt gehen.« Feli schob Curt beiseite, stand auf und ging zu der Decke, die ihr Sohn verwüstet hatte.

»Ach was, bleib doch noch ein bisschen«, sagte Sebastian. »Du kannst mit uns zu Abend essen. Wir wollten hier auf der Dachterrasse ein paar Steaks grillen.«

Feli drehte den Bagger, dessen Schaufel an einer Seite abgerissen war, in ihren Händen.

»Klar, bleib doch, es ist genug da«, sagte Tessa.

»Okay. Aber nur, wenn ich was anderes als diesen Scheißtee krieg.«

Im Grill verglühten die Kohlen. Drei Teller mit Fleisch- und Salatresten standen auf dem Tisch. Sebastian war im unteren Stockwerk verschwunden, um eine zweite Flasche Wein zu holen. Curt hatte sich samt Decke unter den Tisch verzogen, nachdem er die letzte Stunde geheult hatte. Keine Würstchen. Und drei Menschen, die jedesmal gleichzeitig aufschrien, wenn er mit dem Grill spielen wollte. Der Tag hatte für ihn eine enttäuschende Wendung genommen.

»Der Typ ist ja doch nicht so verkehrt«, sagte Feli, indem sie den letzten Schluck *Meursault* hinunterkippte.

Die Flasche musste lange in ihrem Weinregal gelegen haben. Tessa konnte sich dunkel erinnern, sie im letzten Sommer gekauft zu haben.

»Wie alt ist er?«, wollte Feli wissen.

»Achtundvierzig.«

»Dann hat er sich aber echt gut gehalten. Übrigens – ich glaub, da hab ich mich nie für bedankt: War supercool, dass du ihm damals nichts von der Geschichte auf dem Klo erzählt hast.« Und etwas leiser sagte sie: »Ich hab danach aufgehört. Ehrlich. Es war das letzte Mal.«

Tessa brummte etwas Unverständliches und schenkte sich den restlichen Eistee aus der Karaffe ins Glas. Ein großer Schluck schwappte daneben.

»Gibt's bei dir irgendwas Neues?«, wechselte sie das Thema. Sie hatte keine Lust, sich Felis Schneemärchen anzuhören.

»Inwiefern?«, fragte ihre Schwester.

»An der Männerfront.«

Feli senkte spöttisch die Mundwinkel. »Die Typen, die ihre Kids im Kinderladen abholen, sind nicht so der Hit. Und mit einem dieser verdammten Produzenten penn ich erst, wenn ich einen Vertrag hab.«

»Und Robert kümmert sich gar nicht um Curt?«

Mit strahlendem Lächeln kam Sebastian auf die Dachterrasse zurück. »Von dem *Meursault* habe ich keinen mehr gefunden, aber der hier müsste auch ganz gut sein.«

Er war schön, im weißen Hemd mit beiger Leinenhose und Sandalen. Tessa schaute ihm zu, wie er die zweite Flasche entkorkte. Er hatte tatsächlich den *Puligny-Montrachet* mitgebracht. Für ihre Schwester, die keinen weißen Burgunder von einem *Filou blanc* unterscheiden konnte. Victor bewegte sich in seinem Kinderwagen. Wahrscheinlich hatte er bald wieder Hunger. Sie sollte mit ihm nach unten gehen und ihn stillen.

»Tessa hat mir erzählt, dass du jetzt auch mit der Schauspielerei anfangen willst?«, fragte Sebastian, während er Felis Glas voll schenkte. Jetzt erst sah Tessa, dass er sich auch ein Glas mitgebracht hatte. Sie öffnete den Mund und machte ihn wieder zu.

»Ich hab ja schon in zwei Filmen mitgespielt. Ist aber 'ne Weile her.«

»Was war das?«

»Ach, so Fernsehkrimis. Nix Wichtiges.«

»Haben wir eigentlich eine CD von Feli?« Sebastian schaute Tessa an, die zum Kinderwagen gegangen war. Sie hatte sich getäuscht. Victor schlief. Vorhin, als Curt gebrüllt hatte, hatte sie ihn ins Schlafzimmer gebracht. Es war ein Wunder, dass er nur kurz aufgewacht war, etwas geweint und dann gleich weitergeschlafen hatte.

»Bestimmt.« Tessa setzte sich neben Sebastian, der aus den Sandalen geschlüpft war. Mit nackten Sohlen strich sie über seinen Fußrücken. »Du hattest mir deine letzte CD doch geschickt?«, fragte sie ihre Schwester. Ihr war nicht entgangen, dass Feli kurz nach unten geschaut hatte und jetzt ihren Blick absichtlich über dem Tisch hielt.

»Ich hab dir alle meine CDs geschickt, Schwesterlein.«

»Dann werden sie auch alle unten im Regal sein.« Ihr Fuß kletterte Sebastians Schienbein hinauf.

»Ich hätte große Lust, was zu hören«, sagte er und stand auf. »Welche CD soll ich holen?«

»Ich weiß ja nicht, ob das deine Musik ist. Vielleicht am ehesten *Unspoken Love*.«

Tessa schaute zwischen Sebastian und ihrer Schwester hin und her. Victor schlief immer noch. Ihre Schwester würde hohnlachen, wenn sie die beiden bat, jetzt keine Musik zu hören. Sie verstand nicht, was in Sebastian gefahren war. Noch nie hatte er sich für das interessiert, was Feli tat.

»Oder sollen wir lieber runter ins Wohnzimmer gehen«, fragte Sebastian. »Vielleicht wecken wir sonst Victor?«

»Ach was. Es ist so ein schöner Abend. Wir brauchen die Musik ja nicht voll aufzudrehen«, antwortete Tessa schnell. Was war hier los? Wollten sich die beiden wie Teenager ins Zimmer zurückziehen, um ungestört Musik zu hören, während Mama den Abwasch machte? Tessa fuhr sich über die Stirn. Sebastian spürte wahrscheinlich nur, dass es ihrer Schwester nicht gut ging. Er versuchte freundlich zu sein. Familie war ihm wichtig. Er hatte schon die ganze Zeit darunter gelitten, dass seine Quasi-Schwägerin und sein Neffe so selten bei ihnen zu Besuch waren, obwohl sie in derselben Stadt lebten. Es ging ihm nicht wirklich um Feli.

Wenige Minuten später war Sebastian mit dem Ghettoblaster zurück. Tessa hatte nur eine undeutliche Erinnerung an die Musik, die ihre Schwester mit den *Sad Animals* gemacht hatte. Irgendwas auf halbem Weg vom Blues zum

Country. Mit viel Gitarre. Sie war nie ein großer Fan davon gewesen.

> *»Er schlug nach ihr. Da wurde ihr Gesicht*
> *sehr schmal und farblos wie erstarrter Brei.*
> *Er hätte gern ihr Hirn gesehn. – Das Licht*
> *blieb grell. Ein Hund lief draußen laut vorbei.«*

Sebastian hatte das Kinn aufgestützt und lauschte. Auch Tessa gefiel die Musik besser als in ihrer Erinnerung.

»Ist das nicht ein Gedicht von der Kräftner?«, fragte er plötzlich.

Felis Gesicht riss auf wie der Himmel nach einem Gewitter. »Du kennst das?«

»Ich bin gerade dabei – ich hab mal eine CD mit Gedichten aufgenommen. Da hatten wir überlegt, ob wir's nicht dazunehmen.«

»Mensch. Ich hab noch nie jemanden getroffen, der das Gedicht kennt.«

Tessa stand auf und ging zu Victor. Seine Augen waren noch riesiger als sonst.

»Vor allem die zweite Strophe. Das ist so – gewaltig, so monstertraurig, früher hab ich da immer geheult.« Feli begann, das Zwischenspiel mitzusummen.

»Ich hätte nicht gedacht, dass jemand heute noch Hertha Kräftner kennt«, sagte Sebastian. »Es ist eine großartige Idee –«

»Psst. Jetzt.« Feli legte einen Finger an die Lippen, als ihre Stimme erneut aus dem Lautsprecher erklang.

> *»Sie dachte nicht an Schuld und Schmerz und nicht*
> *an die Verzeihung. Sie dachte keine Klage.*
> *Sie fühlte nur den Schlag vom nächsten Tage*
> *voraus. Und sie begriff auch diesen nicht.«*

»Ist das nicht Wahnsinn?«, sagte Feli, nachdem der letzte Ton verklungen war. »Diese Frau war so klug, so – der Hammer.«

»Und dabei war die Kräftner doch noch ein halbes Kind, als sie das geschrieben hat. Wie alt ist sie geworden? Zweiundzwanzig? Dreiundzwanzig?«

»Ich kann's immer noch nicht fassen, dass du sie kennst.« Feli klang so aufgekratzt wie seit Ewigkeiten nicht mehr. »Eigentlich hatte ich vor, eine ganze CD nur mit ihren Texten zu machen, aber dann – na ja, dann gab's die *Sad Animals* eben nicht mehr.«

Da war er wieder. Der alte Sonnenschein. Hinter den Wolken hervorgebrochen. Tessa hob Victor aus dem Wagen.

»Kennst du *Dorfabend*?«, fragte Sebastian. »Das mit dem toten Kind und dem Oleander? Das ist auch wunderbar.«

> »*Beim weißen Oleander*«,

begann Feli zu rezitieren,

> »*begruben sie das Kind
> und horchten miteinander*«,

stimmte Sebastian ein,

> »*ob nicht der falsche Wind
> den Nachbarn schon erzähle,
> dass es ein wenig schrie –*«

An dieser Stelle gerieten sie beide ins Stocken, Sebastian und Feli schauten sich an und begannen zu lachen.

»Entschuldigung. Sollen wir nicht doch lieber runtergehen?«, fragte er und wischte sich eine Träne aus den Augen.

Tessa hatte Victor auf ihre Hüfte gesetzt und bückte sich nach dem Fläschchen mit seinem Tee.

Es war nicht einfach, den Kinderwagen an den vielen Schlaglöchern vorbeizunavigieren. Nur einmal, gleich zu Beginn, als sie in das Loft gezogen waren, hatte Tessa den Weg, der an den stillgelegten Gleisen entlangführte, ausprobiert. Sie hatte gehofft, er wäre eine gute Joggingstrecke, aber dann war sie doch lieber bei ihrer gewohnten Runde im Park geblieben. Der Weg, früher vermutlich ein Fahrradweg ins Zentrum, war verkommen, an zahlreichen Stellen der Asphalt aufgebrochen, dicke Grasbüschel sprengten den Belag.

Dennoch war Tessa froh, der Szene daheim entkommen zu sein. Sie hatte das Gekicher und In-den-Locken-Rumgedrehe ihrer Schwester nicht mehr ertragen. Vor einer Woche noch hatte sich Feli über den *Kulturknacker* lustig gemacht, und jetzt schmiss sie sich an Sebastian ran, als sei er der letzte Mann auf der Welt. Ein einziges Mal waren Feli und sie sich im Beziehungsgehege ernsthaft in die Quere gekommen. Tessa hatte den schönen blonden Jungen in ihrem Tennisverein kennen gelernt. Drei Monate waren sie *miteinander gegangen*, bis sie den Fehler gemacht hatte, Mark – so war sein Name – bei der Party zu ihrem achtzehnten Geburtstag Feli vorzustellen. Keine Woche hatte es gedauert, und der Sieg im Schwesternmatch war an die Vierzehnjährige gegangen.

Im Westen färbte sich die Sonne rot. Tessa fluchte leise. Der Kinderwagen war mit dem rechten Vorderrad in ein Schlagloch geraten. Es kostete sie Mühe, ihn rückwärts hinauszubugsieren. Aber wenigstens war Victor nicht aufgewacht.

Sie brauchte sich keine Sorgen zu machen. Sebastian war nicht Mark. Feli keine vierzehn mehr. Ihre Schwester benahm sich heute Abend nur deshalb so lächerlich, weil es ihr schlecht ging und sie betrunken war.

Tessa betrachtete den ausrangierten Güterwaggon, der links auf den Gleisen stand. Bauchige, kantige und sehr bunte Grafitti bedeckten ihn, sodass vom ursprünglichen Ochsenblut fast nichts mehr zu sehen war. Duftmarken setzen. Das war alles, worum es in dieser abwaschbar gewordenen Welt ging.

Sie kam an einem ehemaligen Fabrikgebäude vorbei, Backstein, die Fenster eingeworfen. Nicht unähnlich dem Gebäude, in dem sie wohnten. Ein hoher Bauzaun trennte das Grundstück vom Weg. Zwei Bagger standen herum, offensichtlich seit längerem nicht mehr im Einsatz. Erst nach einigen Metern wurde Tessa bewusst, dass an dem Bauzaun Plakatwände angebracht waren. Ob sich die nächtlichen Sprayer für den neuesten Pausensnack, der leichter, lockerer, leckerer war als alle vor ihm, interessierten? Die Plakate waren vergilbt, das Papier in großen Fetzen heruntergerissen. Im ersten Augenblick war Tessa nicht sicher, aber als sie einige Schritte näher kam, erkannte sie es. Das letzte Plakat an dem Zaun war ihr Plakat. Das *Now!*-Cover. Tessa schob den Kinderwagen schneller. Sie wollte schon Victor aus dem Wagen heben, ihm das Plakat zeigen und »Schau mal, Victor. Da. Da ist Mama. Mama mit dir« sagen, als sie die Schmiererei entdeckte, die jemand mit schwarzem Edding auf ihren Bauch gekritzelt hatte. Ein obszönes Strichmännchen. Daneben eine Sprechblase. *Hilfe! Ich will hier raus!*

Der Sommer lud sich auf. Die Unwetter, die alle drei Tage übers Land zogen, gaben den ohnehin schon verwüsteten Feldern den Rest. Im Fernsehen sah Tessa einen Bericht über einen Bauern in Norddeutschland, der begonnen hatte, Kiwis anzubauen. Gletscherexperten sorgten sich ums Matterhorn. Deutsche Flüsse drohten auszutrocknen, während die amerikanische Ostküste weiter im Regen versank.

Sie war mit Sebastian und Victor in die Stadt gefahren, um sich nach einem größeren Kinderbett umzusehen. Es kam Tessa vor, als ob sie ihrem Sohn jetzt täglich beim Wachsen zusehen könne. Die Strampelanzüge und Hemdchen, die er in den ersten Tagen nach der Klinik getragen hatte, waren bereits alle zu klein.

Es war derselbe Antiquitätenladen, in dem sie damals den Stubenwagen gefunden hatten. Aber heute entdeckte Tessa nichts, das ihr gefiel. Die Verkäuferin hatte ihnen zwar ein Gitterbett gezeigt, aber irgendwie erinnerte es Tessa an den Kaninchenstall, der bei ihrer Großmutter auf dem Hof gestanden hatte. Sie wollte den Laden eigentlich schon verlassen und Sebastian überreden, es bei einem zeitgenössischen Babyausstatter zu versuchen, als er mit etwas Weißem, Bauschigen ankam, das ein Kopfkissenbezug der Madame Pompadour hätte sein können.

»Ist das nicht schön«, sagte er strahlend. »Ich glaube, genau so eins habe ich damals gehabt.«

Jetzt erst erkannte sie, worum es sich bei dem Kopfkissenbezug tatsächlich handelte.

»Was willst du denn damit?«, fragte sie.

Sebastian strich mit vorsichtigen Fingern über den Stoff. »Wir haben noch nie darüber gesprochen. Findest du nicht, dass wir Victor taufen sollten?«

»Taufen?«, wiederholte Tessa, als habe Sebastian soeben vorgeschlagen, ihren Sohn in einem rumänischen Waisenhaus abzugeben.

»Ich habe mit Kirche und dem ganzen Kram auch nichts am Hut. Aber es ist so ein schönes Fest. Ich finde, wir verpassen was, wenn wir das nicht machen.«

»Da haben Sie sich ja treffsicher unser Prachtstück herausgepickt«, sagte die Verkäuferin, die schneller herbeigekommen war, als Tessa sich eine Antwort überlegen konnte. »Alles reine Brüsseler Spitze, alles Handarbeit. Mindestens achtzig Jahre alt. Und so gut erhalten. Schauen Sie!«

»Es ist wirklich ganz zauberhaft«, sagte Tessa. »Aber ich glaube eigentlich nicht, dass wir Victor taufen.«

»Das ist nicht Ihr Ernst, Frau Simon. Taufen sind die schönsten Feiern, die es im Leben gibt. Außer Hochzeiten natürlich.«

Sebastian bewahrte Tessa davor, ausfallend zu werden, indem er das wertvolle Stück an die Verkäuferin zurückgab. »Es ist wirklich wunderschön«, sagte er. »Wenn wir uns für eine Taufe entscheiden, verspreche ich Ihnen, dass Victor nur dieses Kleid tragen wird.«

»Ich habe mir geschworen, nie wieder einen Fuß in eine katholische Kirche zu setzen. Und einen Katholiken aus ihm zu machen, ist das Letzte, was ich meinem Sohn antun werde«, legte Tessa los, sobald sie den Laden verlassen hatten. Das Licht auf der Straße war so gleißend, dass sie sofort ihre Sonnenbrille aufsetzen musste.

»Wer sagt denn, dass wir ihn katholisch taufen?«

»Die Protestanten sind um kein Haar besser.«

Aus dem Augenwinkel bemerkte Tessa, wie Leute stehen blieben und tuschelten.

»Können wir die Diskussion vielleicht anderswo weiterführen?«, zischte sie Sebastian zu, der den Kinderwagen schob. »Ich hab keine Lust, dass das alles morgen in der Zeitung steht.«

»Das ist ja was ganz Neues.«

»Bitte?«

»Entschuldigung. Das war dumm.«

Schweigend klappte er den Kinderwagen zusammen, sie legte Victor in die Auto-Babyschale und schnallte diese auf dem Rücksitz ihres Mercedes fest.

»Betrachte es doch einfach als großes Fest«, sagte Sebastian, als Tessa an der ersten roten Ampel hielt. »Es gibt so viele Leute, die Victor endlich einmal sehen wollen. Da ist es doch einfacher, wenn wir ein großes Fest machen, wo alle auf einmal kommen.«

»Du meinst nicht: Leute. Und du meinst nicht: alle. Du meinst: Familie.«

»Natürlich auch unsere Familien. Was ist so schlimm daran?«

Schweigend gab Tessa Gas. Sie hätte jetzt gern das Verdeck geöffnet, aber Victor würde hinten einen Zug bekommen. Vorsichtig drehte sie die Klimaanlage zwei Grad kühler.

Noch am Tag der Geburt hatten sie den ersten Streit gehabt. Sebastian hatte ein Polaroidfoto von Victor per Kurier an seine Eltern geschickt und hatte Tessa überredet, dass auch sie ihren Eltern sofort ein Foto schicken müsse. Sie hatte sich zu schwach gefühlt, um richtig mit ihm zu streiten, also hatte sie zugelassen, dass er ein zweites Bild von Victor auf der Rückseite beschrieb: *Liebe Karin, lieber Volker. Heute um zehn Uhr zwanzig wurde Victor Liam geboren. 49 cm, 3,9 kg. Wir sind sehr glücklich. Tessa und Sebastian.* Und sie hatte zugelassen, dass er auch dieses Bild in einen Umschlag steckte und dem Kurier mitgab. Natürlich hatte ihre verdammte Stiefmutter noch am selben Abend auf ihre Mailbox gequatscht, wie wahnsinnig aufgeregt und stolz sie seien, und wann sie den kleinen Fratz denn endlich zu Gesicht bekämen. Ihr Vater hatte sich nur kurz geräuspert und *Ich wünsche dir und deinem Kind Gesundheit und alles Gute* gesagt. Das hellblaue Strickjäckchen aus Kunstfaser, das ihre Eltern geschickt hatten, hatte Tessa in den Müll getan, ohne es Sebastian zu zeigen. Seine Eltern hatten einen Kasten mit teurem Holzspielzeug geschickt, für das Victor noch viel zu klein war.

»Bieg da vorn doch mal links ab.«

»Was?« Tessa warf Sebastian einen knappen Seitenblick zu.
»Ich möchte mit dir noch wo hinfahren. Wir haben die Wickeltasche dabei, oder?«

»Ja.«

»Dann bieg da vorn links ab.«

Tessa schüttelte den Kopf, blinkte und bog in die entgegengesetzte Richtung, in der ihr Zuhause lag.

»Du willst in den Zoo?«, fragte sie, nachdem Sebastian sie auf den großen Parkplatz navigiert hatte.

»Das wollten wir doch schon die ganze Zeit. Im Herbst kommen wir dann wieder nicht dazu.«

Ihre Hände lagen auf dem Lenkrad, hinter dem Zaun hörte sie ein großes fremdes Tier schreien.

»Na. Was ist?« Sebastian hatte bereits seine Tür geöffnet und einen Fuß auf den Asphalt gesetzt.

Am Kassenhäuschen, das die Form einer Ananas hatte, kaufte er zwei Tickets, für Kinder unter drei war der Eintritt frei.

Es war Jahre her, dass Tessa zum letzten Mal den Zoo besucht hatte. Zu Beginn ihres Studiums, kurz nachdem sie in die Stadt gezogen war, war sie oft in den Zoo gegangen. Dann hatte sie den Elefanten, Nilpferden und dem einsamen Leoparden zugeschaut, wie sie ihre Köpfe gegen Gitterstäbe und Mauern schlugen, und hatte gefunden, dass ihr Leben doch nicht so schrecklich war.

Sebastian hatte an dem Kiosk gleich neben dem Kassenhäuschen zwei Eis am Stiel gekauft. Er befreite das Vanilleeis aus der Folie und hielt es Tessa hin. »Auf zu den Löwen!«

»Schau mal. Da drüben sind die Giraffen.« Die Giraffen waren Tessa immer entspannt vorgekommen. Keine Aufbegehrer. Keine Selbstzerstörer.

»Ich will aber zu den Löwen. Nicht wahr, Victor?«, sagte Sebastian und beugte sich über den Wagen. »Lööööööwen.«

»Meinst du nicht, dass er noch zu klein ist?«

»Ach was. Ich habe als Kind nichts Tolleres gekannt als Löwen.«

Sie kamen an einer Gruppe depressiv wirkender Pinguine vorbei. Ein Eisbär versuchte, auf seinen Fels zu klettern, immer wieder rutschte er ins Wasser zurück.

»Meinst du, der schafft das wirklich nicht?«, fragte Tessa.

»Der kriegt für das Kunststückchen heute Abend eine Extraportion Fisch.« Sebastian beendete sein Eis, warf den Stiel in einen Mülleimer, legte seinen frei gewordenen Arm um Tessa und marschierte in unvermindertem Tempo weiter.

Irgendetwas stimmte nicht. Er schob den Kinderwagen, als habe er am Löwenkäfig eine Verabredung, zu der er bereits zwanzig Minuten zu spät war. Den Zebras, Gnus und Bisons schenkte er so wenig Beachtung, als seien sie die Schaufensterauslagen einer Kurzwarenhandlung.

»Wollen wir nicht erst ins Aquarium? Da links müsste es sein.«

»Nachher.«

»Ich will dich ja nicht nerven. Aber was ist bei den Löwen so furchtbar wichtig, dass es keine halbe Stunde warten kann?«

Sebastian sagte nichts, setzte sein verschmitztes Lächeln auf und gab Tessa einen Kuss.

Der Geruch ließ schon von weitem keinen Zweifel mehr zu.

Raubtier. Fleisch. Urin. Unglück.

Tessa hoffte, dass die Löwen wenigstens im Freigehege waren. Im Freigehege war es nicht so schlimm wie drinnen. *Vorsicht! Der Löwe spritzt Urin durchs Gitter.* Sie erinnerte sich gut an die Tafel, die in altmodischer Handschrift links neben dem

Käfig angebracht war. Und an das alte Muttchen mit den dicken Brillengläsern, das sich immer am Löwenkäfig herumgetrieben hatte, wie es die alten Muttchen sonst nur bei den Affen taten.

Mein Leo. Bist ein guter, ja. Ein guter.

Die armseligen Strohhaufen, die man den Löwen hingeworfen hatte. Die türkisblauen Kacheln wie in einem Siebzigerjahre-Bad, der nackte Betonboden, auf den sie ihre Tatzen setzen mussten.

»Sind sie nicht großartig!« Endlich verlangsamte Sebastian seinen Schritt. Das Rudel war tatsächlich im Freien. Ein ausgetrocknetes Stück Land, Felsen, ein paar tote Stämme. Der Herr des Rudels lag auf dem obersten Felsen. Zwei Löwenweibchen unten im Schatten, ihre Jungen balgten sich im Staub. Das kleinere der Weibchen hatte dicke Zitzen, einige von ihnen waren entzündet.

Sebastian schob den Kinderwagen ganz nah an den Wassergraben heran. Er richtete das Sonnendach und streichelte Victor über die Stirn. Durch brennende Augen sah Tessa, wie Sebastian Victor aus dem Wagen hob, ins Löwengehege warf, wie die Jungen das andere neugierig beschnupperten, die Weibchen aufsprangen, wie der Alte oben von seinem Fels herunterkam und das Junge, das nicht in sein Rudel gehörte, mit einem einzigen Prankenschlag tötete.

Die Vision verschwand. Und wurde von einer neuen abgelöst: Sebastian kniete vor ihr.

Tessa blinzelte. Die Hitze. Die Gerüche. Die Tierschreie.

Diesmal war es keine Vision. Sebastian kniete tatsächlich vor ihr.

Und sagte etwas, das sie nicht verstand.

Als er es wiederholte, wurde ihr klar, dass sie es doch beim ersten Mal schon verstanden hatte. Tessa schlug die Hände vors Gesicht und begann zu schreien.

7

Mit Schlittenhunden den Nordpol überqueren. Japanisch lernen. Ein Jahr lang um die Welt segeln. Das alles waren Dinge, von denen Tessa nicht vollständig ausschließen wollte, dass sie sie eines Tages noch tat – besonders weit oben auf der Liste der auszuführenden Dinge standen sie nicht. Bis zu jenem Nachmittag im Zoo hätte sie gesagt, dass auch Heiraten zu dieser Gruppe gehörte. Doch jetzt, wo der Gedanke in ihrem Leben aufgetaucht war wie eine Katze, die eines Morgens auf der Schwelle sitzt, der man ein Schälchen Milch hinausstellt, während man ihr erklärt, dass man sie unmöglich aufnehmen kann, weil man Katzen nicht mag, der man am zweiten Tag kein Schälchen hinauszustellen versucht, es abends aber doch tut, bis man ihr am dritten Tag schließlich die Tür öffnet – jetzt erschien Tessa dieser Gedanke ganz natürlich.

Sie musste lachen, wenn sie daran dachte, wie sie Sebastian im Zoo davongerannt war. Sie liebte ihn. Er liebte sie. Sie hatten ein gemeinsames Kind. Sie hatten zwei wunderbare Berufe. Sie hatten Geld. Nichts sprach dagegen zu heiraten. Und dennoch war sie stundenlang zwischen Schleiereulen, Koalas und Hängebauchschweinen umhergeirrt. Heute konnte sie sich ihr Verhalten nur damit erklären, dass Sebastians Antrag sie zu sehr überrascht hatte. Wenn sie vorher einmal laut übers Heiraten nachgedacht hätten – sie wäre ihm gleich am Löwengehege um den Hals gefallen und hätte *Ja! Ja! Ja!* gebrüllt. So hatte es sie am Abend einige Überzeugungskraft gekostet, Sebastian – er hatte sich ein Taxi genommen und war mit Victor nach Hause gefahren – zu versöhnen.

Das Fest sollte gewaltig werden. Sie hatten das Schlosshotel schon gebucht, in dem sie am letzten Oktobersamstag feiern würden. Den Hotelbesitzer hatten sie so weit gebracht, den zehn Gästen, die bereits Zimmer gebucht hatten, wieder abzusagen. Sie brauchten das ganze Hotel. Mit Terrasse. Und Bootshaus. Und Strand.

Aus Schulzeiten kannte Sebastian einen evangelischen Pfarrer, der sie in der winzigen Backsteinkirche, die nur wenige Kilometer vom Hotel entfernt lag, traute. Und Victor taufte. Nachdem sie zwei Nächte nachgedacht hatte, erschien es Tessa nicht mehr unmöglich, Victor über ein Taufbecken halten zu lassen. Es ging um das Fest. Es ging darum, sich zu zeigen. Sebastian hatte Recht, sie hatten sich seit Victors Geburt fast vollständig abgeschottet, es war an der Zeit, wieder ins Licht zu treten. Tessa in Weiß. Victor in Weiß. Sebastian in Schwarz. Es würde schöne Bilder geben.

Sie hatte mit Sebastian vereinbart, dass sie zunächst getrennte Gästelisten machten und erst am Schluss besprachen, ob es Namen gab, die für den anderen schwierig waren. Eine ganze Weile hatte Attilas Name allein auf dem Zettel gestanden, er war der Einzige, den Tessa hatte hinschreiben können, ohne nachzudenken. Attila war ein Gast, den sie für sich und für das Fest einlud, ansonsten fielen ihr nur Leute ein, die ihr Privatvergnügen waren – Ben, der hübsche Jungredakteur, Wiebke, ihre Maskenbildnerin, die sie zu *Kanal Eins* hatte mitnehmen können –, die aber für das Fest nichts brachten. Als sie die Liste der Namen durchging, die sie schließlich aus ihren diversen Adresskarteien und Visitenkartenboxen abgeschrieben hatte (Kollegen, mit denen sie bei irgendwelchen Fernsehfesten mal geplaudert hatte, Schauspieler, die

Gast in ihrer Sendung gewesen waren, Politiker), war sie sicher, dass es nicht nur ein schönes, sondern ein wichtiges Fest werden würde. Tessas Hand stockte, als sie eine zweite Liste mit *Papa* eröffnete. Sie musste ihren Vater einladen, wenn sie es nicht tat, würde es Sebastian tun. Dasselbe galt für ihre Stiefmutter. Und für Feli. Ihre Schwester hatte seit jenem Grillabend noch ein paarmal angerufen, aber Tessa hatte das Gespräch nie angenommen, wenn sie auf dem Display die Nummer ihrer Schwester erkannte.

Gab es sonst noch jemanden aus ihrer Verwandtschaft, den sie einladen musste? Sie hatte genau zwei Onkel, zwei Tanten und zwei Cousinen. Der eine Onkel arbeitete bei der Sparkasse in dem Provinzkaff, aus dem sie stammte, der andere Onkel war bei der Raiffeisenbank zwei Käffer weiter angestellt gewesen und letztes Jahr in Rente gegangen. Von den beiden Tanten arbeitete nur die eine, sie betrieb einen kleinen Blumenladen. Die Tochter des Sparkassenonkels hatte eine Banklehre gemacht und war zum Ärger ihres Vaters zur Raiffeisenbank gegangen. Die Tochter des Raiffeisenonkels war vor Jahren in der Amsterdamer Drogenszene verschwunden. Bei der Beerdigung ihrer Mutter hatte Tessa alle zum letzten Mal gesehen. Nur die Blumenladentante, die Schwester ihrer verstorbenen Mutter, hatte vor zwei Jahren einmal bei ihr angerufen, um ihr zu erzählen, dass sie sie im Fernsehen gesehen habe. Das Gespräch war eigentlich ganz nett gewesen, aber wenn sie die Blumenladentante einlud, musste sie auch den Sparkassenonkel einladen, mit dem diese aus unerfindlichen Gründen immer noch verheiratet war.

Mit einem Seufzer legte Tessa den Kugelschreiber weg, streckte sich und ging hinunter zu Sebastians neuem Arbeitszimmer. Er war tatsächlich in das ehemalige Gästezimmer umgezogen.

Vorsichtig klopfte sie an die Tür. »Störe ich?«

»Nein. Gar nicht.«

Sebastian saß am Schreibtisch. Es war hier viel enger, die meisten Bücher und Kartons lagen in irgendwelchen Stapeln herum, nicht einmal das Lorbeerkranzfoto hatte Sebastian aufgehängt. Tessa trat neben ihn, gab ihm einen Kuss, und er legte den Arm um ihre Hüften.

»Ah«, sagte sie, »du kämpfst auch gerade mit den Listen.«

Er grinste. »Siebzehn Cousins. Und neun Cousinen. Der Wahnsinn. Von Melbourne bis Buenos Aires.«

»Mir ist da gestern eine Idee gekommen«, wechselte Tessa das Thema, bevor Sebastian anfing, ihr von seinen dreiundfünfzig Nichten im diplomatischen Außendienst zu erzählen. »Was hältst du davon, wenn Nuala in der Kirche singt?«

»Nuala? Dieses krebskranke Popsternchen, das bei dir in der Sendung war?«

»Ich habe mit ihrem Manager gesprochen, es geht ihr viel besser, seitdem sie ihr die Milz herausgenommen haben.«

Sebastian runzelte die Stirn. »Ich weiß nicht. Findest du das nicht ein wenig zu ... zu ...«

»Nuala würde sich freuen«, redete Tessa schnell weiter, »es wäre ihr erster Auftritt seit langem. Und sie hat wirklich eine wunderschöne Stimme.«

»Ich weiß nicht«, sagte Sebastian zum zweiten Mal. »Auch wenn es dieser Frau wieder besser geht.« Er schaute Tessa an. »Warum lassen wir nicht Feli singen?«

»Feli?« Sie spuckte den Namen ihrer Schwester aus, als habe sie aus Versehen einen zu großen Schluck Bärentraubenblättertee genommen.

»Du hast doch selbst gesagt, dass du magst, wie deine Schwester singt. Und ich fände es irgendwie richtiger, wenn es jemand aus der Familie wäre.«

Sebastian zog Tessa noch ein wenig näher zu sich heran.

Tessa starrte aus dem Fenster. Sie zählte die Schornsteine auf der gegenüberliegenden Fabrikruine.

»Hat Feli dir eigentlich erzählt, dass sie die ganze Schwangerschaft und Stillzeit hindurch weitergekokst hat?«, fragte sie, als nur noch zwei Schornsteine übrig waren.

Sebastian ließ die Hand von Tessas Hüfte gleiten und schaute sie an.

»Erinnerst du dich an den Tag, wo sie Curt bei uns einfach vor der Tür abgestellt hat? Da drüben hat sie sich zwei Linien reingezogen. Und dann ist sie rausspaziert und hat Curt gestillt.«

»Das glaube ich nicht.«

»Ich kenne meine Schwester länger als du.«

Sebastian griff nach dem Füllfederhalter, der die ganze Zeit offen auf dem Schreibtisch gelegen hatte, und schraubte ihn zu. »Es war ja nur so eine Idee«, sagte er.

Tessa streichelte ihm über den Kopf. »Ich weiß, wir haben ausgemacht, dass wir erst nächste Woche über die Gästelisten reden. Aber ich habe vorhin nachgedacht. Wenn du Carola einladen möchtest, kannst du das gern tun.«

Sebastian schaute sie an, als verstünde er plötzlich die deutsche Sprache nicht mehr.

»Ich dachte nur«, sagte Tessa, »weil ich doch weiß, wie wichtig es dir ist, dass bei so einem Fest alle da sind, die dir etwas bedeuten.«

Eine Sekunde glaubte sie, die Wutader an Sebastians Schläfe aufpulsen zu sehen, doch als er sich zu ihr umdrehte, war sein Gesicht nur Liebe und Zuneigung. Er küsste sie auf die breite Schnalle ihres Ledergürtels.

»Das ist toll von dir. Ich weiß das zu schätzen. Aber ich denke nicht, dass ich Carola einladen werde. Sie hat ihren Abstand gefunden. Und das ist gut so.«

Die Meldung überraschte Tessa beim Stillen. Die Prozedur war immer noch schwierig, ihre Warzen häufig entzündet und Victor ungeduldig, wenn es nicht so schnell ging, wie er wollte. Trotzdem wagte Tessa es jetzt, leise den Fernseher laufen zu lassen, wenn ihr Sohn an ihrer Brust lag. Gabriele Behrens, die strahlende Kanzlerkandidatin, die Woche für Woche bessere Umfragewerte bekommen hatte, stand unter dem Verdacht, in ihrer Vergangenheit ein Kind gleich nach der Geburt zur Adoption freigegeben zu haben. Tessa suchte die Fernbedienung, um den Ton lauter zu stellen. Die Politikerin, die die Familie fördern wollte. Die Frau, die im bisherigen Wahlkampf so perfekt gewirkt hatte, dass der Kandidat der Gegnerpartei bereits zwei Wahlkampfmanager entlassen hatte. Die Frau, die sie zu ihrer Hochzeit hatte einladen wollen.

Victors Schreien machte Tessa bewusst, dass sie ihn für einige Sekunden vollständig vergessen hatte.

»Ist ja gut, mein Schatz, da kommt gerade eine ganz wichtige Nachricht, und da muss Mama ein bisschen zuhören, sshhh ...«

Victor warf den Kopf zurück und schrie noch lauter. Tessa konnte nicht mehr verstehen, was der Reporter sagte.

»Victor ... Sshhh ... Nicht weinen ... Guck mal, du kannst doch weitertrinken ...« Sie schob ihm ihre Brust wieder hin, sein Gesicht färbte sich langsam rot. »Sebastian!« Tessa fragte sich, wieso Victors Geschrei ihn noch nicht herbeigerufen hatte. »Sebastian!«

Er kam, barfuß, gehetzt. »Entschuldige, ich war am Telefon.«

»Kannst du Victor nehmen? Da scheint gerade ein Riesenskandal um die Behrens hochzukommen, ich muss das sehen.«

»Die Behrens?« Sebastian kam weiter in den Raum, sodass auch er auf den Bildschirm an der Wand gucken konnte.

»Sie soll früher mal ein Kind zur Adoption freigegeben haben.«

»Ach nee.«

»Sebastian. Bitte.« Tessa versuchte, ihre Brust zu befreien, die der zahnlose Mund ihres Sohnes mit erstaunlicher Kraft festhielt. Kaum war es ihr gelungen, begann Victor wieder zu schreien.

»Bist du sicher, dass er genug bekommen hat?«

»Ich weiß es nicht. Aber ich will jetzt fünf Minuten konzentriert zuhören.«

»Meinst du nicht, dass du ihn doch lieber fertig stillst? Ich bring ihn dann ins Bett. Wenn die Nachricht stimmt, läuft das heute eh den ganzen Abend.«

Tessa warf ihm einen langen stummen Blick zu. Schweigend kam Sebastian zum Sofa und nahm den schreienden Victor entgegen.

»Sshhh ... Ist ja gut ... Recht hast du, schimpf auf Mama ... Böse Mama ... Rabenmama ...« Er krächzte wie ein heiserer Vogel. Victors Schreie wurde erst etwas leiser, als Sebastian mit ihm im Kinderzimmer verschwand und die Tür schloss. Tessa verrieb den Milchtropfen, der an ihrer Brustwarze hing, machte den BH zu und stellte den Ton noch etwas lauter.

Diese Augen! Das sind ja Ozeane.«

»Zum Anbeißen! Diese Händchen!«

»Hat er schon den ersten Zahn?«

Victor starrte in die vielen fremden Gesichter, und Tessa betete, dass keiner eine falsche Bewegung machte, die ihn zum Weinen brachte. Aber alle hielten Abstand, niemand fasste ins Körbchen, als spürten sie, dass hier ein ganz besonderes Kind lag.

Vier Monate war es her, dass sie zum letzten Mal den Konferenzraum betreten hatte. Bis zuletzt war Tessa nicht sicher gewesen, ob sie Victor mitnehmen sollte, aber in dem Moment, in dem sie mit dem Tragekörbchen hereingekommen war und alle applaudiert hatten, hatte sie gewusst, dass es die richtige Entscheidung gewesen war.

»Guten Tag, schöne Frau. Herzlichen Glückwunsch. Der Kleine ist eine Wucht.«

Ben gab Tessa den üblichen Begrüßungskuss. »Wie stellst du das nur an? Du bist in den vier Monaten noch schöner geworden.«

»Das ist die berühmte Glückskur.«

Ben lachte. »Ich hab mich total über die Einladung gefreut. Ist es okay, wenn ich einen Freund mitbringe?«

»Na klar.«

Tessa hatte das Gefühl, dass Ben sich gern noch weiter bedankt hätte, aber Attila schob ihn beiseite, legte ihr den Arm um die Schulter und drückte sie an sich.

»Das hast du gut gemacht, Mädchen«, sagte er laut. »Ein Prachtkerl. Ich bin wirklich stolz, dass ich sein Taufpate sein darf.«

Tessa errötete. Victor begann zu lächeln, als habe er das Kompliment verstanden. *Ab dem dritten Monat ist das Lächeln kein unwillkürlicher Reflex mehr. Ab dem dritten Monat lächelt er bewusst.*

»Müssen wir nicht langsam mal anfangen?«, fragte Tessa und zog Victors Baumwollmützchen zurecht. Sie machte Katharina, die unauffällig in der Nähe der Tür geblieben war, ein Zeichen. Katharina war Ende dreißig und Elenas jüngere Schwester. Wochenlang hatten Sebastian und Tessa die verschiedensten Kinderfrauen zu Kennenlerngesprächen vorbeikommen lassen, keine hatte ihnen gut genug gefallen, als dass sie ihr Victor anvertraut hätten. Schließlich hatte Elena ihnen verraten, dass sie eine jüngere Schwester hatte, die selbst keine Kinder bekommen konnte, aber der beste Mensch im Umgang mit Säuglingen und Kleinkindern sei. Leider kümmere sie sich zur Zeit um die Tochter eines berühmten Models und sei damit voll beschäftigt. Tessa hatte sofort gesehen, dass die blasse, dunkelhaarige Katharina mit der rauchigen Stimme und den langen schmalen Händen die richtige Kinderfrau für Victor war. Nachdem Sebastian mit ihr gesprochen hatte, war auch er bereit gewesen, das doppelte Gehalt zu zahlen. Katharina war gut. Trotzdem verspürte Tessa Unbehagen, als sie ihr jetzt das Körbchen mit Victor übergab.

»Ich denke, dass ich hier in einer bis eineinhalb Stunden fertig bin. Die Sekretärin zeigt dir das Zimmer, wo ihr am besten wartet. Der Tee ist in der Wickeltasche. Ich habe Vic vor einer Stunde noch mal gut gefüttert, eigentlich dürfte er keinen Hunger bekommen.«

»Alles klar.« Katharina lächelte und verschwand mit Victor im Flur. Tessa öffnete den Mund, um ihr hinterherzurufen, dass sie Victor in keinem Fall pudern sollte – die Dose mit dem Babypuder hatte Sebastian neulich aus Versehen in die Wickeltasche gepackt, Victor vertrug den Puder nicht – und machte den Mund wieder zu.

Attila hatte sich bereits ans Kopfende des hufeisenförmigen Tischs gesetzt, die Redakteure und Sekretärinnen, die für andere Sendungen arbeiteten, verließen langsam den Raum. Hoffentlich bekam Victor nicht doch Hunger. Er schien gerade einen neuen Wachstumsschub durchzumachen, seit Tagen war er noch gieriger als sonst. Tessa wagte nicht sich auszumalen, was passierte, wenn Katharina in dreißig Minuten ins Sitzungszimmer gehuscht kam, um ihr ins Ohr zu flüstern, dass Victor sich vor Hunger die Seele aus dem Leib schrie. Sie würde die Sitzung verlassen müssen. Unmöglich konnte sie ihren Sohn vor versammelter Runde stillen, wenngleich es Kolleginnen geben sollte, die das taten.

Attila wartete, bis Tessa sich auf ihren üblichen Platz links von ihm gesetzt hatte, und fing an. »Eigentlich hab ich's allen schon gesagt, aber trotzdem nochmal offiziell: Ich bin froh, froh, froh, dass bei Tessa alles gut gegangen ist und *Auf der Couch* in die nächste Runde gehen kann.«

Es gab ein sechsstimmiges Fingerknöchel- und Stifte-auf-Holz-Getrommel. Tessa nickte abwesend. Schon am ersten Nachmittag hatte Katharina sie gefragt, wieso sie nicht mit Milchpumpe arbeite. Das sei so praktisch bei berufstätigen Frauen. Einfach morgens und mittags zwei Fläschchen abpumpen, in den Kühlschrank stellen, und dann könne sie Victor füttern, wann immer es nötig sei. Damals hatte Tessa geantwortet, dass sie lieber alle Viertelstunde ihre Sendung unterbrechen würde, als sich melken zu lassen.

»Und diese nächste Runde wird mit einem echten Knallstart beginnen«, redete Attila weiter.

Tessa musste sich zwingen, ihre Aufmerksamkeit von der Milchpumpe abzuwenden. Was hatte Attila eben gesagt? Knallstart? Seit Tagen las sie in den Romanen von Beate Schuster, die mit ihren Märchen vom einsamen Fischerjungen, der zu immer neuen Fahrten über die Weltmeere aufbricht und dort alle möglichen Abenteuer von A wie Ananaskobold bis Z wie Ziegenkaraoke erlebt, sensationell erfolgreich war. Tessa gefielen die Bücher nicht. Zu niedlich, zu nett. Der Literatur gewordene Strampelanzug für Erwachsene. Victor würde bestimmt jetzt schon vor Unterforderung schreien, wenn sie ihm diese Geschichtchen vorlas.

»Ihr alle wisst, dass die Behrens sich bislang auf ihrem Bauernhof verschanzt und jeden Kommentar verweigert«, sagte

Attila, und Tessa wurde klar, dass sie eine wichtige Überleitung verpasst hatte.

Was war mit der Behrens? Sie hatte den Skandal mit der Neugier verfolgt, mit der man solche Skandale seit der Abschaffung des Circus Maximus verfolgte. Seit Tagen war es zum Lieblingssport der Boulevard-Magazine geworden, immer neue, knapp dreißigjährige Frauen aufzutun, die behaupteten, die leibliche Tochter der Kanzlerkandidatin zu sein. Gestern Abend hatte Tessa in der Sendung eines Kollegen einen Juristen gesehen, der erklärte, mit Gabriele Behrens damals ein *sexuelles Verhältnis* gehabt zu haben und somit möglicherweise der nichts ahnende, schändlich um die Tochter betrogene Vater zu sein. Dennoch blieb das Wort der Stunde *Mutterschaftstest*.

Tessa schaute Attila an. In seinen Augen lag das Leuchten, das sie gut genug kannte, und das ihr eigentlich schon vorhin, als sie den Konferenzraum betreten hatte, hätte verraten müssen, dass Attila eine Sensation im Ärmel hielt.

»Heute Morgen hat mich der persönliche Referent von der Behrens angerufen«, sagte er nach langer Pause extra beiläufig. »Sie will morgen in die Sendung kommen.«

*I*hr Herzklopfen rührte nicht daher, dass sie aus der Übung war. Es kam von der Stimmung, die im Studio herrschte. Schon die Einfahrt zum Gelände war von einem Ring aus Journalisten, Kameraleuten und Photographen belagert gewesen, uniformierte Polizisten versuchten sie daran zu hindern, das Studiogelände zu betreten. Am Eingang zu Studio Sieben selbst hatten weitere Beamten in Uniform gestanden, der Sender hatte sich Gabriele Behrens gegenüber verpflichtet, dass sie das Studio unbehelligt betreten und wieder verlassen konnte.

Tessa betrachtete sich im Spiegel. Sie sah gut aus, obwohl sie in der letzten Nacht keine halbe Stunde geschlafen hatte. Um kurz nach zwei war sie aus der Redaktion nach Hause gekommen. Sie war gerade eingeschlafen, da hatte Victor zu weinen begonnen. Aber sie sah gut aus. Wiebke hatte einen großartigen Job gemacht. Sie musste nur darauf achten, das Kinn nicht zu tief zu senken, die leichte Neigung zum Hängekinn, die in den letzten Monaten der Schwangerschaft begonnen hatte, war noch nicht vollständig wieder verschwunden.

Tessa nippte ein letztes Mal an ihrem Kombucha, ging ein letztes Mal die Karteikarten durch. Heute würde sie diese wirklich brauchen. Gabriele Behrens war nur unter der Bedingung bereit gewesen, in die Sendung zu kommen, dass Tessa sich streng an die Fragen hielt, die sie gestern gemeinsam mit ihrem Wahlkampfmanager und den zwei weiteren Medienberatern, die gleich, nachdem der Skandal losgebrochen war, angeheuert worden waren, abgesprochen hatte.

Tessa rief noch einmal kurz zu Hause an, um sich von Sebastian ein letztes *toi toi toi* wünschen zu lassen und sich zu erkundigen, ob mit Victor alles in Ordnung war.

Ben klopfte und steckte seinen Kopf zur Tür herein.

»Alles klar? Noch fünf Minuten.«

Da war es wieder. Das sichere Gefühl, das einzig Richtige im Leben zu machen, der Rausch, der Triumph, alles stellte sich in der Sekunde ein, in der die große Digitaluhr auf *00.00.00* sprang und die Titelmelodie ertönte.

»Guten Abend. Herzlich willkommen.« Tessa verneigte sich. Ihre Stimme fühlte sich kräftig an. Warm. Sie würde sie sicher durch die Sendung tragen. »Heute Abend ist keine normale Sendung. Für mich nicht, weil es die erste Sendung nach der Geburt meines Sohnes ist.« Sie machte eine kleine

Pause. Einige Leute applaudierten. Nicht genug. Es lag an der verdammten Anspannung, die auch das Publikum gepackt hatte. Unter normalen Umständen hätte es an dieser Stelle kräftigen Beifall geben müssen. Tessa lächelte in Richtung der Klatscher. In dem neuen Studio war das Publikumslicht so hell, dass sie die Leute sehen konnte.

»Für meinen heutigen Gast ist diese Sendung aber noch viel weniger ein normaler Auftritt«, machte sie weiter. »Sie alle verfolgen seit Tagen die Verdächtigungen, Gerüchte und Geschichten, die sich um Gabriele Behrens und ihre Vergangenheit ranken. Gabriele Behrens selbst hat bislang geschwiegen. Gestern nun erreichte uns ihr Anruf. Sie bat darum, in dieser Sendung Stellung beziehen zu dürfen. Wir haben beschlossen, ihr diesen Wunsch zu erfüllen, und haben unser Programm kurzfristig geändert. Beate Schuster, die ursprünglich unser heutiger Gast sein sollte, hat sich bereit erklärt, ihren Besuch auf eine Sendung im November zu verschieben. Dafür danken wir ihr ganz herzlich und hoffen auch auf Ihr Verständnis.« Applaus. Zögerlich. Unsicher. Die Leute spürten, dass sie in einem Stück mitspielten, dessen Drehbuch sie nicht gut genug kannten. »Mein Gast auf der Couch heute Abend: Gabriele Behrens!« Tessa machte die gewohnte halbe Drehung, und Gabriele Behrens kam durch den Auftrittsbogen.

»Ich bin sehr froh, dass ich heute Abend hier sein kann«, wandte diese sich ans Publikum, noch im Stehen. Es war vereinbart worden, dass Tessa die Politikerin nicht sofort zum Sofa führen und mit ihrem üblichen »Wie fühlen Sie sich heute?« beginnen, sondern der Politikerin die ersten Sätze überlassen würde.

»Viele von Ihnen fragen sich, warum ich so lange geschwiegen habe. Warum ich zu den Vorwürfen, die gegen mich erhoben wurden, bislang nicht Stellung bezogen habe. Die einzige Antwort, die ich Ihnen geben kann: Ich brauchte Zeit. Zeit, um mit mir und dem, was vor fast dreißig Jahren geschehen ist, ins Reine zu kommen. Und viele von Ihnen werden sich fragen, warum ich darum gebeten habe, das, was ich Ihnen mitteilen möchte, hier und heute Abend, in dieser Sendung mitteilen zu dürfen. Die Antwort ist: Ich glaube, dass Sie einen Anspruch auf Wahrheit haben. Und ich bin sicher, dass ich der Wahrheit mehr diene, wenn ich mich von Tessa Simon befragen lasse, als wenn ich eine vorbereitete Erklärung verlese.«

Tessa nickte an dieser Stelle in Richtung Publikum, sie hoffte, dass es das Signal zum Applaus begreifen würde. Sie bewunderte das Gedächtnis der Politikerin. Es war fast wörtlich der Text, den sie vorhin in ihre Garderobe hereingereicht bekommen hatte.

Tessa begleitete Gabriele Behrens zur Couch und setzte sich selbst auf den Stuhl am Kopfende. Mit den Krisenmanagern war abgesprochen worden, dass sie die Couchsituation in der heutigen Sendung großzügig behandeln würden. Eine steilere Rückenlehne. Kein Alarm, wenn Gabriele Behrens sich aufsetzte oder ins Publikum schaute.

»Sie haben es selbst gesagt, es war kein leichter Gang für Sie, heute Abend hierher zu kommen«, fing Tessa an. »Können Sie beschreiben, was Sie dazu bewegt hat, es dennoch zu tun?«

»Als ich mich entschieden habe, in die Politik zu gehen, habe ich mich entschieden, in die Öffentlichkeit zu gehen. Deshalb muss ich mir gefallen lassen, dass man mir härtere Fragen stellt als anderen Menschen, die weniger exponierten Berufen nachgehen. Ich glaube daran, und es ist meine tiefe demokratische Überzeugung, dass die Wahrheit immer im Gespräch, im Miteinander-Reden liegt und nicht im Monolog.«

»Können Sie uns sagen, was Ihnen in der letzten Nacht durch den Kopf gegangen ist?«

»Bedauern. Tiefes, tiefes Bedauern.«

Im Publikum gab es ein leises Raunen.

»Wollen Sie uns genauer sagen, was Sie bedauern?«

»Ich habe einen Fehler gemacht. Damals. Ich habe noch studiert, ich stand kurz vor dem ersten Staatsexamen, ich wusste, dass ich es nicht schaffen werde, das alles zu meistern und ein Kind verantwortungsvoll großzuziehen.« Die Politikerin machte eine Pause. »Deshalb habe ich mich dafür entschieden, meine Tochter nach der Geburt in eine Familie zu geben, die sich besser um sie kümmern würde, als ich es hätte tun können.«

Wieder gab es ein Raunen.

»Über die Möglichkeit, Ihr Studium zu unterbrechen und erst einmal für das Kind da zu sein, haben Sie nie nachgedacht?«

»Liebe Frau Simon, selbstverständlich habe ich das. Glauben Sie vielleicht, dass mir diese Entscheidung leicht gefallen ist?« Zum ersten Mal war echtes Leben in die Stimme der Politikerin gekommen. Tessa hatte sich erlaubt, die Frage von der Karte leicht umzuformulieren, indem sie Gabriele Behrens nicht danach fragte, *ob* sie über diese Möglichkeit nachgedacht hatte, sondern ihr gleich unterstellte, *nicht* über diese Möglichkeit nachgedacht zu haben. Im Geist ballte Tessa die Faust. Da war sie wieder. *Die Meisterin der unterirdischen Steuerung.*

»In den letzten Tagen sind zahlreiche junge Frauen aufgetaucht, die alle behaupten, Ihre leibliche Tochter zu sein«, machte sie weiter. »Möchten Sie das Geheimnis heute Abend lüften und uns verraten, ob eine von ihnen es tatsächlich ist?«

»Schauen Sie, ich habe meine Tochter vor fast dreißig Jahren zum letzten Mal gesehen. Ich möchte ihren Namen jetzt nicht auf diese Weise in die Öffentlichkeit werfen. Ich weiß, wer sie ist und wo sie lebt, und ich habe ihr mitgeteilt, dass ich sie treffen möchte. Vorausgesetzt natürlich, dass sie das ebenfalls will. Bevor es dieses Treffen gegeben hat, werde ich in der Öffentlichkeit weder etwas über die Identität meiner Tochter noch über die ihrer Zieheltern sagen.«

»Das ist nur allzu verständlich.«

Das Publikum begriff die Aufforderung zum Applaus.

»Haben Sie Angst vor der Begegnung mit Ihrer Tochter?«

»Ja. Selbstverständlich. Ich wäre aus Stein, wenn ich keine Angst hätte.«

»Was bedauern Sie am meisten, wenn Sie über das verpasste Leben mit einer Tochter nachdenken?«

»Die Einsamkeit. Ich bin mit einem wunderbaren Mann verheiratet, der immer für mich da ist, und das schon seit vielen Jahren. Aber ich mache mir da keine Illusionen: Nichts kann die Nähe ersetzen, die es zwischen Mutter und Tochter gibt.«

Tessa wusste, dass die nächste Frage vom Wahrheitspfad, auf dem sie sich befand, wegführte, aber sie war von Gabriele Behrens' Beratern gezwungen worden, sie hier zu stellen.

»In der Öffentlichkeit wurde in den letzten Tagen viel darüber spekuliert, dass ausgerechnet Sie – die sich politisch so sehr für die Vereinbarkeit von Beruf und Familie einsetzen – an dieser Aufgabe gescheitert sind. Glauben Sie, dass Ihr heutiges politisches Engagement von dieser Erfahrung des eigenen Scheiterns herrührt?«

»In jedem Fall. Ich liebe Kinder, ich finde Kinder etwas Wunderbares, und ich möchte jeder Frau, die Kinder will, ermöglichen, dass sie sich diesen Traum erfüllen kann, ohne dafür auf ihr Berufsleben verzichten zu müssen. Sehen Sie, damals war die Lage, was Kindertagesstätten, Kinderganztagsbetreuung für Kleinkinder anbelangt, ja noch viel schlechter als heute. Und heute ist sie schon schlecht genug. In den frühen Siebzigern hätte eine Frau, die ihre juristische Ausbildung erfolgreich beenden wollte, und die keine Eltern oder andere Verwandte hatte, die sie bei der Betreuung unterstützt hätten – so eine Frau hätte kein Kind verantwortungsvoll großziehen können.«

»Das ist doch gelogen!«

Tessas Blick schnellte in die Höhe. Auch die Politikerin hatte sich weiter aufgesetzt, um zu sehen, woher der Zwischenruf gekommen war. Die Frau saß in der fünften Reihe. Sie mochte Ende vierzig sein, ihre langen glatten Haare waren schwarz gefärbt, ihre Augen brannten. Tessa war sicher, sie noch nie gesehen zu haben. Erst einmal hatte sie in all den Jahren einen Zwischenrufer in ihrer Sendung gehabt. Der Sicherheitsdienst hatte ihn schnell entfernt. Sie lehnte sich wieder zurück. *Störer beim ersten Mal einfach ignorieren*, rief sie sich aus dem Überlebenshandbuch für Fernsehmoderatoren ins Gedächtnis.

»Ich würde gern wieder zurück zu Ihnen persönlich kommen«, sagte sie ruhig. »Wie schwer ist Ihnen die Entscheidung gegen das Kind damals gefallen? Das muss doch ein furchtbarer Kampf gewesen sein.«

»Das war es.« Auch die Politikerin hatte sich ein wenig zurückgelehnt. »Im ersten Augenblick war ich so glücklich, als ich gemerkt habe, dass ich schwanger bin. Am liebsten wäre ich gleich losgelaufen, um Kleidchen und Strampelanzüge zu kaufen. Aber dann wurde mir klar, dass es unverantwortlich wäre.«

»Ich habe drei Kinder großgezogen.« Die Frau mit den schwarzen Haaren war aufgesprungen und schlug sich in der Art arabischer Klageweiber mit beiden Händen gegen das Brustbein. »Drei Kinder habe ich großgezogen, und ich habe studiert, und jedes einzelne habe ich vom ersten Tag an geliebt.«

Tessa warf der Aufnahmeleiterin einen fragenden Blick zu.

Die machte mit beiden Händen ein Zeichen aus dem Register *ruhig Blut*. Noch immer war kein Sicherheitsdienst zu sehen. Gabriele Behrens hatte sich vollständig aufgerichtet und schaute der Zwischenruferin direkt in die Augen.

»Ich begreife Ihre Aufregung. Und ich bewundere das Engagement, mit dem Sie sich offensichtlich um Ihre Kinder und Ihren Beruf kümmern.«

Die Frau war nicht gewillt, sich mundtot loben zu lassen. »Das ist doch alles Heuchelei, was Sie hier erzählen. Heuchelei. Kinder muss man lieben. Mit dem Herzen lieben.« Wieder schlug sie sich gegen die Brust. »Hier. Eher hätte ich mein Herz hergegeben als eines meiner Kinder.«

Schnell, bevor Gabriele Behrens etwas erwidern konnte, beugte Tessa sich vor. »Das ist alles sehr interessant, und ich danke Ihnen für Ihre Sicht der Dinge, aber es wäre schön, wenn Sie mich jetzt wieder das Gespräch führen ließen.«

Es gab Lacher. An der hinteren rechten Studiotür entdeckte Tessa endlich den ersten Sicherheitsmann. Er schob sich durch die Reihe, in der die Frau saß.

»Kinder muss man lieben! Mit dem Herzen lieben!«

Der Sicherheitsmann fasste sie am Oberarm und sagte etwas zu ihr, das in dem Geschrei unterging. Widerwillig ließ sich die Frau in die Höhe ziehen.

»Frau Simon, Sie sind doch auch Mutter! Sie müssen das doch auch spüren!«

Tessa hörte die Schreie der Frau noch, nachdem der Sicherheitsdienst sie aus dem Studio entfernt hatte. Mit entspannter Miene wandte sie sich wieder ihrem Gast zu.

»Haben Sie Angst, dass dieser Skandal Sie um die Kanzlerschaft bringen wird?«, fragte sie, obwohl nichts dergleichen auf ihrer Karteikarte stand. Und nach einem kurzen Moment des Zögerns hob Gabriele Behrens an zu erklären, warum private Entscheidungen und politische Programme zwar immer irgendwie zusammenhingen, aber letzten Endes doch nichts miteinander zu tun hatten.

»Das war ja was.« Sebastian empfing Tessa schon an der Fahrstuhltür. Er drückte sie an sich. »Du Tapfere.«
»Du hast geschaut?«
»Selbstverständlich. Mit Victor. Ich soll dir ausrichten, dass er sehr stolz auf seine Mama ist.«
Tessa lachte. »Wenn's heftig kommt, dann gleich doppelt.«
»Ich finde, du warst absolut souverän.«
»Purer Überlebensinstinkt. War mit Victor alles in Ordnung?«
Sebastian nahm ihr den Kleidersack ab und hängte ihn an einen der Garderobenhaken.
»Katharina hat mir gezeigt, wie ich ihm richtig das Fläschchen gebe. Ich glaube, das ist eine gute Idee mit der Pumpe.«
Tessa gab Sebastian einen Kuss und ging ins Kinderzimmer, um nach Victor zu schauen. Er lag im Stubenwagen, an den er nun mit Kopf und Füßen fast anstieß. Seine Hände waren zu Fäusten geballt, das pummelige Kinn gereckt. Er sah aus, als ob er über eine schwierige Entscheidung nachdachte. Tessa streichelte vorsichtig die eine Faust und schob ihm Attilas Butzebär unter den Arm.
Sebastian saß auf dem großen Filzsofa im Wohnbereich. Er legte das Buch, in dem er geblättert hatte, sofort weg, als Tessa kam.
»Was Spannendes?«
»Nur Gedichte.«
Tessa kuschelte sich gegen die andere Lehne des Sofas und streckte Sebastian ihre Füße hin. Er begann, ihre Zehen zu massieren.
»Ich glaube, es war ein kluger Schachzug von der Behrens, in die Sendung zu kommen«, sagte sie. »Die Stimmung im

Publikum ist immer mehr zu ihren Gunsten gekippt – vielleicht rettet es ihr doch den Kopf.«

»Ist die ganze Geschichte nicht ohnehin absurd? Mein Gott, dann hat sie ihr Kind vor dreißig Jahren eben weggegeben. Politiker treffen jeden Tag Entscheidungen, die verantwortungsloser sind.«

»Sagt der Mann, der darauf besteht, dass wir unseren Sohn taufen.«

Sebastian zwickte sie in den großen Zeh.

Tessa schwang ihre Füße vom Sofa. »Ich hol mir noch einen Eistee.«

»Ich hol ihn dir.«

»Lass nur, ich bin froh, wenn ich mich ein wenig bewegen kann.«

Als sie den Kühlschrank öffnete, fiel ihr Blick auf das Fläschchen. Die weißlich-graue Flüssigkeit sah verdorben aus, eine dicke gelbe Schicht hatte sich oben abgesetzt.

»Sebastian!«

Die Milch, die sie heute Nachmittag dann schließlich doch abgepumpt hatte, war schlecht. Ihr Sohn war lieber hungrig ins Bett gegangen, als ihre Milch zu trinken.

»Ja.«

»Hat Katharina etwas gesagt, wieso sie Victor das zweite Fläschchen nicht gegeben hat?«

»Nein. Wieso?«

Tessa nahm das Fläschchen aus dem Kühlschrank, trug es mit gestrecktem Arm zur Spüle, hielt die Luft an, schraubte den Deckel ab und schüttete die schlechte Milch in den Ausguss. Sie hatte versagt. Jede Kuh, jedes Tier konnte sein Junges füttern.

»Ist alles in Ordnung?«

»Ich komme gleich.« Sie versuchte die Tränen zurückzuzwingen, die ihr in die Augen geschossen waren. Es konnte nicht sein. Vielleicht hatte es einen Stromausfall gegeben. Vielleicht hatte Katharina das Fläschchen zu lange draußen stehen lassen und es erst, als sie gegangen war, wieder zurück in den Kühlschrank getan. Sie hatte von Anfang an gewusst, dass es mit dem Abpumpen nicht gut gehen würde. Vielleicht hatte sie das Gerät nicht richtig ausgekocht.

»Wolltest du dir nicht einen Eistee holen?«

Erst, als sie wieder im Wohnbereich war, merkte Tessa, dass sie mit leeren Händen zurückgekommen war.

»Du warst so phantastisch heute Abend.« Sebastian schaute sie an, und in seinem Blick lag so viel Liebe, dass ihr schwindlig wurde.

»Weil es nicht mehr geht.«

Zwei Paar slawische Augenbrauen bildeten einen düsteren Balken.

»Warum pumpst du nicht weiter ab?«, fragte Elena vorwurfsvoll. Tessa fand es lächerlich, dass Katharina zu diesem Gespräch ihre ältere Schwester mitgebracht hatte.

»Victor ist im vierten Monat. Da ist es kein Verbrechen abzustillen.«

»Aber nicht so plötzlich. Damit schadest du nicht nur ihm, sondern deiner eigenen Gesundheit. Du kannst eine Brustentzündung bekommen, einen Abszess.«

»Ich habe auch jetzt ständig entzündete Warzen.«

»Du riskierst eine Depression. Wenn dein Prolaktinspiegel so plötzlich abfällt, das ist wie —«

»Kalter Entzug«, sagte Katharina, die bislang geschwiegen hatte. »Das mit der Milch tut mir Leid. Ich hätte dir sagen müssen, dass es ganz normal ist, wenn sich deine Milch im Kühlschrank so zersetzt. Meinst du nicht, dass du noch ein paar Monate durchhalten kannst? Dann steigen wir ohnehin nach und nach auf Brei um.«

»Ich habe mich erkundigt. Die Pre-Nahrung aus dem Bioladen ist genauso gut wie Muttermilch. Ich fange heute mit dem Abstillen an.«

Als die beiden Schwestern gegangen waren, rollte Tessa den Hometrainer, den sie letzten Monat gekauft hatte, neben dem Schrank heraus. Der Korb am Lenker musste leider leer bleiben, Victor war noch zu klein, um darin zu sitzen. Voller Sehnsucht schaute sie nach den Laufschuhen, die ganz unten in ihrem Schuhschrank standen. Bald würde sie wieder joggen gehen können. Und im neuen Jahr war Victor alt genug, dass sie ihn im Babyjogger mitnehmen konnte. Alles ging aufwärts.

Der Mendelssohn hatte sich durchgesetzt. Eine Weile hatte Tessa noch versucht, Sebastian umzustimmen, bis er kategorisch erklärt hatte, zu Wagners Musik keinen Fuß zu rühren. Jetzt, wo sie langsam über den roten Teppich nach vorn zum Altar schritten, sie rechts, Sebastian mit Victor auf dem Arm links, bereute sie es, nicht nachdrücklicher auf dem Wagner bestanden zu haben. Bislang war alles perfekt, Sebastian sah in dem maßgeschneiderten Frack wie Mitte dreißig aus, Victor hatte das ellenlange Taufkleid aus dem Antiquitätenladen an und schrie nicht, und sie selbst in ihrem cremeweißen Seidenkleid mit den dreitausend aufgenähten Perlen und Glassteinchen spürte, wie Kirchenbankreihe für Kirchenbankreihe die Bewunderung und der Neid wuchsen.

Nur der Mendelssohn stimmte nicht. Am Organisten konnte es nicht liegen, dass Tessa für einen Moment das Gefühl hatte, keinen Kirch-, sondern einen Kaufhausgang entlangzuschreiten. Eine Woche hatte sie im ganzen Land herumtelefoniert, um den besten Organisten für ihre Hochzeit zu finden. Gegen den Mendelssohn konnte auch er nichts ausrichten.

Tessa setzte ein noch strahlenderes Lächeln auf. Sie hatte lange überlegt, ob sie ein Diadem, einen Schleier oder sonst einen Kopfschmuck wählen sollte. Jetzt fühlte sie, dass es richtig war, sich für die schlichte Hochsteckfrisur entschieden zu haben.

Fast hatten sie die beiden rot gepolsterten Stühle, die vor dem Altar standen, erreicht. Am rechten Rand ihres Gesichtsfeldes entdeckte sie Feli. Curt stand neben ihr auf der Kirchenbank und brabbelte vor sich hin. Feli nahm seine Hand und winkte ihnen zu. Tessa richtete den Blick wieder gerade nach vorn. Wenn sie nicht alles täuschte, hatte Feli den schwarz-blauen Motorradanzug an, den sie früher bei ihren wilderen Auftritten getragen hatte.

Wie verabredet übergab Sebastian Victor an seinen Cousin Georg, der aus Guatemala eingeflogen war und später der Taufpate sein würde.

Der Pfarrer lächelte Sebastian und Tessa an, nachdem sie auf den beiden rot gepolsterten Stühlen Platz genommen hatten.

»Liebes Brautpaar. Ihr seid hierher gekommen, weil ihr füreinander Verantwortung übernehmen wollt. Vor der Trauung hört, was der Apostel Paulus über die Liebe sagt.« Er schlug die große Bibel auf. »*Wenn ich mit Menschen- und mit Engelzungen redete und hätte die Liebe nicht, so wäre ich ein tönendes Erz oder eine klingende Schelle. Und wenn ich prophetisch reden könnte und wüsste alle Geheimnisse und alle Erkenntnis und hätte allen Glauben, sodass ich Berge versetzen könnte, und hätte die Liebe nicht, so wäre ich nichts. Und wenn ich alle meine Habe den Armen schenkte und ließe meinen Leib brennen, und hätte die Liebe nicht, so würde mir's nichts nützen.*«

Tessa spürte, wie Sebastians Hand die ihre suchte. Nicht weit hinter ihr hörte sie ein fröhliches Krähen, dann so etwas wie »lo-pa«, und war erleichtert, dass es nicht Victor sein konnte. Einige Verwandte aus Sebastians Familie hatten kleine Kinder dabei, aber Tessa war sicher, dass Curt es war, der da lallte.

»*Die Liebe ist langmütig und freundlich, die Liebe ist nicht eifersüchtig, die Liebe treibt nicht Mutwillen, sie bläht sich nicht auf, sie verletzt nicht den Anstand* –«

Irgendwo kicherte jemand, der Pfarrer machte nur eine winzige Pause,

»– *sie sucht nicht das Ihre, sie lässt sich nicht erbittern, sie trägt das Böse nicht nach, sie freut sich nicht über das Unrecht, sie freut sich vielmehr an der Wahrheit; sie erträgt alles, sie glaubt alles, sie hofft alles, sie duldet alles.*«

Tessas zwölfreihiges Perlen-Collier begann zu drücken, gern hätte sie sich am Hals gekratzt, aber ihre Rechte lag auf ihrem Schoß und hielt den Brautstrauß, die Linke hielt Sebastian fest umklammert. Sie hatten mit dem Pfarrer verabredet, dass er nur kurz predigen sollte, höchstens zehn Minuten, Tessa hatte keine Ahnung, wie viele davon schon herum sein mochten. Es wunderte sie, dass Victor immer noch still war. Sebastians Cousin war ein unauffälliger Mann mit vollem Haar. Offensichtlich kamen er und Victor gut zurecht. Für alle Fälle hatten sie Katharina direkt hinter die beiden gesetzt.

»*Nun aber bleiben Glaube, Hoffnung, Liebe, diese drei; aber die Liebe ist die Größte unter ihnen.*«

Um sich auf die Hochzeit vorzubereiten, hatte Tessa die Stelle in der Bibel gelesen. Bis dahin hatte sie stets geglaubt, dass es »Glaube, Liebe, Hoffnung« hieß: Erst glaubt man, dass man sich liebt, dann tut man es tatsächlich, und dann hilft nur noch hoffen. So herum war es natürlich viel schöner. Erst glaubt man, dann hofft man, dann liebt man sich, und dann kommt nichts mehr. Einen Moment dachte sie, dass es eigentlich noch logischer wäre, wenn man erst hoffte, dann glaubte und sich dann liebte, aber darauf kam es jetzt nicht an. Worauf es ankam, war, dass sie mit Sebastian hier saß. Und hundert Leute hinter ihnen. Und draußen zwanzig Fotografen darauf warteten, dass sie endlich ihre Bilder schießen durften.

Zu spät merkte Tessa den Ruck an ihrer linken Hand. Der Pfarrer hatte die Bibel auf den Altar zurückgelegt, Sebastian war bereits aufgestanden.

»Vor dem heiligen Gott und vor dieser seiner Gemeinde frage ich dich, Sebastian Waldenfels: Willst du diese Theresia Simon als deine Ehefrau aus Gottes Hand hinnehmen, sie lieben und ehren, in guten und bösen Tagen sie nicht verlassen und allezeit die Ehe mit ihr nach Gottes Willen führen, bis der Tod euch scheidet, so antworte: Ja.«

Obwohl sich ihre Hände nicht mehr berührten, spürte Tessa Sebastians Zittern. Er musste sich einmal räuspern, bevor er »Ja« sagen konnte.

»Vor dem heiligen Gott und vor dieser seiner Gemeinde frage ich auch dich, Theresia Simon: Willst du diesen Sebastian Waldenfels als deinen Ehemann aus Gottes Hand hinnehmen, ihn lieben und ehren, in guten und bösen Tagen ihn nicht verlassen und allezeit die Ehe mit ihm nach Gottes Willen führen, bis der Tod euch scheidet, so antworte: Ja.«

Tessa hatte während der Frage des Pfarrers versucht, sich unauffällig zu räuspern. Dennoch klang ihre Stimme belegt, als auch sie »Ja« sagte. Auf der Seite der Kirche, wo ihre Familie saß, wurde geschluchzt. Es kostete Tessa Mühe, nicht rot zu werden.

»So reichet einander die rechte Hand.«

Tessa merkte, dass sie vorhin beim Aufstehen vergessen hatte, den Brautstrauß auf den Stuhl zu legen, und jetzt war es zu spät. Eine Sekunde überlegte sie, Sebastian einfach die Linke zu geben, die er ohnehin die ganze Zeit gehalten hatte.

Aber dann musste er ihr gleich auch den Ring an die linke Hand stecken. Sie spürte die Unruhe, die hinter ihnen entstand. Kurzerhand nahm Tessa den Strauß in die Linke und merkte, dass sie ein Problem nur durch ein neues ersetzt hatte: Wenn sie die Hand hängen ließ, war der Strauß zwischen ihr und Sebastian eingequetscht, was von hinten vollkommen lächerlich aussehen musste; wenn sie ihn nach vorn nahm und den rechten Arm zu Sebastian hinüberstreckte, fühlte es sich an, als wolle sie sich selbst fesseln. Sie hatte sich gerade für die Selbstfesslung entschieden, als Sebastian zu ihr herübergriff und ihr den Strauß abnahm. Hinter ihnen wurde gelacht.

Auch der Pfarrer lächelte und legte seine Hand auf die ihren.

»Was Gott zusammengefügt hat, das soll der Mensch nicht scheiden. Gott, Vater, Sohn und Heiliger Geist segne euren Bund. Er erhalte euch bei seinem Wort, er gebe euch Glauben und Liebe und bewahre euch in seinem Frieden. Amen.«

Tessa spürte noch immer die Hitze in ihrem Gesicht, als der Pfarrer an den Altar trat, um das rote Kissen mit den Trauringen zu holen. Ihre Hand zitterte, als Sebastian versuchte, ihr den Ring über den Finger zu streifen. Da auch seine Hände zitterten, brachte er den Ring nicht weiter als bis zum mittleren Gelenk. Noch immer hielt er ihren Brautstrauß in der anderen Hand. War es vorhin leises Gekicher gewesen, wurde nun lauter gelacht. Ohne nachzudenken schob sich Tessa mit der freien Linken den Ring selbst übers Gelenk.

Jemand applaudierte. Hastig griff sie nach dem zweiten Ring auf dem Kissen. Es gelang ihr, ihn Sebastian in einer einzigen Bewegung überzustreifen.

»Bravo!«

Sie wollte schon zurücktreten, sich wieder auf den Stuhl

setzen, darauf hoffen, dass Nuala schnell zu singen anfing, als Sebastian sie an der Schulter fasste. Beim Vorgespräch hatte sie gelacht, als der Pfarrer erzählt hatte, dass die meisten Paare nach dem Ringwechsel das Küssen vergaßen.

> *I can't imagine living one day without you*
> *I'd rather just lay down and just die*
> *'Cause all I care about is what I mean to you*
> *Sweet baby just knowing you is heaven*
> *I'll always want you in my life*

Tessas und Sebastians Lippen lösten sich voneinander, ein paar Leute klatschten, sie nahm ihm den Brautstrauß ab. Im Setzen flüsterte sie: »Das ist schlimmer als zehn Sendungen.«

»Schlimmer als zehn *Macbeth*-Vorstellungen.« Sie lächelten sich an. Alles war gut.

> *I can't explain, I can't explain the way I feel*
> *You are the rhythm of my heart*
> *And every beat you give is just how I make do*
> *Swear girly, nothing else could matter*
> *Just stay here in my heart*

Nuala sang ihre eigene Version des Liedes. Ein klare Melodie zwischen Verlangen und Melancholie. Ihre Stimme war nicht so voll wie früher, aber wenn man nicht wusste, dass sie gerade einer tödlichen Krankheit entkommen war, hätte man nichts gemerkt. Auch Sebastian lauschte mit Hingabe. Tessa war sicher, spätestens jetzt sah er ein, dass Feli ein Fehler gewesen wäre.

> *Deep in my heart*
> *Always love you, always love you ...*

Als ahne er, dass er nun bald an der Reihe war, begann Victor zu schreien. Tessa widerstand dem Impuls, sich umzudrehen. Wenn es schlimmer wurde, würde Katahrina etwas unternehmen. Das Taufbecken war mit Wasser gefüllt. Die Osterkerze brannte. Gut, dass sie mit dem Pfarrer vereinbart hatten, auf die Taufpredigt zu verzichten.

Nualas letzte *Always-love-yous* gingen im Babygebrüll unter.

Der Pfarrer lächelte, als seien schreiende Täuflinge das Schönste und Natürlichste der Welt. »Liebe Paten! Ich bitte euch nun, mit dem Kind nach vorn zu treten.«

Auch Tessa und Sebastian erhoben sich von ihren Stühlen und gingen nach rechts zum Taufbecken. Georg wirkte gelassen, obwohl sich Victor auf seinem Arm bereits rot geschrien hatte. Attila grinste und verdrehte kurz die Augen.

»Liebe Eltern und Paten, ich frage euch: Wollt ihr, dass dieses Kind auf den Namen des Vaters und des Sohnes und des Heiligen Geistes getauft wird, so antwortet: Ja.«

Vier Menschen sagten: »Ja.«

»Wollt ihr dazu beitragen, dass dieses Kind das Evangelium von Jesus Christus kennen lernt und den Weg in die christliche Gemeinde findet, so antwortet: Ja, mit Gottes Hilfe.«

»Ja. Mit Gottes Hilfe.«

Tessa warf Attila einen kurzen Seitenblick zu. Der Mann, der sich selbst als muslimisch-protestantischen Atheisten bezeichnete, schien sich zu amüsieren wie selten.

»So bringt das Kind zur Taufe.«

Georg hielt Victor mit dem Kopf über das Becken, Sebastian und Tessa folgten ihm. Nur Attila blieb einige Schritte zurück.

»Wie heißt das Kind?«

»Victor Liam.«

»Victor Liam, ich taufe dich auf den Namen des Vaters ...«,

zum ersten Mal fuhr der Pfarrer mit der Hand ins Wasser und ließ einige Tropfen auf Victors Stirn rieseln, der schrie, als habe ihn flüssiges Blei getroffen, »... und des Sohnes ...«, noch mehr Wasser, noch mehr Geplärr, »und des Heiligen Geistes ...« Tessa war kurz davor, Sebastians Cousin das Kind zu entreißen, als der Pfarrer »Amen« sagte. Er entzündete die Taufkerze mit der Taube an der Osterkerze. Attila war so sehr damit beschäftigt, in den Taschen seines Smokings zu kramen, dass er nicht merkte, als der Pfarrer ihm die Taufkerze überreichen wollte.

»Oh, danke«, sagte er und nahm die Kerze entgegen.

Sebastian hatte seinem Cousin den unvermindert schreienden Victor abgenommen, und auch der Cousin griff nun in die Brusttasche seines Anzugs. Auf Anhieb holte er einen weißen Zettel hervor, den er zweimal entfaltete.

Die beiden Taufpaten schauten sich an, sie machten einen Schritt in Richtung Gäste, Sebastians Cousin begann: »Wir bitten für das Kind, dass es ...«

Mehr war bei Victors Gebrüll nicht zu verstehen.

Attila hatte wie ein spanischer Heldentenor einen Fuß leicht nach vorn gestellt. »Wir bitten für das Kind, dass es seinen Weg macht«, sagte er laut.

»Wir bitten für das Kind, dass es die richtigen Freunde finden möge.« Auch der Cousin hatte seine Stimme erhoben.

»Wir bitten für das Kind, dass es immer das erreicht, was es will.«

»Wir bitten für das Kind, dass es die Liebe und Wärme, die es erfährt, eines Tages an seine Kinder weitergeben möge.«

»Wir bitten für das Kind, dass es Erfolg hat.«

Der Rest des Fürbittegebets versank zwischen dem Geschrei und den lauten *Sshhhs*, mit denen Tessa und Sebastian Victor zu beruhigen versuchten.

Endlich begannen die Glocken zu läuten.

Victor überbrüllte auch das folgende *Vaterunser*, was ihm aber nur wenige der Anwesenden übel nahmen, da ihnen spätestens beim *Unser täglich Brot gib uns heute* ohnehin der Text ausgegangen war.

Tapfer setzte Nuala noch einmal zum Singen an, Sebastian hielt Tessa seinen rechten Arm hin, und zu dritt schritten die frisch Getrauten mit dem frisch getauft Schreienden dem Kirchenportal entgegen.

»Frau Simon!«

»Hierher! Ja, hierher lächeln!«

Die zwanzig zugelassenen Fotografen machten Lärm, als seien sie hundert. Tessa war mit Sebastian auf dem mittleren Treppenabsatz stehen geblieben. Es war ein strahlender Oktobertag mit warmem Licht.

»Frau Simon, können Sie jetzt einmal Victor nehmen! Bitte!«

Tessa schaute Sebastian an. Er lächelte, schien sich nicht weiter unwohl zu fühlen.

»Nur noch ein paar Fotos, gleich ist es vorbei«, flüsterte sie ihm zu, als sie ihm Victor abnahm.

»Können Sie versuchen, Victor so zu halten, dass man den Brautstrauß trotzdem noch sieht?«

Victor hatte sich ein wenig beruhigt. Dennoch bemühte Tessa sich, mehr vom Taufkleid als von seinem immer noch roten Gesicht in die Kameras zu halten.

»Können Sie ihn ein bisschen weiter nach unten nehmen? Es ist so schade, wenn man Ihr Collier nicht sieht. Ja, sehr gut.«

»Sehr gut!«

Ein neuer Aufschrei ging durch die Fotografenmenge. Tessa schaute sich um. Nuala war hinter ihnen im Kirchenportal erschienen.

»Bitte, ein Foto zusammen! Bitte!«

Nuala schaute sie fragend an. Tessa bedeutete ihr mit einem Kopfnicken, herzukommen. Die Pantherin war seit der Sendung im Januar noch dünner geworden. Sie sah großartig aus in dem schlichten weißen Lederkleid.

»Und hierher, bitte!«

»Nuala einmal in die Mitte!«

»Und lächeln!«

»Es war wundervoll, vielen, herzlichen Dank«, sagte Tessa zu Nuala, nachdem sie den Fotografen ein Zeichen gemacht hatte, dass jetzt Schluss war. »Es tut mir so Leid, dass der Kleine Ihren Auftritt zerbrüllt hat.«

»Das macht doch nichts. Ich liebe Kinder.« Die Pantherin streichelte Victor über die Wange. Sein Gewinsel steigerte sich wieder zu einem schluckaufartigen Anfall.

Nuala ließ sich nicht beirren. »Ja, ein Guter bist du«, gurrte sie, »ein ganz Guter. – *Tasha*«, rief sie dann, »*could you bring me the present, please!*« Jetzt entdeckte auch Tessa die beiden Nuala-Schwestern, die auf sie zugesteuert kamen.

»*Oh, it was so lovely*«, fiel ihr die im lindgrünen Kleid um den Hals.

»*Absolutely fantastic*«, sagte die im zartgelben Kostüm. »*So romantic.*«

»Schau, was ich für dich habe.« Nuala hatte aus der Papiertüte, die ihr die lindgrüne Schwester gebracht hatte, einen riesigen schwarzen Stoffpanther herausgeholt.

»Magst du den? Ja, der gefällt dir.«

Victor starrte das Tier, das ungefähr dreimal so groß wie er selbst war, mit offenem Mund an. Seine Lippen zitterten immer noch, aber sein Schreien hatte aufgehört, und Tessa wollte den Panther gerade für ein echtes Gottesgeschenk halten, als das Geplärr mit doppelter Lautstärke zurückkam.

»Mein Gott, vielen Dank«, versuchte sie, ihren Sohn zu überschreien. »Sebastian! Schau, was Nuala Victor mitgebracht hat.«

Sein Cousin und unzählige andere Verwandte hatten sich zu Sebastian gesellt. »Aber hallo«, sagte er, und an seinem Tonfall merkte Tessa sofort, dass er den Panther hasste. »Auf dem kannst du ja reiten, was, Victor?«

Er streichelte seinem Sohn über das verzerrte Gesicht.

»Kannst du Vic gerade noch mal nehmen«, bat Tessa. »Ich muss jetzt diesen verdammten Strauß loswerden.« Sie lachte die drei Sisters an und hielt ihnen den Strauß hin. »Will eine von Ihnen bald heiraten? Ich bin eine beschissene Werferin.«

»Denkst du noch an die Fotos mit den Eltern und den Taufpaten?«, rief Sebastian ihr hinterher, als sie einige Stufen weiter hinabschritt.

»Klar ... Okay, alle aufpassen«, sagte sie laut. Die meisten Gäste hatten mittlerweile die Kirche verlassen. »Wer heiraten will, soll fangen!«

Sie drehte sich mit dem Gesicht zum Portal und warf den Strauß hinter sich. Es gab Applaus und Gelächter.

»Ben, du Depp, bist du eine Frau?«

»Einmal Torwart, immer Torwart, kann nichts vorbeilassen, was angeflogen kommt.«

Auch Tessa hatte sich wieder umgedreht. Ihr Lieblingsredakteur stand da, knallrote Ohren, ihren Brautstrauß in der Hand.

»Es ... es tut mir Leid«, stammelte Ben, »vielleicht willst du noch mal werfen?«

»Noch mal werfen gibt's nicht!« Attila hatte sich neben ihn gestellt und schlug ihm auf die Schulter. »Jetzt musst du dir schon einen netten Mann suchen, der dich heiraten will.«

»Attila!« Tessa war die letzten Treppenstufen herabgekommen. Hatte Ben nicht einen Freund mitbringen wollen? Es sah nicht so aus, als ob ihn jemand begleitete. Sie schob ihren Produzenten und Victors Taufpaten beiseite und gab Ben einen langen Kuss.

Auf der überdachten Terrasse des Schlosshotels war alles vorbereitet. Kaffee, Kuchen, Kapelle, Champagner. Zwischen den zierlichen weißen Holzsäulen standen Heizstrahler. Noch war es angenehm, aber mit der Dunkelheit würde die Kälte vom See heraufkriechen. Sie hatten mit dem Hotel vereinbart, dass sie erst zum Abendessen in den großen Saal umziehen würden.

»Ist es nicht absolut zauberhaft hier? Dieser Blick auf den See. Diese Terrasse«, seufzte Sebastian.

Tessa teilte sich mit ihm einen der weißen Deckchairs, die am vorderen Rand, dort, wo die Terrasse an den Rasen grenzte, aufgestellt waren. Neben ihnen räkelte sich Rufus, Sebastians Schauspielfreund, den Tessa heute zum dritten Mal sah.

»Tschechow hätte seinen Arsch nicht mehr gehoben«, sagte der und winkte einem der Kellner, die mit ihren stets gefüllten Champagner-Tabletts umhergingen. »Gibt's schon 'ne Richtung für die Flitterwochen?«

»Sehr witzig. Übernimmst du meine Vorstellungen? – Und Tessas Sendung«, fügte Sebastian hinzu.

»Ach ja, die Welt der Werktätigen.« Rufus ließ sich mit einem neuen Glas in den Stuhl zurücksinken und schob seine Sonnenbrille zurecht.

Sebastian küsste Tessa in den Ausschnitt. »Ich glaub, wir sollten langsam mal.«

Sie gab ein tiefes Jaulen von sich.

»Du hast es versprochen.«

»Okay. Aber nur fünf Minuten.«

Sebastian kitzelte sie so lange, bis sie aufstand.

»Wir sehen uns«, sagte er zu Rufus.

»Habt Spaß, meine Schönen!« Der Schauspieler warf ihnen ein flüchtiges Kusshändchen zu.

»Schau mal, wer da kommt.«

Tessa hörte die Stimme ihrer Stiefmutter bereits Meter, bevor sie den Elterntisch erreicht hatten. Keiner ihrer Absätze tat ihr den Gefallen, in einem Holzspalt stecken zu bleiben, Sebastian bekam keinen plötzlichen Erstickungsanfall, keine der weißen Holzsäulen brach ein.

»Wollt ihr euch setzen?« Herr Waldenfels senior stand sofort auf, Stühle wurden gerückt. Tessa hatte Sebastians Eltern vorhin nur kurz die Hand geschüttelt, jetzt konnte sie sie zum ersten Mal näher betrachten. Nie hätte sie geglaubt, dass Sebastians Vater schon Ende siebzig war. Er stand immer noch kerzengerade, seine Arme zitterten nicht, als er einen der schweren Holzstühle vom Nachbartisch heranholte. Die Ähnlichkeit mit Sebastian war unübersehbar. Das dichte, beim Senior allerdings schlohweiße Haar. Die griechische Nase. Die hohe Stirn. Tessas Vater war nun auch aufgestanden, schaute sich nach einem weiteren freien Stuhl um, hilflos.

»Bleiben Sie nur sitzen, Herr Simon, ich hab schon einen«, sagte Sebastian rasch.

»Sollen wir euch Gedecke kommen lassen?«, fragte Frau Waldenfels, als Tessa und Sebastian saßen. »Es ist noch so viel Kuchen da.« Sie zeigte auf die Etagere, die in der Mitte des Tisches stand.

»Danke. Aber ich bin voll bis oben«, sagte Sebastian, »wie sieht's bei dir aus?«

»Nein, für mich auch nicht, danke«, antwortete Tessa.

»Nicht wenigstens Gläser oder Tassen?« Frau Waldenfels trug ein elegantes dunkelgrünes Kleid, dessen lange Ärmel geschlitzt waren, und nur wenigen, teuren Schmuck. Auch ihr hätte Tessa die Mitte siebzig nicht angesehen.

»Vielleicht trinke ich doch noch einen Kaffee.« Tessa lächelte freundlich, und Frau Waldenfels hielt Ausschau nach einem Kellner.

»Das ist also der tolle Mann, der unsere Tochter endlich unter die Haube gebracht hat.«

Bislang war es Tessa gelungen, ihre Stiefmutter nicht direkt anzusehen, deshalb erschrak sie, als sie das rosa Kostüm und den goldenen Modeschmuck jetzt genauer betrachtete.

»Ich habe es ja vorhin schon zu Ihren Eltern gesagt«, wandte sich die Stiefmutter an Sebastian, »Sie müssen ein wahrer *Superman* sein.« Sie sprach das Wort aus, als ob sie es letzte Woche in irgendeiner Jugendsendung aufgeschnappt hätte. Tessa rechnete schnell im Kopf. Sebastian war nur fünfzehn Jahre jünger als ihre Stiefmutter. »Nie war unserer Theresia einer gut genug.«

Tessa konnte nicht länger hinschauen. Das Dekolleté war mindestens zehn Zentimeter zu tief und zwanzig Sonnenbankbesuche zu dunkel.

»Recht hat sie gehabt, auf mich zu warten«, sagte Sebastian und lachte. Tessa spürte seine Hand in ihrem Rücken.

Ihre Stiefmutter lachte hingerissen zurück. »Und Sie müssen nicht glauben, dass Theresia uns etwas erzählt hat, als sie Sie kennen gelernt hat.« Sie winkte mit der Hand ab. Ein Dutzend billiger Ringe. »Aber die war ja schon immer so. Die Theresia, die hat eben immer ihre Geheimnisse gehabt.«

Tessa spürte, wie der Blick ihrer Stiefmutter zu ihr wanderte, es kostete sie Kraft, den Blick zu erwidern.

»Aber ich habe das immer verstanden, nicht wahr, Theresia?«

Tessa sah, wie ihr Vater unauffällig versuchte, einen Buttercremefleck von seinem Revers zu wischen. Er nahm die Damastserviette. Und vergrößerte damit den Fleck. Tessa war sich fast sicher, dass es der Anzug war, den er bei der Beerdigung ihrer Mutter getragen hatte. Sie wollte aufstehen und ihm helfen.

»Madame.« Ein Kellner mit großem Servierwagen war gekommen und stellte ihr eine Tasse hin. »Kaffee? Tee?«

»Kaffee, bitte.«

Alle schauten dem Vorgang zu, als hätten sie noch nie einen Kellner Kaffee in eine Tasse gießen sehen.

»Danke.«

Tessa blieb sitzen und trank. Alle Blicke waren zu ihr gewandert. So mussten sich früher die frisch vermählten Kaiserinnen gefühlt haben, wenn morgens der Hofstaat kam, um das Laken zu kontrollieren.

»Sebastian hat mir erzählt, dass Sie nicht mehr stillen«, brach Frau Waldenfels das Schweigen.

Die Tasse klirrte leise, als Tessa sie auf den Untersetzer zurückstellte. »Das hat er Ihnen richtig erzählt.« Tessa drehte sich in die Richtung, in die der Kellner verschwunden war. »Entschuldigung. Bringen Sie mir bitte noch ein Glas Champagner?«

»Ich finde, dass Thomas eine sehr eindringliche Predigt gehalten hat«, sagte Sebastians Vater. »Habt ihr die Bibelstelle mit ihm abgesprochen?«

Sebastian lachte. »Du weißt doch genau, wie bibelfest ich bin. Thomas hat uns den Korinther vorgeschlagen.«

»Ja, ja. Glaube, Liebe, Hoffnung. Horváth hat schon gewusst, warum er die Reihenfolge umkehrt.«

»Die junge Frau, die gesungen hat«, unterbrach Frau Waldenfels die Gedanken ihres Mannes, »ich muss mich da wohl täuschen, das war nicht diese Sängerin, die Hodgkin hat?«

»Mutter, was liest du denn für Zeitungen?«

Frau Waldenfels ignorierte die Bemerkung ihres Sohnes und schaute weiter Tessa an.

»Nuala ist fast vollständig geheilt«, sagte Tessa. »Sie hat sich sehr gefreut, dass sie bei unserer Hochzeit singen konnte.« Im selben Moment bereute sie, dass sie sich verteidigt hatte. Sie trank von dem Champagner, der vor ihr aufgetaucht war.

»Also, ich persönlich, ich schaue ja fast kein Fernsehen«, schaltete sich ihre Stiefmutter wieder ein, »aber die Frau Hasbach aus dem Nagelstudio, die hat die Sendung ja gesehen, wo diese Nuala bei Theresia war und erzählt hat, wie krank sie ist. Das muss ganz schlimm gewesen sein.«

Die Waldenfels nickten freundlich.

»Machen Sie Ihre Sendung wöchentlich?«, fragte Sebastians Vater. »Ich hatte leider erst ein Mal die Gelegenheit, sie zu schauen, damals war Frau Behrens Ihr Gast.« Er machte eine kleine Pause. »Ich finde, dass Sie die Situation sehr geschickt gemeistert haben.«

»Danke.« Zu ihrem Ärger spürte Tessa Hitze im Gesicht.

»Verstehe ich das richtig, dass Sie sich bei der Sendung ganz explizit auf die Situation der Freudschen Psychoanalyse beziehen?«

»Wir spielen damit.«

»Und das kann man ja durchaus so begreifen. Wenn man davon ausgeht, dass die Psychoanalyse im frühen zwanzigsten Jahrhundert die Funktion der Beichte übernommen hat, und man nun behauptet, dass im frühen einundzwanzigsten Jahrhundert das Fernsehen wiederum diese Funktion übernimmt.« Herr Waldenfels nickte nachdenklich. »War das Ihre Idee, oder hat man Ihnen das vorgegeben?«

»Das Format habe ich gemeinsam mit dem Produzenten entwickelt.«

»Attila de Winter«, warf Sebastian ein, »er war der andere Taufpate.«

Sein Vater nickte, als sei ihm jetzt noch mehr klar.

»Macht der Kleine Mittagsschlaf?«, fragte Frau Waldenfels

plötzlich. »Ich habe ihn ja noch gar nicht richtig halten dürfen.«

»Später, Mutter«, sagte Sebastian. »Er ist mit der Kinderfrau oben im Zimmer.«

»Kein Wunder, dass er jetzt müde ist, nach dem –«, Tessas Stiefmutter stockte einen Moment, »– Zinnober. Aus dem wird später mal ein Sänger.«

Sie schaute die Waldenfels an. »Das Organ muss er von Ihrem Sohn haben. Wissen Sie, ich bin ja erst nach dem Tod von Theresias leiblicher Mutter in die Familie gekommen, aber nach allem, was ich gehört habe, war Theresia überhaupt kein Schreihals, nicht wahr, Volker?«

Tessas Vater fuhr in die Höhe, als er seinen Namen hörte. Tessa konnte nicht sagen, ob er den Gesprächen wirklich zugehört hatte. Er hatte hier und dort ein wenig genickt, war immer mehr über seinem Teller zusammengesunken.

»Was meinst du, Karin?« Er lächelte verlegen in die Runde. Tessa hätte ihm am liebsten eine Tarnkappe geschenkt.

»Wissen Sie, mein Mann hat es ja leider mit dem Herzen, deshalb wird er in letzter Zeit manchmal etwas müde. Nicht wahr, Volker?«

Tessas Stiefmutter tätschelte ihrem Vater in einer Weise die Hand, dass Tessa sie am liebsten geschlagen hätte.

»Papa, möchtest du dich vielleicht einen Augenblick hinlegen?«

Ihr Vater schaute auf, erschrocken. Noch bevor ihre Stiefmutter den Mund öffnete, wusste Tessa, dass sie einen Fehler gemacht hatte.

»Aber Volker, du wirst dich doch jetzt nicht hinlegen, nicht an diesem Tag! Komm, nimm noch ein Stück von der Nusstorte, die magst du doch immer so gern.«

Tessa spürte, wie Sebastian sie fester im Rücken streichelte.

»Danke, es geht mir gut.« Ihr Vater lächelte sie an. »Ich nehme gern noch ein Stück von der Nusstorte. Die ist wirklich ganz hervorragend.«

In diesem Moment kam Feli an den Tisch. Sie hatte tatsächlich den schwarz-blauen Bikeranzug an. Sie stellte sich zwischen ihren Vater und ihre Stiefmutter und legte die Arme um beide.

»Na, da ist ja die ganze dreckige Verwandtschaft beisammen«, sagte sie gut gelaunt. »Paps, du hast da was.« Sie griff ihrem Vater ans Revers und wischte den restlichen Buttercremefleck mit ihrem Finger weg.

»Felicitas, bitte«, zischte die Stiefmutter.

Tessa brauchte ihrer Schwester nicht in die Augen zu schauen, um zu wissen, dass sie sich vor nicht allzu langer Zeit zwei ordentliche Linien gegönnt hatte.

»Sebastian hat erzählt, dass Sie Sängerin sind«, sagte Frau Waldenfels.

»Ehrlich? Das ist aber nett von ihm.« Feli strahlte Sebastian so unverschämt an, dass Tessa nicht sicher war, ob sie es ernst meinte oder ihn verarschte.

»Das ist ein origineller Anzug, den Sie da tragen«, machte Frau Waldenfels weiter.

Tessa sah ihre Stiefmutter erröten.

Feli lachte. »Ich habe Tessa ja angeboten, dass ich ein rosa Chiffonkleid anziehe, aber sie hat gemeint, da wär's ihr lieber, wenn ich in meinen alten Motorradklamotten komme.« Sie lachte noch lauter. Auch Frau Waldenfels verzog das Gesicht zu einem Lächeln.

»Haben Sie eigentlich noch weitere Kinder?«, versuchte Tessas Stiefmutter abzulenken.

»Nein, Sebastian ist unser Einziger.« Frau Waldenfels legte eine ihrer dezent manikürten Hände auf Sebastians.

»Schwesterchen, was ich dich schon die ganze Zeit fragen

wollte –« Feli kam langsam um den Tisch geschlendert, »– wo hast du eigentlich diese wahnsinnig abgefahrenen Schuhe her?«

»Ich habe sie mir zum Kleid machen lassen, wieso?« Tessa begriff nicht, worauf ihre Schwester hinauswollte. Feli war neben ihr angekommen und in die Knie gegangen.

»Komm, Schwesterchen, zeig uns deine schönen Schuhe.«

»Feli, lass das.« Tessa gab ihrer Schwester eine leichte Kopfnuss.

»Nein, sie hat Recht.« Sebastian sprang auf. Bevor Tessa sich wehren konnte, hatte er sie von ihrem Stuhl auf beide Arme gehoben und drehte sich mit ihr einmal im Kreis.

An einigen Nachbartischen wurde applaudiert. Feli hatte eine Hand an den Mund gelegt und spielte Nachdenken.

»Das sind nicht zufällig Mamas Hochzeitsschuhe?«

Sebastian hatte Tessa wieder am Boden abgesetzt. Er schnaufte ein wenig.

»Quatsch«, stieß Tessa hervor. Auch sie war außer Atem. Die Kapelle, die sie engagiert hatten, spielte einen lauten Tusch.

»Sie sehen aber genauso aus wie Mamas Hochzeitsschuhe.«

Am anderen Ende der Terrasse wurden Rufe laut: *Tes-sa! Tes-sa!*

Es mussten die Leute aus ihrer Redaktion sein. Ein Walzer begann.

Tessa trat dichter an ihre Schwester heran. »Es können aber nicht Mamas Hochzeitsschuhe sein. Und du selbst weißt am besten, warum nicht.«

Tan-zen! Tan-zen!

»Schwester. Echt. Dass du nach so vielen Jahren immer noch nicht zugeben kannst, dass du sie kaputtgemacht und in meinem Schrank versteckt hast.« Feli schüttelte den Kopf, dass ihre Löckchen flogen, und wandte sich zum Gehen.

Tessa schaute ihr nach. Sie spürte nicht, wie Sebastian sie sanft am Arm fasste.

»Ich glaube, jetzt führt kein Weg mehr dran vorbei«, sagte er. »Deine Fans machen sonst Revolution.«

Tessa lachte. »Also dann. Auf in die Blamage.« Sie gab Sebastian einen Kuss. Unter allgemeinem Applaus schritten sie zur Tanzfläche.

8

Anfang Januar hatte es das erste Mal geschneit. Der Schnee war zu feucht gewesen und der Boden nicht kalt genug, doch heute blieben die dicken Flocken auf der Dachterrasse liegen. Tessa stand mit Victor am Fenster und schaute in den nächtlichen Schneefall hinaus.

»Schnee, Victor. Das ist Schnee.«

Ihr Sohn schlug mit der Hand gegen die Fensterscheibe.

Vielleicht sollte sie den Schlitten mit dem Kindersitz einweihen, den Sebastian ihm zu Weihnachten geschenkt hatte und der noch jungfräulich unter dem Baum stand.

»Willst du Schlitten fahren? Soll Mama dir was Warmes anziehen und mit dir auf der Terrasse Schlitten fahren?«

Victor schaute an ihr vorbei, als ob sie nichts gesagt hätte, und schlug mit der Hand wieder gegen die Scheibe.

»Wollen wir mit dem Schlitten warten, bis Papa wieder da ist? Dann machen wir am Wochenende einen großen Ausflug in den Wald. Und da fahren wir ganz viel Schlitten.«

Ihr Sohn schob die Unterlippe vor und spuckte ein wenig. Es kam ihr vor, als ob sich sein Gesicht verändert hatte. Wissender geworden war. Berechnender.

»Komm, Mama bringt dich ins Bett.«

Kaum war sie mit ihm über die Schwelle des Kinderzimmers getreten, begann er zu weinen.

»Victor. Schau mal. Es ist schon fast elf Uhr. Eigentlich solltest du längst schlafen.«

Er begann noch lauter zu schreien, als sie ihn in den Stubenwagen legte. Sie mussten wirklich dringend ein neues Bett kaufen.

»Schau mal. Der Butzebär ist auch schon ganz müde.«

Schau mal. Da. Sie hatte es wieder gesagt. Sie musste aufhören damit. Bevor sich die Angewohnheit in ihre Sprache eingeschlichen hatte. Solche Floskeln wieder loszuwerden war schlimmer, als mit dem Rauchen aufzuhören.

Tessa hielt den Bären vor Victors Gesicht, nahm eine der Pfoten, führte sie an den Mund des Bären und gähnte laut. »So müde ist der Butzebär.« Für einen Moment hörte Victor auf zu weinen und schaute den Bären an. »Ja. Ganz müde.« Kaum hatte sie das letzte Wort beendet, begann er wieder zu weinen.

Wahrscheinlich bekommt er den ersten Zahn. Da sind sie manchmal ein bisschen quenglig.

Mit beruhigenden *Sshhh*-Lauten hob Tessa Victor aus dem Wagen. Katharina hatte ihr gesagt, dass sie ihn beim Einschlafen ruhig mal fünf Minuten weinen lassen dürfe. Nicht länger. Aber fünf Minuten wären völlig in Ordnung. Tessa hatte es in den letzten Nächten versucht, sie hielt es nicht aus.

Victor an der Schulter wiegend ging sie in den Wohnbereich zurück. Der Baum hatte in den letzten Tagen stark zu nadeln begonnen. Am Montag, wenn Sebastian von seinem *Macbeth*-Gastspiel zurück war, würden sie ihn entsorgen müssen.

Es war ein schönes Fest gewesen. Nur Sebastian, Victor und sie. Es hatte Tessa einige Mühe gekostet, Sebastian davon zu überzeugen, dass sie weder ihre Eltern noch Geschwister noch sonstige Verwandte einladen sollten. Aber schließlich hatte er eingesehen, dass sie die Feiertage für sich brauchten.

Tessa bückte sich, um die Nadeln vom Schlitten zu wischen. Victor wurde schwer. Sie fragte sich, wie lange sie ihn noch auf einem Arm tragen konnte. Am Nachmittag, als sie den Schlitten schon einmal freigewischt hatte, hatte sie Victor nur knapp daran hindern können, sich eine Handvoll Nadeln in den Mund zu stecken.

Es war das erste Weihnachten mit Baum gewesen, seitdem sie von zu Hause abgehauen war. Letztes Jahr hatte sie aus Jux eine kleine Plastiktanne mit integrierter Lichterkette auf die Dachterrasse gestellt. Aber dieses Jahr war es anders gewesen. Mit Victor im Wagen waren Sebastian und sie über den Weihnachtsmarkt geschlendert, hatten Glühwein getrunken und Baumschmuck aus Holz gekauft. Über die Vorzüge des Engels mit dem Sternenstab vor dem Engel mit der Trompete zu streiten, hatte gereicht, sie für Stunden glücklich zu machen.

Die nächste Nadel fiel mit leisem Geräusch herunter.

Victor schien eingeschlafen zu sein. Tessa wollte ihn gerade in den Stubenwagen legen, da fing er wieder zu weinen an. Vielleicht sollte sie es mit *Hoppe-Reiter* versuchen. Als Sebastian letztes Wochenende den *Hoppe-Reiter* gemacht hatte, hatte Victor vor Freude gekräht und war keine drei Minuten später glücklich erschöpft eingeschlafen.

Tessa ging zum Sofa zurück und setzte Victor auf ihren Schoß.

Hoppe, hoppe Reiter,
wenn er fällt, dann schreit er,
fällt er in den Graben,
fressen ihn die Raben,
fällt er in den Sumpf,
macht der Reiter plumps.

Sie hatte ihn nicht tief plumpsen lassen. Zehn Zentimeter. Höchstens.

In der leeren Wohnung schien sein Schreien das Lauteste zu sein, was sie jemals gehört hatte. »Sshhhh ...« Tessa drückte ihn sofort an sich. »Es ist ja nichts passiert ... Sshhh ... Mama hat dich ganz fest gehalten ... Nicht weinen ...« Sie griff nach dem Butzebär, der auf dem Sofa lag. »Victor. Vic. Schau mal. Wo ist der Butzebär? Wo ist der Butzebär?« Mit der freien Hand hielt sie den Teddy hinter ihrem Rücken versteckt und ließ ihn nur ganz kurz hervorblinzeln. Normalerweise prustete Victor vor Freude, wenn sie *Wo-ist-der-Butzebär?* mit ihm spielte. Jetzt presste er die Augen fest zusammen und schrie noch lauter. »Vic ... Sshhh ... Das mit dem Reiter machen wir nie wieder ... Versprochen ... Ein blödes Spiel ... Ein ganz blödes Spiel ...« Es mussten die Zähne sein. Unmöglich konnte der kleine Schreck von eben ausreichen, dass er sich dermaßen die Seele wund schrie. Draußen schneite es noch heftiger. Dicke Watte lag auf den Fensterbrettern.

Plötzlich fiel ihr die Uhr in Sebastians Arbeitszimmer ein. Warum hatte sie nicht sofort daran gedacht? Die Art-déco-Uhr und ihr Ticken hatten es Victor angetan. Tatsächlich beruhigte er sich sofort, als sie mit ihm das Arbeitszimmer betrat, die Uhr vorn an die Schreibtischkante rückte und ihn ganz dicht an sie heranhielt. Bevor zwanzig Sekunden herum waren, lächelte er wieder. Wenige Augenblicke später war er eingeschlafen. Das Gesicht so entspannt, als hätte er den ganzen Abend auf einer grünen Wiese gelegen.

Mein Aprilkind, flüsterte Tessa und trug ihn ins Bett.

Im ersten Moment glaubte sie, Victor hätte wieder zu weinen begonnen. Dann hörte sie, dass es das schnurlose Telefon war. Sie sprang auf und ging in Richtung Esstisch, von wo das Klingeln kam.

»Hallo?«

»Hast du schon geschlafen?«

»Ach. Du bist's«, sagte sie erleichtert. »Ich muss auf dem Sofa eingenickt sein.«

»Alles in Ordnung?«

»Alles in Ordnung. Victor schläft ganz brav. Und bei dir?«

»Ich bin froh, wenn ich wieder bei euch bin. Das Publikum hier ist so was von zäh.«

»Das tut mir Leid.« Tessa merkte jetzt erst, dass ihr linker Fuß eingeschlafen war. Sie setzte sich auf einen der Esstischstühle und begann ihn zu massieren. »Schneit's bei euch auch so heftig? Hier hat's den ganzen Abend geschneit.«

»Der reinste Schneesturm. Hoffentlich bleibt meine Maschine morgen nicht stecken.«

»Das wird sie nicht. Das verbiete ich ihr.«

»Gib Victor einen Kuss von mir.«

»Mach ich. Ich vermiss dich so.«

»Ich euch auch.«

»Schlaf schön.«

»Schlaf schön. Bis morgen.« Hinkend, der linke Fuß war immer noch nicht aufgewacht, ging Tessa in die Küche. Auf dem Tisch stand die Rotweinflasche, die sie mit Sebastian am Abend vor seiner Abreise nicht ganz ausgetrunken hatte. Als sie zur Vitrine ging, um sich ein Glas zu holen, wurde ihr bewusst, dass es das erste Mal war, dass Sebastian Victor und sie vier Tage allein ließ. Sie zog den Korken heraus und schnupperte daran. Vielleicht war es noch ein bisschen länger her, dass sie diese Flasche geöffnet hatten. Im Weinschrank lagen vierzig andere, die sie aufmachen konnte, dennoch schenkte sie sich den muffigen Rest ein.

Der Schneeball traf sie mitten ins Gesicht, Schnee rieselte in den weiten Kragen ihres Kaschmirrollis. Sie schrie, lachte, das Gesicht so leuchtend wie seit Wochen nicht mehr, griff mit beiden Händen in den Pulverschnee, *na warte!*, rannte auf Sebastian zu, er riss die Hände hoch, um sich zu verteidigen, sie änderte die Taktik, bückte sich, kitzelte seine Kniekehlen so lange, bis er zu Boden ging und sie mitriss.

In seinem weißen Schneeanzug mit dem Pelzbesatz saß Victor auf dem Schlitten und juchzte.

»Hast du gesehen?«, rief Sebastian außer Atem. »Er hat in die Hände geklatscht. Victor hat zum ersten Mal geklatscht.«

Tessa versuchte, ihren Kopf zu drehen. Schnee klebte in ihren Wimpern, sie leckte sich über die kalten Lippen. »Wenn du so auf mir sitzen bleibst, seh ich außer deinen breiten Schultern gar nichts.«

Sebastian neigte sich zur Seite, nicht ohne ihr vorher noch eine Ladung Schnee in den Kragen zu stopfen.

»Hiiiilfe!« Mit beiden Fäusten trommelte Tessa auf ihn ein. »Victor! Hiiiilfe!« Ihr Sohn krähte begeistert.

»In drei Jahren macht Victor Hackfleisch aus dir, wenn du mich noch einmal so einseifst.«

»In drei Jahren seifen wir dich gemeinsam ein.«

Sie balgten sich wie einjährige Schneeleoparden. Die Welt war in den Stand der Unschuld zurückgekehrt. Die einfachsten Dinge wurden Glück. Victor, der staunte, wenn Sebastian vor seinen Augen einen Schneeball formte und ihn wieder fallen ließ. Victor, der lachte, wenn Sebastian sich unter eine Tanne stellte, und Tessa dem Baum einen Stoß gab, sodass sein Vater in einer Schneewolke verschwand.

Ihre Gesichter glühten, als sie mit Beginn der Dämmerung in dem kleinen Landgasthof neben dem Parkplatz, auf dem sie Tessas Mercedes geparkt hatten, einkehrten. Sie klopften den Schnee von ihren Moonboots und stellten den Schlitten neben die Tür. In dem großen Kamin am Ende des Raumes brannte Feuer, sie setzten sich an den kleinen Tisch links davon, die Kellnerin brachte Tee und Weihnachtsgebäck, Tessa gab ihr ein Gläschen Vollmilch-Getreide-Brei zum Erwärmen mit. Sie setzte Victor auf ihren Schoß.

»Siehst du das Feuer? Ja, Feuer. Da darf man nicht reinfassen. Heiß. Ganz heiß.«

Victor streckte beide Arme den Flammen entgegen.

»Das tut gut.« Tessa schloss die Augen und hielt ihr vor Kälte rotes Gesicht in Richtung Kamin. »Wenn Victor aus dem gefährlichen Alter raus ist, müssen wir uns auch einen Kamin zulegen. Apropos.« Sie schaute Sebastian an, der, seitdem sie den Gasthof betreten hatten, schweigsam geworden war. »Wo hast du eigentlich die Babysicherungen für die Steckdosen hingepackt? Ich habe sie überall gesucht. Katharina meint, es wird langsam Zeit, dass wir die Wohnung sichern.«

»Oh verdammt.« Sebastian verzog das Gesicht.

»Was ist?«

»Ich versprech dir, ich denk gleich morgen daran.«

»Aber du hast doch gesagt –«

»Das war dumm von mir. Ich habe es an dem Nachmittag nicht mehr geschafft, in den Laden zu gehen, und dann habe ich es mir ganz fest für den nächsten Tag vorgenommen, aber dann – ich weiß nicht, wieso ich es dann plötzlich vergessen habe. Es war dumm von mir.«

Tessa schaute Sebastian an, so als wolle sie etwas erwidern, dann lächelte sie und streichelte Victor über den Kopf. »Das macht nichts. Noch ist ja genug Zeit. Nicht wahr, Hampelmann? Das dauert noch ein bisschen, bis du die Wohnung unsicher machst.« Bei den letzten Sätzen hatte sie angefangen, Victor wie beim *Hoppe-Reiter* auf ihrem Schoß wippen zu lassen. Erschrocken hielt sie inne. Victor sollte nicht weinen. Nicht jetzt. »Ach ja. Und Katharina meint, dass du besser keine offenen Aspirinschachteln mehr herumliegen lassen solltest.«

»Klar. Ich denk dran.« Sebastian versenkte drei Kandisbröckchen in seinem Tee und rührte um. Es war bereits das dritte Mal, dass er Kandis in seine Tasse getan hatte. Mit der freien Hand fasste Tessa über den Tisch und streichelte seine Hand. »Das war so ein schöner Nachmittag. Wir sind wirklich bescheuert, dass wir das nicht öfter machen.«

»Ja, das stimmt.« Sebastian entzog ihr seine Hand, um zu trinken.

»Soll ich ihn füttern?«, bot er an, als die Kellnerin das erwärmte Gläschen auf einem Teller an den Tisch brachte.

»Wenn du magst. Gern.«

Tessa spürte die Blicke der Kellnerin und des Mannes hinter dem Tresen, als Sebastian Victor von ihrem Schoß hob, sich wieder setzte und begann, ihn mit dem roten, abgerundeten Kunststofflöffel, den sie extra mitgebracht hatten, zu füttern.

»Jaaaaa ... Lecker ... Ist das lecker?« Er pustete jeden Löffel kühler, bevor er ihn Victor in den Mund schob, und wenn sein Sohn einmal ablehnend den Kopf wegdrehte, leckte er selbst ein wenig von dem Löffel und machte so lange *mmmhh*, bis Victor wieder den Mund öffnete. Einen Moment überlegte Tessa, ob sie Sebastian daran erinnern sollte, dass Katharina ihnen wegen der Kariesbakterien doch verboten hatte, von Victors Löffel zu essen, dann ließ sie es bleiben.

Schau dir das an. Was die für ein Glück hat.

Tessa konnte es nicht hören, aber es mussten die Worte sein, die die Kellnerin dem jungen Mann hinter dem Tresen zuraunte.

Victor machte Bäuerchen, und wenige Minuten später war er an Sebastians Schulter eingeschlafen. Tessa spürte, wie die Müdigkeit langsam auch in ihr emporkroch. Um nach Hause zu kommen, mussten sie noch über eine Stunde fahren. Das Feuer. Die Flammen. Wenn sie die Augen schloss, glaubte sie, Stimmengewisper aus dem Kamin zu hören.

Bist du schon da gewesen?
Mein Knispel ist ein einsamer Gesell.
Dreißig bunte Hühner hat sie gestern Nacht gestochen.
»Ich muss dir was sagen.«
Tessa fuhr zusammen. Sie war auf dem Stuhl nach vorn an die Kante gerutscht, ihr Kopf gegen die hohe Lehne zurückgesunken. »Entschuldigung.« Sie gähnte und setzte sich gerade. *Knispel. Was für ein Unsinn. Das musste sie in den Büchern dieser blöden Kinderbuchautorin aufgeschnappt haben.* »Was hast du gesagt?«
»Ich –« Mit der rechten Hand streichelte Sebastian Victors Hinterkopf, seine Augen folgten den Linien, die die Fingernägel seiner Linken ins Tischtuch gravierten.
»Ja?« Ein Kribbeln durchlief ihren Körper, als wäre er eingefroren und würde in heißem Wasser zu schnell wieder aufgetaut. Etwas stimmte nicht. Seitdem sie den Gasthof betreten hatten. *Bitte, bitte, lass es nicht –*
»Ja?«, sagte sie noch einmal.
»Ich habe ein Angebot bekommen. Für einen Film.«
Das Kribbeln löste sich langsam auf und wurde zu einem schwachen Kitzeln. »Aber das ist doch wunderbar.« Sie lächelte aufmunternd.
»Es ist ein Regieangebot.«
Tessa brauchte einige Sekunden, um zu begreifen, was die Nachricht bedeutete. Regie. Einen eigenen Film machen. Den ersten eigenen Film machen. Verantwortung übernehmen. Sechzehn Stunden Dreharbeiten am Tag. Sie starrte Sebastian an. Plötzlich war ihr schrecklich heiß. Sie griff nach dem Saum ihres dicken schwarzen Rollis und zerrte ihn über den Kopf. Mit dem Fingernagel, der vorhin beim Schneegebalge eingerissen war, blieb sie in einer Masche hängen, eine Schlaufe zog sich heraus. Der Pulli hatte so viel gekostet wie ein kleiner Gebrauchtwagen.

»Ich habe mir schon gedacht, dass das für dich nicht leicht ist«, sagte Sebastian. Auf seiner Stirn tanzten die Schatten der Weihnachtsgirlanden, die am Kaminsims hingen.

Du hättest es sehen müssen!

Zig Halbsätze, die Sebastian in den letzten Wochen, Monaten gesagt hatte, die vielen Termine in der Stadt, Andeutungen, die sie nicht verstanden hatte, alles ergab plötzlich einen Sinn.

»Wann soll es losgehen?« Es gelang ihr, die Stimme ruhig zu halten.

»Anfang April«, sagte Sebastian.

Sie sah ihn vor sich, wie er an jenem tränenschweren Montag, an dem es um Leben und Tod gegangen war, mit ihr auf der Terrasse gesessen hatte: *Ich werde mich ändern. Meinen Beruf mache ich schon so lange, es bedeutet mir nichts, auf eine oder zwei Produktionen im Jahr zu verzichten. Ich will dieses Kind. Und ich werde für dieses Kind da sein.*

»Hast du schon unterschrieben?«

»Nein. Ich ... Ich wollte erst mit dir darüber reden.«

»Wie lange weißt du schon von dem Angebot?«

»Im November hat mich Krossmeier – du weißt, der Produzent, der *Herbstsommer* gemacht hat – im November hat er mir gesagt, dass er jetzt überraschend doch Fördermittel für den Film bekommen kann.«

Überraschend. Beinahe hätte sie gelacht. Das Angebot musste älter sein als Victor.

»Geht es um die Geschichte, von der du mir mal erzählt hast?«

»Ich weiß jetzt nicht, welche –«

»Die Sache mit dem jüdischen Schauspieler.«

»Jüdischen Schauspieler? Du meinst: *Da geht ein Mensch.* Nein, das hatte ich nie für einen Film vor, das hätte ich nur für ein Theaterprojekt gedacht. Es geht um Gedichte.«

»Gedichte?« Jetzt griff sie in die Schale mit dem Weihnachtsgebäck, der sie die ganze Zeit widerstanden hatte.

»Die Idee ist mir vor zwei Jahren gekommen, damals, als ich die CD mit den Liebesgedichten aufgenommen habe.«

»Du willst einen Film über Liebesgedichte drehen?« Der Zimtstern war älter und härter, als er ausgesehen hatte. Tessa legte das angebissene Gebäck auf ihre Untertasse. Und griff wieder danach.

»Nein, nicht nur. Alles Mögliche. Balladen. Naturgedichte. Aber bei dieser CD habe ich wieder gemerkt, wie sehr ich Gedichte liebe. – Ich weiß, dass es jetzt der dümmste Zeitpunkt für so ein Projekt ist. Aber es ist so eine phantastische Chance. Du weißt selbst, wie schwer es geworden ist, Filmfördergelder zu bekommen.«

Der zweite Zimtstern war nicht so hart. Hundert Fragen standen in Tessas Hirn Schlange, die sie alle nicht stellen wollte. »Und die Leute sollen in diesem Film nichts anderes machen als Gedichte aufsagen?«, sagte sie schließlich.

Er lachte leise. »Natürlich nicht. Wir wollen eine Geschichte erzählen. Mit den Gedichten. So wie *Winterreise*. Oder *Schöne Müllerin*. Nur dass es bei uns mehrere Figuren gibt. Eine junge Frau, todessehnsüchtig, aus Angst vor der ersten Liebe auf der Flucht vor sich selbst. Ein älterer Mann, zynisch, vom Leben enttäuscht. Ein etwas jüngerer Mann, Idealist –«

»Und du glaubst wirklich, dass es für so was ein Publikum gibt?«, unterbrach Tessa ihn. Die Vanillekipferl waren besser als die Zimtsterne.

»Absolut. Ich sehe das doch im Theater. Die Leute haben genug von diesem grellen, schnellen Dreck. Ich glaube, die Sehnsucht nach leisen, poetischen Sachen ist so groß wie schon lange nicht mehr.«

Victor zuckte im Schlaf mit den Fingern. Sebastian sah es und strich ihm lächelnd über den Kopf.

»Ich weiß. Es ist ein Dilemma. Einerseits will ich nichts lieber machen, als mit dir zusammen sein und sehen, wie Victor wächst, jeden Tag.« Er legte die Spitze seines Zeigefingers in Victors winzigen Handteller, und die schlafenden Finger griffen danach. »Aber es ist so eine unglaubliche Chance. Wer weiß, ob ich so ein Angebot jemals wieder bekomme.« Sebastian drehte seinen Kopf, um Victor auf die Wange zu küssen, und schüttelte ganz sanft die kleine Faust, die nach wie vor an seinem Zeigefinger hing. »Ich bin mir sicher, wenn er größer wäre, würde er sagen: *Papa, mach es!*«

Tessa konnte ein Lachen nicht unterdrücken. Sebastian schaute sie an. Die Schatten in seinem Gesicht tanzten langsamer als vorhin. »Du würdest das doch schaffen«, sagte er. »Mit Katharina und allem.«

»Ich komme schon klar. Aber bist du wirklich sicher, dass du damit klarkommst?« Tessa schaute von dem Lebkuchenherz auf, dessen Schokoladenüberzug in ihren Fingern zu schmelzen begann. »Willst du wirklich auf einem Set herumstehen, wenn er das erste Mal *Papa* sagt? Wenn er das erste Mal alleine steht?«

Sebastian seufzte. »Das Dümmste ist, dass wir das meiste nicht hier drehen können.«

»Aber wieso denn? Es ist doch vollkommen wurscht, an welchem Seeufer eine junge Selbstmordkandidatin Goethe rezitiert.«

Sebastian lächelte. »Das Problem sind die Filmförderungen. Es gibt genaue Vorgaben, wie viel Prozent des Films wir in dem Bundesland drehen müssen, das uns den größten Zuschuss gibt.«

Auf dem Teller lag nur noch ein einziger Zimtstern. Tessa griff danach und steckte ihn in den Mund. Sie hatte ohnehin keine Lust mehr auf ein Abendessen. »Wie viele Drehtage sollen es werden?«

»Fünfunddreißig.«

»Das heißt, du bist alles in allem sieben Wochen weg.«

»Das hängt noch ein bisschen von der Besetzung ab, wie die Kollegen können. Und wie viel wir wirklich woanders drehen müssen.« Sebastians Gesicht hellte sich auf. »Und dann ist da noch was. Im Augenblick ist es einfach eine Idee, und deshalb wäre es besser, wenn du ihr noch nichts davon sagst, aber ich habe das Gefühl, dass Feli eine ideale Besetzung für die junge Frau sein könnte.«

»Feli!?« Die letzten Zimtsternkrümel verirrten sich in Tessas Luftröhre. Sie bekam einen heftigen Hustenanfall, der Victor weckte. Er begann zu weinen.

»Sshhh ...« Sebastian streichelte ihn über den Hinterkopf. »Sshhh ... Es ist ja nichts passiert ... Nichts passiert«. Er trat mit Victor auf dem Arm hinter Tessas Stuhl und klopfte ihr den Rücken. »Mama macht nur ihr Bäuerchen ... Siehst du?« Victor hörte auf zu weinen, noch bevor Tessa die letzten Krümel aus ihrer Luftröhre gehustet hatte.

»Feli soll in deinem Film mitspielen?« Tessa wischte sich ein paar Tränen aus den Augenwinkeln. *Der Grillabend. Dieses verdammte Gedicht, über das sie geredet hatten, das plötzliche Einverständnis, das zwischen den beiden geherrscht hatte.*

»Ich dachte, du wolltest Kunst machen«, sagte sie und wusste selbst, wie hilflos gehässig es klang.

Sebastian grinste. »Ich glaube, dass sie sich diese coole Fassade nur zugelegt hat, weil sie in Wahrheit ein sehr verletzlicher Mensch ist.«

»Ich fasse es nicht«, sagte Tessa, immer noch heiser. »Du denkst ernsthaft darüber nach, dass mein verkokstes Babe von Schwester in deinem Film Gedichte aufsagen soll?«

»Feli hat mir bei unserem Fest erzählt, dass sie aufgehört hat.«

»Haha«, machte Tessa. »Dann muss das weiße Zeug, das ihr

da am Nasenflügel geklebt hat, wohl der Puderzucker von der Hochzeitstorte gewesen sein.«

»Und wenn. Ich will sie ja nicht als Babysitter für Victor, sondern –«

»Entschuldigung?«

Tessa und Sebastian hatten beide nicht bemerkt, dass die Kellnerin an ihren Tisch getreten war.

»Ja?«, sagte Tessa, ohne größere Mühe an Freundlichkeit zu vergeuden.

»Ich hoffe, Sie finden das nicht zu aufdringlich«, sagte die Kellnerin, »aber es wäre so schön, wenn mein Sohn ein Foto von Ihnen machen dürfte. Sie alle drei. Vielleicht vor dem Kamin. Der Kleine ist ja so ein Wonneproppen.« Errötend schaute sie in Richtung Tresen. Der junge Mann dahinter grüßte herüber, indem er eine Kamera hob. Tessa hatte schon Luft geholt, um *nein* zu sagen, als Sebastian ihr zuvorkam. »Sicher«, sagte er. »Kein Problem.«

Tessa schaute ihn an und war nicht sicher, ob sie die Welt an diesem Januartag verstand.

Dann wollen wir mal, Sportsfreund.«

Tessa zog Victor die dicke Wollmütze auf, verpflanzte ihn vom Kindersitz, den sie vor ein paar Tagen auf dem Rücksitz ihres Mercedes hatte installieren lassen, in den Babyjogger und schnallte ihn fest. Noch auf dem Parkplatz fiel sie in einen leichten Trab. Die Verkäuferin hatte ihr empfohlen, den Jogger anfangs nur auf asphaltierten Wegen zu benutzen. Tessa hatte ihren Wagen deshalb nicht an der üblichen Stelle bei den Haselbüschen, sondern am Haupteingang abgestellt. Sie hoffte, dass es im vordersten Teil des Parks geteerte Wege gab. Sie lief durch den steinernen Torbogen und sah sich um. Sie hatte vergeblich gehofft. Nach einigen Metern hörte der Asphalt auf und ging in helle Kieswege über. Egal. Sie entschied sich für den rechten Weg, so musste sie auf die Strecke stoßen, die sie von ihrer früheren Runde kannte. Eineinhalb Jahre war es her, dass sie zuletzt hier gewesen war. Eineinhalb Jahre. Sie konnte es fast nicht glauben.

Die ersten Meter vom Auto in den Park war Tessa mit beiden Händen fest am Griff des Babyjoggers gelaufen, sie spürte jetzt schon, wie sich ihre Schultern und Arme in der künstlichen Haltung verkrampften. Unter der Mütze konnte sie Victors Gesicht kaum sehen, seiner Körpersprache nach schien er den Ausflug zu genießen. Vorsichtig versuchte Tessa, den Jogger ein Stück von sich wegzustoßen, um zwei, drei Schritte mit freien Armen laufen zu können, aber sie hatten bereits den vom Schnee der letzten Wochen durchweichten Kiesweg erreicht, der Wagen wollte nicht recht rollen. Vielleicht war es doch keine gute Idee gewesen, Victor gleich beim ersten Joggen mitzunehmen.

Mein Gott, was ist los mit dir? Seit wann lässt du dich entmutigen, wenn eine Sache nicht reibungslos anfängt.

Es musste der Besuch bei Nuala sein, der ihr noch in den Knochen steckte. Gestern Nachmittag war Tessa in die Klinik gefahren, in der die Sängerin lag, seitdem der Krebs zurückgekehrt war. Klein und schmal hatte die junge Frau in dem Krankenhausbett gelegen. Und auf eine perfide Weise war sie Tessa so schön erschienen wie noch nie. Trotz des roten Piratentuchs, das sie sich um den Kopf gebunden hatte.

Nuala hatte viel gelacht und Witze darüber gemacht, wie praktisch die neue Frisur doch sei. *Und eins garantier ich dir,* sagte sie zu Tessa, als ihre Mutter das Krankenzimmer für einen kurzen Augenblick verließ, *auch wenn ich das hier hinter mir hab: Nie wieder Cornrows!* Und Tessa lachte ausgelassen mit bei jedem weiteren Scherz, den ihre neue Duzfreundin machte. Doch die ganze Zeit sah sie den Abgrund von Angst, der sich hinter diesen schwarzen Augen auftat. Nur so konnte sie es sich erklären, dass sie Nuala beim Abschied noch einmal für den großartigen Panther dankte – das Plüschtier, das Sebastian keine Woche nach der Taufe in den Keller geräumt hatte – und erzählte, was für dicke Freunde Victor und *Baghira* geworden seien.

Dafür, dass sie immer noch langsam trabte, ging Tessas Atem viel zu schnell. Als sie vorhin auf das Thermometer geschaut hatte, waren es fünf Grad über Null gewesen, dennoch stiegen Schwaden dick und weiß wie Zuckerwatte aus ihrem Mund empor. Links tauchte die verwitterte Minigolfbahn auf.

»Willst du mit Mama in den Wald gehen?«

Tessa blieb stehen und beugte sich über den Babyjogger, sodass sie Victor ins Gesicht schauen konnte. Seine Augen leuchteten wie Lapislazuli.

»Willst du mit Mama in den Wald gehen? Ja?«

Victor schüttelte die behandschuhten Fäuste.

»Du hast keine Angst, mit Mama in den Wald zu gehen?«

Victor lallte etwas, das in Tessas Ohren wie *Wa-da* klang. Lächelnd lief sie wieder an. Victor war so glücklich heute. So heiter. Bestimmt war er nun heraus aus der Quengel-Phase.

Obwohl die Laubbäume noch keine Blätter hatten, drangen nach wenigen Metern kaum mehr Sonnenstrahlen auf den Weg. Der Boden wurde matschiger, und es wurde noch schwieriger, den Babyjogger vorwärts zu schieben. Tessa sah an sich hinunter und entdeckte, dass sie bis über die Knie mit Schlamm besprizt war. Mit einem merkwürdigen Gefühl des Vergnügens lief sie weiter und hätte beinahe gelacht, als sie ein Schlammspritzer von den Rädern des Babyjoggers direkt auf der Wange traf. Es tat so gut, wieder zu laufen. Victor vor sich herzuschieben erinnerte sie an die Rennen, die Feli und sie früher mit den Einkaufswagen in dem großen Discountmarkt vor den Toren ihrer Kleinstadt gemacht hatten, wo sie samstags immer hingefahren waren. Der Gedanke an Feli ließ Tessa einen Gang hoch schalten. Sie begriff es immer noch nicht. Was Sebastian plötzlich an ihrer Schwester fand. Es musste ein professionelles Interesse sein. Vielleicht war Feli für eine somnambule Selbstmordkandidatin wirklich die beste Besetzung. Und ganz gewiss tat es ihrer Schwester gut, endlich wieder eine Herausforderung zu haben.

Hör auf, dir Felis Kopf zu zerbrechen. Denk lieber darüber nach, wie es bei dir selbst weitergehen soll.

Die Quoten ihrer Sendung waren seit November kontinuierlich gesunken. Den letzten solide zweistelligen Marktanteil hatten sie Ende Oktober gehabt. Attila hatte ihr gesagt, sie solle sich keine Sorgen machen. Weihnachten sei eine schlechte Zeit für Talkshows. Die Leute waren damit beschäftigt, auf Weihnachtsfeiern zu gehen, Geschenke einzupacken, den Baum zu schmücken. Aber Weihnachten war seit mehr als zwei Monaten vorbei. Tessa war nicht sicher, was es zu bedeuten hatte, dass Attila sich weigerte, mit ihr über die auch im neuen Jahr schlecht gebliebenen Quoten zu reden. *Das Geschäft ist generell in der Krise*, war alles, was er sagte. Es lag nicht an ihr. Sie hatte nicht abgebaut. Natürlich schlief sie so wenig wie noch nie. Natürlich konnte sie die Nächte vor den Sendungen nicht mehr völlig ungestört mit ihren Vorbereitungen verbringen. Aber sie war nicht schlechter geworden. Gut, sie hatte mitten in einer der Januar-Sendungen ihren Gast mit falschem Namen angesprochen. Hatte eine andere Sendung zwei Minuten zu früh beendet, weil sie das Handzeichen der Aufnahmeleiterin falsch interpretiert hatte. *Aber das passierte jedem.*

Ein Ast verhedderte sich in den Rädern des Babyjoggers, der Wagen blockierte, und Tessa wäre beinahe über ihn gestolpert. Victor wurde einmal nach vorn geworfen und wieder zurück. Sie stieß einen Schreckensschrei aus. Aber ihr Sohn lächelte sie an. Erleichtert beugte sie sich zu ihm hinab, um ihn auf die Stirn zu küssen. Irgendwo flatterte eine empörte Amsel auf. Jetzt erst sah sie, dass Victor in der rechten Faust etwas umklammert hielt. Vorsichtig berührte sie seine Hand.

»Was hast du denn da? Willst du Mama nicht zeigen, was du da Feines hast? Komm. Zeig Mama, was du in der Hand hast.«

Victor krähte und warf, was immer er gehalten hatte, davon. Tessa schaute in die Richtung, wo es gelandet sein musste. Einen Meter von ihr entfernt lag ein toter Vogel am Wegrand. Ein Spatz. Sie fuhr zurück. Es konnte nicht sein. Victor konnte unmöglich einen toten Spatz in der Hand gehalten haben. Seine Hand war viel zu klein, um einen toten Spatz zu halten, überhaupt, wie sollte ein toter Spatz – sie stieß die Luft aus. Neben dem Spatz lag ein Tannenzapfen. Sicher war es der Tannenzapfen gewesen, den Victor gehalten hatte. Schnell fasste Tessa wieder nach dem Babyjogger und lief weiter.

Bleib bei deinen Schritten. Bleib bei Victor.

An der Stelle, wo vor zwei Jahren der Familienvater erstochen worden war, brannten keine Kerzen mehr. Ein Strauß Blumen lag noch dort, so vertrocknet und verrottet, dass er aus dem letzten Herbst stammen musste.

Der Weg vor ihr erstreckte sich nun in einem langen geraden Stück, am anderen Ende sah Tessa einen Jogger entgegenkommen. Sie schaute auf ihre Uhr. Kurz vor halb acht. Irgendetwas ließ Victor laut jauchzen und in die Hände klatschen.

Der Jogger kam näher. Seine Hosen und sein Sweatshirt sahen schäbig aus, die Haare grau, strähnig. Und was, wenn er überhaupt kein wirklicher Jogger war? Tessas Hände umklammerten fester den Griff. Niemand würde sie hören. Mit einer Hand prüfte Tessa beide Taschen ihrer Jogging-Jacke. Nicht einmal ihr Handy hatte sie dabei. Was würde ihr das Handy auch nützen? Nichts. Der Mann konnte alles mit ihr, mit Victor anstellen, bevor sie –

Der Mann war an ihr vorbeigerannt, den Blick stur nach vorn gerichtet.

Tessa lief noch einige Schritte in die Richtung, aus der der Mann gekommen war, dann blieb sie schwer atmend stehen. Wenn sie sich richtig erinnerte, hatte sie noch nicht einmal die Hälfte der Strecke zurückgelegt. Trotz der vielen Stunden auf dem Hometrainer hatte sie keine Kondition mehr.

Langsam. Geh einfach langsam zurück. Drei Kilometer. Mehr ist es nicht.

Jetzt, wo sie nicht mehr ihren eigenen Puls in den Ohren hämmern hörte, waren die Geräusche des Waldes ungewohnt laut. Ein Knacken. Ein Rascheln. Irgendwo fiel etwas herab. Ein Ast. Sie lachte. Noch nie hatte sie sich im Wald gefürchtet. Sie trabte wieder los. Am besten sie ging heute Abend gleich noch einmal laufen. Ohne Victor. Sie musste in Form kommen. Wenn sie in Form kam, gingen auch die Quoten wieder nach oben.

Der Himmel war sternenklar. Obwohl sie die Augen geschlossen hatte, sah sie die Lichter, die immer kleiner wurden, je schneller sie fiel. Sie konnte nicht sagen, wie lange sie schon stürzte, am Anfang hatte es ihr Angst gemacht, aber jetzt begann sie, es zu genießen. Der Osterhase hatte viele Eier, Tiere und andere Geschenke gebracht. Er hatte sie überall versteckt, am See, in der Wohnung, auf der Dachterrasse. Den ganzen Sonntag hatten sie gesucht. Und alles gefunden bis auf ein kleines weißes Schaf, das der Osterhase in einem

Gebüsch am See versteckt hatte. Bis zur Dämmerung hatten sie gesucht. Nichts.

In der Ferne hörte Tessa Stimmen, ein Tuscheln, sie machte keine Anstrengung zu verstehen, was die Stimmen sagten, es ging sie nichts an. Sie konnte nicht aufhören, an das kleine weiße Schaf zu denken, das noch immer unter dem Gebüsch lag, nass, schmutzig, die ganzen letzten Tage hatte es geregnet. Sie musste es suchen gehen, sobald sie am Boden angekommen war.

Etwas Kühles berührte sie zwischen ihren Brüsten, sie spürte einen Druck an ihrem Handgelenk, an ihrer Stirn. Gleich musste sie gelandet sein. Auch die Stimmen waren deutlicher geworden. Eine dunkle, männliche sprach so laut, dass Tessa sie nicht länger ignorieren konnte.

»Ich glaube nicht, dass es etwas Ernstes ist.«

»Ich mache mir schon seit einer Weile Sorgen.«

Tessa blinzelte. Diese zweite Stimme kannte sie.

»Das konnte ja nicht gut gehen mit dem vielen Abnehmen. Das waren bestimmt acht Kilo, die sie plötzlich runtergehungert hat.«

Woher kannte sie die Stimme? Sie musste sich anstrengen.

»Ich glaube, sie kommt wieder zu sich.«

Etwas Stechendes wurde ihr unter die Nase gehalten. Sie presste die Augen fest zusammen.

»Mach noch mal.«

Wieder der beißende Geruch. Was wollten die Leute? Sie musste das weiße Schaf suchen. Sie musste sich ganz darauf konzentrieren, das weiße Schaf zu finden. Eine Sekunde glaubte sie gesehen zu haben, unter welchem Busch es lag.

»Wahrscheinlich hat sie zu wenig getrunken. Sie hat mir erzählt, dass sie am Nachmittag zwei Stunden Laufen war.«

Die Stimme des Mannes hatte das Bild verscheucht. Es hatte keinen Zweck mehr. Tessa öffnete die Augen.

Menschen standen um sie herum. Besorgte Gesichter. Die sich wie bei einem Bildschirm, der nach und nach seine Pixel schärft, zu bekannten Gesichtern zusammensetzten. Attila. Wiebke, ihre Maskenbildnerin. Und ganz nah: Ben.

»Gott sei Dank«, sagte er. »Du hast uns den Schreck des Lebens eingejagt.«

»Was ist passiert?« Ihre Stimme klang schwach.

»Ich bin hier reingekommen, und du hast auf dem Fußboden gelegen. Bewusstlos.«

»Das kann nicht sein.« Sie versuchte sich aufzusetzen. Hände streckten sich ihr entgegen.

»Sshhh ... Nicht.«

»Schön liegen bleiben.«

Sie sah sich um. Es war ihre Garderobe. Sie erkannte den Spiegel. Den hässlichen Schrank. Das Sofa, auf dem sie lag. Den Mann, der auf der Kante des Sofas saß und ihr Handgelenk zwischen den Fingern hielt, kannte sie nicht.

»Das ist Doktor Hermann. Er hat heute Abend Dienst.«

»Sind Sie schon öfter in Ohnmacht gefallen?«

»Ich? Nie.« Wieder versuchte sie sich aufzusetzen.

»Haben Sie sich heute schon vor oder während der Sendung merkwürdig gefühlt? War Ihnen schwindlig?«

»Nein. Ich bin in Ordnung.«

Jetzt fiel ihr alles wieder ein. Sie hatte Stefanie Marnstein zu Gast gehabt, eine junge Schauspielerin, die Sendung war gut gelaufen, das Publikum hatte viel gelacht. Sie hatten im Gästeraum alle zusammen noch ein Glas Prosecco getrunken, dann war sie in ihre Garderobe gegangen, um sich umzuziehen.

»Ist jemand bei Ihnen zu Hause, der sich um Sie kümmern kann? Sie sollten heute Nacht nicht allein sein.«

»Ich bin okay.«

»Tessa, mach kein Theater.« Attila fasste sich hinten in den

Kragen, wie er es immer tat, wenn ihm etwas nicht passte. »Ist Sebastian da?«

»Ja.«

Attila zog die Hand aus dem Kragen und inspizierte seine Fingerspitzen. »Hast du mir nicht erzählt, dass letzte Woche Sebastians Dreharbeiten begonnen haben?«

»Attila, ich bin okay.« Endlich gelang es Tessa, die Beine vom Sofa zu schwingen, sodass sie wenigstens sitzen konnte.

»Nein, du bist nicht okay. Ben, du bringst Tessa nach Hause.«

»Oh. Wow. Das ist ja der Hammer.« Ben blieb stehen und schaute sich um. Tessa hatte ihn noch nie zu sich nach Hause eingeladen. Attila war der Einzige aus der Redaktion, der ihr Loft kannte.

»Ja. Ich liebe diese Wohnung.« Sie warf ihre Handtasche auf die Kommode neben dem Fahrstuhl. »Der Kühlschrank ist um die Ecke. Nimm dir, was du willst. Ich bin gleich wieder da.«

Katharina lag auf dem Futon in Victors Kinderzimmer und schlief. Tessa schlich zu dem weißen Gitterbett, das sie letzte Woche allein gekauft hatte. Es war leer. Panik flatterte in ihrem Brustkorb auf wie eine Schar Rebhühner nach einem Flintenschuss. Schon wollte sie schreien: *Katharina!* – da sah sie im Mondlicht, das durch die offenen Vorhänge fiel, das kleine Bündel, das zwischen Kinderfrau und Wand auf dem Futon lag. Ganz entspannt. Friedlich. Tessa presste die Lippen aufeinander.

»Katharina.« Sie berührte die Kinderfrau vorsichtig an der Schulter. »Katharina.« Die Kinderfrau war sofort wach. Tessa legte einen Finger an die Lippen und machte ihr ein Zeichen aufzustehen. Sie hob Victor vom Futon, hoffte inständig, dass er nicht aufwachte, legte ihn ins Gitterbett und deckte ihn sorgfältig zu.

»Ich geh noch mal ins Bad«, flüsterte Katharina und verschwand.

Tessa streichelte Victors Hände, die im Schlaf zuckten. *Als ob er Mücken fängt*, dachte sie und zog die Tür leise hinter sich zu.

»Du kannst gern einen Wein aufmachen«, sagte sie, als sie in den Wohnbereich zurückkam. Ben saß mit einer Bierflasche auf dem grauen Filzsofa und untersuchte ehrfurchtsvoll die Fernbedienung.

»Nein, danke. Bier ist total okay. Super Teil. Falls Attila jemals mein Gehalt erhöht, kauf ich mir auch so einen. Der Bildschirm, ist das vierzig Zoll?«

»Keine Ahnung.«

Tessa ging zum Kühlschrank und holte die noch geschlossene Flasche kalifornischen Chardonnay heraus, die schon seit einigen Tagen dort stand. Im obersten Fach entdeckte sie die Reste einer Pizza, die Katharina bestellt haben musste. Tessa hatte seit dem Salat heute Mittag nichts mehr gegessen.

»Möchtest du ein Stück Pizza?«, rief sie in Richtung Wohnbereich. Erst als sie ihre Stimme am Ende von *Pizza* hob, merkte sie, dass sie viel zu laut gerufen hatte. Sie hielt die Luft an.

»Ja. Pizza wär cool.«

Sie lauschte. Kein Geschrei. Sie schob die Thunfischpizza von ihrem Lieblingsitaliener samt Teller in die Mikrowelle. Endlich hatte Katharina kapiert, dass es der einzige Italiener war, bei dem man Pizza bestellen konnte. Tessa holte Servietten aus dem Schrank, nahm ein großes Messer aus dem Messerblock, klemmte den Chardonnay unter den Arm und trug alles zum Couchtisch.

»Soll ich dir was abnehmen?« Ben war aufgesprungen.

»Danke, geht schon. Aber wenn du magst, kannst du noch

den Korkenzieher holen. Zweite Schublade von rechts. Ganz oben.«

Katharina kam ins Wohnzimmer. Sie wedelte mit ihren feuchten Händen. Tessa konnte es nicht leiden, wenn Katharina das Handtuch, das sie ihr jede Woche frisch ins Gästebad hängte, nicht benutzte. »Ah, du hast die Pizza schon entdeckt. Ist ganz gut. Habe ich vorhin erst bestellt.«

»Katharina, du weißt, dass ich es nicht mag, wenn du mit Victor auf dem Futon schläfst. Ben, das ist Katharina. Katharina, Ben«, fuhr sie fort, bevor Katharina etwas erwidern konnte. Ben, der mit dem Korkenzieher aus der Küche zurückgekommen war, ging auf Katharina zu und gab ihr die Hand. Zum ersten Mal fiel Tessa auf, dass er immer so ging, als ob er die Hände in den Hosentaschen hätte. »Freut mich. Du bist sicher die, die immer auf Victor aufpasst.«

»Die bin ich.« Katharina lächelte slawisch.

»Ich arbeite in Tessas Redaktion«, sagte Ben und machte mit dem Korkenzieher eine unbestimmte Bewegung in Richtung Tessa.

»Ehrlich? Du siehst aus wie ein Student.« Das slawische Lächeln wurde noch breiter. Tessa sah Ben unter der braunen Strubbelfrisur erröten.

»Ich denke, es reicht, wenn du morgen so gegen elf kommst«, sagte sie zu Katharina. »Ich nehme Victor mit zum Laufen.«

»Wird Sebastian am Wochenende zurück sein?«, fragte Katharina und lächelte immer noch.

»Ja.« Tessa sah sie an mit Blicken, die keinen Zweifel daran ließen, dass sie das Gespräch für beendet hielt.

»Dann gehe ich jetzt«, sagte die Kinderfrau. »Eine schöne Nacht wünsche ich euch.«

»Tschüss.«

»Gute Nacht.«

Das Surren der hinabfahrenden Kabine war das einzige Geräusch, nachdem sich die Fahrstuhltüren hinter Katharina geschlossen hatten.

»Machst du den Wein auf?«, beendete Tessa das Schweigen.

»Ja. Klar.« Unbeholfen versuchte Ben, mit der Spitze des Korkenziehers die Folienkappe einzuritzen. »Das ist ja super, dass du so eine hast, auf die du dich verlassen kannst.«

»Ohne Katharina würde das alles nicht gehen.«

»Ich glaub, ich will später mal mindestens drei Kinder haben.« Ben hatte die Folie komplett vom Flaschenhals entfernt und schaute sich nach einem Ort um, wo er sie ablegen konnte. »Kinder sind was Tolles.«

»Leg's einfach da auf den Tisch.«

»Ich bewundere das total, wie du das hinkriegst, mit dem Job und dem Kleinen und alles. Kann er eigentlich schon laufen?«

»Gott sei Dank noch nicht. Er ist gerade ins Krabbelalter gekommen, das ist schlimm genug. Bis in Kniehöhe kannst du nichts mehr rumliegen lassen.« Tessas Blick machte die Runde. Die zugestöpselten Steckdosen. Ein schwacher Ring, dort, wo einmal der Oleander gestanden hatte. Keine Vasen. Keine Kabel. Die untersten Regale waren ausgeräumt. Schaumgummipolster, mit Angelschnur um die scharfkantigen Couchtischbeine gewickelt. Eine Wohnung ohne Unterleib.

»Also, ich finde das total cool, mit welchem Speed die durch die Wohnung krabbeln. Meine Schwester, die hat auch eine Kleine, da mach ich manchmal Babysitter. Total süß.«

Ben hatte die Flasche endlich entkorkt, er schenkte ein Glas ein, gab es Tessa und ging daran, das Pizzastück in der Mitte durchzuschneiden.

»Ich möchte nichts, danke«, sagte Tessa, als Ben ihr das Stück, das er auf eine Serviette gelegt hatte, hinhielt.

»Hey, du musst was essen.«

»Ich habe keinen Hunger, ehrlich.«

»Das sieht aber total lecker aus. Guck mal.« Er setzte sich neben Tessa aufs Sofa und spielte mit dem Pizzastück vor Tessas Gesicht Raumgleiter. »Mmh ... Lecker ... Lecker ... Mmh.«

»Ben. Bitte.« Tessa wandte den Kopf ab, um ihr Lächeln zu verbergen.

»Entschuldige.« Ben rückte ein Stück von ihr weg und legte die Pizza auf den Tisch zurück. »Das tut mir Leid, ich wollte dich nicht –«

»Ist schon okay.« Sie musste immer noch lächeln.

Ben trank einen Schluck aus seiner Bierflasche. »Hat Attila in letzter Zeit mit dir eigentlich mal über die Quoten geredet?«

»Nein, wieso?«, fragte Tessa, plötzlich alarmiert.

»Ich mein nur, ich versteh's nicht. Die Sendung ist super, ich finde, wir alle sind in diesem Jahr noch mal viel besser geworden. Ich versteh's einfach nicht, wieso weniger Leute einschalten.«

»Hat Attila was zu euch gesagt?«

»Nein. Und das ist das nächste, was ich nicht verstehe. Im Januar oder so, da hatten wir ja diese Sitzung. Wo wir beschlossen haben, dass wir bei den Gästen noch populärer werden müssen, aber seitdem –« Ben zuckte mit den Schultern. »Und du willst wirklich nichts von der Pizza?« Er griff wieder nach dem Stück, das er abgelegt hatte.

Tessa schüttelte ungeduldig den Kopf. »Vielleicht war die Sendung mit der Behrens ein Fehler«, sagte sie. »Das heißt, nicht die Sendung an sich. Die Tatsache, dass es die Behrens trotzdem nicht geschafft hat.«

»Wie meinst du das?«, fragte Ben kauend.

»Ich hätte geglaubt, dass es sie rettet. Zu uns zu kommen.«

Ben machte mit der freien Hand die Geste für *Moment noch* und kaute schneller. »Das war doch von vornherein klar«, sagte er, nachdem er seinen Mund endlich freigeschluckt hatte. »Die hatte doch nie eine Chance. Ich fand auch, dass es ein starker Auftritt war. Und überhaupt war der ganze Skandal doch panne. Die wollten nicht, dass sie Kanzlerin wird. So oder so.«

»Wer ist *die*?«

»Die Jungs in ihrer eigenen Partei. Die Sozis. Alle.«

Tessa runzelte die Stirn und schüttelte wieder den Kopf, unzufrieden mit der Antwort, die Ben gegeben hatte. »Selbst wenn die Adoptionsgeschichte nur der willkommene Vorwand war, sie loszuwerden – du hast doch miterlebt, wie sehr die Leute sie in der Sendung geliebt haben. Fünfhundert, sechshundert – wie viele positive Zuschauerreaktionen haben wir gekriegt? Sie hätte nicht zurücktreten müssen.«

»Das ist vielleicht euer Problem«, sagte Ben und schaute Tessa mit einem vorsichtigen Lächeln an. »Frauen sind zu anständig für das schmutzige Spiel.«

»Quatsch. Sie hätte einfach durchhalten müssen. Sie hätte Kanzlerin werden können.«

»Du bist wirklich ganz sicher, dass du nichts mehr willst?« Ben griff nach dem zweiten Stück Pizza, das noch auf dem Teller lag. »Letzte Chance.«

Tessa verspürte eine leichte Übelkeit, einen leichten Schwindel, beides nicht unangenehm. Einen Moment sah sie, wie sie sich auf dem Sofa ausstreckte, ihren Kopf in Bens Schoß legte und sich von ihm so lange streicheln ließ, bis sie einschlief. Sebastian hatte heute Abend noch nicht angerufen. Wahrscheinlich war er immer noch am Set. Gestern hätte um Mitternacht Drehschluss sein sollen. Um kurz nach drei hatte er von seinem Hotel aus auf ihre Mailbox gesprochen.

»Ich glaube, es ist besser, wenn du jetzt gehst.«

Ben schaute sie an, zwischen zwei Bissen.

»Wenn du fertig gegessen hast.« Tessa lächelte. Er war so jung. So zart. Es wäre so einfach, die Nacht mit ihm zu verbringen. Noch nie hatte sie mit einem Mann geschlafen, der sechs Jahre jünger war als sie.

»Sorry. Das war echt blöd, was ich da eben gesagt habe.«

Tessa hob freundlich die Augenbrauen.

»Das mit euch Frauen.«

Sie lachte laut. »Das hat doch damit nichts zu tun. Ich bin einfach todmüde jetzt.« Die ganze Zeit war sie Sebastian treu gewesen. Wie viel Energie würde es ihr jetzt geben, sich neu zu verlieben. Einfach mit jemandem zu schlafen, ohne dass es etwas bedeutete. Die Nacht genießen wie einen Bonus-Track. Sie würde morgen aufstehen und den Tag, vielleicht sogar eine Woche, einen Monat lächelnd durch die Welt gehen, getragen vom Kitzel der ersten Verführung. Vom Kitzel, der schneller verblasste als ein Farbfoto auf der Fensterbank.

»Du weißt, dass ich nicht schwul bin«, sagte Ben leise.

Sie lachte abermals. »Ben, bitte.«

Er wurde noch röter. »Ich dachte nur, wegen der Geschichte mit dem Strauß, bei deiner Hochzeit. Und weil Attila immer so blöde –«

»Ist schon okay. Soll ich dir ein Taxi rufen?«

»Du bist wirklich sicher, dass ich dich allein lassen kann?« Ben riss große Stücke aus der Pizza, schlang sie hinunter.

»Ich bin wieder in Ordnung.«

Unter dem Hemd würde sie gebräunte Haut finden, zart und irgendwie feucht, gewölbte Muskeln, einen flachen Bauch. Er würde riechen, wie die Jungs damals am Baggersee gerochen hatten, die Jungs aus der Clique, ein bisschen nach Schweiß, ein bisschen nach Rudel, ein bisschen nach Bewegung an der frischen Luft. Sie würde sich fühlen wie damals, als sie die Spiele der anderen mitgespielt hatte. Als sie zu jung gewesen war, sie zu verachten.

*V*ictor ... Bitte ... Iss doch ...«

Der Löffel, der auf dem Hochstuhl gelegen hatte, flog in wütendem Bogen über den Tisch.

»Schmeckt dir der Brei nicht? Möchtest du lieber einen anderen Brei haben?«

Victors Gesicht war krebsrot angelaufen, Lackmuspapier seines Zorns. Tessa ging in die Küche, stellte das angefangene Spinat-Gläschen in die Spüle und öffnete den Schrank, in dem die Babynahrung stand. Vanille-Grieß-Abendbrei. Frühkartoffeln mit Karotten. Kalbfleisch-Gemüse-Nudeln. Das ganze Heer von Püriertem und Zerkochtem. Tessa nahm ein Gläschen Abendbrei mit Keks heraus und stellte es in das Wasserbad, das sie zum Erwärmen der Fläschchen und Gläschen gekauft hatten. Victor hörte nicht auf zu schreien.

»Sshhh ... Ist ja gut ... Schau mal, ich mache dir den Keks-Brei warm, das ist doch dein Lieblingsbrei ... Sshhh ...«

Victor wurde still, als sie mit dem neuen Gläschen zu seinem Hochstuhl zurückkam.

»Ist das lecker? ... Ja, das ist lecker ...«

Er schluckte den ersten Löffel, schaute sie an, seine großen blauen Augen wurden zu Schlitzen, Scharten, durch die er seine wortlose Wut schoss, und er begann wieder zu schreien.

»Verdammt! Was ist los mit dir! Ich verstehe dich nicht!« Tessa schleuderte das Glas auf den Boden. Es zersprang, und der hellbraune Brei spritzte bis in die Küche zurück.

»Entschuldige. Es tut mir Leid. Das wollte ich nicht.« Victor hatte aufgehört zu weinen. Er schaute Tessa an. Eine Sekunde glaubte sie, ein Lächeln in seinen Augen gesehen zu haben. Boshaft. Voll Schadenfreude.

Sie ging in die Knie, um die größeren Glassplitter von Hand aufzusammeln, bevor sie den Brei und die kleineren Glassplitter mit einem Lappen aufwischte.

Du siehst Dinge. Victor ist noch kein Jahr alt. Er kann nicht boshaft sein.

Tessa fuhr zusammen, als das Telefon klingelte. Auf dem Display sah sie, dass es die Nummer der Anwältin aus dem dritten Stock war. Hatte Victor so laut geschrien, dass man es bis dorthin gehört hatte?

»Hallo?«

»Tessa? Hier ist Patricia. Störe ich?«

»Nein. Gar nicht.«

»Folgendes. Ich fliege nächsten Freitag für einen Monat nach Indien. Kannst du in der Zeit Barnabas füttern?«

Einen Moment glaubte Tessa, die Anwältin wolle sich lustig machen über sie. Sie wusste genau, dass Patricia Montabaur keine Kinder hatte.

»Oder bist du schon wieder schwanger?«

»Nein.« Tessa stieß ein Lachen aus. *Natürlich. Barnabas war die Katze.*

»Ich weiß, wie viel du um die Ohren hast«, redete Patricia Montabaur weiter, »aber das letzte Mal habe ich meine Putzfrau gebeten, und die scheint mit Barnabas gar nicht klargekommen zu sein. Es wäre mir sehr lieb, wenn ich es diesmal anders regeln könnte.«

»Wie oft braucht er denn was zu fressen?«

»Meistens ist er mit dem Trockenzeugs zufrieden. Wenn du das einmal am Tag auffüllst? Und Wasser? Ach ja. Und du hast doch jetzt keine Probleme mehr damit, ein Katzenklo anzufassen?«

Tessa zögerte kurz. »Nein.«

Patricia Montabaur lachte. »Ich hab ja keine Ahnung. Vielleicht darf man auch als junge Mutter nicht in die Nähe eines Katzenklos kommen.«

Tessa überhörte ihre letzte Bemerkung. »Wann bringst du mir den Schlüssel?«

Sie verabredeten, dass Patricia Montabaur am Sonntag auf einen Tee vorbeikommen sollte. Als sie das Telefon auf den Küchentresen zurücklegte, sah Tessa, dass sie mit einem Fuß in den verspritzten Brei getreten war. Sie beschloss, Victor ins Bett zu bringen.

Er schrie mit neuer Kraft, als sie ihn aus dem Hochstuhl hob.

»Ja, schrei nur, das ist mir völlig egal.«

Sie wechselte seine Windeln, vielleicht war das der Grund, warum er so schrie, er war schon wieder verschmiert, den halben Rücken hinauf. Das Geschrei bohrte sich in ihren Kopf, von beiden Seiten arbeitete es sich direkt auf den Hirnstamm zu. *Drill.* Das englische Wort mit seinem rollenden *rr*, schrillen *i* und quälenden *ll* am Schluss beschrieb so viel besser, was das Geschrei ihr antat.

Unsanft rieb sie Victor sauber, sie konnte ihn nicht mehr ertragen, den Geruch der Penatentücher, sie hatte Wiebke endgültig verboten, ihr Penatentücher zum Abschminken in die Garderobe zu stellen. Untrennbar war der Geruch verbunden mit dem faulig-süßlichen Geruch, den sie jetzt seit fast einem Jahr täglich roch, und von dem alle Welt behauptete, er sei *nicht schlimm.*

»Verdammt. Jetzt hör endlich mit der Plärrerei auf!« Sie hatte Victor an den Schultern gepackt und einmal kräftig geschüttelt. Er schaute sie an. Den Mund zum Schrei geöffnet, aber diesmal stumm. So, als habe er seiner Mutter eine solche Tat nicht zugetraut. Mutter und Sohn starrten einander an, zwei Ringkämpfer vor der nächsten Runde.

»Entschuldige! Victor. Es tut mir Leid. Ich wollte das nicht.«

Sekunden, bevor dem aufgerissenen Babymund, dem Höllentor, neuer Lärm entströmte, wusste Tessa, dass sie verloren hatte. Sie cremte Victor sorgfältig ein, wickelte ihn neu, versuchte ihm den Schnuller in den Mund zu schieben, vergeblich, und begann, mit ihrem schreienden Sohn durch die Wohnung zu wandern.

»Abends will ich schlafen geh'n, vierzehn Engel um mich steh'n ...«

Sie fing an zu singen. Katharina hatte behauptet, es wäre das Lied, das ihn am schnellsten beruhigte. Tessa hatte extra eine Gesamtaufnahme von *Hänsel und Gretel* gekauft, um es zu lernen.

»Zwei zu meinen Häupten, zwei zu meinen Füßen ...«

Du musst lauter singen. Du musst ihn übertönen. Lenk ihn ab von seinem eigenen Geschrei.

»Zwei zu meiner Rechten, zwei zu meiner Linken ...«

Noch einmal versuchte sie, ihm den Schnuller in den Mund zu schieben – die magischen drei »S«: Singen, Schaukeln, Saugen – keine Chance.

»Zweie, die mich decken, zweie, die mich wecken ...«

Sie brüllte jetzt mehr, als sie sang.

»Zweie, die mich weisen zu Himmels-Paradeisen.«

Sie war so sicher gewesen, dass sich nur die Mailbox melden würde, dass sie nicht sofort begriff, dass Sebastian selbst es war, der antwortete.

»Tessa? Hallo?«

»Hallo«, sagte sie.

»Hallo, du.«

»Bist du noch am Set?«

»Ja, aber wir haben gerade Schluss gemacht. In einer halben Stunde bin ich im Hotel. Wollen wir dann telefonieren?«

Sie hörte, wie in seinem Hintergrund etwas Schweres umstürzte. Ein paar Männerstimmen riefen Unverständliches. Irgendwo surrte ein Generator oder eine elektrische Winde.

»Sebastian, ich kann nicht mehr«, sagte sie leise. »Victor schreit schon den ganzen Abend. Und egal, was ich ihm gegeben habe, er wollte nichts essen. Ich weiß nicht, was ich tun soll.«

»Hast du ihn ins Bett gebracht? Ich höre gar nichts.«

Tessa lauschte. Victor hatte tatsächlich aufgehört zu schreien.

»Eben hat er noch geschrien.«

»Hauptsache ist doch, dass er jetzt aufgehört hat.«

Sie machte eine Pause. »Du glaubst mir nicht.«

»Wie?«

»Du hältst mich für hysterisch. Du glaubst, ich bilde mir das alles nur ein.«

»Das ist nicht wahr. Ich weiß, welche Belastung es für dich ist, jetzt so viel mit Victor allein zu sein. Ich verspreche dir, wenn dieser Film im Kasten ist, nehme ich mir einen ganzen Monat frei.«

»Hattet ihr einen guten Drehtag?« Ihr Schädel pochte. Die Stille nach dem großen Lärm erschien ihr irreal. Sie bewegte sich in einem Tunnel. In einem weißen Tunnel, dessen Wände sie nicht ertasten konnte.

»Ja, war ganz okay. Die Szene mit Feli auf dem Schrottplatz ist ziemlich schön geworden, glaub ich.«

»Das ist gut.«

»Du solltest ins Bett gehen jetzt. Wenn du merkst, dass du schlafen kannst, mach dein Handy aus. Ansonsten ruf ich dich in einer halben Stunde noch mal an, okay?«

»Okay.«

»Und wenn unser kleiner Macker wieder zu schreien anfängt, dann holst du ihn ans Telefon, und ich halte ihm eine Standpauke, dass er seine arme Mutter nicht so nerven soll.«

»Mach ich.« Sie war zu müde, um zu lächeln.

»Ich vermiss dich.«

»Ich dich auch.«

Tessa beendete das Gespräch. Victor begann zu schreien.

Attila, was soll das?!«

Die Zeitung lag zwischen ihnen auf dem Chef-Schreibtisch wie eine Kriegserklärung.

Ben war der Erste gewesen. Er hatte Tessa früh am Morgen angerufen, hatte ihr geraten, den Unsinn zu ignorieren. Zehn Minuten hatte sie vor sich hingestarrt, das Telefon in der Hand, und zu begreifen versucht, was sie eben gehört hatte. Dann hatte sie Victor geschnappt, ihn in den Kindersitz gepackt und war losgefahren. Ihr üblicher Zeitungskiosk lag nur wenige hundert Meter von der Wohnung entfernt, mit quietschenden Reifen ließ sie ihn links liegen, wollte eine Tankstelle finden, bei der sie noch nie getankt hatte.

TESSA SIMON: ZERBRICHT SIE AN DER BELASTUNG?

Die Zeile schlug ihr ins Gesicht, bevor sie den Motor abgestellt hatte. Einen starren Augenblick blieb sie sitzen, schweißige Hände, die am Lenkrad klebten.

Lass es sein! Ben hat Recht. Ignorier den Quatsch!

Dann stiegen ihre Füße aus, trugen sie in den Tankstellenshop, ihre Hände griffen nach einer der hoch aufgetürmten Zeitungen, ihre Finger fischten eine Münze aus ihrem Portemonnaie, ihr Mund lächelte und sagte danke, als der Mann hinter dem Tresen ihr das Wechselgeld zurückgab. Mit einem

Puls von zweihundert parkte sie ihren Mercedes hinter der Waschanlage, über ihr der donnernde Verkehr der Stadtautobahn.

Und dann las sie. Einmal. Zweimal. Dreimal. Bis die Buchstaben vor ihren Augen zu Pechschwaden verschwammen, sie schleuderte die Zeitung auf die Rückbank, Victor krähte, als freute er sich über ein neues Spielzeug.

Ziellos raste sie durch die Stadt, die plötzlich nur noch aus Zeitungsläden, Zeitungskiosken und Zeitungsständern bestand. An jeder Ampel lauerte ihr ein Verkäufer in weiß-roter Windjacke auf, schwenkte die Zeitung wie der Torrero seine Muleta. Tapfer hielt sie den Blick nach vorn gerichtet, immer geradeaus – *Ihr kriegt mich nicht! Egal, was ihr schreibt, ich lasse mich nicht von der Straße vertreiben!* –, bis sie sich in der Tiefgarage ihrer Produktionsfirma wiedergefunden hatte.

»Attila, was soll das?«, fragte Tessa jetzt noch einmal und griff mit zorniger Geste nach dem zerknitterten Blatt. »*Wie erst gestern bekannt wurde, hat die erfolgreiche Talkmoderatorin Tessa Simon letzte Woche nach ihrer Sendung einen Schwächeanfall erlitten*«, las sie vor und knallte mit der Hand auf das Papier, als könne es etwas für den Inhalt. »Von wem haben die das?«

Attila lehnte sich in seinem Schreibtischstuhl zurück und prüfte die Maniküre seiner Nägel. »Mein Gott, du weißt doch, wie viele Leute in so einem Sender rumschwirren. Und wie gern da getratscht wird.« Er nickte mit dem Kinn in Richtung Zeitung. »Und außerdem. Morgen ist das alles Altpapier.«

Tessa wusste, dass er Recht hatte, trotzdem musste sie weitermachen. »*Schon seit einigen Sendungen fällt auf, dass Tessa Simon manchmal unkonzentriert und fahrig ist*«, las sie. »*Vor zehn Monaten erst hat sie den kleinen Victor zur Welt gebracht. Und stets betont, dass sie Muttersein und Karriere unter einen Hut bringen will. Hat sie sich damit überfordert? Eine gute Freundin von Tessa Simon sagt: Ich bewundere sehr, wie Tessa versucht, das alles hinzubekommen. Aber vielleicht wäre es doch klüger gewesen, wenn sie sich nach der Geburt eine längere Auszeit gegönnt hätte.«* Jetzt erst ließ Tessa das Blatt endgültig zu Boden fallen. »Ich habe keine *gute Freundin!*«

Attila verzog die Mundwinkel zu einem Lächeln. »Aber vielleicht einen guten Freund? Meinst du nicht, dass Ben ziemlich enttäuscht war neulich?«

Victor krabbelte wild auf dem Teppichboden herum, er würde sich beide Hände wund scheuern, wenn er nicht langsamer machte.

»Was willst du damit sagen?« Tessa musterte Attila aus schmalen Augen.

Der zuckte nur die Schultern. »Ich verstehe ja nicht, warum du ihn ausgelassen hast. Nachdem ich euch so schön zusammengebracht hatte. Ich bin sicher, ein bisschen Abwechslung würde dir gut tun.«

Tessa schloss die Augen und schüttelte den Kopf. *Sie musste sich verhört haben. Attila hatte ihr eben nicht wirklich zu verstehen gegeben, dass sie seiner Ansicht nach mal wieder einen ordentlichen Fick brauchte. Nicht Attila. Der sie entdeckt und aufgebaut hatte. Der mit ihr durch dick und dünn ging. Der Taufpate ihres Kindes.*

Victor hatte sich einen Zipfel der Zeitung in den Mund gesteckt und kaute versonnen darauf herum.

»Lass das!«

Tessa bückte sich, riss ihm die Zeitung weg, mit zwei Fingern klaubte sie die feuchten Fetzen aus seinem Mund. Zu ihrem Erstaunen begann er nicht zu plärren. Irgendetwas schien ihren Sohn grundheiter zu stimmen an diesem Vormittag.

»Ben war das nicht. Das glaube ich nicht.«

Sie drehte das zerkaute Papier zu einer Kugel. *War Druckerschwärze nicht giftig? Unsinn. Ganze Generationen hatten ihren Fisch in Zeitung eingewickelt.* Sie schnippte die Kugel in den großen Leder-Papierkorb.

»Vielleicht war es deine reizende Schwester?«, schlug Attila vor.

Tessa schaute aus dem Fenster. Zwei Stadttauben beharkten sich auf dem Ast, der langsam grün wurde. Der Gedanke, dass Feli hinter der Geschichte stecken könnte, war ihr auch schon gekommen. Es wunderte sie, dass weder Sebastian noch ihre Schwester sie angerufen hatten. Wahrscheinlich gab es in dem merkwürdigen Hotel, in dem sie untergebracht waren, keine Zeitungen. Wahrscheinlich hatten sie die Schlagzeile einfach noch nicht gesehen. Sie wollten heute auf irgendeiner Alm drehen.

Tessa hatte nicht gemerkt, dass Attila vom Schreibtisch aufgestanden war. Er ging zu dem gläsernen Couchtisch und griff in die Schale mit den Sonnenblumenkernen, die dort immer stand. Trotz allem musste sie lächeln. Sie kannte ihn so gut. Seine Angewohnheiten. Seine Macken. Gleich würde er die rechte Hand an den Mund führen, die schwarz-weißen Schalen hineinspucken, sie von der Rechten in die Linke wandern lassen und in den Papierkorb werfen.

»Es kann sein, dass unsere Sendung im Sommer eingestellt wird.«

Tessa starrte auf den Mund, vor den sich in diesem Moment die Hand legte. Als wolle sie zurücknehmen, was er gesagt hatte.

»Das ist nicht wahr.« Tessas Stimme klang vollkommen ruhig. Weil das, was Attila eben gesagt hatte, *nicht wahr sein konnte.*

Victor krabbelte noch immer mit Lichtgeschwindigkeit über den Teppich. Ein kleiner roter Komet. Außer Kontrolle.

Alle Härchen an Tessas Körper richteten sich auf, als Attila den nächsten Kern knackte. »*Auf der Couch* ist doch genauso mein Baby wie deins«, sagte er. »Aber ich brauche dir nicht zu erzählen, wie die Quoten in letzter Zeit waren. Tissenbrinck wird nervös.«

Jetzt sprang Tessa in die Höhe. »Das kann er nicht machen!«, rief sie. »Es ist im Augenblick generell eine schwierige Zeit. Das hast du selbst gesagt.«

Zum zweiten Mal öffnete sich die Faust über dem Papierkorb.

Tessa wollte zu Attila hinstürzen, ihn am Kragen seines Hemdes packen, ihn schütteln, bis er ihr versichert hatte, dass es nur ein Scherz war, ein schlechter Scherz – und wenn sie sich aufführte wie Anna Magnani in *Mamma Roma* –, da ertönte ein Schlag. Und Millisekunden später ein Gebrüll, das jeden Konflikt zwischen Moderatorin und Produzent in nichts auflöste.

Victor lag neben dem Couchtisch, zusammengekrümmt. Im ersten Moment glaubte Tessa, er habe ein Glas Rotwein – alten, schweren Rotwein – vom Tisch gestoßen. Dann wurde ihr klar, dass kein Wein so dickflüssig sein konnte wie das, was in einem rasch wachsenden Fluss das Gesicht ihres Kindes überströmte.

9

Die Pantherin war in der Hitze des Frühsommers gestorben. Unbeirrbar hatte sich der Krebs durch ihre Lymphknoten gefressen, bis Nualas Körper den Kampf aufgegeben und kapituliert hatte.

Tessa legte die Zeitung beiseite und trank von dem ungesüßten Eistee, den sie vor zehn Minuten aus dem Kühlschrank geholt hatte. Die Eiswürfel waren fast geschmolzen. Sie drückte das schwitzende Glas gegen ihre Stirn. Es war sehr still in der Wohnung.

Sie hätte Nuala noch einmal besuchen sollen. Aber Attilas Androhung, *Auf der Couch* könne zur Sommerpause eingestellt werden, hatte sie alles andere vergessen lassen. Sie hatte sich in den letzten Wochen vorbereitet wie seit langem nicht mehr, war in den Sendungen absolut konzentriert gewesen, charmant, geistreich. Dennoch waren die Quoten nicht wieder gestiegen.

Mit einem leisen Knall setzte Tessa das Glas auf der Schreibtischplatte ab. Die Schiebetüren zur Dachterrasse waren alle geöffnet. Eine kaum spürbare Brise wehte herein. Sie ging ein paar Schritte nach draußen und steckte sich eine Zigarette an.

Die verdammte Hitze war schuld. Die Leute lagen im Park, nicht vor dem Fernseher. Auch nachts sanken die Thermometer kaum unter fünfundzwanzig Grad. Die Meteorologen lieferten sich Erklärungsduelle, ob das Wetter eine normale Ausnahme oder der Anfang eines großen Klimawechsels sei. In der Stadt liefen Tag und Nacht die Duschen, das Grundwasser war bereits auf einen bedrohlichen Spiegel gesunken. Die Stadtverwaltung hatte erwogen, wenigstens das nächtliche Duschen zu verbieten.

Tessa genoss die Dunkelheit. Die Hässlichkeit der Stadt hatte mit jedem Strich auf dem Thermometer zugenommen. Die Straße hatte im Kampf gegen die verfrühte Hitze kapituliert. Die Männer hörten auf, Hemd und Krawatte zu tragen. Frauen schminkten sich nicht mehr. Kinder badeten nackt in den wenigen Springbrunnen, die nicht abgestellt worden waren. Die Arbeitslosigkeit würde demnächst die Fünf-Millionen-Grenze überschreiten.

Jetzt erst fiel Tessa auf, dass Sebastian die Teakholzmöbel aus dem Keller zurück auf die Dachterrasse gebracht hatte. Er musste es am letzten Wochenende getan haben. Sie rückte einen Liegestuhl zurecht und streckte sich aus. Sebastian hatte vorhin angerufen, um ihr zu sagen, dass der Produzent ihm doch noch zwei Drehtage genehmigt hatte. Er würde dieses Wochenende nicht nach Hause kommen. Es tat ihm Leid, er versprach, dass es das letzte Mal war, dass er sie so lange im Stich ließ. Er war sicher, sie verstand, dass er die Chance nutzen musste. Das Einzige, worauf er sich wirklich freute, war wieder bei ihnen zu sein. Tessa sollte Victor einen dicken Kuss geben. Zum Schluss hatte er ihr Glück gewünscht für morgen. Und Feli ließ grüßen.

Tessa drückte die Zigarette auf dem Blech, das die Terrassenbrüstung bedeckte, aus. Es war nicht so schlimm, dass sie wieder mit dem Rauchen begonnen hatte. Nur eine Zigarette nachts. Ab und zu. Sie schnippte den Stummel in die Tiefe und ging ins Zimmer zurück.

Morgen entschied sich, ob es *Auf der Couch* auch im Herbst noch geben würde. *Eins Komma fünf Millionen*, hatte Tissenbrinck gesagt. *Die müsst ihr schaffen, sonst ist Schluss.*

Sie würden es hinkriegen. Lange hatten sie in der Redaktion darüber gestritten, wen sie einladen sollten – Deutschlands beliebtesten Meteorologen? *Der ist doch in jeder Talkshow!* Die Schauspielerin, die es bis nach Hollywood gebracht hatte? *Die ist fad wie drei Wochen altes Toastbrot –*, bis sie sich schließlich auf den Wirtschaftsminister geeinigt hatten. Tessa war glücklich über diese Wahl. Keinen anderen Mann wollte die Öffentlichkeit so sehr am Spieß sehen wie den Wirtschaftsminister. Und sie würde ihnen morgen die Grillmeisterin spielen.

Sie griff nach der Materialmappe, die ihr Ben gestern in die Hand gedrückt hatte. Seine Finger hatten sie dabei berührt. Zu lange. Wenn sie die eins Komma fünf Millionen schafften, würde sie mit ihm schlafen.

Rede des Bundesministers für Wirtschaft zur Eröffnung des European Business Angels Congress und des Deutschen Business-Angels-Tages –

Herzlich willkommen Ihnen allen hier!

Das Business-Angels-Konzept hat in den letzten Jahren in Europa Wurzeln geschlagen. Zwar ist der Entwicklungsstand von Land zu Land noch sehr verschieden, aber die jungen Business-Angels-Märkte wachsen dynamisch und holen rasant auf.

Tessa zuckte zusammen. Aus dem unteren Stockwerk kam ein wütendes Schreien. Sicher war es die Hitze, die Victor quälte. Die Wunde auf seiner Stirn war gut verheilt. An der Hitze konnte auch sie nichts ändern.

In Deutschland hat das Business-Angels-Konzept in den letzten Jahren enorm an Bekanntheit und Bedeutung gewonnen. Noch vor vier Jahren war hier ein weißer Fleck auf der Landkarte der Business-Angels-Bewegung. Das hat sich grundlegend geändert. Seither sind rund vierzig Business-Angels-Netzwerke entstanden.

Hatte sie im Kinderzimmer beide Fenster geöffnet? Sie

lauschte. Victor hatte aufgehört zu schreien. Bestimmt hatte sie beide Fenster geöffnet, als sie ihn ins Bett gebracht hatte.

Seither sind rund vierzig Business-Angels-Netzwerke entstanden. Für junge Unternehmen und Business Angels gibt es heute fast flächendeckend Vermittlungsdienste, um miteinander in Kontakt zu kommen.

Tessa warf das Papier auf den Schreibtisch. Was sollte sie mit diesem Gerede? Sie brauchte nichts über Geschäftsengel zu lesen, um zu wissen, was sie den Minister fragen musste. Sie griff nach einer ihrer hellgelben Karteikarten und setzte den Kuli links oben an. Sie musste die Zeit nutzen, in der Victor nicht schrie. Sie malte einen Strich. Wahrscheinlich war Victor wieder eingeschlafen, und sie würde die ganze Nacht in Ruhe arbeiten können. Sie malte noch einen Strich. Katharina hatte Recht. Sie war zu besorgt. Es war wichtig, nicht bei jedem Schrei nach ihm zu sehen. Sie konnte jetzt in aller Ruhe arbeiten. Es würde eine phantastische Sendung werden morgen. Sie würde Attila, Tissenbrinck und allen anderen zeigen, dass sie unersetzlich war.

Tessa entdeckte den Jägerzaun, der sich quer über die Karteikarte zog, als Victor wieder zu schreien begann. Es konnte nicht sein. Sie zeichnete keine Jägerzäune. *Du zeichnest keine Jägerzäune.* Tessa riss die Karteikarte in der Mitte entzwei und nochmal und nochmal und nochmal, warf die briefmarkengroßen Schnitzel in den Papierkorb und nahm eine neue Karte vom Stapel.

Schreib. Du bist die beste Talkerin in diesem Land. Du scheiterst nicht an der ersten Frage, die du morgen Abend dem verdammten Wirtschaftsminister stellen wirst. Frag ihn nach den fünf Millionen Arbeitslosen. Frag ihn nach der Gier der Aufsichtsräte. Frag ihn nach der Kopflosigkeit der Regierung, frag ihn danach, wieso dieses Land immer mehr vor die Hunde geht. Frag ihn –

Victor schrie.

Tessa zog eine andere Rede aus der Mappe.

Deshalb ist es überaus wichtig, dass wir uns vornehmen ... Missverständnisse ... die es offensichtlich gibt ... keine Scheingefechte oder Gefechte ... und ... wenn nur irgendwie möglich ... zu gemeinsamen Lösungen zu finden ...

Ihre Augen glitten über das Papier wie Suchscheinwerfer durch die Finsternis. Sie vergaß jedes Wort in dem Moment, in dem sie es gelesen hatte. Und wenn es doch nicht nur die Hitze war, die Victor zu schaffen machte? Vielleicht war er krank? Oder zahnte wieder? Oder war aus dem Bett gefallen? Es gelang ihm immer besser, sich eigenständig aufzurichten.

Tessa warf die Rede des Wirtschaftsministers auf den Schreibtisch und ging ins untere Stockwerk. Victor lag mit feuerrotem Gesicht im Bett. Er hatte sich freigestrampelt. Wütend traten seine Beine in die Luft.

»Sshhhhh ...« Sie beugte sich über das Gitterbett und versuchte ihn herauszuheben, ohne dass er ihr ins Gesicht trat. »Victor ... Sshhhhh ... Vic ... Sshhhhh ... Was hast du denn? Mir ist auch heiß.«

Victor schrie. Heulte wie eine Sirene in an- und abschwellenden Tönen. Tessa legte ihn an ihre Schulter und wiegte ihn.

»Sshhhhhh ... Soll Mama ein bisschen an die Luft gehen mit dir ...? Komm, Mama geht ein bisschen an die Luft mit dir.«

Sie hob den Butzebär, den Victor in seinem Wutanfall aus dem Bett geworfen hatte, vom Boden auf, und ging mit beiden auf die Dachterrasse.

»Siehst du den Stern da oben, Vic? Den kleinen weißen Stern?«

Sie hatte keine Ahnung, was sie Victor über den kleinen weißen Stern da oben erzählen sollte. Und sie war sicher, ihr

Sohn hatte keine Ahnung, was ein Stern war. Aber der Tonfall, in dem man solche Sätze sagt, wirkte. Victors Gesicht entspannte sich, und er hörte auf zu schreien. Die Wunde war wirklich gut verheilt. Victors Kinderarzt hatte beim Fädenziehen gemeint, dass der Arzt im Krankenhaus gute Arbeit geleistet hätte. Außer einer winzigen Blesse würde später keine Narbe zurückbleiben. Tessa küsste Victors Stirn. Vielleicht würde er jetzt einschlafen. Sie riskierte es, ihn in sein Zimmer zurückzubringen. Kaum war sie über der Schwelle, begann er wieder zu brüllen.

»Vic! Verdammt! Schlaf doch endlich! Schlaf! Ich muss arbeiten!«

Victor schrie noch lauter. Tessa drückte ihn an sich.

»Entschuldige. Du kannst ja nichts dafür. Aber sieh mal, Mama hat noch so viel zu tun. Und das kann sie nicht, wenn sie dich die ganze Nacht herumtragen muss.«

Es war zu heiß im Zimmer, obwohl sie beide Fenster aufgemacht hatte. Vielleicht sollte sie das Gitterbett auf die Dachterrasse bringen. Dort würde Victor sicher besser schlafen. Aber als Ganzes konnte sie das Bett nicht tragen. Sie würde es auseinanderbauen müssen. Der Handwerker, der es geliefert hatte, hatte eine Stunde zum Zusammenschrauben gebraucht.

Tessa ging mit Victor nach oben. Vom Sofa nahm sie die Wolldecke, die dort noch vom letzten Winter lag. Sie breitete sie auf der Dachterrasse aus und legte sich mit Victor hin. Es war schön, den warmen Kachelboden am Rücken zu spüren. Victor beruhigte sich.

»Siehst du den Stern? Den kleinen weißen Stern da oben?«

Tessa starrte in den Himmel und merkte, wie ihr Kind in ihren Armen einschlief. Ganz leise begann sie zu singen.

»Abends will ich schlafen geh'n, vierzehn Engel um mich steh'n ...«

Victor blieb still. Sie lächelte.

».. . *zwei zu meinen Häupten, zwei zu meinen Füßen* ...«

Alles würde gut. Sie würde morgen eine großartige Sendung machen. Sebastian würde seinen Film zu Ende bringen und dann ein halbes Jahr nicht arbeiten. Im Sommer würden sie vier Wochen in ein Landhaus in der Toskana fahren. Sie würde keine Mutter, die Jägerzäune zeichnete.

Tessa wartete, bis Victor gleichmäßig atmete, dann drückte sie ihm den Butzebär in den Arm und schlich ins Arbeitszimmer zurück.

Der Eistee war lauwarm. Sie trank ihn trotzdem. Sie wollte jetzt nicht an den Kühlschrank gehen, um kalten zu holen. Ihr Kind schlief. Es hatte sich von ihr in den Schlaf singen lassen. Sie konnte die ganze Nacht in Ruhe arbeiten.

Herr Minister, letzte Woche haben Sie eine Rede anlässlich des deutschen Business-Angels-Tages gehalten. Glauben Sie, dass nur noch Engel die deutsche Wirtschaft retten können?

Tessa lächelte und griff nach einer neuen Karteikarte. Die Frage war gut. Sie würde dem Wirtschaftsminister unter die Schädeldecke kriechen und sein Hirn so lange streicheln, bis es glaubte, schon im Schlummerland zu sein, wo man alles sagen durfte und nichts mehr verschwieg. Sie würde den Wirtschaftsminister dazu bringen zuzugeben, dass er Angst hatte, dass das Land am Abgrund war, dass es nur noch bis zum nächsten heftigen Regen dauerte, und die Ränder dieses Landes würden in die Tiefe gespült, er würde zugeben, dass er keine Ahnung hatte, wie er diese gewaltige Erosion aufhalten sollte, dass eines Tages von unserem Land nur noch eine verdammte Felsnadel übrig bleiben würde. In allen Zeitungen würde es stehen: *Endlich redet der Minister Klartext. Dank der geschickten Fragen von Tessa Simon* –

Tessas Kopf fuhr in die Höhe. Von der Terrasse kam ein lautes Krähen.

»Victor?«

Tessa schaute nach draußen und sah den Butzebär, der einige Meter neben der Decke lag. Die Decke war leer.

»Victor?«

Sie sprang auf. Nur drei Schritte, und sie war auf der Terrasse.

»Victor!«

Ihr Kind stand auf dem Teakholztisch. Ihr Kind war über den Liegestuhl, den sie vorhin zurechtgerückt hatte, auf den Tisch geklettert. Ihr Kind hatte sich auf dem Teakholztisch, den sein Vater direkt an die Brüstung gestellt hatte, aufgerichtet. Ihr Kind umklammerte mit beiden Fäusten die Brüstung. Ihr Kind griff mit einer Hand nach dem Stern, den sie ihm gezeigt hatte.

»Victor!«

Ihr Kind drehte den Kopf, lachte ihr ins Gesicht, die vier Schneidezähnchen, die in den letzten Monaten hervorgekommen waren, leuchteten.

»VICTOR!!!«

Ihr Kind verschwand in der Nacht.

Er lag im Gras und schlief. So friedlich. Sie hätte die Wolldecke mit nach unten nehmen sollen. Es war nicht gut, dass er auf dem blanken Rasen lag. An dem stillgelegten Bahndamm lebten streunende Hunde und Katzen. Wer wusste, welche Ausscheidungen sie im Gras hinterließen. Sie musste ihn aufheben.

»Victor.« Sie berührte seine Stirn. »Victor. Du kannst hier nicht liegen bleiben.«

Er rührte sich nicht. Ein kleines rotes Bächlein lief ihm aus der Nase. Ein Rinnsal im Vergleich zu dem Strom, der auf Attilas Büroteppich geflossen war. Alles war gut. Sie hätte nur die Decke mit nach unten nehmen sollen.

»Ich bring dich wieder ins Bettchen.«

Ganz vorsichtig berührte sie die kleine Faust. Etwas raschelte in der Böschung. Eine Katze. Sie hielt die Luft an und lauschte. Es raschelte noch einmal. Der Mond kam hinter Wolken hervor.

»Ich bring dich jetzt wieder ins Bettchen.«

Sie streichelte die Finger, die sich zur Faust geballt hatten. So klein. So zart. Sie musste sehen, was sie umklammert hielten. Behutsam öffnete sie Finger für Finger. Da sah sie es glitzern. Ihr Kind hatte ihn gefangen. Den Stern, den sie ihm gezeigt hatte. Sie beugte sich hinab, um den kleinen Handteller zu küssen. Der Stern flog davon, zurück in den Himmel, in den er gehörte.

In der Wohnung war es kalt. Tessa konnte nicht glauben, dass sie eben noch geschwitzt hatte. Ihre Finger tasteten nach der Decke, die hier vom letzten Winter liegen musste. Sie konnte nicht aufhören zu tasten.

Victor wog schwer in ihrem Schoß. So blass war er. So groß die Augen. Jetzt liefen ihm drei kleine rote Bächlein aus Mund und Ohren. Tessa zog einen Hemdzipfel heran und spuckte darauf. Kurz vor Victors Gesicht hielt sie inne. Es war das Abstoßendste, was eine Mutter tun konnte. Auf den Hemdzipfel spucken und damit ihrem Kind das Gesicht abwischen.

Sie musste Hilfe rufen. Die Feuerwehr. Die Polizei. Sie zwang sich, das Telefon in die Hand zu nehmen. *Vor allen Dingen musst du Sebastian anrufen. Du musst mit Sebastian reden.* Ihre Finger gehorchten ihr nicht, wollten weiter die Decke suchen.

– *Sebastian ... Es ist etwas passiert ... Etwas Schreckliches passiert ... Victor ist von der Terrasse gestürzt.*

– *Von der Terrasse gestürzt? Du lügst. Das ist unmöglich.*

– Es ist wahr. Habe ich dir nicht immer gesagt, du sollst den verdammten Tisch nicht so nah ans Geländer stellen?

– Nichts hast du gesagt. Du hast den Tisch nur gehasst, weil er schon bei meinen Eltern auf der Terrasse gestanden hat. – Wie konnte Victor überhaupt auf den Tisch gelangen?

– Dein Liegestuhl. Dein verdammter Liegestuhl.

– Der Liegestuhl hat sich nicht von selbst so hingestellt, dass Victor über ihn auf den Tisch klettern konnte. – Und überhaupt: Wieso hast du nicht verhindert, dass Victor auf den Tisch geklettert ist?

– Er hat die ganze Zeit geschrien. Ich habe morgen Sendung. Ich war so froh, dass er endlich still war.

– Du hast ihn unbeaufsichtigt auf der Terrasse herumkrabbeln lassen?

– Ich konnte doch nicht ahnen, dass er schon auf einen Stuhl und einen Tisch krabbeln kann! Ich dachte, er schläft. Und ich war doch nur drei Meter entfernt.

– Hast du geschrien, als du gesehen hast, dass Victor auf dem Tisch steht?

– Ja. Ich habe geschrien.

– Kann es nicht sein, dass dein Schreien ihn so erschreckt hat, dass er gestürzt ist?

– Nein.

– Kann es nicht sein, dass deine Hände ihn vorher noch berührt haben, vorher noch ein klitzekleines wenig gestoßen haben, bevor sie ihn zu halten versuchten? Kann es nicht sein, dass du sein Schreien nicht mehr ausgehalten hast? Ist es nicht so, dass du sein Schreien von Anfang an nicht ausgehalten hast? Hast du dich nicht um jeden Preis der Welt nach Stille gesehnt –

– Nein! Nein! Nein!

Sie schleuderte das Telefon an die Wand.

Tessa starrte in den Himmel. Ihr Kind war zu schwer. Es musste sich bewegen. Nur ein kleines bisschen bewegen. Behutsam legte sie Victor auf der Wolldecke ab.

»Willst du nicht krabbeln? Du krabbelst doch schon so fein. Schau. Victor. Mama macht es dir vor.«

Tessa ging auf alle viere und krabbelte eine Runde um die Wolldecke. Es tat gut. Immer weiter krabbeln. Immer im Kreis.

»Komm, Victor! Mach mit!« Sie krabbelte schneller. »Komm!«

Victor bewegte sich nicht.

»Komm, Victor! Zeig Mama, wie toll du schon krabbeln kannst.«

Victor bewegte sich nicht. Die Bächlein aus Nase, Mund und Ohren liefen wieder, obwohl sie mit ihm ins Bad gegangen war und sie abgewaschen hatte.

»Krabbel doch. Bitte! Bitte! Nur ein paar Schrittchen.«

Sie versuchte, Victor in den Vierfüßlerstand zu bringen, den er in den letzten Monaten so gut gelernt hatte.

»Ja! Toll! Toll kannst du das!«

Er sackte zusammen. Seine Augen waren so furchtbar groß.

»Bitte! Victor! Nur ein einziges Schrittchen. Mach ein einziges Krabbelschrittchen für Mama.«

Sie richtete ihn wieder auf. Es sah so friedlich aus, so normal, wie er auf allen Vieren kniete. Gleich würde er loskrabeln, und sie würde ihn hochheben und ihm einen dicken Kuss auf die Stirn drücken. Sie würden gemeinsam ins Bett gehen und die ganze Nacht schlafen. Sie ließ ihn los. Victor sackte zusammen.

»Bitte! Krabbel! Tu Mama den Gefallen!«

Sie schlug ihre Stirn auf den Boden. Einmal. Noch einmal. »Bitte! Victor!«

Sie spürte Blut in ihrem Mund. Es tat gut. Mehr. Noch

mehr Blut wollte sie spüren. Was ihr Sohn konnte, konnte sie schon lange. Ströme von Blut wollte sie spüren.

»Victor! Bitte! VICTOR!«

Ihr wurde schwarz vor Augen.

Aus dem Wohnzimmer kamen die undeutlichen Geräusche einer Fernseh-Show. Sie stand ganz allein vor dem großen Kleiderschrank im Schlafzimmer ihrer Eltern. Ihre Schwester war im Kinderzimmer und schlief. Tessa bückte sich nach der Schachtel, die ganz unten links stand. Die Schachtel, die ihre Mutter neulich für sie geöffnet hatte. Die Schachtel mit den Märchenschuhen. Als Tessa sie jetzt sah, kamen sie ihr noch schöner vor. Sie waren aus einem glänzenden Stoff. Ganz weiß. Hunderte von kleinen Glasperlen waren überall auf den Stoff gestickt. Und die Absätze waren so dünn und lang wie ein Bleistift. Tessa lauschte ins Wohnzimmer. Die Babysitterin schaute noch immer Fernsehen. Ihr Herz klopfte, als sie aus ihren Hausschuhen heraus- und in die Märchenschuhe hineinschlüpfte. So groß war sie plötzlich. Sie machte einige Schritte vor dem Spiegel. *Darf ich bitten?* Sie hatte ihr schönstes weißes Nachthemd mit den Lochstickereien angezogen. *Madame.* Das Wort hatte sie neulich in einem Film gehört. Sie machte einen tiefen Knicks. Leise summte sie das Stück, das sie gerade im Flötenunterricht lernte, und fing an zu tanzen. Immer schneller drehte sie sich. Immer schneller. Das Schlafzimmer tanzte um sie herum. *Madame. Darf ich bitten? Madame.* Es gab ein hässliches Geräusch. Plötzlich lag sie auf dem Boden. Sie traute sich nicht, nach unten zu sehen. Ihr linker Ellbogen war aufgeschrammt, aber das kümmerte sie nicht. Endlich traute sie sich doch. Einer der schönen Absätze war in der Mitte geknickt. Sie versuchte, ihn wieder gerade zu biegen. Es ging nicht. Ihr wurde ganz kalt. Sie war eine Verbrecherin. Sie hatte die Schuhe, die ihre Mutter niemals hatte hergeben wollen, kaputtgemacht. Bald würde ihre Mutter nach Hause kommen. Sie rannte in ihr Zimmer. Starr lag sie unter der Bettdecke, beide Schuhe an sich gedrückt, den schönen und den kaputten.

Tessa blinzelte. Über ihr waren die Sterne. Sie hatte einen schalen Geschmack im Mund. Zahnfleischbluten. Elena hatte doch gesagt, es würde aufhören. Ihre Knie schmerzten, als sie aufstand und in ihr Arbeitszimmer ging.

Auf dem Schreibtisch war alles, wie sie es verlassen hatte. Die Lampe schien. Der Bildschirm war eingeschlafen. Die Kugelschreiber und Bleistifte lagen so ordentlich nebeneinander, wie sie es immer taten. Die Mappe mit den Reden des Wirtschaftsministers war aufgeschlagen. *Noch vor vier Jahren war hier ein weißer Fleck auf der Landkarte der Business-Angels-Bewegung* ... Tessa sah die gelbe Karteikarte, die sie vorhin beschrieben hatte. *Herr Minister, glauben Sie, dass nur noch Engel die deutsche Wirtschaft retten können?*

Die Frage war gut, aber sie brauchte noch mehr Fragen, viel mehr Fragen. *Herr Minister, haben Sie manchmal das Gefühl, der Sündenbock der Nation zu sein? Fühlen Sie sich von der Öffentlichkeit ungerecht behandelt? Sind Sie Masochist?*

Die Spitze des Bleistifts, mit dem sie die Fragen wie im Fieber niedergeschrieben hatte, brach ab. Es hatte keinen Sinn mehr. Sie musste Attila anrufen und ihm sagen, dass sie die Sendung heute Abend nicht moderieren konnte. Je früher sie ihn anrief, desto besser. Vielleicht wiederholten sie die Sendung mit Nuala. Niemand konnte von ihr erwarten, dass sie heute Abend moderierte.

In zweieinhalb Stunden würde es hell. Die Zeitungen für Donnerstag lagen schon an den Kiosken. Morgen würden sie Fotos von Victor haben wollen.

Tessa Simons Sohn von der Dachterrasse gestürzt! Tot!

Tessa schaute durchs Fenster. Der Butzebär lag am Fuß des Liegestuhls. Jetzt erst sah sie, dass ihm ein Ohr fehlte. Sie ging hinaus und fand das Ohr unter dem Tisch.

Die schreckliche Tragödie ereignete sich, während Tessa Simon in ihrem Arbeitszimmer saß, um sich auf die kommende Sendung vorzubereiten. Der kleine Victor (1 Jahr), den die berühmte Talkmasterin wegen der Hitze zum Schlafen auf die Dachterrasse gebracht hatte, wachte auf und kletterte von seiner Mutter unbemerkt über einen Liegestuhl auf den Tisch, der tragischerweise direkt an der Brüstung stand.

Ihre Knie schmerzten. Sie musste das Blut von der Dachterrasse wischen. In einem Kreis rund um die Wolldecke waren rostbraune Spuren. Es sah aus, als ob ein Indianer um die Decke getanzt wäre.

Tessa Simon, die erst zu Beginn diesen Jahres mit ihrer Sendung AUF DER COUCH den Aufstieg zu einer der führenden Talkmasterinnen des Landes geschafft hat, sagt, dass sie von ihrem Schreibtisch aus Blick auf die Dachterrasse hat und selbstverständlich alle paar Sekunden geschaut hat, ob Victor noch an seinem Platz lag. Doch bei allem Respekt für die berühmte Talkmasterin muss die Frage erlaubt sein, ob sich diese schreckliche Tragödie nicht hätte verhindern lassen, wenn Tessa Simon ihren Sohn besser beaufsichtigt hätte.

Es schmerzte, als Tessa sich auf die Kacheln kniete. Wasser schwappte aus dem Putzeimer. Sie begann zu schrubben.

Ist Tessa Simon schuld? Mittlerweile ermittelt die Polizei im Fall des kleinen Victor, der in der Nacht von Mittwoch auf Donnerstag von der Dachterrasse seiner Eltern gestürzt war. Die Staatsanwaltschaft will nicht mehr ausschließen, dass es zu einer Anklage gegen Tessa Simon wegen Verletzung der Aufsichtspflicht und fahrlässiger Tötung kommt.

Tessa sah, dass ihre Knie wieder bluteten. Die Kacheln, die sie eben gewischt hatte, waren schon wieder verschmiert.

Tessa Simon gibt auf. Nachdem Anfang der Woche die Staatsanwaltschaft Anklage gegen die berühmte Talkmasterin erhoben hat, kam gestern auch das Aus für AUF DER COUCH. Der Sender gab bekannt, dass er sich eine Zusammenarbeit mit der Moderatorin, der vorgeworfen wird, mit schuld am Tod ihres kleinen Sohns zu sein, nicht mehr vorstellen kann.

Tessa durchwühlte den ganzen Arzneischrank. Irgendwo mussten die großen Pflaster sein, die sie im letzten Urlaub gekauft hatte. Damals in Amerika, als sie sich bei der Wanderung die Knie aufgeschlagen hatte.

Kommt jetzt die Scheidung? Die Gerüchte verdichten sich, dass der Film- und Theaterschauspieler Sebastian Waldenfels sich von Tessa Simon scheiden lassen will. Die Talkmoderatorin sitzt zur Zeit in Untersuchungshaft. Ihr wird vorgeworfen, am Tod ihres gemeinsamen Sohns schuld zu sein.

Tessa starrte auf die Schachtel mit den Mickymaus-Heftpflastern. Die eingepackten Streifen rieselten zu Boden.

Das Telefon neben dem Sofa funktionierte nicht mehr. Tessa ging zu ihrem Schreibtisch zurück, griff nach ihrem Handy und rief Sebastian an. Als die Mailbox antwortete, wählte sie die Nummer seines Hotels. Beim fünften Klingeln nahm er ab.

»Hallo?«

»Entschuldige, du hast sicher schon geschlafen.«

»Tessa?«

»Ich ... ich ... ich wollte dir nur sagen, wie sehr ich dich vermisse.«

Verbrecherin!

»Tessa. Du klingst so – ist etwas passiert?«

»Nein. Nein.« *Verbrecherin!* »Ich habe bis eben gearbeitet, und ich wollte gerade ins Bett, und da habe ich gemerkt, ich kann nicht schlafen ... ich wollte dir nur sagen, wie sehr ich dich vermisse.«

»Ach du.« Sebastian seufzte. »Schläft Victor?«
»Ja. Sebastian. Ich liebe dich.«
»Ich dich auch.«

Mit großer Behutsamkeit, als handle es sich um etwas höchst Fragiles, legte Tessa ihr Handy auf den Schreibtisch zurück.

Verbrecherin!

Teil 3

10

Der Waldweg war vollständig ausgetrocknet. Tessa hörte das Blut in ihren Ohren stampfen. An den sonst immerschlammigen Stellen hatten sich hunderte Fußabdrücke in den Lehm gehärtet. Wie viele Abdrücke sie selbst dort hinterlassen hatte? Es spielte keine Rolle. Ihr Puls raste. Die Hand, mit der sie den Griff des Babyjoggers umklammert hielt, war nasser als gewöhnlich. Sie schaffte es nicht, den Wagen wegzustoßen und nach drei, vier Schritten wieder einzuholen, wie sie es in den letzten Monaten so gut gelernt hatte. Im Unterholz raschelte ein Vogel. Der Himmel über dem Blätterdach färbte sich langsam blau.

Bleib stehen. Worauf wartest du? Tu es.

Sie war sicher, dass niemand sie gesehen hatte. In der Tiefgarage nicht. Nicht, als sie den Mercedes am üblichen Platz geparkt, den Babyjogger aus dem Kofferraum geholt und losgelaufen war. Der Mann im vorderen Teil des Parks war zu weit entfernt gewesen, um Genaueres erkannt zu haben. Würde er sich jemals bei der Polizei melden, konnte er nur aussagen, dass er eine Frau mit Babyjogger gesehen hatte. Sie schaute sich um.

Kehr um. Noch kannst du zurück.

Ihre Augen suchten Wald und Wegrand ab und fanden nichts. Dürres Geäst. Zweiglein. Eine leere Cola-Flasche ... Endlich. Sie zwang sich stehen zu bleiben. Obwohl die Luft warm war, glaubte sie zu dampfen. Und noch immer war niemand zu sehen. Tessa beugte sich tief hinunter und fuhr mit den Fingerspitzen durch den Staub. Es war gut, dass der Boden so trocken war. Die Polizei würde keine frischen Fußabdrücke finden. Die Polizei würde überhaupt keine Spuren finden. Sie bückte sich nach dem schweren Ast, der am Wegrand lag. Sie hatte Mühe, ihn zu umfassen. Sie musste kräftig zuschlagen. Einmal. In einer Sendung über amerikanische Rechtsmediziner hatte sie gesehen, wie diese eine Frau, die angeblich von Schwarzen mit einem Messer attackiert worden war, der Selbstverletzung überführt hatten. Weil die Frau sich nicht getraut hatte, sich das Messer auf Anhieb in die Wange zu stoßen, hatten die Rechtsmediziner zu viele vorsichtige Ritzer gefunden, die gegen einen fremden Angriff sprachen. Aber sie musste den Winkel ausprobieren, die Richtung. Tessa hob den Ast und ließ ihn leicht gegen ihren Hinterkopf prallen. Ob sie genügend Kraft für einen solchen Schlag hatte?

Tessa schaute sich um. Niemand. Sie betrachtete den Ast, den ihre Finger umschlossen hielten. Und plötzlich warf sie ihn zurück in den Wald, als habe sie sich an ihm verbrannt. Ihre Fingerabdrücke! DNA-Spuren! Wie hatte sie so etwas Einfaches vergessen können. Ihr Herz klopfte bis zum Hals, als sie nach dem Babyjogger griff und weiterlief.

Der Fehler war unverzeihlich. Jede Sekunde konnte sie einem Jogger oder Hundebesitzer begegnen, und alles war vorbei. Wer wusste, wie schnell sie einen zweiten Ast fand, der stark genug war. Ihr Herz beruhigte sich nur langsam. Sie durfte keine Fehler mehr machen. Nie mehr. Vielleicht wäre die Rinde des Astes zu rau gewesen. Vielleicht konnte man auf einem solchen Ast gar keine Fingerabdrücke finden. Und DNA-Spuren gab es doch nur, wenn man Haare oder Speichel oder ganze Hautfetzen hinterließ? Noch vor einer Stunde hatte alles so einfach ausgesehen. Sie wusste nichts über die Methoden der Polizei. Tessa spürte einen Druck in der Kehle, der Halsschmerzen ankündigte.

Beinahe hätte sie den langen, geraden Stock übersehen, der am Wegrand lag. Sie blieb stehen und holte Luft. Der Stock war ein Geschenk. Ein Geschenk, das irgendein Hund hier für sie abgelegt hatte. Aber was nützte ein Geschenk, wenn sie es nicht anfassen durfte? Sie hätte Handschuhe mitnehmen müssen. Tessa lachte auf. Handschuhe. Eine großartige Idee. Die Polizei hätte sicher gern gehört, warum sie bei fünfundzwanzig Grad mit Handschuhen joggen ging.

Sie schaute sich um. Niemand.

Ihr T-Shirt. Wenn sie tief genug in die Knie ging, konnte sie den Stock durch den Saum ihres T-Shirts fassen. Aber wie sollte sie damit weit genug über ihrem Kopf ausholen? Es ging nicht.

Weitermachen. Du musst klar denken. Du schaffst es.

Aus dem Tragenetz hinten am Babyjogger leuchtete etwas Blaues hervor. Die Taschentücher. Natürlich! Warum hatte sie nicht gleich daran gedacht. Vorsichtig, als wäre der Stock eine Halogenlampe, die durch Hautfett beschädigt werden könnte, umfasste sie ihn mit dem Taschentuch, hob ihn in die Höhe.

Jetzt. Jetzt. Trau dich –
Halt!

Ihr Hals brannte. Sie schaute nach unten in den Staub. Was, wenn die Polizei feststellen konnte, dass sie hier an dieser Stelle stehen geblieben war? Der Überfall musste passieren, während sie lief – ihre Schuhe auf dem Weg knirschten, ihr Herz pumpte. Wenn sie nicht lief, würde die Polizei sie fragen, warum sie den Angreifer nicht kommen gehört hatte. Warum er sie hatte von hinten erwischen können?

Langsam trabte sie los. Sie ließ den Stock ein paar Mal durch die Luft sausen. Mit der Linken schob sie den Babyjogger. Erste Sonnenstrahlen fielen durch das Blätterdach. Fliegen starteten im Morgenlicht. Jeder Fehler, den sie schon gemacht hatte oder noch machen würde, blieb an ihr hängen. Als stapfe sie durch schweren Schlamm, würde die Fehlerschleppe hinter ihr wachsen und schwerer werden, bis sie eines Tages nicht mehr weiterkonnte. In der Ferne hörte sie einen Hund bellen. Der Tag war viel zu schön für Unwiderrufliches. Sie hatte keine Zeit mehr. Sie musste es tun.

Einmal kräftig. Sehr kräftig.

Jetzt.

Sie war gesprungen. Kopfüber von der Stange, an der sie eben noch sicher in den Kniekehlen geschaukelt hatte. Sie begriff nicht, was geschehen war. Noch nie war sie in langbeinigen Turnhosen aufs Gerüst geklettert, immer nur mit nackten Knien, der Sommer war vorbei, die rutschige Kunstfaser hatte sie fallen lassen. Ihre Hände wühlten im Sand, als könnten sie dort die Luft finden, die in ihre gestauchten Lungen nicht mehr hineingehen wollte.

Theresia!

Sie spürte einen Schatten über sich, war unfähig, die Augen zu öffnen.

Theresia!

Ihre Hände griffen etwas Hartes im Sand. Glatt. Rund. Kühl.

Theresia!

Sie hatte es gefunden. Niemand durfte es ihr wegnehmen. Da spürte sie auch schon, wie ihre Finger auseinander gebogen wurden, sie wollte schreien: *Nein!* – aber ihre Lungen waren leer.

Und deswegen bist du gesprungen?, sagte die Turnlehrerin, vorwurfsvoll, und warf das Fünf-Mark-Stück in den Sand zurück.

Die Milchglasscheiben erlaubten ihr nicht, nach draußen zu sehen. Zu den beiden grün-weißen Fahrzeugen, die auf dem Rasen geparkt hatten, zu den kreisenden Blaulichtern. Die Reporter mussten jetzt da sein, vielleicht die ersten Fernsehkameras. Vorhin, als einer der uniformierten Beamten die Hecktüren des Rettungswagens kurz geöffnet hatte, um zu ihr hineinzusteigen, glaubte sie, einen Kollegen gesehen zu haben, der über den Rasen lief. Die Frau mit dem Hund würde die ersten Interviews geben. Sie würde ihre Sache nicht gut machen am Anfang. Nicht gewohnt, mit den Medien zu reden, würde sie abschweifen, sich zu lange beim Nebensächlichen aufhalten.

Also, zuerst, da hab ich gar nicht erkannt, wer die Frau ist, die da schreiend auf mich zugerannt kam. Wissen Sie, mein Jacko ist in letzter Zeit ein bisschen schwierig, er hatte im Winter eine Operation am Rücken – deshalb versuche ich immer, vor der Arbeit mit ihm in den Park zu gehen, bevor die anderen Hunde kommen. Also, mein Jacko, der muss zuerst etwas gehört haben, denn plötzlich hat er angefangen wie verrückt zu bellen, und dann ist er los, und ich hab gerufen, aber er hat nicht gehört. Also bin ich hinterher, und da sehe ich, wie diese Frau auf uns zurennt und »Hilfe« schreit. Und da hab ich mir gleich gedacht, dass etwas Schreckliches passiert sein muss, Sie wissen schon – ja, und dann ist es mir endlich gelungen, Jacko an die Leine zu nehmen, weil, so aufgeregt wie der war, da hätte ich meine Hand für nichts ins Feuer gelegt. Und erst, wie diese Frau direkt vor uns ist und immer wieder »Hilfe« ruft und »Victor ist verschwunden«, da erst habe ich erkannt, dass es Frau Simon ist.

Heute Abend würde die Zeugin ihre Geschichte schon besser erzählen, würde die Krankheitsgeschichte des Hundes zwar ausgebaut, aber Tessa schon von weitem erkannt haben.

»Frau Simon.«

Tessa blickte auf. Das Gesicht der Rettungssanitäterin war

professionell besorgt. Jetzt erst merkte Tessa, dass sie auf der Liege vor- und zurückwippte, die Zähne fest verbissen in ihre rechte Faust, die linke Hand ums rechte Handgelenk geklammert. Sie ließ von sich ab und zog die Aludecke, die der andere Sanitäter, ein junger Mann mit zu dünnem Haar, ihr vorhin gegeben hatte, enger um die Schultern.

»Ich will nicht ins Krankenhaus.«

Der Sanitäter hatte begonnen, ihre Schürfwunden an den Handballen zu behandeln. Tessa starrte auf seinen Hinterkopf. *Mit fünfunddreißig bist du kahl*, dachte sie. Der Sanitäter schaute kurz zu seiner Kollegin auf, die hatte ihre Hand schon auf Tessas Rücken gelegt.

»Frau Simon, Sie stehen unter Schock. Möglicherweise haben Sie ein Schädel-Hirn-Trauma erlitten. Sie müssen ein CT machen lassen.«

Die Sanitäterin hatte Tessa sofort erkannt, als sie im Gras gesessen hatte. Tessa bezweifelte, dass der Sanitäter sie auch erkannt hatte.

»Ich will nach Hause. Bestimmt ist Victor schon zu Hause.«
»Können Sie den Arm bitte etwas ruhiger halten? Danke.«

Tessa schaute dem Mann bei seinen Handgriffen zu, als sei es ein fremder Körper, an dem er arbeitete. Sie wusste, dass es jedes Mal einen Schmerz gab, wenn er mit seiner rostbraun getränkten Watte ihr offenes Fleisch berührte, aber sie spürte nichts.

»Haben Sie sich vor kurzem schon mal im Gesicht verletzt?«

»Wie?«

»Sie haben da eine Wunde an der Stirn, die aussieht, als ob sie etwas älter wäre.«

»Ach die. Ja.«

Tessa machte eine flüchtige Geste, als wolle sie eine Haarsträhne aus dem Gesicht streichen.

»Das ist nichts. Ich habe mir den Kopf gestoßen.«

Der Sanitäter gab einen Laut von sich, den Tessa weder als Zustimmung noch als Zweifel deuten konnte. Ihr Hals begann wieder zu brennen.

»Victor ... Gestern ... Ich ... Finden Sie ihn ...« Die Tränen kamen so plötzlich, dass sie nicht mehr die Zeit hatte, die Augen zu schließen. Der Sanitäter war mit dem kleinen Gazepflaster, das er gerade über ihre geklammerte und gereinigte Hinterkopfwunde hatte kleben wollen, einen Schritt zurückgetreten. Die Sanitäterin verstärkte den Druck auf Tessas Hand. »Sollen wir Ihnen nicht doch etwas zur Beruhigung spritzen?«

Tessa schüttelte die Hand, die schon viel zu lange auf der ihren gelegen hatte, ab.

»Wenn Sie mir vielleicht ein Taschentuch geben könnten.«

Am Nachbartisch im Restaurant hätte Tessa den Mann, der eine Viertelstunde später zu ihr in den Rettungswagen geklettert kam, für den Erd- und Gesellschaftskundelehrer an einem liberalen Gymnasium gehalten. Nie wäre sie darauf gekommen, dass er Kriminalhauptkommissar sein könnte. Die großen, blassen Augen, die grauen Locken und der hängende Schnurrbart verliehen seinem Gesicht etwas Trauriges. Keine Spur von Staatsmacht.

»Wie fühlen Sie sich?«, fragte Arndt Kramer, nachdem er auf dem unbequemen Sitz gegenüber der Liege Platz genommen hatte.

Beinahe hätte Tessa gelacht. *Herr Kriminalhauptkommissar, wie fühlen Sie sich heute? Haben Sie schon als Kind gern mit toten Katzen und Mäusen gespielt?* Die Wunde an ihrem Hinterkopf begann zu pochen. Die Sanitäter hatten den Rettungswagen verlassen.

»Victor. Sie müssen ihn finden.«

»Können Sie mir erzählen, was passiert ist?« Seine Stimme war sachlich. Hatte nichts von der Besorgtheit des Vertrauenslehrers, die Tessa erwartet hätte.

»Ich war Laufen ... Jemand hat mir etwas über den Kopf geschlagen ... Und als ich wieder zu mir gekommen bin ... war ... war Victor weg.«

Der Kommissar schaute sie ruhig an. Nicht unfreundlich. Aber auch nicht freundlich. Sie konnte seinen Blick nicht lesen.

»Sie waren hier im Park joggen. Mit Ihrem Sohn.«

Die Stimme passte nicht zu seinem traurigen Gesicht. Es war die Stimme eines Zollbeamten, der zu viele Nachtschichten hinter sich hatte. Tessa spürte, wie die Tränen von ihrem Kinn in den Schoß tropften.

»Ich will meinen Sohn wiederhaben.«

Sie brauchte ein neues Taschentuch. Das, welches die Sanitäterin ihr vorhin gegeben hatte, war vollständig zerfasert.

»Wie alt ist Ihr Sohn?«

»Am sechsten Juni ist er ein Jahr alt geworden.«

»Können Sie eine genauere Zeitangabe machen, wann der Überfall passiert ist?«

»Ich weiß es nicht ... kurz ... vor ... fünf ... fünf.« Sie musste jetzt nach jedem Wort Luft holen, die Tränen rollten immer heftiger. Sie begriff nicht, warum ihr der Kommissar kein Taschentuch anbot. Ihre Hand fuhr in ihre rechte Hosentasche hinein. Ihre Finger berührten zusammengeknüllten Zellstoff.

Arndt Kramer warf einen Blick auf seine Armbanduhr. »Und dann haben Sie gleich die Polizei gerufen.«

»Ich habe nach Victor geschrien ... Und dann bin ich in den vorderen Teil des Parks gerannt ... Bis ich diese Frau getroffen habe ... Sie hat die Polizei gerufen.«

»Sie selbst hatten kein Handy dabei?«

Ihre Faust ballte sich um das Taschentuch in ihrer Hosentasche. Etwas Hartes, Spitzes stach in ihre Handfläche. Ein Stück Rinde. Ihr Herz nahm Anlauf zu einem neuen Sprint. Ohne zu blinzeln sah sie dem Kommissar in die blassgrünen Augen. »Der Akku ist fast leer. Ich habe letzte Nacht vergessen, ihn zu laden.«

»Haben Sie den Täter gesehen?«

Tessa schüttelte den Kopf. »Entschuldigen Sie.« Sie drehte sich leicht zur Seite, zog das Taschentuch aus ihrer Hosentasche und schneuzte. Sie stopfte das Tuch zu dem, das in ihrer linken Faust zerfasert war.

»Warum sitzen wir hier noch herum? Sie müssen Victor finden.«

»Unsere Leute sind schon auf dem Weg. Sie werden den ganzen Park durchkämmen. Vielleicht ist der Täter mit Victor ja noch irgendwo auf dem Gelände.«

Tessa nickte. Ein einsamer Rindenkrümel steckte in ihrer Hosentasche.

»Und dann müssen wir den Tatort sichern. Fühlen Sie sich imstande, uns dorthin zu führen, wo es passiert ist?«

»Ja.« Sie stand auf. Tapfer. Hielt sich sehr gerade. Der Kommissar öffnete die Hecktüren des Rettungswagens. Das helle Licht blendete sie. Einen Moment glaubte sie, schreiende Massen und Blitzlichtgewitter zu sehen.

Frau Simon! Schauen Sie her!
Wie fühlen Sie sich?
Glauben Sie, dass Sie jemals wieder frei atmen können?
Wünschen Sie sich nicht zur Hölle?

»Das können Sie da reinwerfen.«

»Wie?«

Die Stimme des Kommissars holte sie zurück. Streifenbeamte hatten das Rasenstück, auf dem der Rettungswagen stand, weiträumig abgesperrt. Es erinnerte sie an die Wagenburgen ihrer Kindheitswestern. Zwischen zwei Streifenwagen riss ein Mann seine Kamera hoch, eine Beamtin verstellte ihm sogleich den Blick. Über ihnen kreiste ein Hubschrauber, von dem Tessa nicht sagen konnte, ob er einem Fernsehteam gehörte, der Polizei, oder ob er zufällig über den Park flog.

»Die Taschentücher.« Arndt Kramer zeigte auf den offenen Metallpapierkorb, der an der Innenwand des Rettungswagens festgeschraubt war.

»Ach so. Ja.«

Der Kommissar war aus dem Wagen ins Gras gesprungen. In der Sekunde, bevor er sich zu ihr umdrehte, zog Tessa die Hand, die sich bereits über dem Papierkorb hatte öffnen wollen, zurück und stopfte die Taschentücher in ihre Hosentasche. Arndt Kramer machte einen Schritt auf den Wagen zu und hielt ihr die Hand hin, um ihr beim Aussteigen zu helfen. Es war das erste Mal, dass er lächelte.

Tessa konnte sich nicht erinnern, hier jemals joggen gewesen zu sein. Je tiefer sie den Kommissar und die anderen Polizeibeamten in den Wald hineinführte, desto fremder kam ihr alles vor. Schwarze Bäume streckten die knöchrigen Zweige nach ihr, um ihr die Augen auszukratzen. Ein Blitz hatte den Stamm einer Buche gespalten. In dem Spalt saß ein Tier und lachte. Tessas Schritte wurden schneller. Fremd. Die dunkle Eiche, in deren Krone die riesige Fledermaus hing. Oder war es doch nur ein Regenschirm? Alles fremd. Hinter einer Kurve blieb sie abrupt stehen. Dreißig Meter weiter am Wegrand war etwas Buntes, Rotes. Ein abgestürzter Kinderdrachen? Auf dem Griff saß ein kleiner Vogel, er schaute die Ankömmlinge an und flog davon.

»Ist das Ihr Buggy?«

Sie war unfähig etwas zu sagen. Dennoch musste sie genickt haben, der Kommissar stellte die nächste Frage: »Und das ist auch die Stelle, wo der Überfall stattgefunden hat?«

Diesmal merkte Tessa, wie sie nickte. Langsam. Das Kinn ein wenig senken. Und heben. Senken. Am Rande ihres Blickfeldes sah sie, wie ein uniformierter Beamter mit einer großen Spule in der Hand auf einen Baum zuging. Er zog ein rot-weißes Band von der Rolle und umarmte den schwarzen Stamm.

»Aus welcher Richtung sind Sie gekommen?«

Tessa zeigte mit dem Kopf nach links.

»Gehen Sie hier öfter joggen?«

Tessa nickte. Wieso war der Wald so schwarz?

»Laufen Sie immer dieselbe Strecke?«

Kinn senken. Kinn heben.

»Zur selben Uhrzeit?«

Kinn senken. Kinn heben.

»Haben Sie den Täter gesehen, bevor er Sie angegriffen hat?«

Tessa hatte bereits das Kinn gesenkt, als sie den Fehler merkte. Sie riss das Kinn nach rechts herum und erstarrte. Der Vogel. Der Vogel auf dem leeren Babyjogger. Schließlich gelang es ihr, »Nein« zu sagen.

»Ist Ihnen jemand entgegengekommen, haben Sie jemanden am Wegrand gesehen?«

»Nein.«

»Der Täter hat Sie also von hinten angegriffen?«

»Ja.«

»Haben Sie gehört, dass Ihnen jemand folgt?«

»Ich bin gelaufen.«

»Sie haben also nicht gehört, dass Ihnen jemand folgt.«

Der Beamte mit der Rolle umarmte den nächsten Stamm. Dort, wo sie hergekommen waren, war der Weg jetzt mit dem weiß-roten Plastikband abgesperrt. Ein anderer Beamter hielt einen Jogger an, der um die Kurve gebogen kam. Sie sah, wie dieser mehrmals den Kopf schüttelte.

Wieso hatte sie nichts gehört? Unter ihren Füßen hatte Kies geknirscht. Ihr Herz hatte gepumpt. Die Erklärung, die ihr vor einer Stunde noch so traumwandlerisch befriedigend erschienen war, kam ihr ganz und gar lächerlich vor. Sie hatte Musik gehört. Einen Walkman aufgehabt. Sie schaute zu dem leeren Babyjogger. Wenn sie sich anstrengte, sah sie die Taschentuchpackung aus dem Staunetz leuchten. Wo war der Walkman jetzt, wenn sie ihn beim Überfall aufgehabt hatte? Der Täter hatte ihn geklaut? Sie hatte ihn in ihrer Verwirrung mitgenommen, als sie um Hilfe gerannt war. Und dann? Weggeworfen. Und wo? Das konnte sie nicht mehr sagen. Vielleicht hatte ihn jemand gefunden und eingesteckt.

Zwei Männer in weißen Overalls mit Kapuzen gingen auf den Babyjogger zu. Ein dritter Mann in Weiß blieb hinter ihnen zurück. Er suchte den Boden ab, als ob er etwas verloren hätte. Plötzlich bückte er sich, hob, was immer er gefunden hatte, auf und ließ es in einen klaren Plastikbeutel fallen.

»Das sind die Kollegen von der Spurensicherung«, hörte Tessa die Stimme des Kommissars. »Die Suchmannschaften müssen auch jeden Augenblick eintreffen.«

Sie würde es nicht durchstehen. Gleich fingen Hunderte von Polizisten mit Hunden an, die Gegend zu durchstreifen. Helikopter mit Wärmekameras würden jeden Winkel des Waldes absuchen. Sie kannte die Prozedur von den Fällen, die sie im Fernsehen verfolgt hatte. Victors Bild würde in allen Nachrichten zu sehen sein, in allen Zeitungen. Die riesige Maschinerie war angelaufen, eine Titanic, die niemand mehr daran hindern konnte, in See zu stechen.

»Frau Simon? Geht es Ihnen nicht gut? Soll Sie jemand zurück zum Krankenwagen bringen?«

Die beiden Männer hatten begonnen, den Babyjogger zu umkreisen. Sie sahen aus wie Astronauten, die ihre Helme vergessen hatten.

»Victor hat wieder so laut geschrien«, hörte Tessa sich murmeln. »Die Hitze hat ihn fertig gemacht. Ich dachte, es tut ihm gut, wenn ich mit ihm ein wenig in den Wald gehe. Er hat es immer gern, im Babyjogger herumgefahren zu werden. Aber heute hat er nicht aufgehört zu weinen.«

»Victor hat in dem Moment, in dem Sie überfallen wurden, laut geweint?«

»Ja.« Sie hatte eine kluge Antwort gegeben, jetzt wollte sie nur noch schlafen.

»Das ist gut.«

Tessa war nicht sicher, ob sie den Kommissar richtig verstanden hatte.

»Bis der Täter den Ausgang des Parks erreicht hat, muss er eine ziemliche Strecke mit Victor zurückgelegt haben«, erklärte Arndt Kramer, als habe er ihre Verwirrung bemerkt. »Ein Mensch, der mit einem laut weinenden Kind durch den Park eilt, fällt eher auf, als jemand, der ein schlafendes Kind auf dem Arm hat. Wir finden sicher Zeugen, die etwas gehört haben.«

Zu ihrer Müdigkeit gesellte sich eine große Übelkeit. »Kann mich bitte jemand zum Wagen zurückbringen?«, fragte Tessa und wischte sich über die Stirn.

Nun war auch sie ein Astronaut geworden. Tessa hob einen Arm und ließ ihn wieder fallen. Der weiße Overall aus dünnem Kunststoff knisterte unangenehm auf der Haut. Die junge Beamtin vom Erkennungsdienst, die sie zurück in den Rettungswagen begleitet hatte, packte die Joggingshorts und das T-Shirt, das Tessa zuletzt ausgezogen hatte, sorgfältig in Plastikbeutel.

»Geben Sie mir auch noch die Schuhe?«, fragte die Beamtin. Unter der Kapuze ihres Overalls schauten kurze blonde Haare hervor.

Tessas Finger waren klamm. Sie brauchte eine Weile, bis sie die Turnschuhe aufgeschnürt hatte. Eine der Schleifen verhedderte sich zu einem Knoten, sie musste die Beamtin bitten, ihr zu helfen.

Kommissar Kramer hatte ihr am Tatort erklärt, dass sie ihre Kleidung bräuchten. Um festzustellen, ob der Täter irgendwelche Spuren – Haare, Fasern – an ihr hinterlassen hatte. Und dass sie das Profil ihrer Schuhe bräuchten. Um ihre Abdrücke am Tatort auszusortieren. Tessa hatte kaum protestiert. Auf ihre Frage, ob das alles denn wirklich noch hier im Park geschehen müsse, hatte Arndt Kramer sie angesehen und gesagt: *Wenn Sie sich überfordert fühlen, dann natürlich nicht. Aber es würde uns sehr helfen, wenn wir Ihre Kleidung sicherstellen können, bevor noch mehr Sanitäter, Beamte und andere am Verbrechen Unbeteiligte ihre Spuren darauf hinterlassen haben.*

»So. Das hätten wir geschafft.« Die blonde Beamtin zog den Verschluss des Beutels, in den sie die Turnschuhe gepackt hatte, mit einem Lächeln zu, legte ihn zu den anderen und streifte sich die Kapuze vom Kopf. Tessa hatte sich getäuscht. Ihre Haare waren nicht kurz, es war nur der Pony gewesen, zwischen den Schulterblättern der Beamtin ruhte ein schwerer blonder Zopf.

»Wollen Sie die nicht wegwerfen? Da sind frische«, sagte die Blonde und zeigte auf eine Schachtel mit Papiertüchern. Tessa griff nach dem zerfaserten Zellstoffknäuel, als sei es ihr liebstes Stofftier, das niemand ihr wegnehmen durfte.

»Sind Sie sicher, dass die Sanitäter Sie nicht doch zuerst ins Krankenhaus bringen sollen?«

»Ich will nach Hause.« Der Overall hatte keine Taschen. Sie

würde die Taschentücher in der Hand behalten, bis sie zu Hause war und sie ins Klo werfen konnte.

»Haben Sie ein Handy?«

Die Beamtin öffnete den Reißverschluss ihres Schutzanzugs und holte ein altmodisches Gerät aus der Gürteltasche, die sie darunter trug.

Das Telefon klingelte so lange, dass Tessa schon fürchtete, die Mailbox würde antworten. Als sie endlich Sebastians Stimme hörte, war ihr Hals so eng, dass sie nichts sagen konnte. Wortlos hielt sie der Beamtin das Handy hin. Die nahm es widerstrebend.

»Guten Morgen?« Die Stimme der Beamtin klang unsicher. Nichts Beruhigendes, nichts Festes im Ton. Am liebsten hätte Tessa ihr das Handy wieder entrissen. Sie hörte Sebastians Stimme, ohne zu verstehen, was er sagte.

»Hier spricht Tanja Sabritz, ich arbeite bei der Kripo. Sind Sie mit Frau Simon befreundet?«

Tessa war sicher, dass Sebastian noch einmal seinen Namen genannt hatte, wie konnte diese Frau nicht wissen, dass er ihr Mann war?

»Verstehe. Ich fürchte, ich habe schlechte Nachrichten für Sie, Herr Waldenfels.« Die Beamtin schaute Tessa an. Tessa starrte zurück. Was erwartete sie von ihr? Aufmunterung?

»Ihre Frau ist heute Morgen beim Joggen überfallen worden. So wie es aussieht, wurde Ihr Sohn entführt.«

Tessa sprang auf und riss der Beamtin das Telefon aus der Hand.

»Sebastian ... Sebastian ...«

»Tessa. Um Gottes Willen. Bist du in Ordnung?«

»Victor.« Sie schluchzte.

»Bist du verletzt?«

Sebastians Stimme klang so weit weg, dass Tessa für einen Moment das Gefühl hatte, er befände sich in einem anderen

Sonnensystem, von dem kein Weg mehr in ihre Welt zurückführte.

Die Morgensonne schien durch die großen Fenster ins Schlafzimmer. Ein Flugzeug schnitt links oben ein kleines Dreieck aus dem blauen Himmel. Seitdem sie eingezogen waren, sprachen sie davon, Rollos machen zu lassen. Tessa erinnerte sich an den Sonntag, an dem sie gemeinsam die Fenster vermessen hatten. Wo Sebastian beinahe von der Leiter gefallen wäre. Wo sie sich aufs Bett geworfen und dabei den Zollstock zerbrochen hatten. Der Zettel mit den Maßen musste immer noch in irgendeiner Schreibtischschublade liegen.

Tessa wandte sich ab. Vor ihren Augen tanzten Lichtpunkte.

»Hast du mal noch ein Sechser-Kabel für mich«, hörte sie eine Männerstimme im unteren Stockwerk rufen.

»Hinten in der Kiste.«

»Ich zieh hier jetzt die Drei durch.«

Tessa betrachtete ihren nackten Körper in dem großen Spiegel am Kleiderschrank. Sie hatte nicht duschen wollen. Die Polizeipsychologin hatte sie überredet. Lieber wäre sie gerannt, die Treppen hinunter, durch den Wohnbereich, um den Esstisch herum, wieder die Treppen hinauf und immer weiter. Sie war in ihrer eigenen Wohnung gefangen. Zwei Beamte hatten sie nach Hause gefahren. Ihr Mercedes stand noch immer auf dem Parkplatz am Wald. Techniker hatten damit begonnen, im unteren Stockwerk Kabel zu verlegen und Geräte zu installieren, die alle damit zu tun hatten, Anrufe aufzuzeichnen und zurückzuverfolgen. Die Polizeipsychologin hatte den Anrufbeantworter abhören wollen. Die einzige Nachricht war eine von der Reinigung gewesen. Frau Simons Anzüge seien zum Abholen bereit.

Tessa griff nach dem T-Shirt, das von letzter Nacht auf dem Boden lag. Erst als sie die Shorts zuknöpfte, entdeckte sie die braunen Schmierer auf der Vorderseite. *Jetzt muss ich schon wieder waschen, zwei Maschinen am Tag, seitdem das Kind im Haus ist, kommt keine Haushälterin mehr hinterher.* Sie zog das T-Shirt aus und warf es zusammen mit den Shorts in die Wäschetonne im Bad. *Was regst du dich auf. Du hast eine große Waschmaschine und einen großen Wäschetrockner. Du kannst es dir leisten. Für dich ist das alles kein Problem.* Als sie den Deckel schloss, fiel ihr ein, dass sie die Kleider mit den braunen Spuren nicht in der Wäschetonne lassen durfte. Sie konnte die Sachen in der Badewanne verbrennen. In Filmen verbrannten Leute immer Dinge in der Badewanne. Manchmal sogar im Waschbecken. In ihrem Wochenendkoffer fand sie einen alten Hotel-Wäschesack.

»Frau Simon? Ist alles in Ordnung?« Die Stimme der Polizeipsychologin klang so nah, als ob sie bereits am Fuße der Treppe stehen würde.

»Ja. Danke.«

Diese Frau sollte unten bleiben! Es war *ihre* Wohnung. Und in ihrer Wohnung konnte sie tun und lassen, was sie wollte.

»Es ist wirklich alles in Ordnung.«

Tessa stopfte die Shorts und das T-Shirt in den Beutel, riss die unterste Wäscheschublade auf und quetschte ihn in den hintersten Winkel. Ein durchsichtiger rosa Slip mit Rüschen, den Sebastian ihr einmal aus Jux geschenkt hatte, fiel heraus.

»Ich verspreche Ihnen, wir tun alles, um Victor so schnell wie möglich zurückzubringen.«

Tessa war bei den ersten Worten herumgefahren. Mara Stein stand auf der obersten Treppenstufe. Sie war eine kleine Frau, zart, unauffällige Kleidung, etwas älter als sie selbst, Gebrauchshaarschnitt. Tessa versuchte, den Slip, den sie vom Boden aufgehoben hatte, in ihrer Faust verschwinden zu lassen. Obwohl er eigentlich aus Nichts bestand, schaute rechts und links ein rosa Zipfel hervor.

Die Psychologin lächelte. »Stört es Sie, wenn ich mich eine Weile zu Ihnen setze?« Es klang beinahe schüchtern. »Da unten stehe ich doch nur im Weg rum.«

»Bitte.« Tessa machte eine unbestimmte Geste in Richtung des einzigen Sessels, der im Schlafbereich stand. T-Shirts und Socken von Sebastian hingen über der Rücklehne.

»Machen Sie sich keine Umstände«, sagte Mara Stein, als sie merkte, dass Tessa zum Sessel gehen und die Wäschestücke entfernen wollte. Sie nahm an der vordersten Kante des klobigen Möbels Platz. Schmal wie eine Erstkommunikantin saß sie dort.

»Ich kann nur ahnen, was Sie gerade durchmachen. Es muss das Schlimmste sein, was einer Mutter passieren kann.«

Wortlos zog Tessa eine andere Schublade heraus und stopfte den Slip hinein.

»Ich wollte immer Kinder haben«, redete die Psychologin weiter, als habe Tessa ihr Tee und Gurkensandwiches angeboten. »Aber ich habe mir gesagt: *Warte noch, bis du dein Studium zu Ende gebracht hast. Warte, bis du fest angestellt bist.* Immer fand ich einen Grund zu warten. Und dann – dann war es plötzlich zu spät.« Die Psychologin machte eine Pause. »Ich kann keine Kinder mehr bekommen«, fügte sie leiser hinzu.

Tessa schloss die Schublade mit einem Knall. Was sollte das? War diese Frau ernsthaft zu ihr gekommen, um ihr etwas über Gebärmutterkrebs oder verklebte Eierstöcke vorzujammern?

»Finden Sie Victor.« Tessa ging zu einem der Schränke und öffnete die Tür. Sie hatte keine Ahnung, was sie in dem Schrank wollte.

»Kommissar Kramer ist der beste Mann, den wir haben. Alle unsere Leute arbeiten mit vollem Einsatz.«

Tessa entdeckte zwei weiße Anzüge, die sie nie getragen hatte. Vielleicht war es ehrlicher, sie gleich zur Altkleidersammlung zu bringen.

»Es muss doch manchmal auch ganz schön bedrohlich sein, so im Rampenlicht zu stehen wie Sie. Sie bekommen doch sicher viele Fanbriefe, die nicht immer nur angenehm sind.«

Das dunkelrote Kleid ganz links hatte sie auch noch nie getragen.

»Machen Sie sich mal keine Sorgen«, antwortete Tessa, bevor sie sich ins Gedächtnis rufen konnte, dass sie mit der Frau eigentlich nicht reden wollte. »Das schlimmste Zeug sortiert meine Redaktion aus.«

»Das ist ja gut, wenn die das von Ihnen fern halten«, nahm die Psychologin das mickrige Fadenende, das Tessa ihr hingeworfen hatte, dankbar auf. »Aber wenn Sie jemand richtig bedrohen würde, das würden die Ihnen doch sagen?«

»Keine Ahnung. Fragen Sie die in der Redaktion.«

»Ich kann mir vorstellen, dass es viele Frauen gibt, die neidisch auf Sie sind«, suchte die Psychologin einen neuen Einstieg, nachdem ihr klar wurde, dass Tessa zu dem anderen Thema alles gesagt hatte. »Auf das, was Sie erreicht haben. Auf Ihr Glück.«

Tessa wollte gerade aufbrausen, die Frau anschreien, dass sie sie mit ihrem Gewäsch verschonen sollte, als sie hörte, wie sich unten die Fahrstuhltüren öffneten.

Die Angst hatte ihn in wenigen Stunden altern lassen. Seine Augen waren kleiner als sonst, verschwollen, der Ansatz eines Ticks war in sein linkes Lid gekrochen. Er hatte sich nicht rasiert. Aus den Linien, die sich rechts und links von seinen Nasenflügeln zu seinen Mundwinkeln hinunterzogen, waren tiefe Furchen geworden. Ein steinernes Gesicht, von einem unbarmherzigen Bildhauer gemeißelt.

Sebastian, es ist nicht meine Schuld. Es tut mir so Leid. Nichts, was ich sage, macht irgendetwas wieder gut. Es tut mir so Leid.

Er ließ die lederne Umhängetasche, die er über der Schulter hatte, achtlos zu Boden fallen. Etwas darin klirrte. Die Tasche war sein einziges Gepäck. Als Tessa ihn umarmte, spürte sie, dass sein Hemd nass war. Er erwiderte die Umarmung nur kurz, dann fasste er sie an beiden Schultern, schaute sie an, als könnten seine Augen die gute Nachricht aus ihr herausbrennen.

»Nein«, sagte Tessa leise, »immer noch nichts.«

Der Kommissar wollte keinen Kaffee. Tessa hatte eine ganze Kanne gekocht, die beiden Abhörspezialisten, die sich in Sebastians Arbeitszimmer installiert hatten, und die Psychologin hatten gern eine Tasse genommen. Es verwirrte sie, dass der Kommissar nichts wollte. Sie war sicher gewesen, dass Kommissare nie einen Kaffee ablehnten. Sie stellte die Kanne und die leere Tasse auf den Tisch zwischen den beiden cremeweißen Besuchersofas.

»Vielleicht möchten Sie später noch einen Schluck.«

Der Kommissar lächelte nachsichtig, als habe sie einen unpassenden Witz erzählt. Mit einer Hand streichelte er seinen Schnurrbart, mit der anderen zupfte er an dem Schnürsenkel seiner braunen Halbschuhe. Er hatte keine fünf Minuten benötigt, um sie über den aktuellen Stand der Dinge zu informieren. Suchtrupps mit Hunden durchstreiften noch immer den Wald, ein Helikopter mit Wärmekamera kreiste über dem Gelände. Beamte waren auf der Suche nach Passanten, denen etwas Verdächtiges aufgefallen sein könnte. Das Ergebnis war null.

Sebastian, der die ganze Zeit schweigend neben Tessa auf einem Sofa gesessen hatte – auch er hatte seine Tasse nicht berührt –, sprang plötzlich auf und rief: »Warum meldet sich dieser Irre nicht? Es kann doch nicht sein, dass dieser Irre sich nicht meldet.«

Arndt Kramer ließ von seinem Schnurrbart ab. »Es kann bedeuten, dass es dem Entführer nicht um Lösegeld oder sonst eine Erpressung geht.«

»Worum soll es ihm denn dann gehen?«

Tessa spürte einen kleinen Ruck. Sebastian musste von hinten gegen das Sofa getreten haben.

»Es kann zum Beispiel bedeuten, dass wir es mit einer verwirrten Person zu tun haben«, sagte Mara Stein, »mit einer Person, die es auf Ihr Kind abgesehen hat.«

Tessa hatte den Wortwechsel als aufmerksame Zuschauerin verfolgt. Als sich der Kommissar jetzt direkt an sie wandte, wäre sie beinahe erschrocken. So wie sie im Theater immer erschrak, wenn ein Schauspieler einzelne Leute im Publikum ansprach.

»Ist Ihnen in den letzten Tagen oder Wochen jemand aufgefallen, der Sie beim Joggen beobachtet hat? Vielleicht eine jüngere Frau, die schwanger zu sein schien oder ebenfalls einen Buggy geschoben hat? Die versucht hat, mit Ihnen ins Gespräch über Kinder zu kommen?«

»Warum soll eine andere Mutter unseren Sohn entführen, das ergibt doch keinen Sinn«, rief Sebastian, bevor Tessa etwas erwidern konnte.

»Sie haben vollkommen Recht, Herr Waldenfels, es klingt schwer begreiflich«, sagte die Psychologin. »Aber es gibt Frauen, die keine Kinder bekommen können, in denen der Kinderwunsch aber so stark wird, dass –«

»Warum soll diese Frau dann Tessa mit einem Buggy verfolgen?«, fiel ihr Sebastian ins Wort. »Das ist doch krank.«

Tessa schaute die Psychologin an, so als wollte sie sagen: *Sehen Sie, mein Mann stellt die richtigen Fragen.*

»Erst letztes Jahr hatten wir einen Fall, wo eine Frau parallel zu der Schwangerschaft ihrer Nachbarin eine eigene Schwangerschaft vorgetäuscht hat«, erklärte der Kommissar, »inklusive Babysachen kaufen und all das. Als die Nachbarin dann mit dem Kind aus der Klinik nach Hause kam, hat die andere sie umgebracht, ihr das Kind abgenommen und in den Kinderwagen gelegt, den sie vor einem Monat gekauft hatte.«

Sebastian musterte den Kommissar, als habe ihn dieser persönlich beleidigt.

»Nein«, sagte Tessa, »mir ist keine Frau aufgefallen.«

»Gab es in letzter Zeit in den Medien irgendwelche Fotos von Victor?«

Sebastian hatte sich abgewandt und blickte aus dem Fenster.

»Im letzten Herbst gab es mehrere Artikel über unsere Hochzeit und Victors Taufe«, antwortete Tessa zögernd. »Da waren natürlich auch Fotos von Victor dabei.« Sebastian zeigte noch immer keine Regung.

»Können Sie mir die Artikel geben?«

»Da muss ich schauen. Ich hoffe, dass ich die Sachen nicht weggeschmissen habe.«

Sebastian war aus seiner Starre erwacht. Er hatte seine Arme vor der Brust verschränkt und sah aus, als ob er jeden Moment losstürmen wollte. »Irgendein Irrer da draußen hat unser Kind, und Sie verplempern Ihre Zeit damit, Geschichten zu erzählen.«

»Ich verstehe Ihre Beunruhigung, Herr Waldenfels«, sagte die Psychologin, obwohl Sebastian den Kommissar angefahren hatte. »Aber solange wir kein Zeichen des Entführers haben, müssen wir in sämtliche Richtungen ermitteln. – Halten Sie es für möglich«, wandte sie sich an Tessa, »dass jemand Victor entführt hat, um sich persönlich an Ihnen zu rächen?«

»Zu rächen?« Tessa kam sich vor wie bei einem dieser Gesellschaftsspiele, wo keiner weiß, wer zu welcher Mannschaft gehört.

»Gibt es eine Person, von der Sie das Gefühl haben, sie möchte Ihnen oder Ihrem Mann einen Denkzettel verpassen, etwas heimzahlen?«

»Was soll das?« Sebastian stieß sich mit beiden Händen von der Rücklehne des Sofas ab. Einen Moment fürchtete Tessa, er würde auf die Psychologin losgehen. »Finden Sie lieber unseren Sohn.«

»Herr Waldenfels, bitte.« Der Kommissar schien Ähnliches zu befürchten, denn er stand auf. »Holger!«, rief er in die Richtung, in der sich Sebastians Arbeitszimmer befand, »kannst du bitte kurz herkommen?«

Wenige Sekunden später erschien ein Beamter, den Tessa bislang noch nicht gesehen hatte. Er musste zusammen mit dem Kommissar die Wohnung betreten haben.

»Habt ihr schon die Fingerabdrücke und Speichelproben von Frau Simon und Herrn Waldenfels genommen?«

»Ich dachte, wir machen das lieber im Präsidium«, sagte der Mann, den der Kommissar Holger genannt hatte.

»Ach komm, das kriegt ihr doch auch hier hin«, gab Arndt Kramer zurück. »Ich würde Frau Simon und Herrn Waldenfels die Fahrt ins Präsidium gern ersparen.«

Holger nickte. Wenig begeistert.

»Bitte, Herr Waldenfels«, der Kommissar schaute Sebastian freundlich an. »Sind Sie so nett und begleiten meinen Kollegen?«

»Was soll das alles?« Die kleine Ader an Sebastians Schläfe, die nicht oft hervortrat, pulste.

»Es besteht die Wahrscheinlichkeit, dass wir auf dem Buggy vereinzelte Fingerabdrücke finden. Wir benötigen Ihre und«, der Kommissar nickte Tessa zu, »Ihre Fingerabdrücke, um eben diese auszuschließen. Das Gleiche gilt für mögliche

DNA-Spuren, die wir am Tatort sicherstellen. Es wäre gut, wenn Sie uns dann auch noch eine Liste mit den Personen geben könnten, die in letzter Zeit Berührung mit dem Buggy hatten.«

»Ich verstehe.« Tessa stand auf und strich das weiße Hemd, das sie vorhin angezogen hatte, glatt.

»Frau Simon, wenn Sie bitte noch einen Moment hier bleiben könnten.«

Sebastian beugte sich zu ihr hinab und umarmte sie. »Wir schaffen das. Heute Abend ist Victor wieder bei uns«, flüsterte er.

Tessa drückte seinen Oberarm. »Ja. Das ist er.«

Sie sah, welche Mühe es ihn kostete, nichts umzuwerfen, nichts kaputtzutreten auf dem Weg in sein Arbeitszimmer.

»Das war nicht nötig«, sagte sie, nachdem sich die Tür zum Flur geschlossen hatte. »Sebastian und ich haben keine Geheimnisse.« Eine braune Spur zog sich vom Ausgießer der Kaffeekanne bis zum Boden hinab. Der Impuls war stark, einen feuchten Lappen aus der Küche zu holen und die Kanne abzuwischen.

»Ihr Mann arbeitet zur Zeit in einer anderen Stadt?«, fragte der Kommissar.

»Er dreht seinen ersten Film.«

»Dann haben Sie sich bestimmt nicht viel gesehen in letzter Zeit?«

»An den Wochenenden kommt er nach Hause.«

»Wie lange sind Sie schon verheiratet?«

»Letztes Jahr im Oktober.« *Lesen Sie keine Zeitungen?* »Victor wurde am selben Tag getauft«, sagte Tessa laut.

»War Ihr Mann davor schon einmal verheiratet?«

»Nein.«

»Hat er Kinder aus früheren Beziehungen?«

Die Stimme des Kommissars war so unbewegt wie am Morgen. Ein Grenzbeamter, der seine Fragen nach Ziel und Zweck der Reise abhakte. Doch in seinen Augen entdeckte Tessa etwas, das sie für Mitgefühl hielt. Nein. Mitgefühl war nicht das richtige Wort. Interesse? Arndt Kramer verwirrte sie wie eine dieser Denksportaufgaben, wo man im ersten Moment *Das ist doch ganz einfach!* ruft und dann Nächte damit verbringt, das Prinzip zu knacken.

»Nein«, sagte sie. »Victor ist Sebastians einziges Kind.«

Der Drang, die Kaffeekanne sauber zu machen, wurde schier unerträglich.

»Wir haben bislang keinen einzigen brauchbaren Anhaltspunkt«, sagte der Kommissar nach einer kurzen Pause. Seine Stimme war leiser geworden, er hatte sich vorgebeugt, die Fingerspitzen beider Hände aneinander gelegt. »Das Einzige, was ich im Augenblick tun kann, ist, Ihnen Fragen zu stellen. Alles, womit wir arbeiten können, ist das, was Sie uns erzählen.«

Tessa starrte ihn an. Was sollten diese Bemerkungen? Verdächtigte er sie, etwas zu verheimlichen? Hatte sie sich doch geirrt, und es war gar keine Anteilnahme, die in seinem Blick lag? Sie hätte misstrauisch werden müssen, als er keinen Kaffee getrunken hatte. Er wollte sie auf Distanz halten. Für ihn war sie nichts als das Objekt seiner professionellen Neugier.

Ihr Blick wanderte durch den Raum. Er streifte den Esstisch aus kaukasischem Nussbaum. Die beiden Ölgemälde, fliehende Landschaften. Sie sah den Flachbildschirmfernseher an der Wand. Die cremeweißen Besuchersofas. Arndt Kramer und Mara Stein waren Fremdkörper, die sie nicht lange in dieser Wohnung ertragen würde.

Tessa legte die Hände in den Schoß, senkte den Blick und schloss kurz die Augen. »Kommt es vor, dass sich ein Entführer nie meldet?«, fragte sie.

Die Psychologin wollte antworten, als von dort, wo der Kommissar saß, ein gedämpftes Knurren ertönte.

»Entschuldigung.« Arndt Kramer legte eine Hand auf den Bauch und versuchte zu lächeln. »Ich habe noch nicht einmal gefrühstückt heute. Mein Magen ist etwas empfindlich in letzter Zeit.«

Tessa starrte ihn an. Deshalb also hatte er keinen Kaffee getrunken. Fast hätte sie gelacht. Der Kommissar war magenkrank und hungrig. Wie ein Wolf würde er sich über ihre Vorräte hermachen, den Kühlschrank aufreißen, nicht zufrieden sein mit dem bisschen Fleisch, das er dort fand, »*mehr*« würde er heulen, »*mehr*«, er würde auf alle viere gehen, herumschnüffeln um die Tiefkühltruhe, schon glauben, eine Witterung aufgenommen zu haben, er würde die Fächer einzeln herauszerren, seine Pranken in die Aufbackbrötchen und Spinatklötze hauen. Er würde heulen vor Wut, dass er auch dort nicht fand, was seinen Hunger stillte.

»Sollen wir den Pizzaservice rufen?«, fragte Tessa und lächelte ihn an.

Feli flog ihr entgegen wie ein Engel auf Speed. *Fuck*, schluchzte sie an Tessas linkem Ohr, *fuck . . . fuck . . . fuck . . .* Es klang wie der Lockruf eines exotischen Vogels.

Nicht von Sebastian, im Radio hatte sie gehört, was passiert war. Ihr schlichtes, eng geschnittenes Kleid aus weißer Ballonseide sah neu aus. Ihre Locken waren seit dem letzten Treffen um eine weitere Nuance erblondet. Tessa konnte sich nicht erinnern, dass Feli und sie sich jemals so nahe gekommen wären. Beim Tod ihrer Mutter? Sicher nicht. Tessa hatte ihre Schwester damals weggestoßen und war in ihr Zimmer gerannt, wenn diese mit ihr zusammen hatte trauern wollen. *Du kapierst doch gar nichts! Du hast doch Mama gar nicht richtig gekannt!*

Tessa spürte, wie Felis Tränen an *ihrem* Hals hinunterliefen und sich in *ihrer* Schlüsselbeinkuhle zu einem kleinen Tümpel sammelten. Die *Fucks* ihrer Schwester trösteten sie mehr als alles andere, was jemand in den letzten Stunden gesagt oder getan hatte.

Das glaube ich nicht. Das kann doch nicht wahr sein. Um Gottes Willen. UM GOTTES WILLEN. Alle hatten sie inzwischen angerufen: Die Waldenfels, Tessas Vater, ihre Stiefmutter. Und alle hatten sie dieselben Hilflosigkeiten gestammelt. Wie lächerlich sich die menschliche Sprache im Angesicht der Katastrophe machte. Ein Chihuahua, der versuchte, einen Bernhardiner zu bespringen. Ihre Stiefmutter hatte es sogar fertig gebracht, *toi toi toi* zu wünschen.

Wieder klingelte das Telefon. Wieder fuhren alle zusammen, als wäre ein Meteorit in der Mitte des Raumes eingeschlagen. Wieder wollte Sebastian aufspringen, den Hörer an sich reißen. Wieder bedeutete ihm die Psychologin, das Gespräch Tessa zu überlassen.

Diese drückte ihre Schwester noch einmal fest an den Schultern, dann machte sie sich los und ging zu dem schnurlosen Apparat. Eigentlich war es Sebastians Telefon, Tessa hatte die Geräte am frühen Morgen ausgetauscht. Bislang schien es niemandem aufgefallen zu sein.

»Hallo?« Sebastians Atem war heiß in ihrem Nacken.

»Du bist's, Attila«, sagte sie, damit alle im Raum – und nicht nur die Abhörspezialisten nebenan – wussten, dass es wieder nicht der war, dessen Anruf sie ebenso herbeisehnten wie fürchteten.

Sebastian stieß schmerzlich die Luft aus, die Haare in Tessas Nacken richteten sich auf. Ihr Körper war so empfindlich wie sonst nur nach einer durchvögelten Nacht.

»Mein Gott, Tessa, haben sie Victor inzwischen gefunden?«

Tessa verneinte. Aus den Augenwinkeln sah sie, wie Feli zu Sebastian ging und seine Hand ergriff.

»Ich konnte es nicht glauben, als die eben hier aufgetaucht sind und gesagt haben, dass Victor verschwunden ist. Mein Patenkind.« Aus dem Hörer kam ein Geräusch, dass Tessa für Schluchzen hielt. Sie kannte Attila seit drei Jahren. Nie hatte er geweint. Feli und Sebastian standen nun so eng umklammert, wie Feli und sie vor wenigen Augenblicken gestanden hatten. Oder war es noch ein wenig enger?

»Die sagen, sie wollen alle Fan- und Hatemail haben, die in letzter Zeit für dich angekommen ist. Aber du weißt doch, dass wir den schlimmsten Schrott immer gleich wegschmeißen.«

»Das weiß ich, Attila«, sagte Tessa, und es klang so absurd tröstend, dass sie fast gelacht hätte.

»Sie haben gesagt, dass sie den Sekretariatscomputer mitnehmen wollen. Du weißt ja, was das heißt. Aber gut. Vielleicht schaffen sie es wenigstens, ein paar von den gelöschten Mails wieder hochzuholen.«

Sebastian und Feli verschwanden in Richtung Küche. Tessa hörte sie wispern.

»Wenn es sonst noch irgendetwas gibt, was ich für dich tun kann ... Ich bin sicher, Victor ist heute Abend wieder bei euch.«

Angestrengt dachte Tessa nach, wie sie mit den Abhörleuten in der Leitung Attila die nächste Frage stellen konnte, als er das Thema von selbst anschnitt.

»Wir haben mit Tissenbrinck gemeinsam beschlossen, heute Abend noch einmal die Doku über die Langzeitarbeitslosen auszustrahlen, die letztes Frühjahr gelaufen ist.«

Tessa spürte, wie sich Widerspruch in ihr regte.

Aber da sagte Attila schon: »Erst haben wir überlegt, die Folge mit Nuala zu wiederholen, irgendwie erschien uns das dann doch nicht richtig. Heute Abend sollte es kein *Auf der Couch* geben.« Wieder erklang ein schluchzendes Geräusch.

»Es tut mir so Leid ... Mein Patenkind ... Es tut mir so Leid ...«

Noch immer hörte Tessa Feli und Sebastian in der Küche wispern. Noch immer konnte sie nicht verstehen, was die beiden redeten. Es klang nach einer vergleichsweise ruhigen Unterhaltung.

»Attila«, setzte Tessa an.

»Ja, ja«, begriff dieser sofort, »wir machen jetzt besser Schluss. Es ist nicht gut, wenn wir so lange die Leitung blockieren. Vielleicht ruft dieses Schwein ja endlich an. Ich drück euch alle Daumen. Tschüss. Tessa. Tschüss.«

In der Leitung ertönte ein doppeltes Knacken, das erste, als Attila auflegte, das zweite, als die Aufzeichnungsgeräte der Polizei stoppten. Langsam legte Tessa den Hörer weg.

Feli und Sebastian waren noch immer in der Küche. Wahrscheinlich hatten sie nicht mitbekommen, dass Tessa das Gespräch beendet hatte. Eigentlich war es nur rücksichtsvoll von den beiden, dass sie sich zurückzogen, wenn Tessa mit ihrem Produzenten telefonierte. Tessa machte einige Schritte in Richtung Esstisch.

»Du hast doch jetzt wirklich andere Sorgen«, hörte sie ihre Schwester flüstern, bevor sie so weit um die Ecke gebogen war, dass sie in den Küchenbereich hineinschauen konnte.

»Wir kriegen das schon hin.« Sebastians Stimme. »Ich verspreche dir, wir kriegen das hin.«

Tessa hatte plötzlich keine Lust mehr, in die Küche zu gehen. Die beiden redeten sicher über irgendein Filmproblem. Feli war unglücklich mit ihrer Frisur in einer bestimmten Szene. Unglücklich mit dem Licht. Unglücklich mit ihrem Partner. Es war ganz normal, dass die beiden versuchten, sich mit solch banalen Themen von der Tragödie abzulenken. Kein Mensch konnte stundenlang *Fuck* schluchzen.

Tessa setzte sich auf das graue Fernsehsofa. Es war kurz nach eins, das wichtigste Mittagsmagazin hatte gerade begonnen. Ihre Geschichte musste der Aufmacher sein. Mit der freien Hand griff Tessa nach der Fernbedienung. Sie hatte sich nicht getäuscht. Kaum war der Bildschirm erwacht, sah sie die Frau wieder, die das Schicksal zu ihrer Botin gemacht hatte. Sie sah noch heruntergekommener aus, als Tessa sie in Erinnerung gehabt hatte. Erst jetzt bemerkte sie, dass die Frau himmelblaue Leggings trug und ein T-Shirt, auf dem stand: *Küss mich, ich bin ein Frosch.* Tessa stellte den Ton lauter.

»Also ich hab ja an alles Mögliche gedacht. Aber an so etwas – nee, dass so etwas passieren kann. Man ist ja nicht mehr sicher in seiner Haut. Das habe ich grad gestern wieder zu meinem Mann gesagt: Keiner ist sicher in seiner Haut.« Bei dem letzten Satz sprang der Hund an der Frau hoch und stieß seine Schnauze zwischen ihre Beine.

Tessa starrte auf den Bildschirm. Im Hintergrund sah sie den Rettungswagen. Den Rettungswagen, in dem sie selbst sitzen musste. Eine blonde Reporterin – Tessa hatte beim letzten Sommerfest des Senders kurz in einer Runde gestanden, in der diese das Wort geführt hatte: *Und ich dachte, wir wären alle arbeitslos! Wisst ihr, warum die im Arbeitsamt noch keine Lounge aufgemacht haben? Weil die ganzen dicken Autos nicht in die Parklücken vor dem Gebäude passen, hahaha* – diese Reporterin begann mit tränennaher Stimme zu erzählen, dass die Polizei noch immer keine Spur von dem Täter hatte, der in aller *Herrgottsfrühe* den Sohn der Fernsehmoderatorin entführt hatte. »Alle hier sind fassungslos. Niemand hier wagt sich auch nur annähernd vorzustellen, was Tessa Simon in diesen Augenblicken empfinden muss. Es ist ein

Skandal –«, an dieser Stelle senkte sie Blick und Stimme, »– es ist ein Skandal, dass Politik und Polizei nichts unternehmen, um Menschen, die in diesem Land in der Öffentlichkeit stehen, um Prominente und deren Kinder besser zu schützen.«

Sebastian war unbemerkt hinters Sofa getreten, Feli stand einige Meter neben ihm. Schweigend schauten sie den Bildern zu.

»Dieser Dreck«, stieß Sebastian schließlich zwischen geschlossenen Zähnen hervor. »Ich kann diesen Dreck nicht ertragen!«

Tessa hatte nach der Fernbedienung gegriffen und den Fernseher ausgemacht, bevor Sebastian ein drittes Mal »Dreck« sagen konnte.

Tessa kannte die drei, seitdem sie für *Kanal Eins* arbeitete. Bill war der beste Kameramann des Senders, Astrid die einzige Tontechnikerin, bei Hubert, dem Beleuchter, konnte man sicher sein, weder zehn Jahre älter noch fünf Kilo schwerer auszusehen.

Der Karton mit den Pizzaresten lag noch immer auf dem Couchtisch herum. Tessa brachte ihn in die Küche. Sie würde mit den Beamten reden müssen. Es ging nicht, dass sie ihr Essen nicht selbst wegräumten. Der Geruch von kalt gewordenem Fett verursachte ihr Übelkeit. Weder Sebastian noch Feli noch sie hatten einen Bissen angerührt. Ihre Schwester hatte sich verabschiedet, nachdem Tessa ihr garantiert hatte, dass sie jetzt alleine klarkommen würden.

Hubert hatte seine drei Scheinwerfer aufgebaut, Bill schlug vor, dass Tessa sich auf das Filzsofa vor dem Fernseher setzte, sodass sie den Raum und die Fenster als Hintergrund hatten. Sebastian sagte, dass sie die Aufnahme entweder vor der weißen Wand, von der er die abstrakte Schneelandschaft abgehängt hatte, machen würden oder nirgends. Tessa sah, dass Bill Sebastian widersprechen wollte, sie machte ihm ein Zeichen, das bedeutete: *Lass es sein.*

Sie ging zu Sebastian und berührte ihn am Oberarm. Seine Augen wichen ihrem Blick aus. »Vertrau mir. Es ist richtig. Wir müssen es versuchen.«

»Ja«, sagte er ohne Überzeugung. »Versuch es.«

Seitdem sie am Vormittag aus der Dusche gekommen war, hatte sie in keinen Spiegel mehr geschaut. Es gab keinen Zweifel daran, dass sie furchtbar aussah. Ein kleiner Lidstrich hätte sie beruhigt. Vielleicht hatte sie noch Zeit, kurz im Bad zu verschwinden. Der Kommissar und die Polizeipsychologin redeten leise an dem Esstisch, an dem sie alle zusammen ihren Auftritt besprochen hatten. Tessa war nicht sicher, was die beiden davon hielten, wenn sie sich schminken ging. Vermutlich würden sie es falsch verstehen.

»Wir wären dann so weit.« Bills Stimme unterbrach ihre Überlegungen.

Tessa setzte sich auf den Hocker, den Bill für sie an die weiße Wand gestellt hatte. Er ließ Sebastian durch die Kamera schauen, damit er sich selbst davon überzeugen konnte, dass von dem alten Melkschemel, den seine Eltern ihm vermacht hatten, nichts im Bild zu sehen war. Tessa versuchte ein schwaches Lächeln. Sie fand, dass Sebastian unnötig lange durch die Kamera schaute.

»Das weiße Hemd geht nicht«, sagte er plötzlich. »Vor der weißen Wand.«

Bill starrte Sebastian an, als sei er endgültig überzeugt davon, einen Mann vor sich zu haben, der den Verstand verloren hatte.

»Ich kann ein dunkleres Oberteil anziehen«, sagte Tessa schnell.

»Ist doch scheißegal.« Sebastian machte eine Geste, als

wolle er sich selbst ohrfeigen, und ging in die hinterste Ecke des Wohnzimmers, wo er mit verschränkten Armen stehen blieb.

»Können wir dann?« Es war deutlich zu hören, dass Bill den Auftrag zu hassen anfing.

»Ich bin so weit.« Tessa zog das Hemd, das sich über ihren Brüsten ein wenig gewölbt hatte, glatt.

»Kamera läuft«, rief Bill.

»Ton läuft«, rief Astrid, die Tontechnikerin.

Tessa schloss die Augen. *Sag es*, flüsterte eine Stimme aus der Dunkelheit. *Fang an! Los!* Eine Träne drückte von innen gegen ihre Lider. Das Kameraauge blickte ihr schwarz und ruhig entgegen. Vor der Kamera brauchte sie keine Angst zu haben. Die Kamera war ihr Freund.

»Ich weiß nicht, wie ich Sie anreden soll«, begann sie leise. »Wer immer Sie sind ... Wie immer Sie heißen ... Bitte ... Geben Sie uns unseren Sohn zurück ... Seine Name ist Victor ... Er ist ein Jahr alt ... Bitte ... Ich weiß nicht, warum Sie uns unseren Sohn weggenommen haben, aber ich bin sicher, Sie hatten einen Grund dafür. Sie waren wütend. Sie waren verzweifelt. Sie sahen keinen anderen Ausweg mehr.« Ihre Stimme war bei den letzten Worten fester geworden. »Was immer Ihre Gründe waren, ich verspreche Ihnen, ich werde versuchen, Sie zu begreifen. Ich werde Sie nicht verurteilen. Sie sind kein schlechter Mensch. Und ich werde alles in meiner Macht Stehende tun, dass auch die Polizei Sie nicht verurteilen wird. Sie sind kein schlechter Mensch. Erzählen Sie uns, warum Sie es getan haben. Wir werden Ihnen zuhören. Wir werden Sie verstehen. Bitte!« Tessas Stimme war wieder leiser geworden. »Tun Sie Victor nichts Schlimmes an ... Er ist so ein ... fröhliches Kind ... Wenn Sie irgendwelche Forderungen haben, die wir erfüllen können, bitte, sagen Sie uns, was wir tun sollen ... Wir werden alles tun, was

Sie verlangen ... Nur bitte ... Bringen Sie uns Victor zurück ... Bitte ...«

Tessa schlug die Hände vors Gesicht. Ihre Wangen waren feucht, sie musste die ganze Zeit geweint haben.

»Danke«, hörte sie Bill sagen. Sie spürte eine schwache Berührung an der Schulter. Als sie die Augen öffnete, war es nicht Sebastian, sondern die Polizeipsychologin.

»Das haben Sie sehr gut gemacht.«

Auch Kommissar Kramer nickte ihr anerkennend zu, als habe er jetzt erst begriffen, mit was für einer Frau er es zu tun hatte.

Sebastian stand am Fenster und starrte nach draußen. Die Sonne brannte noch immer vom Himmel. In einer Stunde kamen die großen Abendnachrichten.

»Tessa?«

Es war kurz vor vier. Um Mitternacht hatte sie sich ins obere Stockwerk zurückgezogen. Sie hatte es nicht länger ausgehalten, neben Sebastian auf dem Sofa zu sitzen, manchmal schmerzhaft aneinander geklammert, die meiste Zeit jeder für sich, stumm, und das Telefon anzustarren. Zweimal hatten sie sich Tessas Appell im Fernsehen angeschaut. Dann hatte sie es auch im Bett nicht mehr ausgehalten, war aufgestanden, die Treppe hinunter und am Sofa vorbei zum Fahrstuhl geschlichen.

»Wo willst du hin?« Sebastian richtete sich auf. Im Wohnbereich brannte nur eine Lampe. Tessa hatte gehofft, er wäre eingeschlafen.

»Ich muss Patricias Katze füttern.«

»Patricias Katze?«

»Unsere Nachbarin.« Tessa wusste nicht, warum sie flüsterte. Mara Stein verbrachte die Nacht in Sebastians Arbeitszimmer. Kommissar Kramer hatte sich nach der Aufzeichnung verabschiedet. »Patricia ist in Indien. Sie hat mich gebeten, ihre Katze zu füttern.«

»Hat die für so was kein Personal?«

»Sie traut der Putzfrau nicht.«

Sebastian kam zum Fahrstuhl. Er fasste nach Tessas Hand, in der sie die beiden Fahrstuhlschlüssel hielt.

»Ich mach das.« Seine Hand war kalt und feucht.

»Du weißt doch gar nicht, wo die Sachen stehen.« Tessa legte ihm die Hand auf die Stirn. Sie war ebenfalls feucht. »Willst du nicht versuchen, ein wenig zu schlafen?«

Sebastian drückte seine Stirn fester gegen ihre Hand. »Ich kann es nicht glauben. Ich will die ganze Zeit in Victors Zimmer rennen. Ich kann nicht glauben, dass er nicht in seinem Bett liegt.«

»Sebastian.«

»Wäre ich hier gewesen, wäre das alles nicht passiert.«

»Es hilft nichts, wenn du dir Vorwürfe machst.«

Er trat einen Schritt zurück. In seinen Augen lag eine noch nie gesehene Verzweiflung. »Warum bist du so früh mit ihm in den Wald? Ich habe dir immer gesagt, es ist ein Leichtsinn, dass du mit ihm da mutterseelenallein rumläufst.«

»Willst du mir jetzt die Schuld geben?«

»Entschuldige.« Sebastian zog Tessas Hände an seinen Mund und küsste sie. »Entschuldige«, murmelte er wieder und immer wieder. »Bestimmt geht es Victor gut. Bald ist er wieder bei uns. Der ... der Entführer wird sich jetzt bestimmt bald melden. Es hilft mir, dass du so tapfer bist.«

Sie standen eine Weile schweigend. Sebastian schluchzte in ihre Hände wie ein Kind, das sich die Knie aufgeschlagen hatte.

»Leg dich hin.« Vorsichtig streichelte sie über seinen Kopf. »Ich bin gleich wieder zurück.«

Sie ließ ihn im Halbdunkel stehen. Eine dicke Haarsträhne war ihm ins Gesicht gefallen. Gern hätte sie ihm die Strähne zurückgestrichen, aber da schlossen sich schon die Türen, und der Fahrstuhl fuhr mit leisem Geräusch nach unten.

Patricia Montabaurs Apartment hatte denselben Grundriss wie ihres, nur dass es keine Galerie und keine Treppe gab. Die Sitzgruppe aus hellem Leder, ganz ähnlich derjenigen, die bei ihnen an dieser Stelle stand, leuchtete im Mondlicht. Ein Zitronenbaum warf seine Schatten auf den hellen Parkettboden. In der Ecke war der lange Schreibtisch, Computer, Flachbildschirm, Drucker, alles vom Neusten. Tessa lauschte. Wo war die Katze? In den letzten Tagen hatte sie stets vor dem Fahrstuhl gesessen und sie erwartet, wenn sie hinuntergekommen war. Das einzige Geräusch, das sie jetzt hörte, war das Brummen des Kühlschranks. Tessa berührte den Lichtschalter links neben dem Fahrstuhl.

Sollte sie die Katze suchen? Es war egal. Sicher lag das Tier in irgendeiner Ecke und schlief. Sie war heute fast zehn Stunden später dran als gewöhnlich.

Als sie um die Ecke zu der halbdunklen Küche bog, sah sie sogleich, dass die Katze nichts von dem Trockenfutter, das sie ihr gestern in den Napf geschüttet hatte, angerührt hatte. Der Edelstahlnapf mit dem Wasser hingegen war leer. Vielleicht war doch etwas nicht in Ordnung. Sollte sie die Katze rufen? Sie hatte ihren Namen vergessen. Bengali? Bangladesh? Bischof? Irgend etwas mit »B« war es gewesen.

Sie würde die Katze nicht rufen. Wenn sie tatsächlich schlief und dadurch wach wurde, hatte sie sicher schlechte Laune. Sie würde einfach das Wasser auffüllen und das Trockenfutter wegschütten. Patricia hatte ihr gesagt, es könne vorkommen, dass die Katze nach einer Weile das Trockenfutter verweigerte. In diesem Fall solle sie ihr einfach ein paar Tage Feuchtfutter geben.

Tessa öffnete den ersten Küchenschrank. Teller, Tassen, Gläser. Patricia hatte ihr gezeigt, in welchem Schrank die Dosen mit dem Katzenfutter standen, sie konnte sich nicht mehr erinnern. Bestimmt waren sie in einem der unteren Schränke. Katzenfutter würde man in keinem oberen Schrank aufbewahren. Tessa bückte sich. Der Mond zeichnete einen schmalen Streifen auf den schwarzen Kachelboden. Ihr Blick wanderte zu dem Kühlschrank, der am Ende der Küchenzeile im Dunkeln lag.

Töpfe, Pfannen. Putzzeug.

Verdammt, das gibt's doch nicht. Sie konnte nicht die ganze Nacht nach dem blöden Katzenfutter suchen. Tessas Rücken schmerzte. Sie richtete sich auf. Vielleicht sollte sie einen Schluck Wasser trinken. Sie hatte fast nichts getrunken heute. Tessa ging zur Spüle. Bestimmt hatte Patricia Mineralwasser im Kühlschrank. Die Stadtwerke behaupteten zwar, die Qualität des Leitungswassers sei trotz der Hitze hervorragend, aber Mineralwasser war ihr lieber. Sie streckte den Arm aus, um die Kühlschranktür zu öffnen. Und sprang mit einem Schrei zurück. Unten am Boden saß die Katze und starrte sie an.

»Gott, hast du mich erschreckt.«

Die Katze rührte sich nicht.

»Was soll denn das? Einfach so in der Ecke hocken.«

Die Katze zog ihre Augen zu Schlitzen zusammen.

»Hast du Hunger? Ja. Natürlich hast du Hunger. Wart, gleich kriegst du was Feines.«

Tessa ging zu dem Napf mit dem Trockenfutter und schüttete alles in den Müll.

»Das Zeug ist nicht besonders lecker, was?«

Tessa bekam eine Gänsehaut, als die Katze mit den Krallen über die Küchenfliesen kratzte. »Welche Sorte magst du denn am liebsten, mmh?« Es würde helfen, wenn sie die Katze mit Namen ansprach, aber sie konnte sich beim besten Willen nicht erinnern. Endlich hatte sie die richtige Tür gefunden. Dosen und Alutöpfchen waren in mehreren Türmen ordentlich gestapelt. *Sensitive mit purem Huhn*, entzifferte Tessa in dem schlechten Licht. *Feine Seelachshäppchen in milder Sauce. Kalb Kaninchen mit extra Joghurt.* Sie war überrascht, wie viele Sorten Katzenfutter es gab.

»Na, was magst du denn am liebsten?«

Die Katze hatte sich noch immer nicht aus ihrem Winkel herausbewegt. Sebastian würde sich bald fragen, wo sie so lange blieb. Sie musste einen lockeren Ton finden. Die Katze spürte es, wenn sie sich verkrampfte. Tessa holte ein Töpfchen *Kalb Kaninchen* aus dem Regal.

»Magst du das? Ist das fein?«

Vorsichtig ging Tessa auf die Katze zu, das Alutöpfchen in der einen Hand. Sie sollte die Katze streicheln. Katzen wollten gestreichelt werden. Bevor Tessa die freie Hand genügend ausgestreckt hatte, um die Katze zu berühren, hatte diese sie gekratzt.

Au!

Beinahe wäre sie auf den Hintern gefallen. Was war los mit dem Tier? Die ganze Zeit hatte es keine Schererien gemacht. Tessa riss die Packung *Kalb Kaninchen* auf, löffelte das Gelee mit den gräulich-bräunlichen Fleischwürfeln in den geleerten Napf, stellte ihn neben das Wasser und trat einige Schritte zurück. Die Katze blieb vor dem Kühlschrank sitzen.

»Komm. Lecker. Lecker.«

Die Katze machte keinerlei Anstalten, sich vom Kühlschrank wegzubewegen. Tessa sah in ihr ägyptisches Gesicht und wusste, dass sie nichts fressen würde. Panik stieg in ihr auf. Hätte sie das Futter im Wasserbad erwärmen sollen? Patricia hatte nichts davon gesagt, dass man Feuchtfutter erwärmen musste. Vielleicht dachte sie, es wäre eine Selbstverständlichkeit. Tessa setzte sich auf den Boden und stellte den Napf mit dem Kaninchenkalb in ihren Schoß. Leise schlug sie den Löffel gegen das Metall.

»Komm«, sagte sie schmeichelnd. »Komm.« Sie tauchte den Löffel in das Fleischgelee und hielt ihn der Katze hin. Die Katze starrte sie an, ohne sich zu bewegen.

»Mmh. Das ist fein.«

Die Katze rührte sich nicht.

»Mmh. Schau. Mama nimmt auch ein Löffelchen.« Und mit einer Bewegung, die ihr ganz natürlich erschien, führte Tessa den Löffel zum Mund.

Seit achtundvierzig Stunden hatte sie nicht mehr geschlafen. Sie hatte das Gefühl, nie wieder schlafen zu müssen.

Um kurz vor sechs ging Tessa ins untere Stockwerk. Mara Stein öffnete nach dem ersten Klopfen. Entweder hatte die Psychologin ebenfalls nicht geschlafen, oder sie war schon eine Weile wach.

»Guten Morgen, Frau Simon«, sagte sie. »Haben Sie sich ein wenig ausruhen können?«

Tessa musterte die Frau. Sie trug dieselbe weiße Baumwollhose wie gestern, dasselbe rote Hemd, beide Kleidungsstücke waren zerknittert. Sie hatte also doch geschlafen.

»Etwas ist nicht in Ordnung. Ich habe schreckliche Kopfschmerzen. Vielleicht ist gestern bei dem Schlag doch etwas passiert. Ich würde gern ins Krankenhaus fahren.«

»Sie hätten sich gestern gleich untersuchen lassen sollen«, sagte die Psychologin. Tessa hörte mehr Anteilnahme als Vorwurf. »Kommissar Kramer muss jeden Augenblick da sein. Er kann Sie ins Krankenhaus bringen.«

»Das ist doch nicht nötig«, wehrte Tessa ab. »Ich rufe mir ein Taxi.«

»Sie sollten nicht allein sein in diesen Tagen.« Die Psychologin zog den Bauch ein, um das zerknitterte Hemd in die zerknitterte Hose zu stecken.

»Ich komme schon zurecht. Kommissar Kramer hat doch garantiert wichtigere Dinge zu tun, als mich in der Stadt herumzufahren.«

»Er wird sich ohnehin mit Ihnen unterhalten wollen.«

Tessa spürte ein Zittern, das in der Brust begann und bis in die Fingerspitzen wuchs.

»Es ist gut, dass ich den Wagen schon mal kennen lerne. Falls es zu einer Geldübergabe kommt, kann es sein, dass ich ihn noch öfter fahren muss.« Kommissar Kramer wartete, bis sich das Rollgitter, das die Tiefgarage gegen die Außenwelt schützte, geöffnet hatte. Tessa saß auf dem Beifahrersitz und nickte. Ein Beamter hatte den Wagen gestern Abend vom Park hergebracht. Es war das erste Mal, dass sie in ihrem eigenen Wagen auf dem Beifahrersitz saß.

»Glauben Sie denn, dass es dem Entführer um Geld geht? Hätte er sich dann nicht längst schon melden müssen?«

»Das ist schwer zu sagen.«

Endlich hatte sich das Rollgitter vollständig geöffnet, Kommissar Kramer schlich aus dem Dunkel ins sommerhelle Licht hinaus. Zwei Beamte in Uniform standen auf dem Kopfsteinpflaster und grüßten. An der Hofeinfahrt entdeckte Tessa zwei weitere Beamte.

Sie waren bis zur nächsten Ecke gefahren, wo die Sackgasse die größere Querstraße traf, als eine jähe Bewegung vor der Windschutzscheibe Tessa aufschreien ließ. Kommissar Kramer machte eine Vollbremsung, Tessas rechter Fuß stemmte sich eine Zehntelsekunde später gegen den Boden. Ein Mann war von der Seite vor den Wagen gesprungen, er hob etwas Dunkles, Langes. Ein Überfall. Erst im zweiten

Moment erkannte Tessa den Fotografen und seine Kamera. Sie schaute sich um. Drei weitere Männer mit Kameras kamen aus dem Hofeingang eines anderen, nur halb renovierten Fabrikgebäudes gelaufen.

»Geben Sie Gas!« Tessas Stimme war schrill. »Die Hupe ist in der Mitte!«

Das Fenster auf der Fahrerseite senkte sich zügig. Kommissar Kramer streckte seinen Kopf hinaus.

»Packen Sie bitte sofort die Kamera weg. Andernfalls müssen wir das Filmmaterial beschlagnahmen.« Der Satz kam gelassen ermahnend, antiautoritär. Wie ein Lehrer, der seine Bengels auf dem Schulhof zum zigten Mal dabei erwischte, wie sie mit kiesgefüllten Coladosen kickten.

Der Fotograf schwenkte sein Objektiv von Tessa auf den Kommissar. Die anderen Fotografen hatten aus größerem Abstand zu knipsen begonnen. Aus dem Augenwinkel sah Tessa, wie die vier Beamten, die vor ihrem Haus gestanden hatten, angerannt kamen. Zwei von ihnen packten den Fotografen rechts und links und zerrten ihn vom Wagen weg.

»Laßt euch den Namen geben«, rief Kommissar Kramer ihnen zu. Zu dem Festgehaltenen: »Sie erhalten ein Platzverbot.« Und zu den restlichen Fotografen: »Das Gleiche gilt für Sie, wenn Sie nicht sofort die Kameras wegtun.«

Vorsichtig ließ er den Wagen anrollen. »Es tut mir Leid, dass so etwas passiert ist. Aber das Gelände hier ist einfach extrem unübersichtlich. Und mehr als vier Leute kann ich für die Bewachung beim besten Willen nicht abziehen.«

»Schon in Ordnung. Ich bin das gewohnt«, sagte Tessa und rückte die Handtasche auf ihrem Schoß zurecht.

»Muss schlimm sein, ständig diese Meute an den Fersen zu haben.«

»Es gehört halt dazu. Berufsrisiko«, sagte Tessa. Sie glaubte gesehen zu haben, wie der Kommissar leicht gelächelt hatte. Er schaute in den Rückspiegel. Auch Tessa blickte über die Schulter.

»Wenigstens haben wir sie abgehängt«, sagte sie.

»Sie hätten es bestimmt schicker gefunden, wenn ich versucht hätte, den Jungs mit quietschenden Reifen davonzufahren.«

»Wie kommen Sie darauf?«

»Ich dachte, die Leute erwarten immer, dass ein Kommissar wie ein Formel-1-Pilot fährt.«

Gegen ihren Willen musste Tessa lächeln.

»Wir haben den Stock gefunden, mit dem der Täter Sie vermutlich angegriffen hat«, sagte der Kommissar plötzlich.

»Wirklich?«

»Es sieht leider nicht so aus, als ob sich irgendwelche brauchbaren Spuren darauf befänden. – In Sachen Fingerabdrücke ist auf einem Stock leider nie was zu holen, dafür ist die Oberfläche zu rau. An den DNA-Spuren sind unsere Techniker noch dran.«

Tessa nickte.

»Dafür haben unsere Leute auf dem Buggy einige Fingerabdrücke entdeckt«, sagte er, wie um sie zu beruhigen. »Wir sind gerade dabei, Ihre und die von Ihren Bekannten auszuschließen.« In zwanzig Meter Entfernung sprang eine Ampel auf Gelb, der Kommissar bremste.

»Haben Sie inzwischen Passanten gefunden, die etwas gesehen haben?«, fragte Tessa.

»Wir haben heute Morgen ganz früh Plakate geklebt. Es ist schon merkwürdig, dass sich bislang noch niemand gemeldet hat. Ich kann mir einfach nicht vorstellen, dass man ein weinendes Kind mehrere Kilometer durch einen Park tragen kann, ohne dass jemandem etwas auffällt.«

»Es war einfach noch so früh am Morgen.« Tessa schaute auf die Straße. Ein gelber Sportwagen kam aus einer Seitenstraße geschossen. »Vielleicht hat der Entführer Victor betäubt.«

»Vielleicht.« Der Kommissar warf ihr einen kurzen Seitenblick zu. »Fühlen Sie sich imstande, bei der Belohnung etwas draufzulegen? Von unserer Seite können wir nur die mageren dreitausend Euro anbieten, die in so einem Fall vorgesehen sind.«

»Bestimmt geht das. Ich muss mit Sebastian reden. Das meiste Geld, das ich verdient habe, steckt in der Wohnung. Aber wir können sicher einen Kredit aufnehmen.«

Der Kommissar bremste, um den blauen Kleinwagen vor ihnen ausparken zu lassen.

»Es ist ein schlechtes Zeichen, dass sich der Entführer immer noch nicht gemeldet hat«, sagte Tessa, als sie an der nächsten Ampel hielten, »nicht wahr?«

»Ich hoffe, dass wir morgen etwas in der Post haben.«

»Morgen? Wieso nicht heute?«

»Die Post von heute sind wir im Sortierzentrum schon durchgegangen. Sowohl die an Ihre Privatadresse als auch die an den Sender und Ihre Redaktion. Nichts.« Er zeigte auf die Tüte, die er vorhin auf die Rückbank, neben den Kindersitz, gelegt hatte. »Die Sachen, die direkt an Sie waren, habe ich Ihnen mitgebracht.«

Es waren etwas mehr als zehn Briefe, längliche Kuverts, Rechnungen, eine Einladungspostkarte, ein größerer brauner Umschlag. Alles sorgfältig geöffnet.

»Ich weiß, das ist nicht angenehm, aber ich garantiere Ihnen, dass Sie meinen Leuten vertrauen können.«

Tessa sagte nichts. Ein Frösteln lief über ihre Unterarme.

Ihre erste Verliebtheit fiel ihr wieder ein. Ein Junge aus der Nachbarklasse. Beim Unterstufenfest am letzten Tag vor den Sommerferien war es passiert. Erst hatten sie getanzt, am Schluss hatten sie sich auf der Bank hinter der großen Eibe zwei Sekunden geküsst. Am nächsten Tag war Tessa mit ihrer Familie an die Adria gefahren. Jeden Morgen war sie als Erste aufgestanden, um zu dem Mann an der Rezeption zu laufen und *Post, per favore?* zu fragen. Fast jeden Morgen hatte ihr der nette Mann mit dem Schnurrbart einen Brief des Jungen über den Tresen gereicht. Von Tag zu Tag waren sie mutiger geworden, liebten sich mehr. Aber eines Morgens hatte sie dann verschlafen, beim Frühstück in dem großen, lauten Saal hatte ihre Stiefmutter dann das hellblaue Kuvert über den Tisch geschoben. Als Tessa es umdrehte, sah sie, dass der Sonnenblumensticker, der hinten auf dem Umschlag klebte, in der Mitte zerrissen war, und hörte ihre Stiefmutter sagen: *Ach Gott, in dem Alter sind sie ja noch so niedlich.* Am ersten Tag nach den Sommerferien hatte sie sich von dem Jungen getrennt.

Ein schwarzes, quadratisches Kuvert aus schwerem Papier, das Tessa beim ersten Durchblättern übersehen hatte, rutschte aus dem Stapel. Ihr Name und ihre Adresse waren mit einem ebenfalls schwarzen Lackstift auf den Umschlag geschrieben, es wunderte sie, dass die Post den Brief überhaupt transportiert hatte. Sie konnte keinen Absender entdecken. Der Brief war geöffnet wie die anderen, Kommissar Kramer hätte sie gewarnt, wenn der Brief etwas enthielt, das mit Victor zusammenhing. Eine dunkle, quadratische Plastikkarte, einem Fotonegativ nicht unähnlich, nur dicker, steckte in dem Kuvert. Tessa musste sie gegen das Licht halten, um etwas entziffern zu können.

The Lord has taken my sweet little girl, our beloved sister ...

Eine Einladung zu Nualas Beerdigung am kommenden Montag. Der Brief musste gestern abgeschickt worden sein, bevor die Öffentlichkeit von Victors Entführung erfahren hatte. Obwohl. Vielleicht hatte Nualas Clan auch erst wieder an sie gedacht, *nachdem* sie in den Nachrichten von Victors Entführung gehört hatten. Schmerz zu Schmerz. Mit einer heftigen Bewegung stopfte Tessa die Plastikkarte in das Kuvert zurück.

Sie hatten die Krankenhausauffahrt erreicht. Kommissar Kramer blinkte, um auf den Besucherparkplatz einzubiegen. Tessa löste ihren Gurt.

»Lassen Sie mich doch einfach am Eingang raus, dann brauchen Sie keinen Parkplatz zu suchen«, sagte sie, »zurück nehme ich mir dann ein Taxi. Es war sehr nett, dass Sie mich gefahren haben.«

Der Kommissar bog auf den Parkplatz ein. »Ich bleibe schon bei Ihnen«, sagte er und lächelte. »Ich habe den Rechtsmediziner herbestellt. Er soll sich Ihre Verletzung auch noch mal anschauen.«

»Den Rechtsmediziner?«

»Vielleicht finden wir irgendwas, das uns weiterhilft.«

Tessa schaute den Kommissar fragend an.

»Anhand von Lage und Tiefe der Wunde können wir zum Beispiel einschätzen, ob es ein eher großer oder kleiner Täter war«, erklärte der. »Ob er Kraft hatte oder nicht und so weiter.«

»Ach so.« Irgendwie gelang es Tessa, ein Lächeln zustande zu bringen. »Das wusste ich nicht.«

Arndt Kramer fand einen freien Parkplatz und manövrierte den Mercedes umständlich hinein. »So. Da wären wir. Haben Sie etwas dagegen, wenn ich den Schlüssel behalte?«

»Nein. Natürlich nicht.« Reglos blieb sie sitzen, während der Kommissar ausstieg und die Fahrertür zuwarf.

»Kommen Sie?« Er war um den Wagen herumgegangen und hielt ihr die Tür auf. Die Luft war klar und morgenwarm.

»Ist Ihnen nicht gut?«

»Danke. Es geht schon.«

Vorsichtig setzte Tessa einen Fuß auf den Asphalt. Solange die Maus sich bewegte, war sie noch nicht tot.

Der Geruch von Krankheit und aussichtslosem Kampf schlug ihr entgegen, als sich die Schiebetüren öffneten. Zigmal war sie an dem großen grau-gelben Gebäude vorbeigefahren, ohne zu realisieren, dass es ein Krankenhaus war. Für sie war es irgendeine öffentliche Anstalt gewesen, die in ihrem Leben nicht mehr vorkam.

»Ich erkundige mich, wo wir hinmüssen«, sagte der Kommissar. »Wollen Sie sich solange setzen?«

Rechts, vor einer langen Fensterscheibe, hinter der Parkartiges zu liegen schien, entdeckte Tessa drei fest montierte Plastiksitze. Der erste hatte einen Sprung, auf dem zweiten klebte etwas Grünes, das Kaugummi sein konnte, der dritte schien in Ordnung zu sein. Sie setzte sich.

Es war lächerlich. Wovor hatte sie Angst? Sie war überfallen worden. Mit einem dicken Ast niedergeschlagen. Der Rechtsmediziner würde das alles nur bestätigen.

Kommissar Kramer redete mit der Schwester hinter dem Aufnahmeschalter. Tessa konnte nicht verstehen, was er sagte. Seine rechte Hand griff Büschel seiner Nackenhaare und drehte sie. In der Nähe des Eingangs plätscherte ein Springbrunnen, trauriges Mosaik über drei Becken verteilt. Eine dicke Frau, die türkisch aussah oder arabisch, durchquerte langsam das Foyer. Mit der rechten Hand schob sie einen Rollständer, aus einem Beutel sickerte klare Flüssigkeit in ihren Arm. Alle paar Schritte blieb sie stehen und stöhnte.

Der Blumenladen rechts von Tessa war noch geschlossen. Ein dürrer Greis, gelber Bademantel, verwaschene Jogginghosen, billige Badelatschen, kam aus dem Laden gegenüber, blieb stehen, schaute sich um, sein zahnloser Kiefer malmte Unverständliches. Er faltete die Zeitung, steckte sie unter den Arm, als sei dieser etwas, das nicht mehr wirklich zu seinem Körper gehörte, hustete und schlurfte durch eine Schwingtür ins Innere des Krankenhauses.

Tessa stand auf. In großen Stapeln lagen die Tageszeitungen vor der Ladentheke.

GEBT DIESER FRAU DAS KIND ZURÜCK!

Daneben das Foto von Victors Taufe. Auf dem Tessa das cremefarbene Kleid anhatte. Mit den dreitausend aufgenähten Perlen und Glassteinchen. Tessa streckte ihre Hand aus, öffnete das Blatt. Ein Foto von ihr beim Joggen, das irgendein Paparazzo vor einer Weile geschossen haben musste. Das *Now!*-Cover aus der Zeit ihrer Schwangerschaft. Ein Foto vom Wald.

»Hier sind Sie.« Der Kommissar lächelte. »Wir müssen rauf in den dritten Stock.«

»Sofort.« Tessa faltete die Zeitung wieder zusammen und nahm je ein Exemplar von den anderen Zeitungsstapeln, die es noch gab. Die Frau hinter der Ladentheke starrte sie an, als sie das Portemonnaie öffnete und ihr einen Zehn-Euro-Schein hinhielt.

»Stimmt so«, sagte sie und folgte dem Kommissar, der den Laden bereits wieder verlassen hatte. Beinahe wäre sie gegen den gelben Briefkasten gerannt, der neben dem Kiosk stand.

Ihr eigener Schädel grinste sie an. Von vorn. Von der Seite. Es war lange her, dass sie zum letzten Mal Röntgenbilder ihres eigenen Schädels betrachtet hatte.

Der Rechtsmediziner machte einen Schritt nach links, um die Aufnahmen ihres in Scheibchen geschnittenen Hirns, die gleichfalls an dem Leuchtkasten hingen, zu studieren. »Die Anamnese spricht für das Vorliegen einer Commotio«, sagte er. Er hatte eine angenehme Stimme. Leise. Weich. Er hob das Diktiergerät und drückte einen Knopf. »Allerdings keine Anzeichen für epi- oder subdurale Hämatome.«

Der Kommissar lehnte an der Wand neben der Tür, ein Bein über das andere geschlagen, die Arme vor der Brust verschränkt, und schaute ebenfalls auf den Leuchtkasten. Er stand dort wie ein erfahrener Vater, der seine Frau bei der siebten Schwangerschaft zum Arzt begleitete.

»Was heißt das?«, fragte Tessa.

Der Rechtsmediziner hatte das Diktiergerät wieder abgeschaltet. Er war jung, höchstens Ende dreißig, ein zarter Mann mit dunklen Haaren und Nickelbrille. In einem anderen Jahrhundert hätte man ihn als Jüngling bezeichnet.

»Dass Sie sich erst einmal keine Sorgen machen müssen. Mit Ihrem Kopf ist alles in Ordnung.« Er lächelte ihr aufmunternd zu. »Können Sie mir bitte noch einmal genauer beschreiben, wie es zu dem Schlag gekommen ist?«

»Ich weiß es nicht genau. Ich bin gelaufen, nicht sehr schnell, ich habe mich wohl gerade nach vorn gebeugt, um Victor zu beruhigen – Victor hat immer wieder geweint –, und dann habe ich diesen Schlag gespürt, und alles ist schwarz geworden.«

Der Rechtsmediziner hatte interessiert zugehört und nickte immer noch. »Das heißt, dass Sie eine Weile bewusstlos waren.«

»Ja.«

»Können Sie irgendwie rekonstruieren, wie lange das war?«

»Ein paar Minuten. Vermute ich. Ich habe vorher ja nicht auf die Uhr geschaut.«

Der Rechtsmediziner nickte wieder. »Wenn Sie nichts dagegen haben, würde ich mir jetzt gern die Wunde an Ihrem Kopf anschauen.«

»Bitte.« Tessa senkte den Kopf, die Haare fielen ihr ins Gesicht, während der Rechtsmediziner an sie herantrat. Sie spürte, wie er mit behutsamen Fingern das kleine Gazestück löste, das der Rettungssanitäter ihr gestern auf die Wunde geklebt hatte. Seine Fingerspitzen teilten die Haare an ihrem Hinterkopf. Ein ungewollter Schauer lief ihr den Rücken hinab.

»Geht das?«

»Ja.«

Sein weißer Kittel roch frisch gestärkt. Das Diktiergerät begann wieder zu surren.

»Oberflächliche, längliche Riss-Quetsch-Wunde oberhalb der Hutkrempenlinie, Verlauf seitlich hoch-parietal. Mit leichter Blutung nach außen.« Er machte einige Schritte zur Seite. »Jetzt keinen Schreck kriegen«, sagte er, als er wieder bei ihr war. »Ich lege einen Maßstab an die Wunde an, das kann etwas kalt sein. Meine Kollegin macht dann eine Aufnahme.«

»Einen Maßstab?«

Zwischen ihren Haaren sah Tessa einen zweiten Weißkittel auftauchen. Es musste die grauhaarige Frau sein, die die ganze Zeit stumm am Tisch vor dem Fenster gesessen hatte.

»Es hilft uns, wenn wir genau festhalten können, welche Maße die Wunde hat.« Und in Richtung des zweiten Weißkittels fuhr er fort. »Machen Sie bitte Aufnahmen von allen vier Seiten und eine direkt von oben auf die Wunde.«

Tessa spürte das kalte Metall an ihrem Schädel, die Blitze der Kamera.

»Prima. Das haben Sie geschafft.«

Sie hob wieder den Kopf.

Der Rechtsmediziner legte den schwarz-weißen Zollstock beiseite, holte einen Drehhocker herbei, setzte sich und rollte an die Behandlungsliege, auf der Tessa saß, heran. »Als Nächstes möchte ich mir Ihre Hautabschürfungen anschauen.« Er hob ihr Kinn mit zwei Fingern an und drehte es leicht zur Seite. Die Wunde an der Stirn war verkrustet. »Haben Sie sich da früher schon verletzt?«

»Ja«, sagte Tessa zögernd. »Ich habe mit Victor gespielt. Auf dem Küchenboden. Dabei habe ich mir die Stirn aufgeschlagen.«

Der Rechtsmediziner nickte verständnisvoll. »Können Sie sich erinnern, wie Sie im Wald gestürzt sind?«

»Ich weiß es nicht. Ich bin ja sofort ohnmächtig gewesen. Aber ich muss wohl nach vorn gefallen sein. Als ich wieder zu mir kam, lag ich mit dem Gesicht im Dreck.« Ihre Stimme begann zu zittern.

»Schon gut.« Der Rechtsmediziner legte eine Hand auf ihre. »Sie sind sehr tapfer.« Er gab ihr ein Taschentuch, damit sie die Tränen, die über ihr Gesicht liefen, wegwischen konnte.

»So. Jetzt schaue ich mir nur noch Ihre Arme und Beine an, dann sind Sie erlöst.« Sanft drehte er erst ihren rechten, dann ihren linken Arm, als ob sie aus chinesischem Porzellan wären.

»Beidseits an den handgelenksnahen Anteilen der Handinnenflächen jeweils circa zwei mal vier Zentimeter große, unscharf begrenzte, nicht mehr ganz frische, oberflächliche Schürfungen, die insgesamt etwas verschmutzt sind«, diktierte er in sein Gerät. »Sie hatten beim Joggen kurze Hosen an?«

»Ja.« Noch immer liefen Tessa einzelne Tränen übers Gesicht.

»Könnten Sie bitte die Beine frei machen?«

Sie beugte sich nach vorn, um ihre Hosenbeine hochzurollen.

»Würde es Ihnen etwas ausmachen, die Jeans ganz auszuziehen? Wenn Sie kurze Hosen anhatten, gehen die Schürfungen sicher bis zum Oberschenkel hinauf.«

»Ich glaube, ich habe mir nur ein wenig das Knie aufgeschlagen«, sagte sie und schaute den Rechtsmediziner an. Er war keiner, der scharf darauf war, eine berühmte Frau in Unterhosen zu sehen. Er wollte einfach nur seinen Job machen.

Sie ruschte von der Behandlungsliege herunter und knöpfte ihre Jeans auf.

»Können Sie sich bitte auf den Rücken legen? Danke.« Er beugte sich über sie und betrachtete ihre Beine, eins nach dem anderen, ohne sie zu berühren.

»Frau Breitner«, sagte er zu der Frau, die wieder am Fenster saß. »Ich hätte gern noch Aufnahmen von den Beinen.«

Mit einem Ruck hatte Tessa sich aufgesetzt und die Beine angezogen. »Nein.« Zu heftig hatte sie das Wort hervorgestoßen, sie errötete ein wenig. »Nicht, dass ich Ihnen misstraue, aber Sie werden begreifen, dass mir nicht wohl ist bei dem Gedanken, dass irgendwo Fotos von meinen nackten Beinen herumschwirren.«

»Ich kann Ihnen garantieren, dass die Fotos nicht in falsche Hände geraten.«

»Trotzdem. Es wäre mir lieber, wenn wir keine Fotos machen würden.«

Der Rechtsmediziner schaute Kommissar Kramer an, der immer noch neben der Tür lehnte. Als dieser nickte, griff er abermals nach dem Diktiergerät. »Knapp unterhalb der linken Kniescheibe eine kleine, etwas ältere, oberflächliche Schürfung. Im Übrigen an den Beinen wie auch den sauberen Füßen keine frischen Verletzungen.« Er lächelte Tessa aufmunternd zu. »Gut, dann können Sie sich wieder anziehen.«

»Reichen Sie mir den Bericht der Sanitäter, die die Erstbehandlung gemacht haben, nach?«, fragte er den Kommissar.

»Haben Sie heute Nachmittag auf dem Tisch.«

»Danke. Hat Sie eigentlich mein Gutachten zu dem Schädelfund inzwischen erreicht? Ihre Sekretärin hat mich gestern Abend noch angerufen und gesagt, dass da wohl irgendetwas nicht angekommen ist.«

Tessa knöpfte ihre Hosen zu, während die beiden Männer

weiter etwas besprachen, das sie nichts anging. Sie hatte es überstanden. Ohne Komplikationen. Bei dem Zahnarzt, der in der Kleinstadt ihre Milchzähne behandelt hatte, hatte sie stets in die große Schatzkiste mit Matchboxautos, Bärchen und zuckerfreien Lollies greifen dürfen, wenn sie eine Behandlung überstanden hatte.

»Entschuldigung.« Sie war in ihre Turnschuhe geschlüpft und hatte die Klettverschlüsse zugemacht. »Wissen Sie, wo die nächsten Toiletten sind?«

»Ich kenne mich in dem Gebäude nicht so gut aus«, sagte der Rechtsmediziner freundlich. »Aber draußen auf dem Gang finden Sie sicher eine Schwester, die Ihnen helfen kann.«

Tessa griff nach ihrer Handtasche. »Ich bin gleich wieder da.«

Kommissar Kramer löste sich aus seiner entspannten Wartehaltung. »Wenn Sie wollen, können wir uns auch unten im Foyer treffen, ich bin gleich fertig.«

»Gut.« Tessa klemmte ihre Handtasche fest unter den linken Arm. »Dann bis gleich.«

»Auf Wiedersehen.« Sie reichte dem schönen Rechtsmediziner die Hand.

Das Licht, das durch die schmalen Fenster hereinfiel, war hell genug, dass sie den Spieluhrmond, der über dem leeren Gitterbett hing, sehen konnte. Die Bettstäbe zeichneten scharfe Linien auf den Boden. Von der Wickelkommode kam der Geruch von Babytüchern und -ölen. Tessa griff nach dem Knopf am unteren Ende des Mondes und zog die Schnur heraus. Vielleicht hätte Victor den Mond noch lieben gelernt. Tessa begann die Melodie mitzusummen, um sich von dem Schmerz abzulenken, der in ihrer Kehle brannte.

Sie hörte, wie sich die Tür leise öffnete. Sebastian blieb stehen, als wolle er ein *oh Entschuldigung* murmeln und sich mit gesenktem Kopf zurückziehen, wie man es tat, wenn man bei fremden Leuten die Tür zum Badezimmer öffnete und jemanden überraschte.

Tessa rutschte vom Gitterbett weg und lehnte sich mit dem Rücken gegen die Wand. »Was meinst du?«, flüsterte sie. »Ob wir das Zimmer gelb streichen sollen? Ich habe das Gefühl, Gelb ist Victors Lieblingsfarbe geworden.«

Sebastian setzte sich zu ihr auf den Boden, auch er lehnte den Rücken gegen die Wand, unsicher, ob er Tessa berühren sollte oder nicht. »Ja«, sagte er. »Das wäre sicher schön.«

Die Spieluhr hatte aufgehört.

»Verrückt, dass mir das ausgerechnet jetzt wieder einfällt«, sagte Sebastian. »All die Jahre hatte ich das vergessen.«

Er starrte an die gegenüberliegende Wand.

»In meinem Kinderzimmer im Tessin war eine gemusterte Tapete. Eine altmodische mit Bällen und Schaukelpferden und Kreiseln drauf. Wenn ich nicht schlafen konnte, habe ich immer angefangen, die Stellen zu suchen, wo sich das Muster wiederholt. Schaukelpferd, Teddy, Ball. Schaukelpferd, Teddy, Ball. Ich dachte, ich könnte auf diese Weise einfacher zählen, wie viele Schaukelpferde, Teddys und Bälle es sind.«

Tessa griff nach seiner Hand. Er erwiderte ihren Druck, aber es lag keine Kraft darin. Sebastian und sie waren in den letzten vierundzwanzig Stunden auseinander gefallen wie ein alter Stuhl, auf den sich jemand zu Schweres gesetzt hatte.

»Es war ein Fehler, dass ich euch so viel allein gelassen habe«, redete er leise weiter.

»Sebastian. Bitte.«

»Ich hätte viel mehr für Victor da sein müssen ... Ich war so blind ... Die ganze Arbeit. Das ist jetzt alles so ... so ... unwichtig geworden.«

»Du hättest auch nichts verhindern können.«

Es gab ein langes Schweigen. Tessa spürte, dass Sebastian gleich etwas sagen würde, was er eigentlich nicht sagen wollte.

»Kommissar Kramer hat mich heute Abend gefragt, ob du dich in letzter Zeit überfordert gefühlt hast.«

»Überfordert?« Tessas Finger, der die letzten Minuten über Sebastians Handrücken gefahren war, hielt inne.

»Ob du unterdrückte Aggressionen gegenüber Victor hattest.«

»Was soll das?«

»Es hat nichts zu bedeuten.« Sebastian fasste nach ihrer Hand, er spürte ihre Starre, zog die Hand wieder zurück und wühlte in seinen Haaren, als wären die richtigen Worte dort verborgen. »Kramer wollte doch nur ausschließen ... Für sich ... Dass du selbst ... Dass du ... Er hat nur gefragt, was er fragen muss ... Er ... Ich habe ihm gesagt, dass du die beste Mutter bist, die Victor haben kann.«

»Was wollte Kommissar Kramer ausschließen?«

»Tessa, bitte!«

»*Was wollte Kommissar Kramer ausschließen?*«

»Tessa!«

Sebastian warf sich in ihren Schoß und weinte. »Tessa, bitte!«

Sie machte Anstalten aufzustehen. »Ich muss die Katze füttern.«

»Tessa ... Bitte ...« Sebastian klammerte sich mit aller Kraft an sie. »Ich hätte dir nichts davon sagen sollen. Es war rücksichtslos von mir ...«

Wie ein Tornado, den sie zu spät bemerkt hatten, ergriff die Lust ihre Körper und riss sie fort. Es war kein eleganter Tanz, keine Balz, die sie aufführten, mit der Wucht zweier Bullen, die ihre Hörner oder Geweihschalen messen, krachten ihre Beckenknochen aufeinander, immer wieder, stur, fanatisch, bis Tessa sich aufrappelte und mit wenigen Schritten zu Victors Bett wankte. Sebastian folgte ihr, der Stoß von hinten ließ sie gegen das Holzgitter knallen, über ihr geriet ein Mobile ins Trudeln, sie beugte sich vor, zur Spieluhr, sie musste die Spieluhr hören. Und der Mond ging auf, und die Sterne prangten, doch es gab keinen Wald, in den sie hätte flüchten können, einsame Steppe war es, in der sie miteinander rangen, das Tier hinter ihr blies immer heißeren Atem in ihren Nacken, bis es aufjaulte, tödlich getroffen. Tessa spürte die Wucht des Schusses, der das andere Tier erledigt hatte, alles in ihr zog sich zusammen, auch sie schrie auf, kurz. Zwei Zimmer weiter schlief die Polizeipsychologin.

Eine Weile harrten sie beide aus, lauschten der Stille, die nur von ihren Herzen punktiert wurde. In einer langsamen und unwiederbringlichen Bewegung glitten sie auseinander. Tessa bückte sich, um ihre Hosen hochzuziehen.

»Ich muss nach der Katze sehen«, sagte sie, schon an der Tür. »Die Katze hat gestern den ganzen Tag nichts gefressen.«

11

Der Brief kam am nächsten Morgen. Kommissar Kramer hatte Mara Stein angerufen, die Psychologin hatte Sebastian geweckt, der in Victors Kinderzimmer auf dem Boden eingeschlafen war, Sebastian war zu Tessa gestürmt, die auf der Dachterrasse gesessen, geraucht und dem Sonnenaufgang zugeschaut hatte. Erste Strahlen ließen das Parkett im Wohnbereich aufleuchten, als der Kommissar um halb sechs das Loft betrat und ihnen ein weißes DIN-A4-Blatt hinhielt. Schon von weitem war zu erkennen, dass auf dem Blatt nicht viel geschrieben stand. Tessa sprang auf. Sebastian war schneller als sie, schnappte ihr das Papier vor der Nase weg.

»Was ... das?«, flüsterte er, unhörbar fast.

Tessa griff nach dem Brief, wollte auch lesen.

»Nein!« Sebastian drückte das Blatt an sich. »Nein!« Wie ein Kind, das eine Schatzkarte gefunden hat, die kein anderer anschauen darf.

»Herr Waldenfels«, sagte die Psychologin. »Sie können Ihrer Frau nicht ersparen, den Brief zu lesen.«

Tessa spürte, wie ihre Finger zu zittern begannen. Es war die dritte Nacht, in der sie nicht geschlafen hatte. Wortlos reichte ihr Sebastian das Papier. Schon wollte sie danach greifen, da zuckten ihre Finger noch einmal zurück. Fragend schaute sie den Kommissar an.

»Fassen Sie's ruhig an. Es ist nur eine Kopie«, sagte der.

Zwei schwarze Zeilen standen auf dem weißen Blatt.

*DU SCHLAMPE HAST DIESES KIND NICHT VERDIENT.
VICTOR GEHÖRT MIR .*

»Frau Simon?« Mara Stein war an Tessa herangetreten. Vorsichtig versuchte sie, ihr den Brief zu entwinden. Tessas Finger waren nicht bereit, sich zu öffnen.

»Welcher Irre schreibt so etwas?« Es war Sebastians Stimme, ein Krächzen.

»Es ist ein gutes Zeichen, dass der Entführer reagiert. Ihr Fernsehappell hat gewirkt«, sagte die Psychologin.

»Gut? Was ist daran gut?« Sebastian sprach wie ein Mensch, der so sehr schreien wollte, dass er nur noch flüstern konnte.

»Es heißt, dass der Entführer den Kontakt zu uns sucht. Das ist die eigentliche Botschaft, ganz gleich, was er in dem Brief schreibt. Er will, dass wir uns mit ihm auseinander setzen.«

»Hören Sie auf! Hören Sie auf mit diesem Scheiß!«, brach es aus Sebastian heraus.

Sein Brüllen ließ Tessa aus ihrer Starre erwachen. »Er hat Recht. Ich habe Victor nicht verdient.« Sie sprach sehr langsam, als müsse sie jedes Wort von weit her holen. Sie schaute noch einmal auf den Brief. »Ich habe Victor nicht verdient.«

»Das ist nicht wahr.« Die Psychologin fasste nach ihrer Hand.

»Ich habe Victor nicht verdient.« Tessa schaute Mara Stein an. Die Wahrheit des eben Gelesenen ließ ihr Gesicht leuchten. »Ich habe Victor nicht verdient.« Sie konnte nicht aufhören, den Satz zu wiederholen. »*Ich habe Victor nicht verdient.*«

»Frau Simon. Sshhhhh ...« Die Psychologin legte den Arm um Tessas Schulter und führte sie zum Sofa zurück. »Sshhhhh ...«

»Ich halte den Brief in der Tat für ein gutes Zeichen«, sagte der Kommissar ruhig. »Er verrät uns, dass es der Entführer nicht darauf abgesehen hat, Victor zu schädigen. Im Gegenteil, er scheint um sein Wohl besorgt. Und das ist eine sehr beruhigende Nachricht.«

Sebastian stieß ein höhnisches Lachen aus. »Unser Kind ist in den Händen eines Irren, der behauptet, dass es seins wäre. Sehr beruhigend!«

»Wir haben jetzt zum ersten Mal einen Anhaltspunkt, in welche Richtung wir ermitteln müssen. Im Augenblick können wir die Suche nach Erpressern oder Sexualstraftätern zurückstellen. Ab sofort konzentrieren wir uns auf Frauen mit unerfülltem Kinderwunsch.«

»Die Mutter mit dem leeren Kinderwagen?«

Der Kommissar ließ sich von Sebastians Sarkasmus nicht aus der Ruhe bringen. »Wir sollten gemeinsam überlegen, ob es in Ihrem Umfeld, auch im weiteren, eine Frau gibt, die in Frage kommen könnte. Frau Simon?«

Tessa schaute den Kommissar an, als habe sie kein Wort von dem, was er gesagt hatte, verstanden. »Sie glauben, dass es Victor gut geht?«

»Ja. Das können wir im Augenblick annehmen.«

»Woher wollen Sie das wissen?« Ihre Bewegungen wurden lebhafter. »Woher wollen Sie wissen, dass der Mensch, der diesen Brief geschrieben hat, nicht krank ist? Wer sagt Ihnen, dass er Victor in Wahrheit nicht quält?«

»Dafür gibt es bis jetzt keinerlei Indizien.«

»Wer sagt Ihnen, dass es kein –« sie suchte nach dem passenden Wort und fand es nicht, »dass es kein böser Mensch ist, der diesen Brief geschrieben hat?«

»Der Brief klingt doch eher, als ob ihn eine Person mit übertriebenem Fürsorgeinstinkt geschrieben hätte.«

Tessa raufte sich die Haare, als wisse sie nicht, wie sie es noch formulieren sollte, damit der Kommissar ihren Punkt verstand.

Irgendein Handy im Raum verkündete die Ankunft einer SMS.

»Wir haben ganz zu Anfang schon einmal darüber gesprochen«, sagte Arndt Kramer. »Fällt Ihnen eine Frau ein, die Ihnen Victor neiden könnte?«

Tessa schaute zu Sebastian. Er war damit beschäftigt, eine Nachricht auf seinem Handy zu lesen. Offensichtlich war es keine gute Nachricht, denn er schloss kurz die Augen, seine Lippen formten einen stummen Fluch.

»Jemand, der in Ihrem Sender oder in Ihrer Redaktion arbeitet?«, fragte der Kommissar weiter. »Jemand, der auffälliges Interesse an Victor gezeigt hat. Jemand, der zur Geburt Geschenke gemacht hat, von dem Sie das nicht erwartet hätten. Der angeboten hat zu babysitten. Kabelträgerinnen, Praktikantinnen, Putzfrauen, ich weiß ja nicht, wer so alles in einem Sender arbeitet.«

Sebastian hatte während der letzten Sätze des Kommissars begonnen auf- und abzuwandern. Die Ader an seiner Schläfe trat deutlich hervor. »Ich muss telefonieren«, sagte er plötzlich. »Es wäre mir lieb, wenn Ihre Leute nicht zuhören würden.«

Kommissar Kramer hob die Augenbrauen. »Wenn Sie einen Verdacht haben, sollten Sie mit uns darüber reden.«

»Ich habe keinen Verdacht«, anwortete Sebastian harsch. »Ich will einfach nur ein privates Telefongespräch führen. Ist das zu viel verlangt!«

»Kein Problem. Bitte.«

»Danke.« Es war das unfreundlichste *Danke*, das Tessa jemals gehört hatte.

Mit schnellen Schritten verschwand Sebastian im Flur. Es musste wirklich etwas dringend Unerfreuliches in der SMS gestanden haben, wenn er sie mitten in einem so wichtigen Gespräch sitzen ließ.

»Frau Simon?«

Tessa riss sich vom Anblick der geschlossenen Flurtür los. »Entschuldigung. Mir ist nicht gut.«

Sie stand auf und ging in das Gästebad. Die Wand zum Kinderzimmer war so dünn wie alle Wände, die in diesem Loft nachträglich eingezogen worden waren. Langsam legte sich ihr Kopf an die Wand. Sebastian sprach leise und schnell. Tessa hielt sich das freie Ohr zu. Der Hahn am Waschbecken tropfte. Sie hatte Mara Stein im Verdacht, ihn nicht richtig zuzudrehen. Auf dem weißen Keramik ringelten sich ein paar mittellange dunkle Haare. Am Boden stand eine billige Flasche Shampoo, die Tessa nie benutzen würde.

»Bleib, wo du bist, in einer halben Stunde bin ich da«, sagte die Wand. »Wir kriegen das hin. Egal, was du getan hast. Ich verspreche dir, wir kriegen das hin.«

Sie hatte es gewusst. Die ganze Zeit. Die Zigarette brannte schnell herunter, jeder Zug ein Zentimeter Glut. Welchen Unsinn ihre Schwester jetzt wieder angestellt hatte? Wahrscheinlich hatte sie sich beim Koksen erwischen lassen. Und Sebastian angefleht, dass er sie aus der Scheiße rausholte. Ausgerechnet jetzt. Diese Rücksichtslosigkeit. Es würde sie nicht wundern, wenn Sebastian nachher Curt dabeihatte.

Tessa schaute auf die Toreinfahrt, durch die vor über einer Stunde das Taxi mit Sebastian verschwunden war. Sie hatte gestern nicht allein ins Krankenhaus fahren dürfen. Sebastian ließ man unbehelligt ziehen.

Ohne es zu merken, hatte sie sich die nächste Zigarette angesteckt. Wenn das hier alles durchgestanden war, würde sie Sebastian zur Rede stellen. Vielleicht sollten sie in eine andere Stadt ziehen. Raus aufs Land. Sebastian musste ihr versprechen, dass er nie wieder einen Film mit Feli machen würde. Obwohl es noch so früh war, bauten sich im Süden schwarze Gewittertürme auf. Tessa drückte ihre Zigarette in dem Aschenbecher aus, der auf der Brüstung stand.

»Ganz schön schwül hier draußen.«

Tessa erschrak. Sie hatte nicht gehört, wie der Kommissar auf die Dachterrasse herausgekommen war.

»Ja. Ich glaube, es regnet bald.«

Der Kommissar trat an die Brüstung. Er beugte sich ein Stück nach vorn und schaute hinunter. »Als Jugendlicher war ich vollkommen schwindelfrei. Erst mit dreißig hat das angefangen. Aber dann ist es von Jahr zu Jahr schlimmer geworden.« Er trat von dem Geländer zurück und klopfte sich ein wenig Staub vom Hemd. »Warum haben Sie mir nicht gesagt, dass die ehemalige Lebensgefährtin Ihres Mannes Kontakt zu Victor hatte?«

»Was?«

»Sie haben Frau Dembruch auf Ihrer Liste vergessen.«

»Carola? Auf welcher Liste?«

»Die Liste, die Sie uns gegeben haben. Mit denjenigen, die Umgang mit dem Buggy hatten.«

»Carola hatte keinen Umgang mit dem Buggy.«

Der Kommissar strich sich über den Schnurrbart und lächelte. »Könnte ich vielleicht eine Zigarette schnorren? Eigentlich habe ich ja aufgehört –« Er zuckte die Achseln.

Tessa hielt ihm die Schachtel hin, starrte ihn an. »Was meinen Sie damit, dass Carola Umgang mit dem Buggy hatte?«

»Wir haben Fingerabdrücke von Frau Dembruch gefunden.«

»Sie haben Fingerabdrücke von Frau Dembruch gefunden?« Tessa wiederholte den Satz, als sei sie in einem Sprachlabor.

»Entschuldigung, könnten Sie mir auch noch Feuer –«

Mechanisch hielt sie dem Kommissar ihr Feuerzeug hin. Arndt Kramers Hand berührte ihre, als er sich über die Flamme beugte. Die Polizei hatte auf Victors Babyjogger Fingerabdrücke von Carola gefunden. Sebastian hatte eine unerfreuliche SMS erhalten. Sebastian war aus dem Haus gestürmt.

»Aber dann«, sagte Tessa, und die Notwendigkeit der Schlussfolgerung blendete sie stärker als die Sonne, die langsam hinter einem Gewitterturm verschwand, »dann hat Carola Victor entführt?«

Lichtsplitter tanzten vor ihren Augen. Die Welt war wieder im Lot.

Es war die Ex!

Endlich! Zwei Tage, nachdem der kleine Victor entführt wurde, ist es der Polizei gelungen, die Frau zu finden, die der berühmten Talkmasterin die schlimmsten Stunden ihres Lebens bereitet hat: Carola Dembruch, die Ex von Tessa Simons Ehemann! Unter Tränen gestand die Schauspielerin, dass sie das neue Glück ihres ehemaligen Lebensgefährten nicht mehr ertragen hatte. In den fünfzehn Jahren, die sie mit dem berühmten Schauspieler zusammen gewesen war, hatte sie sich immer Kinder gewünscht. Daher hatte sie das Gefühl, einen viel größeren Anspruch auf Victor zu haben als Sebastians neue Frau.

Tessa schüttelte sich, als erwache sie aus einer Trance.

»Victor *muss* bei Carola sein«, sagte sie langsam. »Und – mein Gott«, sie fasste sich mit beiden Händen an die Stirn, »in dem Frühjahr, als ich mit Victor schwanger war, gab es merkwürdige Anrufe nachts. Der Anrufer hat nie etwas gesagt, nur einmal hat er *Du Schlampe* gezischt. Und da habe ich geglaubt, Carolas Stimme zu erkennen. – Warum stehen Sie hier noch herum?«, fuhr sie den Kommissar plötzlich an. »Warum sind Sie nicht längst bei Carola?«

Arndt Kramer nahm den letzten Zug von seiner Zigarette. Als er sich Tessa zuwandte, lag in seinem Gesicht noch immer das Bedauern des Mannes, der soeben gemerkt hat, um welchen Genuss er sich in all den Wochen der Enthaltsamkeit gebracht hat. »Wir wollten das fürs Erste Ihrem Mann überlassen. Aber keine Sorge, ein paar von unseren Leuten schauen nach ihm.«

Tessa machte einen halben Schritt zurück. »Woher wissen Sie, dass Sebastian —«

Zum ersten Mal fiel ihr auf, dass die blassgrünen Augen des Kommissars mit bernsteinfarbenen Punkten gesprenkelt waren.

»Die richterliche Anordnung besagt, dass wir alle Gespräche, die in Ihrer Wohnung ankommen oder aus Ihrer Wohung nach draußen gehen, aufzeichnen müssen. Ich kann da leider keine Ausnahme machen.«

»Aber Sie haben Sebastian versprochen, dass er privat telefonieren kann«, brauste Tessa auf.

Ein Sonnenstrahl traf das Gesicht des Kommissars, die Bernsteinsprenkel blitzten auf. »Sie sind doch auch ins Bad gegangen, weil Sie wissen wollten, mit wem er so plötzlich telefonieren musste.«

»Das ist nicht wahr«, sagte Tessa. »Ich war nur auf der Toilette.« Ein leichter Schwindel erfasste sie. Die Hitze war unerträglich.

»Hat Ihr Mann oft Affären?«, hörte sie die Stimme des Kommissars, als sie bereits die Schwelle zum Arbeitszimmer erreicht hatte.

Sie drehte sich noch einmal um. Der Bernstein in seinen Augen war erloschen.

»Mein Mann ist treu.«

Am Nachmittag hatte der Regen begonnen. Tessa lag auf dem Fernsehsofa. *Die Natur spinnt,* dachte sie. *Es hätte schon viel früher gewittern müssen.*

»Tessa.« Sebastians Stimme war leise. Seine Haare klebten am Kopf, von seinem Hemd tropfte es auf den Boden. Eben erst war er nach Hause gekommen. Allein.

»Carola hat Victor nicht entführt.«

Sie spürte die Gewichtsverschiebung auf dem Sofa, als Sebastian sich setzte. Ihr Bein zuckte zurück, als er es streicheln wollte. Er stand wieder auf und ging im Zimmer umher.

»Begreif doch. Es ... es hat nichts bedeutet ... Carola wollte Victor einfach nur ab und zu sehen.«

Die Polster des Sofas verschluckten ihre Schreie. Tessa warf sich herum. »*Ab und zu sehen? Ab und zu sehen?* Du hast deine verdammte Ex mit meinem Sohn Mama spielen lassen?«

Die Szene, die sie vor langer Zeit einmal im Theater gesehen hatte, tobte wieder durch ihren Kopf, aus dem gnädigen Winterschlaf gerissen, in den Tessa sie versetzt hatte. Sebastian mit den zwei Frauen. Glücklich, keine Entscheidung treffen zu müssen. *Eine Wohnung! Ein Bett! Und ein Grab!*

»Ich weiß, dass es nicht richtig war.« Er fuhr sich über das zerfurchte Gesicht. »Ich hätte es dir sagen müssen. Es war ein Fehler. Aber –« Er machte eine weitere hilflose Geste. »Am Anfang war ich sicher, ich würde es schaffen. Carola würde mir gleichgültig werden irgendwann. Aber ich habe es nicht ausgehalten zu sehen, wie schlecht es ihr geht.«

»Und deshalb hast du weiter mit ihr geschlafen?« Tessa hatte es nicht sagen wollen. Die Anschuldigung war ihr schneller aus dem Mund gerutscht, als sie sich kontrollieren konnte. »Du hast mit deiner Ex geschlafen, weil du nicht *ausgehalten* hast, wie *schlecht* es ihr geht?«

»Ich kann einen Menschen, mit dem ich fünfzehn Jahre geteilt habe, nicht einfach so ablegen«, sagte Sebastian nach einer Pause. Einen Moment versöhnte es Tessa, dass er nicht log, dass er es nicht leugnete, dann kam die nächste Wut wie ein Krampfanfall.

»Um dein Scheißgewissen zu beruhigen, fickst du deine Alte und machst alles kaputt?« An seinem Gesicht sah sie, dass sie ihn getroffen hatte. »Nichts – nichts wäre passiert, wenn du mir damals die Wahrheit gesagt hättest«, fügte sie kalt hinzu.

Er schaute sie nicht an, sein Blick war starr auf den Kerzenhalter gerichtet, seine Hand nur noch weiße Knöchel und Haut.

»Erinnerst du dich an die verdammte Mail, die Carola dir damals geschrieben hat? Die Candida? Die Brutstätte? Das Gnadenbrot?«

Sie konnte an seinen Augen ablesen, dass er nicht begriff, wovon sie sprach. Sie sollte aufhören. Sofort.

»Nach meiner ersten Sendung mit der Behrens? In der Nacht, in der wir Victor gemacht haben? In der ich nicht wollte, dass du einen Gummi benutzt?«

Es gab kein Zurück. Die Wahrheit wollte heraus wie ein Nierenstein.

Noch war es Verwirrung, nicht Erinnerung, die über Sebastians Gesicht zog. »Was redest du? Wir haben Victor auf der Dachterrasse gezeugt«, sagte er. »An diesem wunderschönen Morgen, auf dem Liegestuhl, den ich damals gerade –«

»Nein, wir haben Victor nicht auf dem verdammten Liegestuhl gezeugt. Wir haben Victor gezeugt, weil ich herausfinden wollte, ob ich mich mit der verdammten Candida anstecke, die du dir bei deiner verdammten Ex-Schlampe geholt hast.«

Lange stand er ganz still. Seine Finger spielten mit dem heruntergelaufenen Wachs, das sie vom Kerzenhalter geschält hatten. Dann, ganz plötzlich, legte er die Kugel beiseite, als sei sie etwas Kostbares, auf das er später zurückkommen wollte, drehte sich um und verließ die Wohnung. Tessa sank aufs Sofa zurück. Der nasse Fleck dort, wo er gestanden hatte, würde von selbst trocknen.

Seit Monaten war sie nicht mehr im Keller gewesen. Wenn sie es recht bedachte, war sie überhaupt nur ein einziges Mal, beim Einzug, hier unten gewesen. All die anderen Male, wo es Stühle, Sonnenschirme oder alte Koffer zu verstauen galt, hatte Sebastian ihr den Gang nach unten abgenommen.

Obwohl die Keller so frisch renoviert waren wie der Rest des Gebäudes, hatten sich in einer Ecke bereits Spinnweben gebildet. *Ein gutes Zeichen,* schoss Tessa durch den Kopf, *es heißt, dass sie keine giftigen Farben genommen haben.*

Ganz hinten, aufgestapelt zwischen einem alten Schrank und einem Sessel, entdeckte sie die Plexiglasstühle, die sie einmal für den Balkon gekauft hatte. Sie konnte ein Lachen nicht unterdrücken.

Sebastian war erst am frühen Morgen zurückgekehrt. Sie hatten nur wenige Worte miteinander gewechselt:

– *Neuigkeiten?*
– *Nein.*
– *Verdammte Stümper.*

Sebastian hatte sich in sein Arbeitszimmer verkriechen wollen, zu spät war ihm eingefallen, dass dort der Abhörtechniker und die Psychologin saßen. Wütend knallte er die Tür zu, als er die beiden dort entdeckte, und rannte wieder aus dem Haus. Tessa hatte keine Ahnung, wo er die Nacht verbracht hatte. Keine Ahnung, wohin er jetzt gegangen war. Wieder zu Carola? Oder doch eher zu Feli? Oder zu Stella? Oder zu – wie hatte die andere Frau in dem Stück geheißen?

Eine dünne Staubschicht überzog die transparenten blassgelben Stühle, deren Form entfernt ans Rokoko erinnerte. Tessa verspürte das Bedürfnis, sie aus ihrer Klemme zu befreien, abzuwischen, ihnen etwas Gutes zu tun. Doch sie war nicht nach unten gekommen, um ausrangierte Möbel zu pflegen.

Sie entdeckte ein Fahrrad, es musste Sebastian gehören, sie selbst hatte seit ihrer Jugend kein Fahrrad mehr besessen. Beide Reifen waren platt. Dahinter stand der Plastikschrank mit Reißverschluss, in dem ihre Schwangerschaftskleider hingen. Wenn Sebastian sie denn so verstaut hatte, wie sie es ihm aufgetragen hatte.

Tessa ließ ihren Blick durch den Keller wandern. Das Ding musste hier sein. Vergangene Nacht hatte sie das ganze Loft durchsucht und es nirgends gefunden. Nach ihrem letzten Picknick hatte es eine Weile in der Küche herumgestanden, dann war es plötzlich verschwunden. Sebastian *musste* es in den Keller gebracht haben.

Sie hob ihren Blick. Und endlich. Auf einem der Holzschränke sah sie etwas Rotes hervorleuchten. Nun nahm sie doch einen der Plexiglasstühle vom Stapel, vorsichtig prüfte sie, ob er ihr Gewicht trug.

Sie hatte sich gerade gestreckt, um nach der riesengroßen Achtzig-Liter-Kühlbox zu greifen, als sie mitten in der Bewegung innehielt. Zwei gläserne Augen starrten sie an. Dort oben auf dem Schrank, von einem alten Lederkoffer fast vollständig verborgen, lag der Panther, den Nuala Victor zur Taufe geschenkt hatte.

»Das ist ja der Albtraum.«

Tessa war gerade damit beschäftigt, fünf Tage alte Wurst und Schinken aus ihrem Kühlschrank zu entsorgen, als Patricia Montabaur angerufen hatte. Nun stand die frisch zurückgekehrte Nachbarin bei ihr in der Küche. Ihre Füße steckten in Ledersandalen mit aufgestickten Muscheln, um die Hüften hatte sie ein weinrot-grün-goldenes Tuch gewickelt, auf dem Arm hielt sie die sehr magere Katze.

»Hat die Polizei denn schon irgendeine Spur?« Patricia Montabaurs Finger fuhren durch das silbergraue Fell.

»Sie vermuten, dass es sich um eine gestörte Frau handelt, die Victor als ihr eigenes Kind betrachtet.« Tessa nahm den fast leeren Beutel aus dem Mülleimer und knotete ihn zu.

Die Katze blitzte sie aus schmalen Schlitzen an.

»Das ist ja der Albtraum«, wiederholte Patricia Montabaur.

Tessa lauschte in die Wohnung hinein. Der Kommissar hatte sie nur kurz am Morgen besucht, um ihnen mitzuteilen, dass sie gerade die an Tessa gerichteten Mails prüften, die sie von der Festplatte des Sekretariatscomputers gerettet hatten. Die Psychologin hatte die letzte Stunde mit Sebastian auf der Dachterrasse gesessen, jetzt hörte Tessa Stimmen.

»Wollen wir nicht nach unten gehen?«, schlug sie vor. »Dann kann ich mir den Schaden ansehen.«

Patricia Montabaur winkte mit der freien Hand ab.

»Du hast genug um die Ohren.«

»Es tut mir wirklich Leid. Ich habe alles versucht. Aber er wollte einfach nicht mehr fressen.«

Patricia Montabaur hob die Katze so, dass sie ihr direkt ins Gesicht schauen konnte, und schüttelte sie sanft.

»Barnabas. Du beklopptes Vieh.«

Barnabas. Tessa schaute zu, wie die Nachbarin der Katze einen Kuss auf die Stirn drückte. Sie hatte doch gewusst, dass der Name mit »B« begonnen hatte. »Bestimmt habe ich etwas falsch gemacht«, sagte sie.

»Ach was, vergiss es. Ich krieg die alte Zicke schon wieder aufgepäppelt.«

»Hat er denn viel kaputtgemacht? Natürlich bezahle ich den Schaden.«

Patricia Montabaur zuckte die Achseln. »Ich hab's mir noch nicht genau angesehen. Das Ledersofa kann ich vermutlich wegschmeißen. Und den Zitronenbaum. Und die Tür von der Tiefkühltruhe hat er total zerkratzt. Obwohl er doch weiß, dass in dem Ding außer einem vergammelten Spinat und Wodka nix drin ist.« Sie schüttelte die Katze noch einmal. »Bekloppt bist du. Vollständig bekloppt.«

»Soll ich nicht doch mit runterkommen und mir den Schaden anschauen?« Eben hatte Tessa ganz deutlich die Stimme der Psychologin gehört. *Natürlich sind wir da hilflos!* Tessa konnte sich kaum vorstellen, dass Sebastian plötzlich angefangen hatte, der Frau sein Herz auszuschütten. Aber wer weiß. Psychologinnen hatten für vieles Verständnis.

»Du bleibst hier und hältst die Stellung«, sagte Patricia Montabaur bestimmt. »Ich drück dir die Daumen, dass sie Gregor bald finden.«

»Victor«, korrigierte Tessa sie nach einem kurzen Moment der Verwirrung. »Er heißt Victor.«

»Na klar. Victor.« Die Nachbarin schlug sich gegen die Stirn. »Indien.«

Kommissar Kramer sah aus wie ein Mann, der inmitten eines harten Lebens einen guten Tag hinter sich zu haben glaubte. Sie saßen alle am Esstisch, er trank von dem alkoholfreien Bier, das Sebastian ihm aus dem Kühlschrank geholt hatte. Die Psychologin nagte an einem Leberwurstbrot.

»Noch besteht kein dringender Tatverdacht, aber die Spur sieht vielversprechend aus«, sagte der Kommissar. »Erinnern Sie sich an eine Katja Schneider?«

Tessa schüttelte den Kopf. »Nie gehört, den Namen.«

»Herr de Winter hat mir das Band von der Sendung gegeben, in der Gabriele Behrens zu den Adoptionsvorwürfen Stellung bezogen hat.«

»Diese Irre, die dazwischengebrüllt hat?«

Arndt Kramer nickte. »So wie es aussieht, handelt es sich dabei um dieselbe Person, die mehrfach Mails an Sie geschrieben hat, Schwangerschaftstips, Ratschläge zum Stillen und so weiter. Sie war früher mal Krankenschwester, ist dann aber rausgeflogen, weil es ein paar Unregelmäßigkeiten auf der Säuglingsstation gegeben hat.«

Sebastian stieß hörbar die Luft aus.

»Sie scheint letzte Woche aus ihrer Wohnung verschwunden zu sein«, redete der Kommissar weiter. »Nachbarn behaupten, sie vergangenen Mittwoch das letzte Mal gesehen zu haben.«

»Wie sicher sind Sie, dass diese Frau Victor hat?« Sebastian war aufgestanden. Mit beiden Händen stützte er sich auf die Küchenzeile. Er erinnerte Tessa an einen der Wasserspeier, die sie auf dem Dach von Notre-Dame gesehen hatte.

»Noch ist es bloß eine Spur, aber sie könnte aussichtsreich sein«, sagte die Psychologin und bemühte sich, den Bissen, an dem sie gerade kaute, so in einer Backentasche zu verstecken, dass es nicht allzu sehr nach vollem Mund klang.

»Und wo steckt diese Frau?« Falls Sebastian am Nachmittag Freundschaft mit Mara Stein geschlossen hatte, verbarg er dies gut. »Wieso haben Sie sie noch nicht gefunden?«

Der Kommissar trank einen Schluck von dem alkoholfreien Bier, sein Lächeln war nachsichtig. »Sie scheint sehr zurückgezogen zu leben. Keine Freunde, keine engen Verwandten. Und entgegen dem, was sie in der Sendung gesagt hat: keine eigenen Kinder. Eine Nachbarin meint, dass Frau Schneider vor ein paar Jahren ein Haus von ihren Eltern geerbt haben könnte, wir sind dabei, das herauszufinden.«

»Diese Irren. Diese verdammten Irren.« Sebastian ballte die Faust. »Nur weil sie Tessa aus dem Fernsehen kannten, glaubt jeder Spinner, zur Familie zu gehören. Und die Polizei? Die Polizei macht nichts.«

»Herr Waldenfels.« Die Psychologin legte das Leberwurstbrot endgültig zur Seite. Sie warf ihrem Abendessen einen kurzen Blick zu, der so viel sagte wie: *Warte, gleich suche ich uns ein ruhigeres Plätzchen, wo wir ungestört weitermachen können.* Tessa hatte diesen Blick bei Geiern gesehen, bevor sie mit ihrem erbeuteten Aas-Anteil von der umkämpften Fundstelle auf einen stilleren Ast geflogen waren.

»Wenn ich das alles gewusst hätte, hätte ich nie erlaubt, dass Victor auch nur auf einem einzigen öffentlichen Foto zu sehen ist«, fuhr Sebastian plötzlich Tessa an. Und nach einer Pause sagte er leiser: »Du hättest Victor da raushalten sollen.«

Sie stand auf. Draußen begann es zu dämmern. Der Horizont glühte pink.

»Wann glauben Sie, dass Sie diese Katja Schneider gefunden haben?«

»Wir arbeiten alle mit Hochdruck, Frau Simon. Mehr kann ich Ihnen nicht sagen.«

Tessa zögerte. »Ich würde morgen Vormittag gern für eine Stunde zu einer Kollegin fahren«, sagte sie schließlich. »Sie veranstaltet am Wochenende eine Benefizauktion, ich habe ihr schon vor Wochen versprochen, ein paar abgelegte Kleider vorbeizubringen.«

»Ich wüsste nicht, was dagegen spricht«, antwortete der Kommissar und lächelte sie an, als teilten sie ein Geheimnis. »Wenn Sie sich dazu imstande fühlen.«

Einen Moment glaubte Tessa, in seinen Augen den Bernstein wieder gesehen zu haben. Sie hatte sich getäuscht. Es war nur die Abendsonne.

»Danke«, sagte sie. Und ging zur Treppe. Sebastian starrte an ihr vorbei in den Himmel hinaus. Der Mond würde sehr hell leuchten in dieser Nacht.

Sie konnte nicht glauben, dass ihnen kein Wagen folgte. Immer wieder drehte sie sich um. Einmal hatte sie das Gefühl gehabt, den dunkelblauen Opel, der an der Ampel neben ihnen hielt, an der vorletzten Ampel auch schon gesehen zu haben, dann blinkte der Opel und bog ab. Die Leichtigkeit, mit der der Kommissar sie hatte ziehen lassen, erschien ihr grotesk angesichts der Hartnäckigkeit, mit der er sie im Krankenhaus verfolgt hatte. Aber damals hatte er keine Spur gehabt, war übernervös gewesen. Heute hatte er das Gefühl, in eine bestimmte Richtung zu ermitteln. Und die Richtung hatte nichts mehr mit der Richtung zu tun, in die Tessa sich bewegte.

Die Luft im Taxi war schlecht, der Wagen schien keine Klimaanlage zu besitzen. Sie öffnete auf ihrer Seite das Fenster einen Spalt. Auch die frische Luft vermochte den Geruch nach kaltem Zigarettenrauch nicht zu vertreiben. Ein besoffener Fahrgast hatte wohl vor nicht allzu langer Zeit in den Wagen gepinkelt. Tessa drückte die große schwarze Papiertüte, in der sie ihren letzten Wintermantel nach Hause getragen hatte, fester an sich.

Schon weit vor dem Friedhof drängten sich die Massen, der Fahrer hupte, es gab kein Durchkommen mehr. Tessa verstand nicht, wieso die Polizei die Straßen rund um den Friedhof nicht gesperrt hatte. Es war für die geladenen Gäste eine Zumutung, sich ihren Weg durch die hysterischen Teenies bahnen zu müssen. Sie bezahlte den Fahrer. Bevor sie ausstieg, holte sie aus der Papiertüte den schwarzen Hut mit dem langen Schleier und setzte ihn auf. Das schlichte schwarze Leinenkleid hatte sie schon am Morgen angezogen, weder Sebastian noch die Psychologin hatten sich gewundert.

Hunderte von Gerüchen streiften Tessas Nase – billiges Parfüm, gescheitertes Deodorant, Schweiß –, als sie in die

Menge eintauchte. Vor allem Mädchen waren zu der Beerdigung ihres Idols gekommen. Fast alle hatten sie weiße Blumen dabei. Und schwarze Panther. Wenn Tessa sich umschaute, kam sie zu der Überzeugung, dass in der gesamten Stadt die Stoffpanther ausverkauft waren.

> »*Would you know my name*
> *if I saw you in heaven?*
> *Would you feel the same*
> *if I saw you in heaven?*
> *I must be strong and carry on*
> *'Cause I know I don't belong here in heaven* ...«

Sie schob sich durch eine Gruppe Teenager, die Nualas letzten Hit sangen und in die Hände klatschten. Zwei schwarzhaarige Mädchen umarmten sich und weinten. Die Schulklassen mussten an diesem Morgen sehr leer sein.

Ein Junge, ein Mädchen, Geschwister womöglich, hielten ein selbst gemaltes Transparent in die Höhe:

NUALA, FOR US YOU LIVE!

»Lassen Sie mich durch. Ich bin geladener Gast. Bitte lassen Sie mich durch!«

Tessa drückte die Papiertüte fester an sich. Es herrschte ein so chaotisch-gnadenloses Gedränge, wie nur fanatisierte Minderjährige es zustande brachten. Nummernbedruckte T-Shirts, gepiercte Bauchnäbel, lange glatte Pferdeschwänze rempelten sie an wie beim Autoscooter, stießen sie herum, bis Tessa endlich die Friedhofsmauer erreichte. Blumen, Kerzen und Stoffpanther türmten sich davor als zweiter Wall. Eine Gruppe Mädchen kniete am Boden und betete. Ihre offenen Haare streiften beinahe die Flammen.

Tessa ließ sich mit der Menge nach rechts treiben, kurz vor dem Eingangstor entdeckte sie die ersten Absperrgitter. Noch eine Gruppe Jungs, die ein lebensgroßes Plakat von Nuala über ihren Köpfen wandern ließen – *Nuala rules! Nuala rules!* –, dann hatte sie es geschafft.

Ein Dutzend farbiger Sicherheitsmänner in schwarzen Anzügen und weißen Hemden kontrollierte den Zugang zum Friedhof. Tessa zog die Einladungskarte aus ihrer Handtasche. Ein feines Frösteln lief über ihren Körper, obwohl der Sommertag nicht weniger heiß war als die vergangenen. Im Herzen der Menge mussten es über fünfzig Grad gewesen sein.

»*Yes, Ma'am, please.*«

Der Mann, der zwei Köpfe größer und doppelt so breit war wie Tessa, trat zur Seite. Sie machte einige rasche Schritte, weg vom Eingang, weg von den Gerüchen und Lauten der konfusen Masse. Steinchen schoben sich in ihre offenen Sandalen, sie spürte sie nicht.

»*Nuala! Nuuuuuaaaaalaaaaa!!*«

Draußen schwoll ein Schrei an, so als hätte sich das Idol endlich blicken lassen. Tessa war sicher, dass Nualas Sarg längst durch einen Hintereingang auf den Friedhof gefunden hatte. Vielleicht hatte man der Menge eine andere Holzkiste hingeschoben. Doppelgängertum noch post mortem.

Tessa beschleunigte ihren Schritt. Die Beerdigung ihrer Mutter musste die letzte Beerdigung gewesen sein, bei der sie gewesen war. Ein strahlender Herbsttag. Feli und sie hatten ihre dunklen Schottenröcke angezogen, die mit den großen Sicherheitsnadeln, die sonst für die seltenen Auftritte mit dem Schulchor reserviert waren. Aus Furcht, sie könnten sich erkälten, hatte ihr Vater darauf bestanden, dass sie unter den Röcken wollene Strumpfhosen trugen, die viel zu warm waren. Das Grab der Mutter lag direkt an der Friedhofsmauer.

Ein Apfelbaum, der auf der anderen Seite wuchs, streckte seine Äste mit den letzten vollreifen Früchten über die Mauer. Nie würde Tessa den Geruch der zertrampelten, gärenden Äpfel vergessen, der über dem Grab lag und noch tagelang an den Sohlen ihrer dunkelblauen Lackschuhe hing. Immer wieder waren Äpfel ins offene Grab der Mutter gepoltert, die Trauergemeinde war zusammengezuckt, aber alle taten so, als sei nichts, bis Tessa es nicht mehr aushielt und lachte. Ihre Großmutter hatte ihr erschrocken die Hand über den Mund gelegt. Als sie endlich ans Grab der Mutter vortreten durfte und die vielen aufgeplatzten Äpfel sah, die überall auf dem Sarg lagen, musste sie wieder lachen, aber so, dass ihr Tränen übers Gesicht liefen und ihre Großmutter sie vom Grab wegzog. Später, beim Leichenschmaus, als sich die Erwachsenen darüber unterhielten, dass die Beerdigung die Mädchen vielleicht überfordert habe und man sie besser zu Hause gelassen hätte, sprang Tessa auf, dass ihr Kakao umfiel, und rief: *Aber Mama war doch allergisch gegen Äpfel*, und rannte davon.

Tessa hatte keine Ahnung, ob sie in die richtige Richtung ging. Ihre Arme schmerzten inzwischen vom Gewicht der Tüte. Vorsichtig prüfte sie, ob die Papiergriffe noch hielten. Da entdeckte sie die Fliegen. Fünf, sechs ölig glänzende Schmeißfliegen, die um die Tüte herumschwirrten. Tessa riss sie in die Höhe, schlug mit der freien Hand nach den Insekten. Sie rannte, knickte um, weiter, alte Lärchen, die ihre Äste in den Weg hängen ließen, streiften ihr den Hut vom Kopf, sie rannte weiter, dann merkte sie, dass sie ohne den Hut nichts anfangen konnte. Der ganze Friedhof schien ihr plötzlich lebendig, Käfer krochen über den Weg, Wespen, Mücken, Bienen kreisten in der Luft, überall surrte und brummte es.

In der Ferne hörte Tessa Gesang. Sie drosselte ihren Schritt. Als sie die nächste große Kreuzung erreichte, sah sie den Trauerzug von links kommen. Es mochten hundert, zweihundert Menschen sein, die dem schwarzen Sarg, der von sechs riesenhaften Männern getragen wurde, folgten.

Eine weitere Fliege landete auf dem Rand der Papiertüte, um in ihrem Innern zu verschwinden.

Der Zug kam näher, und Tessa erkannte, dass die sechs Sargträger Basketballtrikots anhatten. Es mussten Spieler aus der Mannschaft von Nualas Freund sein. Sie hatten starre, schöne Gesichter, den Blick nach vorn gerichtet, die Lippen fest verschlossen. Sie waren die Einzigen, die schwiegen. Klatschend und singend schob sich der Zug an Tessa vorbei.

»*Swing low, sweet chariot*
Comin' for to carry me home
Swing low, sweet chariot
Comin' for to carry me home . . .«

Unmittelbar hinter dem Sarg gingen die beiden Schwestern der Toten, sie trugen schwarze Etuikleider, in die ihre barocken Körper an keiner Stelle hineinpassten. Die jüngere hatte einen pinkfarbenen Schlapphut auf, die ältere einen zylinderartigen froschgrünen. Zwischen ihnen ging die Mutter im ärmellosen schwarzen Lederanzug mit gelbem Strohhut. Der klein gewachsene Mann mit dem schwarzen Anzug, der dunklen Sonnenbrille und dem rot-grün-gelben Turban, der folgte, musste Nualas Manager sein. Auch er klatschte in die Hände, bewegte sich in den Hüften und sang. Tessa wollte zu der Gruppe hingehen, *mein herzliches Beileid* sagen, drei sinnlose Sätze wechseln mit Menschen, die sie kannte.

Die nächste Fliege kroch in die Papiertüte. Tessa machte einen Schritt zurück.

Kaum einer aus dem Zug schien sie zu beachten, nur ein junger Farbiger, der besonders laut sang, animierte sie mitzumachen. Noch mehr schwarze Jogginghosen folgten, weiße Turnschuhe, schwarze Lederhemden und vor allem – Kopfbedeckungen: Hüte, Baseballkappen, Bandannas, Piratentücher, Turbane in allen Farben von weiß bis lila, von gold bis pink, von orange bis türkis. Nur nicht schwarz. Kein Einziger trug eine schwarze Kopfbedeckung.

Endlich kam das Ende des Zuges in Sicht. Tessa ließ einen kurzen Abstand und folgte.

> »*I looked over Jordan and what did I see*
> *Comin' for to carry me home*
> *A band of angels comin' after me*
> *Comin' for to carry me home* ...«

Tessa kannte das Lied nicht, das die Leute sangen, ihre Arme schmerzten, ihr Gesicht hinter dem Schleier war schweißüberströmt, und dennoch begannen ihre Lippen sich zu bewegen. Erst leise, dann immer lauter sang sie den Refrain mit.

> »*Swing low, sweet chariot*
> *Comin' for to carry me home*
> *Swing low, sweet chariot*
> *Comin' for to carry me home* ...«

Der Zug wurde langsamer, bis er ganz zum Stehen kam. Noch immer wurde gesungen, und auch Tessa konnte nicht aufhören, bis vorn am Grab eine Männerstimme etwas Unverständliches rief. Es gab ein dumpfes Geräusch, Schreie folgten.

Ruhe in Frieden!

Jahrzehntelang hatte Tessa es vergessen, es war das Kommando gewesen, das der Anführer der uniformierten Sargträger damals am Grab ihrer Mutter gebrüllt hatte, und mit dem die anderen Sargträger geantwortet hatten, nachdem sie die Eichenkiste in die Grube gesenkt hatten.

Ruhe in Frieden!

Es hatte geklungen wie die Befehle, die der Sportlehrer in seine Trillerpfeife gebrüllt hatte, wenn sie nicht schnell genug die Seile hinaufgeklettert waren. Tessa konnte nicht glauben, dass bei dieser Beerdigung, die so schön war, einer der Basketballspieler ein solch rohes Kommando gebrüllt hatte. Nein, die Stimme, die eben gerufen hatte, war weicher gewesen, kein deutsches Bellen.

Einen stechenden Moment lang bedauerte sie es, dass Sebastian nicht dabei sein konnte. Trotz seiner Vorurteile, die er gegen Nuala gehabt hatte – die Beerdigung hätte ihm gefallen. Der Gesang. Die Leute, die bei aller Grellheit ehrlich trauerten.

Jemand tippte Tessa sanft auf die Schulter. Ohne es zu merken, hatte sie das Grab erreicht. Ihr Schritt war fest, als sie das Holzbrett an der Längsseite der Grube betrat. Der schwarze Sarg unten im Erdloch war kaum mehr zu sehen. Bedeckt von Blumen, Erdklumpen, CDs und Splittern, die einst zu monströsen Kristalltrophäen gehört haben mochten. Auch zwei Dutzend Stoffpanther lagen bereits im Grab. Doch keiner war so groß wie der, den Tessa jetzt aus der Papiertüte zog. Eine Frau schluchzte laut auf. Es kam aus der Richtung, in der Nualas Familie stand. Eine der Schwestern musste den Panther erkannt haben. Tessa machte noch einen Schritt vorwärts. Irgendwo blitzte eine Kamera. Einen Wimpernschlag lang zuckte sie unter ihrem Schleier zusammen. Es spielte keine Rolle mehr. Nichts von dem, was um sie herum geschah, spielte jetzt noch eine Rolle. Sie streckte die Hände aus, ihre Arme zitterten, das Tier war so schwer, sie konnte es nicht länger halten. Ein neues Schluchzen übertönte das dumpfe Geräusch, mit dem der Stoffpanther im

Grab aufschlug. Tessa griff nach der Schippe, die Hälfte der schwarzen Erde verschüttete sie bereits vor dem Grab. Einige Klumpen trafen den Kopf des Panthers, seine trüben Glasaugen starrten geradeaus.

Tessa machte zwei Schritte von der Grabkante zurück. Sie senkte den Kopf, wie von selbst falteten sich ihre Hände über dem Schambein.

»Ruhe in Frieden.«

Zu gern hätte sie etwas anderes gesagt, aber das war alles, was sie im Moment wispern konnte.

»*Ruhe in Frieden.*«

Epilog

12

Die Engel klebten wieder in den Fenstern. Mietskasernen hatten sich mit blinkenden Ketten und Sternen geschmückt, als ginge es darum, in den letzten Tagen des Jahres doch noch einen Preis zu gewinnen. Die ganze Stadt war eine Lichtorgel, auf der ein besinnungsloser Zeremonienmeister Besinnlichkeit spielte.

Tessa und Sebastian hatten in diesem Jahr keinen Baum aufgestellt. Ohne es aussprechen zu müssen, hatten sie sich bereits im November, als die ersten Tannen und Fichten auf den Parkplätzen der Stadt aufgetaucht waren, darüber verständigt, dass es für sie in diesem Jahr keinen Baum geben würde. Keinen Stollen. Keine Lieder. Beim teuersten Herrenausstatter hatte Tessa einen schwarzen Seidenschal gekauft. Sie war sich nicht mehr sicher, ob sie Sebastian den Schal mitgeben würde. In drei Tagen fuhr er ins Tessin. Sie selbst hatte ihm vorgeschlagen, dass er Weihnachten bei seinen Eltern verbringen sollte. Es machte ihr nichts aus, allein zu sein.

Ein Blick auf den Nachttischwecker erinnerte Tessa daran, dass sie sich umziehen musste. Sie hatte keine wirkliche Lust auf die Benefiz-Gala für krebskranke Kinder, die heute Abend in der Oper stattfand, aber es würde ihr gut tun, aus dem Haus zu kommen. Nach anfänglichem Sträuben hatte sich sogar Sebastian bereit erklärt, sie zu begleiten. Seit Wochen war sie nirgends mehr hingegangen, obwohl sie in diesem Herbst und Winter fünfmal so viele Einladungen bekommen hatte wie im vorigen Jahr. Magazine, Sender, die *Charity-Ladys* der Stadt – jeder, der ein Fest gab, wollte sie dabeihaben. Ihr letzter öffentlicher Auftritt war beim Presseball gewesen. In der Woche darauf hatte es in einem Magazin ein ganzseitiges Foto von ihr gegeben, im metallic-grauen bodenlangen Kleid, wie sie an einem Champagnerglas nippte und lachte. Sie hatte Sebastian zu erklären versucht, dass es nichts bedeutete, dass es unendlich peinlicher gewesen wäre, wenn sie den ganzen Abend mit Trauermiene in der Ecke gestanden hätte. Sie hatte ihn daran erinnert, dass er seinen Film schließlich auch im Januar herausbringen wollte. *Ein Film ist ein Film*, hatte er gesagt, *und keine Party*. Den restlichen Monat hatte er kein unnötiges Wort mit ihr gesprochen.

Es wurde Zeit, dass sie endlich wieder arbeiten konnte. Ihre Popularität war so groß wie nie. Aber Attila hatte sie gewarnt. *Warte noch ein paar Monate. Glaub mir. Die Leute lieben dich jetzt, weil du die tragische Mutter bist. Wenn sie dich zu früh wieder im Fernsehen sehen, bist du die kalte bitch.*

Tessa zog das rote Kostüm mit den weißen Ärmelaufschlägen an, das sie letzte Woche extra für die Gala gekauft hatte. Sie betrachtete sich im Spiegel und erkannte den Weihnachtsmann. Wütend riss sie sich den roten Fetzen vom Leib, öffnete alle Türen zu ihrem Kleiderschrank. Ihre Hände durchwühlten Hemden, Hosen, Röcke, Anzüge, Mäntel, alles in den letzten Monaten gekauft. Nichts erschien ihr passend. Das Bauchschlitzkleid, das sie nach der Geburt zu einem geschlossenen, langärmeligen Kleid hatte umnähen lassen, wäre das Richtige gewesen für heute Abend. Im Herbst hatte sie es aussortiert, weil kein Platz mehr gewesen war im Schrank.

Sie mussten umziehen. Ein größeres Haus mieten, am besten außerhalb der Stadt, an einem See. Aber Sebastian wollte nicht. Jedesmal, wenn sie das Thema ansprach, sagte er nur: *Ich bleibe hier, bis Victor wieder da ist.*

Tessas Hände holten einen schlichten dunkelgrauen Anzug hervor. Sie konnte sich nicht erinnern, ihn gekauft zu haben. Er war ideal für heute Abend.

Fertig angezogen und geschminkt klopfte sie eine halbe Stunde später an der Tür zu Sebastians Arbeitszimmer. Seitdem die Abhörspezialisten der Polizei im Spätsommer das Feld ergebnislos geräumt hatten, war Sebastian hierher zurückgekehrt.

Er saß an seinem Schreibtisch, tief über ein Buch gebeugt. Dennoch hatte Tessa das Gefühl, er tat nur so, als würde er lesen.

»Bist du noch nicht umgezogen?«

Er schaute auf die Art-déco-Uhr seiner Großmutter. »Oh verdammt.«

»Ich habe dir doch gesagt, dass wir um halb sechs losmüssen.«

»Es tut mir Leid, ich habe es vergessen.« Seine Augen lagen tiefer in den Höhlen als vor einem halben Jahr. Gelbe Schleier hatten sich über das einst so klare Augenweiß gelegt.

»Willst du nicht lieber allein gehen?«

Tessa sah ihn an. Sie konnte *Nein* sagen, zu ihm hingehen, ihn an sich drücken, auf die kahler werdende Stelle an seinem Hinterkopf küssen, *Ich liebe dich* sagen und: *Wir haben doch schon so lange nichts mehr zusammen unternommen.*

Aber sie zuckte die Achseln und drehte sich um. Im Gehen warf sie einen Blick auf das schmale Gästebett, in dem Sebastian nun seit vielen Wochen schlief. Der Smoking, den sie ihm heute Mittag aus dem Schrank geholt hatte, lag eingewühlt zwischen Kissen und Decke.

»Ach ja. Wenn du mit Feli sprichst, erinnere sie bitte daran, dass sie noch meine Moonboots hat. Über Weihnachten soll es schneien«, sagte Tessa und zog die Tür mit einem sanften Ruck zu.

Es war dunkle Nacht, als sie aus dem Fahrstuhl auf das Kopfsteinpflaster hinaustrat. Die beiden Bogenlampen erleuchteten den Hof nur schwach. Das Taxi war noch nicht da, obwohl Tessa es vor zehn Minuten gerufen hatte. Der Nordwind stach durch ihren dünnen Ledermantel. Sie öffnete ihre Handtasche, um das Handy herauszuholen.

Sie hatte die Tastensperre gelöst und wollte im Telefonbuch die gespeicherte Nummer ansteuern, als sie innehielt. Ein Geräusch. Ein leises Wimmern. Sie kniff die Augen zusammen. Nichts. Sie hatte sich getäuscht.

Taxi.

Tessa drückte die grüne Taste und hörte, wie sich die Verbindung aufbaute.

Da. Da war es wieder. Eine Katze, die sich verlaufen hatte.

»Taxifunk, einen wunderschönen guten Abend. Was kann ich für Sie tun?«

Sie hielt das Telefon von ihrem Ohr weg. Katzen jammerten nicht so. In der Paarungszeit vielleicht, aber nicht mitten im Winter.

»Hallo?«

Das Tier musste sich verletzt haben. Eingeklemmt sein. Langsam ging Tessa um den Mauervorsprung, hinter dem der Eingang zum alten Treppenhaus lag. Vielleicht war das Tier mit einer Pfote in der Stahltür gefangen. Die Tür musste mindestens vier Zentner wiegen.

»Hallo, hören Sie mich? Hallo?«

Der Wind pfiff noch schärfer, als sie um die Mauerkante bog. Vor der Stahltür stand etwas. Tessas Augen tränten, als sie versuchte, in der Dunkelheit besser zu erkennen. Das Ding war hüfthoch. Ein Wagen. Ein Karren. Ein –

Tessa blieb stehen, auf der Stelle erstarrt.

»Hallo?«

Die Kälte, die vorher nur draußen gewesen war, hatte den

Weg in ihren Körper gefunden. Rippe für Rippe kroch sie in ihr empor. Stur hielten ihre Füße auf den Kinderwagen zu.

»Hallo, sagen Sie doch was!«

Es konnte nicht sein. Jemand spielte ihr einen Streich. Einen unmenschlichen Streich. Ihr Blick hetzte nach links, rechts, die Fassaden hinauf, wo war die Kamera, die ihr entsetztes Gesicht einfangen wollte?

Na wartet, ihr kriegt mich nicht! So nicht!

Nur noch drei Schritte, und sie war bei dem makabren Gefährt, riss es herum.

Der Schrei blieb ihr im Hals stecken. Sie taumelte zurück, ihr linker Absatz verfing sich in einem Spalt, sie stolperte, das Handy schlitterte über das frostige Kopfsteinpflaster und verstummte. Nur noch der Wind. Das schrille Pfeifen. Und das Wimmern des Kindes, das in dem Buggy saß. Dick eingepackt in Decken und Mützen und Schals. Es musste eine Puppe sein – diejenigen, die ihr das antaten, verdienten gehenkt zu werden – jetzt hob das Ding die Arme. Eine Puppe mit Motor. Streckte ihr die Arme entgegen und wimmerte.

Tessa stand auf, in ihrem linken Knöchel gab es einen Stich, der sie beinahe wieder stürzen ließ. Es war keine Puppe, Fleisch und Blut, weiß stieg sein Atem in die Nacht.

Hinter ihr näherte sich Motorengeräusch. Wie ein Schneepflug bahnte sich Scheinwerferlicht seinen Weg durch die Dunkelheit, kletterte die Wand hinauf, bis –

Alle Schreie, die sich in den letzten Sekunden in Tessas Hals aufgestaut hatten, brachen auf einmal hervor.

Es gab keinen Zweifel. Die blonden Locken. Die großen Augen. Victor war zurück.

»Entschuldigung? Hallo? Haben Sie das Taxi bestellt? Ist etwas passiert? Hallo?«

In Zeitlupe drehte sie sich um. Nur am Rande konnte sie

wahrnehmen, dass der Mann, der aus dem Wagen gestiegen war, dünne rote Haare hatte, die unter einer schwarzen Wollmütze hervorschauten. Ihr Verstand war in sich zusammengestürzt wie ein Kartenhaus, das ein hybrider Baumeister zu hoch gebaut hatte.

Nehmt mich mit. Ihr könnt mich haben. Ich leiste keinen Widerstand.

Der Schrei in ihrem Rücken löste die Starre. Sebastian – herbeigelockt durch ihr eigenes Geschrei – stand in den geöffneten Fahrstuhltüren, Hemd, Cordhose, nichts als Hausschuhe an den Füßen. Tessa sah ihn die Hände vor den Mund schlagen. Er rannte los, an ihr vorbei, sein rechter Arm streifte sie, ein Hausschuh blieb am eisigen Boden kleben. Vor dem Buggy stürzte er auf die Knie, ungeduldig zerrten seine Hände an den Gurten, mit denen das Kind festgeschnallt war.

Endlich hatte er den Verschluss gelöst, hob das wimmernde Kind an seine Brust.

Tessa sah, wie es sich gegen die Umarmung sträubte, den Kopf weit in den Nacken bog und schrie. In alle Richtungen, in die sich ein Körper bewegen kann, trat und zuckte es. Und plötzlich hielt es inne. Mitten in seiner konvulsivischen Wut blickte es Tessa an. Und lächelte.

»Oh mein Gott ... kann es nicht glauben ... *Mein Gott!* ... Ich habe es gewusst ... die ganze Zeit ...«

Tessa verstand nur die Hälfte von dem, was Sebastian schluchzte. Er hatte seine Stirn gegen die ihre gedrückt, seine Hände hielten ihren Hinterkopf umklammert. Nur wenige Zentimeter darunter krallte sich das Kind an sie. Es hatte aufgehört zu wimmern und zu zucken. All seine Kraft floss in seine Arme.

»Mein Gott ... Oh mein Gott ...«

Die kleinen Stahlfinger in Tessas Nacken lösten sich, durch

Sebastians Hände gedämpft, spürte sie dennoch den Schlag. Sie zuckte zusammen. Und dann fühlte sie eine unklare Bewegung, in ihren Haaren wurde gerauft. Da erst begriff sie, dass der Schlag nicht ihr gegolten hatte. Die kleinen Stahlfinger rangen mit Sebastians, wollten keine anderen Finger neben sich dulden.

Sebastian ließ Tessa los und machte einen Schritt zurück. Er schüttelte noch immer den Kopf, Tränen in den Augen. Er versuchte, den Arm des Kindes durch den wattierten Anzug hindurch zu streicheln. Es schlug nach ihm.

Tessa drückte das Kind fester an sich. Es wog so leicht auf ihrem Arm. Es klammerte sich an sie. Es fühlte sich wohl bei ihr. Wohler als bei Sebastian. Noch einmal huschten ihre Augen suchend über die Fassaden. Kein verräterisches Blinken, kein Kameraobjektiv.

Sie schaute in die großen Augen, die sie so offen anstrahlten, schaute Sebastian an und konnte es nicht begreifen. Es musste ein Fehler sein. Da entdeckten sie im Licht der Scheinwerfer die weiße Blesse, die unter der Wollmütze hervorschaute, und auch Sebastian schien sie entdeckt zu haben, mit schnellem Griff riss er dem Kind die Kopfbedeckung weg.

Hinter sich hörten sie ein Räuspern. »Entschuldigung. Ist alles in Ordnung? Brauchen Sie Hilfe?«

Tränen ließen Sebastians Augen schimmern, als er seinen Blick von Victors Stirn ab-, dem Taxifahrer zuwandte. »Sehen Sie? ... Sehen Sie doch! ... Es ist tatsächlich Victor ... Victor ist wieder da!«

Tessa fand den Brief, als sie den Schal des Kindes neu binden wollte. Ein schlichter weißer Umschlag steckte oben in dem Schneeanzug. Sie zögerte, dann fischte sie ihn heraus. Auf dem Kuvert stand ihr Name. Sie schaute sich um. Sebastian war zu dem Taxi gegangen, um Kommissar Kramer anzurufen. Sie hörte ihn laute Worte in das Handy des Fahrers rufen. Der Wind trug ihren Sinn davon.

Behutsam setzte Tessa das Kind in den Buggy zurück. Erst als sie versuchte, den Umschlag aufzureißen, merkte sie, wie klamm ihre Finger waren. Sebastian brüllte noch immer in das Telefon. Es war ein weißes DIN-A4-Blatt, zur Hälfte beschrieben. Wilde, steil geschwungene Handschrift floh über das Papier. Tessa musste es ganz nah an ihr Gesicht halten, um lesen zu können.

Verehrte, gnädige Frau Simon!!!

Der Herr hat mich bestraft für das unendliche Leid, das ich über Sie gebracht habe. Ich bereue so sehr. <u>Sehr</u>. Aber der Herr vergibt nur denen, die sich selbst bestrafen. Ich kenne meine Schuld und weiß, was ich tun muss. Damals habe ich gedacht, ich mache alles richtig. Victor sollte doch glücklich werden. Jetzt habe ich die Sünde <u>erkannt</u>, die ich an Ihnen, Gott und Victor begangen habe. Aber der Herr straft nicht ungerecht. Ich stelle mich seinem Zorn. <u>Ich nehme meine Strafe an!!!!!</u>

Geben Sie Victor all die Liebe und das Glück!
Mit traurigen Grüßen und in ewiger Reue
Ihre
Susanne Lembertz

Beten Sie für mich, dass ich dem Höllenfeuer entkomme!

Eine Windbö riss Tessa den Brief aus der Hand und jagte ihn über den Hof.

Das Kind krabbelte am Boden. Die Familie hatte den Couchtisch, dessen Beine und Kanten Heiligabend neu gepolstert worden waren, zur Seite gerückt, damit es auf dem Teppich zwischen den beiden Sofas spielen konnte. So viele Füße umringten es. Braune Schnürschuhe mit Lochmuster (Herr Waldenfels), dunkelblaue Ballerinas (Frau Waldenfels), weiße Lackstiefel (Tessas Stiefmutter), graue Halbschuhe mit Kreppsohle (Tessas Vater), weinrote Wildlederstiefel (Katharina), schwarz glänzende Stiefeletten (Attila), Bikerboots (Feli) und Filzpantoffeln (Sebastian). Doch das Kind hatte nur Augen für die Stilettos, die ganz links waren. Immer wieder krabbelte es zu ihnen hin, strich über das feine Leder, zupfte an der silbernen Spange, die sich quer über den Spann zog. Es störte sich nicht daran, dass sein Cousin auf das große Holzschaukelpferd geklettert war, das seine Großeltern (väterlicherseits) doch ihm mitgebracht hatten. Auch die anderen Geschenke, die sich unter der in Windeseile geschmückten Silbertanne türmten, ließen es kalt: die Bilderbücher und Bauklötze, Plüschtiere und Bälle, Reifen und Kreisel. Nicht einmal das wasserspritzende Spielzeugtelefon von seiner Tante Feli hatte das Kind länger als eine Minute zu interessieren vermocht. Den hellblauen Pullover mit den passenden Handschuhen, den seine Stiefoma – wie sie sagte: *eben noch schnell* – gestrickt hatte, hatte es keines Blickes gewürdigt.

»Wenn man ihn so anschaut, will man gar nicht glauben, was er in den letzten Monaten alles durchgemacht hat«, sagte diese gerade. »So ein goldiges Kind. Es ist unglaublich, was sie in dem Alter noch alles wegstecken.«

Tessas Stiefmutter hielt dem Kind einen Zimtstern hin, es schnupperte ein wenig in ihre Richtung, klatschte eine Hand auf seinen lebkuchenbraunen Mund und wandte sich wieder den Stilettos zu.

»Wir wissen doch gar nicht, ob diese bemitleidenswerte Frau Victor tatsächlich schlecht behandelt hat«, gab Frau Waldenfels zu bedenken. Ihr Blick wanderte immer wieder zwischen dem Kind und Sebastian hin und her.

»Natürlich wissen wir das«, entgegnete Tessas Stiefmutter. Zur Feier des Tages hatte sie eine schwarze Pumphose und ein Wolloberteil mit silbernen Pailletten angezogen. »Wie soll so eine Verrückte imstande sein, sich gut um ein Kind zu kümmern?!«

»Sie haben doch selbst festgestellt, dass Victors Gemüt offenbar keinen Schaden genommen hat.« Abwesend richtete Frau Waldenfels die goldene Armbanduhr, die an ihrem Handgelenk verrutscht war.

»Das ist ganz lecker, guck mal! Mmh ...« Tessas Stiefmutter hatte ein Stück Stollen auseinandergebrochen und versuchte, das Kind damit zu locken. Es blieb am Boden sitzen, die Finger um den linken Stilettoabsatz gekrallt.

»Ich weiß ja nicht, was die mit Victor angestellt hat«, ließ sich eine amüsierte Stimme vernehmen, »aber irgendwie schien er mir früher kein Schuhfetischist gewesen zu sein.«

»Felicitas!« Tessas Stiefmutter warf ihrer zweiten Stieftochter einen strengen Blick zu. »Nach all dem, was Victor durchgemacht hat, ist es doch natürlich, dass er bei seiner Mutter Schutz sucht.«

Es gelang Tessa, das Lächeln ihrer Stiefmutter zu erwidern. Sie schlüpfte aus dem Schuh, an dem das Kind immer stärker rüttelte.

»Klein ist er geblieben. Sehr klein«, sagte da plötzlich Katharina. Alle Blicke richteten sich auf die Kinderfrau, die als Einzige in einem Sessel saß.

»Ehrlich, findest du?«, fragte Sebastian schnell und strich dem Kind über den Kopf. »Ich finde, er hat sich prima entwickelt.«

Die Unterlippe des Kindes begann zu beben, schnell bückte sich Tessa und drückte ihm einen Kuss auf die vernarbte Stirn.

»Seine Augen«, sagte Katharina. »Seine Augen waren blau.«

Eine Sekunde wurde es so still im Zimmer, dass nur die Heizung tickte. Auch das Kind hörte auf, in den Stiletto hineinzulallen. Mit großen braunen Augen schaute es sich um.

»Kleinkinder wechseln doch irgendwann die Augenfarbe?«, fragte Sebastian in die schweigende Runde. Und, an seine Mutter gewandt: »Habt ihr mir nicht erzählt, dass ich bei der Geburt auch blaue Augen hatte?«

»Blau wie Lapislazuli«, antwortete diese.

»Ich kenne einen Kollegen, der wechselt alle paar Monate die Augenfarbe«, steuerte Attila jetzt bei. »Wie ein Chamäleon. Hat angeblich was mit den Jahreszeiten zu tun.«

Frau Waldenfels legte eine Hand auf den Schenkel ihres Mannes. »Findest du nicht überhaupt, dass Victor Sebastian noch ähnlicher geworden ist, seitdem wir ihn das letzte Mal gesehen haben? Die Nase. Die Ohren. Genauso hat unser Sebastian damals ausgesehen.«

Herr Waldenfels verzog das Gesicht zu einem Lächeln. »Nathalie, an diese Dinge erinnerst du dich wohl besser.«

»Ich freue mich schon so, wenn ihr im Januar zu uns ins Tessin kommt«, wandte sich seine Frau strahlend an Tessa. »Dann lernst du das Haus endlich einmal kennen.« Und zu Sebastian sagte sie: »Ich lasse nächste Woche dein altes Kinderzimmer wieder herrichten. Der Handwerker hat mir versprochen, nach der Tapete zu suchen, die du damals so geliebt hast. Weißt du noch? Die mit den Bällen und Pferden drauf?«

»Natürlich erinnere ich mich, Mutter«, sagte Sebastian und strich Tessa über den Oberschenkel.

Das Kind hatte der Diskussion um seine Augenfarbe keine weitere Aufmerksamkeit mehr geschenkt. Voll Hingabe nuckelte es am Absatz des Stilettos.

Im Zimmer breitete sich Schweigen aus wie ein Ölteppich auf dem nächtlichen Mittelmeer.

»Willst du mit Oma Puzzle spielen«, sagte Tessas Stiefmutter laut. »Komm doch mal auf Omas Schoß, dann spielt Oma Puzzle mit dir.« Sie beugte sich nach vorn, um das Kind vom Teppich zu pflücken, es sträubte sich, gab aber nach. Nur den Schuh ließ es sich nicht wegnehmen.

Tessas Stiefmutter hob das bunte Steckspiel auf, das Katharina mitgebracht hatte, und schüttelte die Plastiksterne, -monde und -tiere aus den Vertiefungen in ihren Schoß.

»Guck mal, das ist eine Katze. Ja. *Katze*. Weißt du schon, was eine Katze ist? *Miez miez.*«

Das Kind starrte seine Stiefoma mit offenem Mund an. Diese nutzte die Gelegenheit, ihm den Schuh zu entwenden. Es schmollte nur kurz, dann packte es den Plastikstern und knallte ihn in die sichelförmige Vertiefung des Mondes.

»Fein kannst du das! Ganz fein!«, lobte Frau Waldenfels.

»Schau mal genau«, sagte Tessas Stiefmutter. »Wo musst du den Stern reinmachen? Da passt er doch gar nicht hin.«

Unbeirrt hämmerte das Kind mit dem Stern auf die Mondvertiefung ein.

»Nein! Schau mal. Da musst du den Stern reinmachen. *Da.*« Tessas Stiefmutter ergriff seine Hand und bewegte sie zu der Stelle, wo die sternförmige Vertiefung war.

Das Kind begann zu schreien. Tessa fuhr in die Höhe und entriss ihrer Stiefmutter das Kind, das ihr bereits beide Arme entgegenstreckte.

»Aber ich wollte ihm doch nur zeigen, wie es richtig geht«, verteidigte diese sich.

Tessa sah, wie Frau Waldenfels Sebastian einen schmunzelnden Blick zuwarf. Ihr Sohn erwiderte den Blick, obwohl ihm Feli gerade etwas ins Ohr flüsterte.

»Ist schon okay, Karin«, sagte Tessa, und es klang beinahe freundlich. Das Schreien war so plötzlich verstummt, als wolle das Kind die Erwachsenen animieren, zu seinem Sound *Reise nach Jerusalem* zu spielen. Doch außer Tessa war bislang nur Attila aufgestanden. Und auch er sah nicht so aus, als ob er spielen wollte. Mit Daumen und Zeigefinger kniff er das Kind leicht in die Wange.

»Ein toller Kerl bist du. Aus dir wird mal was.« Er legte die Hand auf Tessas Schulter. »Kann ich noch einen Moment mit dir sprechen, ich muss bald wieder los.«

»Klar, sollen wir hoch in mein Zimmer?«

»Lass uns einfach in die Küche gehen.«

Tessa beugte sich zu Sebastian hinunter. »Bist du so lieb und nimmst ihn einen Moment?«, fragte sie lächelnd. »Danke.« Das Kind begann wieder zu schreien, kaum dass es auf Sebastians Schoß gelandet war.

»Ja, Recht hast du, dass du böse bist auf Papa. Aber Papa verspricht dir hoch und heilig, dass er dich in Zukunft nie wieder so lange alleine lassen wird«, hörte Tessa ihn sagen, »großes Indianer-Ehrenwort.«

»Ja?«, fragte sie, als Attila und sie neben dem Luxusherd standen.

Attila schaute sie an. Und in seinen Augen funkelte etwas, das nichts mit Weihnachten zu tun hatte. »Wenn du willst, bist du ab Frühjahr wieder auf Sendung.«

Lange Zeit war sie unfähig, etwas zu sagen. Der Himmel riss auf. Strahlen. Sehr helle Strahlen. Das größte Auge Gottes, in das sie jemals geblickt hatte.

»*Auf der Couch* wird weitergehen?«, fragte sie, als sie endlich wieder sprechen konnte.

Attila griff nach dem langen Messer, mit dem ihre Stief-

oder Schwiegermutter vorhin den Stollen aufgeschnitten hatte, und ließ die Klinge über die Marmorplatte schleifen.

»Wir denken über ein neues Format nach.«

Sie schaute ihn an. »Ein neues Format? Aber wieso denn das? *Auf der Couch* war perfekt.«

»Es ist zu viel passiert,« sagte er, ohne den Gedanken weiterzuführen.

»Wie soll das neue Format ausschauen?« Es kam Tessa so vor, als ob sich in ihrem Herz ein Expander verkeilt hätte, der es sprengen wollte.

Endlich legte Attila das Messer beiseite und schaute sie an. »Wusstest du, dass in Deutschland jedes Jahr fast zweitausend Menschen verschwinden? Alte Leute, Kinder, Ehefrauen. – Das ist ein Thema mit riesigem Potential.«

»Ich soll eine Vermisstenshow moderieren?« Tessa merkte, dass sie zu laut gesprochen hatte, die Gespräche im Wohnbereich waren kurz verstummt.

»Wer, wenn nicht du«, sagte Attila ruhig.

Sie stützte die Stirn auf, schloss die Augen.

Ein neues Format. Erna aus Erlangen. Jutta aus Jüterbog. Patrick aus Paderborn. Von den liebenden Angehörigen verzweifelt gesucht. Bordsteintragödien. Hervorgestammelt von Menschen, die keine Ahnung hatten, wie man einer Kamera Geschichten erzählte. Das vorletzte Untergeschoss im Fernsehgebäude.

»Ich weiß nicht, ob ich so etwas kann«, sagte Tessa. Ihre Stimme klang heiser.

»Aber ich weiß es. Du wirst phantastisch sein.« Attila fasste sie an den Schultern. »Denk darüber nach. Tissenbrinck wird dir ein gutes Angebot machen. Er rechnet mit einer Drei-Millionen-Quote.«

Das Kind stapfte ihr entgegen, als Tessa zur Couch zurückkam.

»Mein Gott, wie gern wäre ich dabei gewesen, als er seinen ersten richtigen Schritt gemacht hat«, sagte Sebastian gerade.

Sie bückte sich und hob das Kind auf ihren Arm.

»Ist Attila schon gegangen?«, fragte Sebastian.

Tessa nickte knapp.

»Alles in Ordnung bei dir?« Er stand auf und streichelte ihren Oberarm. »Du siehst so bedrückt aus.«

»Nein, alles okay.«

»Habt ihr über die Sendung gesprochen?«

»Lass uns später darüber reden.« Sie gab Sebastian einen Kuss auf die rechte Wange und ging mit dem Kind zum Christbaum. Begeistert reckte es sich nach dem Lamettastern, den Tessas Stiefmutter mitgebracht und Sebastian brav auf die Spitze gesteckt hatte. Curt ritt noch immer auf dem Schaukelpferd, als sei es ein Mustang, den er zähmen müsste. Dazu machte er Geräusche, als würde er Rennwagen fahren. Der rechte Träger seiner Latzhose hatte sich gelöst und tanzte wild auf seinem Rücken.

Eine neue Show. Ein neuer Anfang. Drei Millionen Quote. Der Vorteil eines solches Formats wäre natürlich, dass sie ein ganz anderes Publikum erreichen konnte. Die Leute, denen AUF DER COUCH immer zu abgehoben war. Vielleicht öffnete sich eine völlig neue Welt.

»Entschuldigung. Ich muss leider gehen.«

Tessa drehte sich um. Schmal und dunkel stand Katharina vor ihr.

»Aber wieso denn jetzt schon?«, protestierte Tessa. »Ich dachte, du wolltest zur Gans dableiben.«

»Ich muss gehen.«

Die beiden Frauen musterten einander. Das Kind patschte mit seiner schokoladenverschmierten Hand in Tessas Gesicht herum, ohne dass diese versuchte, es daran zu hindern.

»Das tut mir sehr Leid«, sagte sie schließlich. »ich hätte mich gefreut, wenn du länger geblieben wärst.«

»Ja. Es tut mir auch Leid.« Katharina drehte sich auf den halbhohen Absätzen ihrer weinroten Wildlederstiefel um.

»Ich weiß nicht, ob ich – Victor weiter betreuen kann«, sagte sie, nachdem sie den Fahrstuhlknopf gedrückt hatte. »Ich werde dir eine andere Kinderfrau empfehlen.«

Tessa ergriff ihre Hand. »Ich verstehe das total. Aber bitte, denk noch mal darüber nach, ja?«

Die Kinderfrau presste die Lippen aufeinander und nickte.

»Es ist ja so schwer, ein gutes Kindermädchen zu finden«, hörte Tessa ihre Stiefmutter sagen, kaum dass sich die Stahltüren hinter Katharina geschlossen hatten. »Die Bremers, das sind unsere Nachbarn links, die sind mit zwei kleinen Kindern letzten Sommer neu eingezogen, die haben mir Geschichten erzählt!«

Ihre Stiefmutter warf ihr einen triumphalen Blick zu. »Also, ich finde das ja sehr mutig von dir. Ich hätte damals Angst gehabt, euch den ganzen Tag mit einer wildfremden Person allein zu lassen.«

»Karin. Theresia und Felicitas haben damals gar kein Kindermädchen mehr gebraucht.«

Tessa schaute ihren Vater überrascht an. Es war der erste Satz, den er seit der Begrüßung am frühen Nachmittag gesprochen hatte. Er errötete leicht, als er merkte, dass auch Sebastian und die Waldenfels ihn anschauten. »Auf mich hat diese Katharina einen recht soliden Eindruck gemacht«, fügte er leiser hinzu. Seine Stimme, die beim ersten Satz klar und frei geklungen hatte, war wieder belegt.

Es klingelte. Sebastian sprang auf. »Das wird Kommissar Kramer sein«, sagte er munter. »Ich habe ihn eingeladen, damit wir ihm noch einmal danken können.«

Einen Moment wurde es still im Raum – »Aber *er* hat Victor doch gar nicht zurückgebracht«, sagte Feli – , da war auch schon die Stimme des Kommissars zu hören.

»Kramer, guten Tag, guten Tag.« Er grüßte nach allen Seiten, bevor er Tessa die Hand reichte. »Das ist wirklich sehr nett, dass Sie mich eingeladen haben.«

Tessa erwiderte sein Lächeln. »Das ist doch ganz normal, nach dem, was Sie für uns getan haben. Möchten Sie Tee oder Kaffee?«

»Danke, ich –«

»Wie dumm von mir, dass ich das schon wieder vergessen habe.« Tessa schlug sich leicht an die Stirn. »Kommissar Kramer ist nämlich magenkrank«, erklärte sie der Runde, die nur noch aus Familienmitgliedern bestand.

»Möchten Sie vielleicht einen Fencheltee?«, fragte sie den Kommissar. »Oder einen vietnamesischen Artischockentee? Den trinke ich immer, wenn ich etwas mit dem Magen habe.«

»Machen Sie meinetwegen mal keine Umstände«, sagte der Kommissar und nahm in dem Sessel Platz, in dem eben noch Katharina gesessen hatte.

»Und? Wie geht's Victor?« Er schaute das Kind an. Tessa hatte das Gefühl, dass er noch grauer geworden war, seitdem sie ihn zuletzt gesehen hatte.

»Wir haben ihn am Montag untersuchen lassen«, sagte sie und strich dem Kind über die Locken. »Der Arzt meint, dass ihm nichts fehlt.«

»Dann ist ja gut.« Arndt Kramer lächelte.

»Dass Victor zu uns zurückgekehrt ist, ist das größte Geschenk, das an Weihnachten jemals gemacht wurde«, sagte Sebastian überschwänglich.

»Herr Kommissar«, fragte Tessas Stiefmutter, die an die vorderste Kante des Sofas gerückt war, »stimmt das, was ich über diese Frau gelesen habe, dass die schon als Mädchen ihrer besten Freundin die Puppe geklaut hat?«

»Da wissen die Journalisten mehr als ich«, erwiderte Arndt Kramer. »Aber das soll ja vorkommen.«

Herr Waldenfels gab ein leises Lachen von sich.

»Aber dass da niemand was gemerkt hat! Die Nachbarn von der, die müssen doch mitgekriegt haben, dass die plötzlich ein Kind hat!« Tessas Stiefmutter ließ sich nicht beirren.

»Ja, dieser Punkt kann einem merkwürdig erscheinen«, gab der Kommissar zurück. »Aber wenn Sie das Umfeld, in dem Frau Lembertz zuletzt gelebt hat, genauer kennen, hören Sie irgendwann auf, sich zu wundern. – Im letzten Jahr hatten wir zwei Leichen allein in diesem Block. Und immer sind wir erst von den Postboten verständigt worden, denen der Geruch aufgefallen ist.«

Tessas Stiefmutter fasste sich an die paillettenübersäte Brust.

»Neulich – ich weiß jetzt leider nicht mehr, in welcher Zeitung – habe ich einen langen Artikel darüber gelesen, dass sich in dieser Stadt schlimme soziale Brennpunkte gebildet haben«, sagte jetzt Herr Waldenfels. Zum ersten Mal an diesem Nachmittag schien ein Gespräch seine Aufmerksamkeit zu reizen.

»Zwei Wohnblocks weiter haben wir letzte Woche einen Jungen festgenommen«, bestätigte der Kommissar. »In seinem Zimmer haben wir drei Handfeuerwaffen sichergestellt. Er soll die Nachbarsmädchen zur Prostitution gezwungen haben. Der Junge war vierzehn.«

»Haben Sie Ihren Job nicht manchmal bis obenhin satt?«, erkundigte sich Feli, die ungewöhnlich interessiert gelauscht hatte. »Das muss einen doch völlig frusten, immer nur in der Scheiße zu wühlen.«

»Wenn mich rosa Schlagsahne interessiert hätte, wäre ich Konditor geworden«, gab der Kommissar zurück. »Nein, im

Ernst. Das Schlimmste an dem Job ist etwas anderes.« Er blickte zu Tessa, die das Kind auf ihrem Schoß hielt, und lächelte. »Neunundneunzig Prozent der Verbrechen, die begangen werden, sind eine Beleidigung des menschlichen Intellekts. Alibis, die so dumm sind, dass ich nur einen Anruf machen muss, um sie als falsch zu entlarven. Arme Schlucker, die ihre Frau zerstückeln, aber dann nicht mehr den Nerv haben zu warten, bis Fiffi wirklich hungrig genug ist, und sich lieber stellen.«

»Echt, so einen Fall hatten Sie mal?«, fragte Feli und biss in eine Pfeffernuss. »Krass.«

»Herr Kommissar, diese Frau, wenn die sich nicht selbst umgebracht hätte, welche Strafe hätte sie wohl bekommen?« Tessas Stiefmutter war bemüht, das Gespräch aus den allzu unweihnachtlichen Tiefen herauszunavigieren.

»Das ist schwer zu sagen«, erwiderte Kommissar Kramer höflich. »Sie war schon seit Jahren nicht mehr in psychiatrischer Behandlung, das heißt, wir haben kein aktuelles Gutachten. Ich vermute dennoch, ein guter Verteidiger hätte erreicht, dass sie nicht ins Gefängnis, sondern in eine psychiatrische Anstalt eingewiesen worden wäre.«

»Da können wir ja von Glück reden, dass sie sich selbst erhängt hat.«

»Mama«, stöhnte Feli, »warum wanderst du nicht nach Texas aus?«

»Ich frage mich, was diese arme Frau in ihrer Kindheit durchlitten haben muss, um später so etwas Verzweifeltes zu tun«, sagte Frau Waldenfels nachdenklich.

»In der Zeitung hab ich gelesen, dass diese Frau Tausende von Artikeln über meine Tochter gesammelt hat«, warf Tessas Stiefmutter schnell ein.

Arndt Kramer nickte. »Frau Lembertz muss Ihre Tochter schon lange im Auge gehabt haben. – Apropos. Bevor ich es vergessse –« Er griff in die Innentasche seines Jacketts und zog ein Foto hervor. »Das haben wir in der Wohnung von Frau Lembertz gefunden«, sagte er zu Tessa. »Ich dachte mir, Sie würden es vielleicht haben wollen.«

Sie starrte auf den postkartengroßen Abzug, den ihr der Kommissar gereicht hatte. Es war ein Bild von ihr. Schwanger. Im Wintermantel. Vor Studio Sieben. Und neben ihr stand eine Frau mit blondem Pferdeschwanz und rotem, knielangem Mantel. Ebenfalls schwanger.

Sebastian begriff als Erster, auf was sie da starrten.

»Oh, mein Gott.« Er legte die Hand an die Stirn. »Das ist das Foto, das ich damals gemacht habe. Erinnerst du dich? Diese Frau. Nach deiner ersten Sendung im neuen Studio!«

Und jetzt fiel es auch Tessa wieder ein. Das kleine, verhuschte Wesen, das draußen in der Kälte die halbe Nacht auf sie gewartet hatte.

»Ist das –«, sie räusperte sich. »Ist das Susanne Lembertz?«

Der Kommissar nickte.

Dem Bild haftete eine groteske Selbstverständlichkeit an. Zwei Schwestern. Die eine, in Übersee verschollen gegangen, endlich wieder zu Besuch.

Es gab einen kleinen Aufruhr im Zimmer, jeder wollte das Foto sehen, Feli hatte sich halb über Sebastian gelegt, um einen besseren Blick zu erhaschen. Tessas Schädel brummte. Das Kind auf ihrem Schoß war trotz der Aufregung eingeschlafen.

»Nimmst du ihn bitte noch mal?«, sagte sie zu Sebastian. »Ich muss an die frische Luft.«

Die zweite Zigarette war halb heruntergeraucht, als sie hinter sich ein leises Geräusch hörte. Kommissar Kramer stand auf der Schwelle zur Dachterrasse.

»Stört es Sie, wenn ich eine mit Ihnen rauche?«

»Nein. Überhaupt nicht.« Sie machte eine einladende Geste.

Der Kommissar trat neben sie und zog eine Schachtel Zigaretten aus der Brusttasche seines Jacketts.

»Dieses Foto«, sagte sie abwesend. »In all den Jahren habe ich mich sicher tausend Mal mit irgendeinem Fan zusammen fotografieren lassen.« Sie schüttelte sich. »Hatten Sie nicht aufgehört?«, fragte sie, als sie sah, dass sich der Kommissar eine Zigarette ansteckte.

»Rückfälle sind meine liebsten Fälle.«

Sie erwiderte sein Lächeln. »Hatten Sie schöne Weihnachten?«

»Das Übliche. Familie. Verwandtschaft.«

Tessa nickte und streifte ihre Aschenspitze in den Aschenbecher, der auf der Brüstung stand.

»Sie aschen immer noch nicht wieder nach unten?«

»Wie?« Tessa schaute den Kommissar an.

»Ich frage mich, warum Sie nach Victors Entführung aufgehört haben, runter auf die Wiese zu aschen.«

»Ich habe nie von der Terrasse runtergeascht. Die Gefahr, dass da unten was brennt, ist doch viel zu groß.«

Der Kommissar lächelte und nahm einen tiefen Zug von seiner Zigarette.

»Wissen Sie, was merkwürdig ist. Die Frau, die wir letzte Woche von der Decke abgehängt haben, war selbst Mutter.«

Tessa machte einen Schritt zur Seite. »Ich dachte, sie hätte die Schwangerschaft nur vorgetäuscht?«

»Der Rechtsmediziner hat festgestellt, dass sie entbunden hat.« Der Kommissar klemmte die Zigarette zwischen seine Lippen und klappte den Jackenkragen hoch. »Es wäre interessant zu wissen, wo dieses Kind geblieben ist, nicht?«

»Vielleicht war es eine Totgeburt. So etwas könnte doch das Trauma bei ihr ausgelöst haben.« Tessa zögerte einen

Moment, dann drückte sie ihre Zigarette im Aschenbecher aus.

»Keine schlechte Idee. Aber Susanne Lembertz hat letztes Jahr am 17. August in der Uniklinik einen gesunden Sohn zur Welt gebracht.«

»Vielleicht musste sie ihn zur Adoption freigeben. Sie war doch sicher damals schon krank.«

»Auch nicht schlecht. Das Dumme ist nur, dass wir keine Adoptionsunterlagen haben.«

Tessa griff nach ihrer Zigarettenschachtel. Sie war leer. Der Kommissar hielt ihr seine Zigaretten hin. »Falls Sie die mögen«, fügte er hinzu.

Sein Feuerzeug flammte auf. Schirmend krümmte er seine Hand um die Flamme. Tessa beugte sich zu ihm hin. »Danke.«

Der Kommissar schaute ihr beim Rauchen zu. »Kennen Sie eigentlich das Märchen von der Prinzessin und dem Wolf?«

Sie sah ihn überrascht an. »Nein. Ich glaube nicht. Victor ist ja leider noch nicht in dem Alter, wo ich ihm Märchen vorlesen kann.«

»Ich erzähle Ihnen mal den Anfang, vielleicht kennen Sie es ja doch. Also«, der Kommissar strich sich über den Schnurrbart. »Es war einmal eine Prinzessin, die lebte in einem schönen Schloss. Und sie selbst war auch sehr schön und erfolgreich und hatte alles, was sich eine Prinzessin auf dieser Welt nur wünschen konnte. Sogar ein süßes kleines Kind hatte die Prinzessin. Das liebte sie auch sehr, aber manchmal wollte das Kind einfach nicht aufhören zu schreien. Ganze Nächte schrie es durch, so dass die arme Prinzessin – die ja tagsüber ihren anstrengenden Pflichten nachgehen musste – gar nicht mehr wusste, wo ihr der Kopf stand.« Arndt Kramer strengte sich merklich an, seiner Stimme, die sonst so nüchtern müde klang, einen Märchenton zu geben. »Eines Nachts nun – es war eine viel zu warme Sommernacht, das Kind schrie schon wieder –, da wusste die Prinzessin nicht mehr ein und aus. In ihrer Verzweiflung nahm sie das Kind, das sie doch so sehr liebte, und schleuderte es von der höchsten Zinne ihres Schlosses in die Tiefe hinunter. Nur damit endlich Stille war.«

Das brennende Ende von Tessas Zigarette zitterte in der Dunkelheit wie ein Glühwürmchen, das sich in die falsche Jahreszeit verirrt hatte.

»Kennen Sie das Märchen etwa doch?«, fragte der Kommissar und betrachtete das Glühwürmchen.

Für einen kurzen Moment schloss Tessa die Augen. Ihr Brustkorb war so eng, als sei ein Zwanzig-Tonner darüber gerollt.

»Nein«, sagte sie mit fester Stimme. »Nie gehört.«

Atmen. Sie musste dringend wieder atmen. Der Druck in ihrem Kopf war kaum zu ertragen.

»Na, dann erzähl ich mal weiter«, sagte der Kommissar gut gelaunt. »Die Prinzessin war natürlich ganz und gar verzweifelt, als sie begriff, was sie getan hatte. Die Öffentlichkeit würde sie steinigen, wenn sie erfuhr, dass sie ihr Kind getötet hatte. Also überlegte sie, wie sie es anstellen könnte, dass niemand von dem Kindsmord erfuhr.«

Es war kein Mord. Es war ein Unfall. Hunderte Nachtfalter, die die ganze Zeit still an den Wänden von Tessas Schädelhöhle ausgeharrt hatten, flatterten auf.

»Und weil die Prinzessin nicht nur eine schöne, sondern auch eine schlaue Prinzessin war, hatte sie bald einen Plan. Am nächsten Morgen lief sie ganz früh in den Wald hinein, nahm einen Stock, schlug ihn sich selber über den Kopf und schrie: *Hilfe! Ich bin überfallen worden! Hilfe! Jemand hat mein Kind geraubt!* – Langweile ich Sie?«, fragte der Kommissar unvermittelt.

»Überhaupt nicht«, gab Tessa zurück. Ihr Körper war eine Gruft. Es gab keinen Winkel mehr, in dem die Motten nicht herumschwirrten. Und plötzlich, als hätten die Falter eine geheime Öffnung gefunden, von deren Existenz Tessa nichts wusste – ihre Lippen waren fest verschlossen –, strömten sie nach draußen. In ihren Ohren hörte Tessa das Surren, ein nicht enden wollender Schwarm stieß in die kalte Nachtluft hinaus. Und da erst begriff Tessa, was geschah. Die Motten nahmen sie mit. Jedes kleine Teil ihres Innenlebens, jede Stelle, die sie mit ihren mehlig schwarzen Flügelschlägen gezeichnet hatten, trugen sie fort. Und als der letzte Falter in der Nacht verschwand, war auch Tessa nicht mehr da.

Der Mann mit dem hochgeschlagenen Kragen lächelte. Die Frau, die leere Karkasse, die neben dem Mann an der Brüstung zurückgeblieben war, lächelte auch. Mit ruhiger Hand drückte sie ihre Zigarette im Aschenbecher aus.

»Aber sagten Sie nicht, dass es in dem Märchen auch um einen Wolf geht?«, fragte sie. Ihre Stimme klang wie ein Gerät, das lange nicht benutzt worden, aber gut geölt war.

»Ah. Sie kennen die Geschichte also doch. Wollen Sie nicht weiter erzählen?«

»Nein. Ich höre Ihnen sehr gern zu.«

»Also dann«, sagte der Mann. »Immer, wenn im Königreich ein Verbrechen geschah, wurde der Wolf gerufen. So auch an diesem Morgen. Der Wolf hatte natürlich schon von der Prinzessin gehört, hatte sie oft im Fernsehen bewundert, und deshalb überkam ihn ein tiefes Mitgefühl, wie er sie da so schmutzig und blutig auf der Lichtung sitzen sah. Er eilte gleich zu der Stelle, wo der Überfall stattgefunden hatte. Doch plötzlich kamen ihm Zweifel. Warum hatte der böse Kindsdieb der Prinzessin so tief im Wald aufgelauert? Hätte er sie nicht näher beim Waldesrand überfallen müssen, wo er mit dem geraubten Kind gleich in eine Kutsche springen konnte? Und warum hatte niemand von den Untertanen, die an diesem Morgen ebenfalls in dem Wald spazieren gewesen waren, etwas gesehen oder gehört? Immerhin musste der Dieb mit dem schreienden Kind doch eineinhalb Kilometer quer durch den Wald gelaufen sein.«

Die Frau an der Brüstung lachte. »Das steht wirklich alles in dem Märchen drin?«

»Sie haben Recht«, antwortete der Mann. »Ich verliere mich in Einzelheiten. – Der Wolf begann also, der Prinzessin ein wenig zu misstrauen, zumal er sie zum Fuchs gebracht hatte, der im Königreich die Toten und Verwundeten untersuchte.«

Wieder stieß die Frau ein Lachen aus.

»Warum lachen Sie?«

»Nur so. Ich hätte nicht gedacht, dass ausgerechnet der Fuchs dafür zuständig ist.«

Der Mann lächelte und fuhr fort: »Der Fuchs hatte große Zweifel an der Geschichte, die die Prinzessin erzählte. Konnte sie wirklich ohnmächtig gewesen sein? Die Wunde an ihrem Hinterkopf war viel zu klein für einen so heftigen Schlag. Außerdem fand der Fuchs an den Beinen der Prinzessin keine Spuren ihres Sturzes. Als der Wolf ihn aber fragte: *Fuchs, wenn ich die Prinzessin vor Gericht anklage, wirst du dann beschwören, dass sie sich selbst verletzt hat?* – da legte der Fuchs die Stirn in Falten und antwortete: *Ich kann sagen, dass ich es vermute. Beschwören kann ich es nicht.*«

Die Frau verzog ihre Mundwinkel zu einem Grinsen. »Ein sehr fortschrittliches Rechtssystem haben sie in diesem Königreich.«

»Ja, nicht wahr?« Jetzt stieß der Mann ein Lachen aus. »Doch der Wolf hatte ohnehin nicht viel Zeit zu überlegen, ob er die Prinzessin vor Gericht anklagen sollte, denn am nächsten Morgen kam ein Brief. Ein Brief der Kindsdiebin. Und plötzlich sah alles wieder anders aus. Der Wolf stürzte sich auf die neue Fährte, buddelte, wühlte, wochenlang, monatelang –«

»Moment, da verstehe ich etwas nicht«, unterbrach ihn die Frau, die gerade dabei gewesen war, sich eine neue Zigarette anzustecken. »Wieso kam ein Brief von einer Kindsdiebin, wenn das Kind doch gar nicht geraubt worden war?«

»Eine sehr gute Frage.« Der Mann gab der Frau Feuer, obwohl sie ein eigenes Feuerzeug in Händen hielt. »Eigentlich konnte es nur drei Erklärungen für diesen Brief geben. Entweder er stammte wirklich von der Diebin. Oder ein verwirrter Untertan hatte ihn geschrieben, um alle an der Nase herumzuführen. Oder die Prinzessin hat ihn selbst geschrieben.«

»Selbst geschrieben?« Die Frau blies eine lange Rauchwolke aus. »Wie, wann und wo soll sie das denn getan haben? Der Wolf hat die Prinzessin doch sicher rund um die Uhr bewachen lassen, wenn er ihr so misstraute.«

»Richtig. Das hat er. Dennoch ist ihm entgangen, dass die Prinzessin den Schlüssel zu einem benachbarten Schloss hatte. Und dass es in diesem Schloss auch eine von den modernen Kisten gab, mit deren Hilfe sich Briefe schreiben ließen.«

»Hm.«

»Die Prinzessin war wirklich eine sehr, sehr schlaue Frau«, sagte der Mann. »In ihrem Brief genau die Fährte zu legen, die der Wolf am liebsten verfolgen wollte.«

Die Frau verzog das Gesicht. »Also gut, sagen wir, die Prinzessin war so schlau. Aber wie um alles in der Welt konnte es ihr gelingen, den Brief abzuschicken?«

»Über diese Frage zerbrach sich auch der Wolf tagelang den Kopf. Wahrscheinlich hatte sie den Brief einer Vertrauten mitgegeben.«

Die Frau schüttelte langsam den Kopf. »So, wie Sie die Prinzessin beschreiben, glaube ich nicht, dass sie eine Vertraute hatte.«

»Das hat sich der Wolf auch gedacht«, sagte der Mann, und seine Augen leuchteten. »Aber haben Sie eine andere Idee, wie die Prinzessin den Brief losgeworden sein könnte?«

Die Frau schüttelte weiter den Kopf.

»Dann sage ich Ihnen, was der Wolf schließlich vermutete: Als er die Prinzessin zum Fuchs gebracht hatte, hatte er sie einige Minuten aus den Augen gelassen. Und in jedem Krankenlager des Königreichs gab es kleine gelbe Kästen, in die die Untertanen ihre Briefe werfen konnten.«

Die Frau betrachtete ihre Zigarette, als amüsiere sie deren glatte, gerade Gestalt. »Aber konnte der Wolf denn nicht später am Briefstempel ablesen, dass der Brief in diesem Krankenlager eingeworfen worden war?«

Der Mann zupfte an seinem Schnurrbart. »Dieser Punkt muss der Prinzessin große Sorgen bereitet haben. Aber nein – einige Jahre vor dieser Geschichte waren im ganzen Königreich die Briefzentrumsstempel eingeführt worden. Und deshalb konnte der Wolf nicht feststellen, aus welchem Kasten der Brief genau kam.«

»Aber was ist aus dem Kind geworden?«, fragte die Frau. »Was hat die Prinzessin mit ihm gemacht? Sie wird es doch nicht einfach am Fuße des Turms liegen gelassen und gewartet haben, bis die Geier kamen.«

»Nein, das hat sie nicht. Die Prinzessin war ja kein Unmensch. Ich denke, dass sie es zuerst in einem kühlen Verlies des Schlosses aufgebahrt hat. Und ihm dann eine würdige Bestattung schenkte.«

»Wie das?«

»Sie hat es ins Grab der Troubadourin geworfen.«

Die Frau wischte sich mit der linken Hand über die Wange, als müsse sie ein Insekt verscheuchen. »Wie ist der Wolf zu diesem Verdacht gekommen?«

»Er hat die Prinzessin von zweien seiner Windhunde verfolgen lassen. Und die haben ihm berichtet, dass sie auf dem Weg zur Beerdigung der Troubadourin war. Leider haben die Windhunde die Prinzessin im Gewühle aus den Augen verloren.«

»Warum hat der Wolf das Grab nicht öffnen lassen, wenn er so sicher war, dass er das Kind der Prinzessin dort finden würde?«

»Die Troubadourin war keine einfache, sondern die beliebteste Troubadourin des ganzen Königreichs gewesen. Und der Wolf hätte stärkere Beweismittel in der Hand haben müssen, damit ihm der oberste Richter erlaubt hätte, die Totenruhe der Troubadourin zu stören.«

»Und das zu Recht.« Die Frau schaute dem Mann in die Augen. »Der Wolf hat sich schließlich auch geirrt. Denn ist nicht am Schluss das Kind zu der Prinzessin zurückgekehrt?«

Der Mann lachte leise. »Ist es das wirklich?«

»Sicher. Eines Nachts hat es auf der Schwelle des Schlosses gelegen.«

»War das wirklich das Kind der Prinzessin?«

»Ja. Und falls ihr jemals Zweifel daran kamen, musste sie nur das Mal betrachten, dass das Kind auf der Stirn hatte.«

»Male lassen sich fälschen. In allen Zeitungen des Königreichs war darüber berichtet worden, dass sich das Kind der Prinzessin seine Stirn an der Sitztruhe des Zeremonienmeisters aufgeschlagen hatte.«

Die Stimme der Frau wurde etwas lauter. »Der Wolf glaubte wirklich, diese arme Kindsdiebin hätte ihrem eigenen Kind die Stirn aufgeschnitten, nur um es später als das Kind der Prinzessin ausgeben zu können?«

»Es gibt Mütter, die haben noch verzweifeltere Dinge getan.«

Die Frau trat einen Schritt zurück. »Warum hat der Wolf keinen DNA-Test machen lassen, wenn er so sicher war?«

»Hätte der Wolf das tatsächlich tun sollen? Was hätte er davon gehabt? Vielleicht hätte er beweisen können, dass das Kind, das die Prinzessin in der Winternacht auf der Schwelle ihres Schlosses gefunden hatte, nicht ihr Kind, sondern das Kind einer verwirrten Untertanin war, die sich getötet hat. Den Mord hätte er der Prinzessin damit jedoch immer noch nicht nachgewiesen. Alle im Königreich hätten verstanden, dass die arme Prinzessin und ihr ganzer Hofstaat so aufgelöst waren, dass keiner die Verwechslung bemerkte.« Der Mann schüttelte leicht den Kopf. »Der Einzige, der dabei ernsthaft bestraft worden wäre, wäre das andere Kind gewesen. So konnte es ein Leben als Prinz führen. Andernfalls wäre es vielleicht im Waisenhaus gelandet.«

Der Mann schaute über die Brüstung hinunter.

»Das ist wirklich ein schönes Märchen«, sagte die Frau, als der Mann nicht mehr weiterredete. »Ich bin sicher, ich werde es Victor erzählen.« Sie lächelte. »Aber eine Frage habe ich noch. Warum hat der Wolf nicht noch mehr dafür gekämpft, die Prinzessin hinter Schloss und Riegel zu bringen? Warum hat der Wolf nicht die Kiste im Nachbarschloss untersucht, auf der die Prinzessin doch seiner Meinung nach den Brief geschrieben hatte? Warum hat er nicht alle Verliese nach Spuren des Kindes durchstöbern lassen?«

Der Mann schaute die Frau lange an. »Wölfe fressen Geißlein. Wölfe bringen Schäfchen zur Strecke. Wölfe befreien den Wald von kranken und verwesten Tieren. Aber Wölfe reißen keine Prinzessinnen.« Er machte eine Verbeugung, die so winzig war, dass die Frau fast glaubte, sie hätte sie sich nur eingebildet.

»Jetzt habe ich Sie aber furchtbar lange aufgehalten«, sagte der Mann. »Entschuldigen Sie, Ihre Familie vermisst Sie sicher schon.« Er lächelte die Frau, die an der Brüstung stand, an. »Alles Gute, Frau Simon. Ich wünsche Ihnen viel Glück. Sehen wir Sie bald wieder im Fernsehen?«

»Ich denke ja.«

»Auf Wiedersehen. Und frohes neues Jahr!« Der Mann hob zum Abschied die Hand.

»Frohes neues Jahr!«, sagte die Frau leise, aber da war der Mann schon in der Wohnung verschwunden. Jetzt erst entdeckte sie in ihrer rechten Hand die Zigarettenschachtel. Es war eine Marke, die sie niemals rauchte. Im Westen begann es zu dunkeln. Bald musste der Lieferservice klingeln, der die Gans brachte.

Ihr Körper war kalt, aber die Frau spürte keinen Schmerz, als sie die Treppe zum Wohnbereich hinunterging. Der Baum spiegelte sich in den großen Fensterscheiben, jemand hatte die Elektrokerzen eingeschaltet, das Lametta funkelte. Die junge Frau mit den blonden Korkenzieherlocken, der kleine Junge mit der Latzhose, der älter werdende Mann mit den Filzpantoffeln und das Kind versuchten, zu viert auf dem Schaukelpferd zu reiten. Die beiden Damen auf dem Sofa lachten einmütig, als hätten sie auf dem Boden eines Försterwitzes den Anfang ihrer Freundschaft entdeckt. Die beiden Herren neben ihnen waren gleichfalls ins Gespräch gekommen. Die Frau hörte den einen gerade sagen: »Eine interessante Beschäftigung. Kennen Sie die schönen Verse von Angelus Silesius? *Die Ros' ist ohn' Warum; sie blühet, weil sie blühet, sie acht' nicht ihrer selbst, fragt nicht, ob man sie siehet*« – und sah den anderen in der Weise nicken, in der es ein Mensch tat, wenn er in Wahrheit keine Ahnung hatte. Aus der Stereoanlage tönte Weihnachtsmusik.

Maria durch ein' Dornwald ging,
Kyrieleison!

Das Kind hatte die Frau auf der Treppe entdeckt. Schokoladenbrauner Schleim lief ihm aus dem Mund, als es ihn öffnete, um sie zu begrüßen. Der ältere Mann mit den Filzpantoffeln wollte das Kind zurückhalten, aber es entwischte, krabbelte ihm davon, bis es sich an der Seite des Sofas aufrichten konnte.

Die Frau ging die letzten Treppenstufen hinab.

Da hab'n die Dornen Rosen getragen,
Kyrieleison!

Plötzlich rief die Frau mit den blonden Korkenzieherlocken: »Seid still! Seid doch mal alle still!«

Und da, über dem zarten Chorgesang hörte sie es. Zwei Silben. Klar und deutlich. Das Kind, das der Frau auf krummen Beinen entgegenkam, schlang seine Arme um ihre Knie und sagte noch einmal: »Mama.«

Die Autorin dankt Axel Petermann für kriminalistischen, Prof. Dr. Markus Rothschild für rechtsmedizinischen und Hans Joachim Dietze für geistlichen Beistand.

Das Zitat auf S. 86 ist folgendem Buch entnommen:
Petra Büscher, Ulrich Büscher: Mein Baby kommt per Kaiserschnitt. Stuttgart, Trias 2001.

S. 86/87:
Birgitt von Maltzahn: Der Schwangerschaftskalender. Ein Begleitbuch für werdende Mütter. Aktualisierte Neuausgabe © Piper Verlag GmbH, München 1992, 2003.

S. 88:
Regina Hilsberg: Schwangerschaft, Geburt und erstes Lebensjahr. Ein Begleiter für werdende Eltern. Empfohlen vom Bund Deutscher Hebammen (BDH). Copyright © 1988, 2000 by Rowohlt Taschenbuch Verlag GmbH, Reinbek bei Hamburg.

Die Gedichte »Abends« auf S. 194 und »Dorfabend« auf S. 195 stammen aus:
Hertha Kräftner: Das Werk. Gedichte, Skizzen, Tagbücher. Eisenstadt, Edition Roetzer 1977.

Abdrucke mit freundlicher Genehmigung.

GOLDMANN

Einen Überblick über unser lieferbares Programm
sowie weitere Informationen zu unseren Titeln und
Autoren finden Sie im Internet unter:

www.goldmann-verlag.de

Monat für Monat interessante und fesselnde
Taschenbuch-Bestseller

Literatur deutschsprachiger und internationaler Autoren

∞

Unterhaltung, Kriminalromane, Thriller,
Historische Romane und Fantasy-Literatur

∞

Klassiker mit Anmerkungen, Anthologien
und Lesebücher

∞

Aktuelle Sachbücher und Ratgeber

∞

Bücher zu Politik, Gesellschaft, Naturwissenschaft
und Umwelt

∞

Alles aus den Bereichen Esoterik, ganzheitliches Heilen
und Psychologie

Die ganze Welt des Taschenbuchs
Goldmann Verlag • Neumarkter Straße 28 • 81673 München

GOLDMANN